KB023726

레스토랑 만테까레는 오픈중

레스토랑 만테까레는 오픈중

초판 1쇄 인쇄 2023년 6월 23일
초판 1쇄 발행 2023년 6월 30일

지은이 김동진

펴낸이 박세현
펴낸곳 서랍의 날씨

기획 편집 김상희 곽병완
디자인 김민주
마케팅 전창열

주소 (우)14557 경기도 부천시 조마루로 385번길 92 부천테크노밸리유1센터 1110호
전화 070-8821-4312 | **팩스** 02-6008-4318
이메일 fandombooks@naver.com
블로그 http://blog.naver.com/fandombooks

출판등록 2009년 7월 9일(제386-251002009000081호)

ISBN 979-11-6169-252-4 (03810)

서랍의날씨는 **팬덤북스**의 가정/육아, 문학/에세이 브랜드입니다.

레스토랑 만테까레는 오픈중

그 남자가 인상 깊게 남았던 건, 아주 한순간의 일이었다.

비가 한창 내리던 날씨에 나와 내 친구는 버스 정류장에서 버스를 기다리고 있었다. 시간은 오후 6시 반. 우리가 기다리고 있던 버스 정류장은 정류하는 버스가 많아 유난히 크고 사람들도 많았다.

"소개팅했다면서 클럽을 갔다고 하더라고?" 내가 말했다.

"그렇다니까? 야. 아무리 아직 이렇다 할 관계가 아니더라도, 소개팅하고 그날 밤에 클럽을 갔다는 건, 나 같은 건 아무래도 상관없다는 거 아냐?"

"그런 놈을 왜 만나. 연락은 와?"

"오긴 왔었는데, 대답은 안 하고 있어."

"잘했네. 그냥 이상한 사람 소개받았다고 생각해 버려."

비는 계속 오고 있었다. 그건 내리친다는 느낌이 들 정도였는데 비가 바닥을 때리다 못해 비를 충분히 피한 우리 쪽까지 튈 것 같을 정도였다.

나는 7분 후에 타야 할 버스가 온다는 전광판의 메시지를 확인하고, 멀리서 오는 버스들을 바라보았다. 그리고 버스들 옆 사이로 비집고 달려오고 있는 검은 승용차가 하나 있었는데, 그 승용차를 보자마자 바로 직감할 수 있었다.

'물 튄다!'

버스 정류장에는 버스들만 지나가도록 도로를 만들어 놨지만, 그 승용차는 우리 앞에 지나치기 전부터 긴 버스 정류장 뒤쪽에서부터 바닥에 고인 빗물을 화려하게 튀기고 있었다. 그 빗물이 우리에게까지 올 것이라는 예감은 들었지만 그런 빠른 감과는 달리 행동은 따라가진 못했다.

하지만.

풀럭!

하는 소리와 함께 검은 큰 우산이 우리 앞에 펼쳐졌다.

그 덕분에 우리들에게는 빗물이 튀지 않았지만 다른 사람들은 튀긴 빗물에 젖어 멀어져 가는 그 검은 승용차를 보면서 욕을 해 댔고, 그 승용차는 약 올리는 듯한 뒷모습으로 사라졌다.

나는 우산을 펴준 사람 쪽에게 고개를 돌려 말했다.

"고맙습니다."

그는 작은 목소리로 "네"라고 대답하며 고개를 살짝 숙였다. 그리고 몇 분 지나지 않아 167번 버스를 타고 사라졌다.

친구는 호들갑을 떨며 말했다.

"대박. 우리까지 막아 줬어."

친구의 얼굴은 감탄 그 자체로만 가득했다. 나 또한 드라마의 한 장면이 연출된 것 같은 기분이었는데, 인사를 건넨 후에 이어지는 덤덤한 그의 태도 때문에 더 강한 인상이 되었다.

그게 그 남자와의 첫 만남이었다. 첫인상을 강렬하게 느낀 탓인지, 혹여나 하는 마음에 그 버스 정류장으로 향해 보곤 했지만, 그 사람을 마주할 일은 없었다.

하지만 일주일 하고도 며칠이 더 지나 주말을 앞둔 목요일. 아무런 생각 없이 들른 카페에서 따뜻한 아메리카노를 테이크아웃하려던 날. 곧바로 커피가 나온다는 말에 여유롭게 대기하고 있었는데, 카페의 직원들 중 한 명. 그가 그 안에 있었다.

"아!"

나는 인사를 해야겠다는 생각이었지만, 어느새 줄을 서고 있던 뒤쪽 손님들의 눈치에 뒤로 밀려났고, 나는 잠시 생각을 하기 위해 카페의 한자리에 앉아서 상황을 지켜보았다. 하지만,

"손님. 죄송하지만 저의 매장에서 일회용품 컵으로 커피를 주문하시면 매장 내에서 취식할 수 없습니다."

"아. 그렇죠……"

그렇게 카페 밖으로 나가서 나는 돈을 더 주고서라도 안에서 기다려 볼까 싶었지만, 그가 어디에서 일하고 있는지 알았으니 그거면 됐다고 생각했다. 우선은 수업 시간에 늦지 않는 걸 우선으로 하기로 했다.

결코 내가 용기가 없었던 건 아니라고 생각했다.

하지만 다음날.

"없잖아."

그때 그 시간이 되어서 왔지만, 그는 없었고,

그다음 날.

"또 없네."

그는 또 없었다.

그, 그 다음 날. 이번에는 학원에 조금 늦을 각오로 끝까지 그 카페를 지켜봤지만, 그는 보이지 않았다. 어떤 날에는 그때와 같은 요일에도, 혹은 다른 시간에도 혹은 5시간까지 카페 안에 있어도 봤지만, 여전히 그는 보이지 않았다.

이럴 줄 알았으면, 그때 그 순간에 말을 걸어볼 걸 후회했다. 그 순간만 따지자면 타이밍은 좋았는데.

그리고 일주일이 더 지났다.

나는 그 카페를 지나치는 게 습관이 되었고, 이전에서 일하던 아르바이트에서 한 번만 대타로 일하러 가던 날이었다.

그만둔 지 2주 만에 다시 돌아오게 된 수제 햄버거집은 깨끗해 보이지 않지만, 손님은 꽤나 많은 편이었다. 밖으로 빼내려고 하는 기름 냄새는 여전히 주방에서 홀로 빠져나오고 있었던 것이 여전히 보수작업이 필요해 보였다.

"언니. 저 취업하려고 나왔는데 이렇게 부르다니." 나는 인사말을 돌려 말했다.

"쉬엄쉬엄 해. 그렇게 열심히 살면 힘들어."

나는 곧장 앞치마를 둘러매고 이전처럼 일할 준비를 했다. 나의 담당은 손님이 주문한 햄버거를 서빙해 주고 계산하는 것. 메뉴도 바뀐 게 없어 다시 교육받을 필요 없이 심플했다.

"언니. 오늘 대타하는 거 바로 주는 거죠?"

"그렇지, 사장님이 미리 봉투 채워 넣고 갔어."

아르바이트의 시간은 오후 3시부터 6시까지였다. 다른 곳 같았으면 한가하고 아르바이트가 필요 없는 시간대이지만, 수제 햄버거집은 주변에 유명한 카페거리가 있어서 어떤 시간대에도 손님이 많았다. 그리고 한 시간이 지나갈 무렵, 언니가 말했다.

"저 손님 최근에 자주 오시네. 거의 매일 오는 거 같은데."

"네? 누구요?"

그 언니는 한쪽 테이블을 조용히 가리켰다. 그리고 그쪽에는 한 사람이 마스크를 쓰고 있었는데, 자주 봐서 그런지 얼굴을 가려도 알아보는 모양이라 생각했다. 하지만 그 사람은 나에게도 익숙한 사람이었다.

"너 있을 땐 가끔 오기도 했는데, 최근엔 자주 오더라."

버스정류장의 그 남자였다. 인상에 남아서인지 눈매만 보아도 알 수 있었다.

나는 그 남자를 바라보았다. 나를 쳐다보는 건지 피하는 건지, 시선이 애매했다. 그건 아마 나도 마찬가지 아닐까 싶었지만, 눈이 마주쳤을 땐 가볍게 입 꼬리를 올리며 인사를 건넸다.

이번에야말로 나는 그에게 말을 건네 보려 했다. 하지만 이건 또 무슨 타이밍인지, 5시가 다 되어 가니 손님들은 그 사람이 안 보일 정도로 밀려들어오기 시작했고 어쩔 수 없이 일에 집중하다 다시 확인했을 때, 그는 이미 그 자리에 없었다.

"아 진짜…"

또 그렇게 찾아온 타이밍을 놓쳤다.

그리고 그날 받은 알바 봉투를 보며, '이 2만 원 때문에 그걸 놓치다니.' 또다시 후회했다.

나는 자꾸 어긋나는 게 인연이 아닌 것 같다는 생각만 들었다.

그렇게 나는 하루가 지나고 이틀이 지나고, 점점 그 카페에 들리는 날도 없어지기 시작했다. 혹시나 해서 자주 찾아온다던 그 햄버거집에도 찾아가곤 했지만 역시 만나지 못했다.

그도 나를 인식하고 있는 게 아닐까 하는 생각도 있었는데, 그랬더라면 이렇게 마주하는 게 어렵지 않을 거라고 생각했다.

그 후로 며칠이 지나 학원을 마치고 집으로 돌아가는 길. 이제는 지난 것을 잊어야 할 것 같은 날의 버스정류장.

시간은 6시 반이 되기 전이었다.

거기에는 그때 그 남자가 서 있었다. 버스를 기다리는 건지, 아니면 무언가를 찾는 건지 주변을 돌아보면서 말이다.

그렇게 고개를 돌리던 그가 나와 눈이 마주쳤을 때.

"안녕… 하세요." 나는 먼저 고개를 살짝 숙이면서 인사했다.

그 또한,

"안녕하세요."라며 살짝 힘없는 목소리로 말했다.

나는 그 옆에 조금 거리를 두어서 섰다. 그리고 시선을 어디에다 두어야 할지 몰라 살짝 하늘 쪽을 올려다보았다.

그날처럼 비가 오는 날씨는 아니었지만, 곧 올 것 같은 날씨이기도 했다.

나는 망설이다가 먼저 입을 열었다.

"저번에는 정말 고마웠어요. 비 오는 날."

"아니에요. 도움이 된 것 같아서 다행이네요."

"그럼요. 엄청 놀랐었거든요."

"네…"

그리고 다시 숙연해졌다.

하나의 버스가 우리 둘 앞에서 멈추었다.

버스 번호는 81번이었다. 버스가 지나가자 그가 말했다.

"그때, 햄버거집에서 봤었던 날, 이 시간쯤이면 만날 수 있을 거라고 생각했어요."

나는 바로 답했다.

"여기 버스정류장에서요?"

"네."

"왜요?"

"일하시는 곳이 매번 바빠 보여서, 저번에 갔을 때도 그 시간에 가면 있을 줄 알았는데, 계속 찾아가 봐도 없더라고요. 그래서 여기서 기다려 봤어요. 어떻게 인연이 될까 하는 마음에요. 지금 생각하면 직원에게 물어 볼 걸 그랬네요."

나는 나에게 맞은 타이밍은 결국 다 우연스럽거나 운명적인 거라고 생각했다. 하지만 인연은 마냥 행운이나 운명에 맡길 수 있는 게 아니었다.

"그땐 오랜만에 대타였어요. 그만뒀었거든요."

나의 말에 그는 "아!" 하고 어색하게 놀라며 다시 말했다.

"그래서 언제 다시 가 봐도 안 보였던 거였네요."

"저도 그때 본 이후로 다시 가곤 했었는데." 내가 말했다.

"저도 대타였어요."

우리는 생각보다 많이 어긋나 있었다. 그리고 서로 용기를 내지 않았던 걸 알게 되었다. 서로 같은 이유로 어긋나는 것도 신기하고 실없는 웃음이 나오기도 했다. 우리는 서로 타이밍이 잘 맞아 왔으면서도 그 순간을 잡지 않았다는 것을 확신했다.

내가 말하고 싶었던 말을 대신하여.

"괜찮으면 번호 좀 줄 수 있어요?" 그는 확실하게 말했다.

나는 그의 폰을 받아서 괜히 고개를 숙이며 얼굴에 가까이 폰을 가져갔다. 그리고 내 번호를 찍어서 통화 버튼을 눌렀다. 내 폰에도 그의 번호가 떴다.

그리고 내가 기다리던 버스 167번보다 더 빠르게 81번 버스가 다시 도착했다.

그는 그 버스에 올라타면서 말했다.

"연락 받아 줘요. 전화할게요."라고 괜히 도망치듯 말이다.

나는 손을 흔들면서 그를 보냈다.

아마 그는 앞서 왔었던 버스를 타지 않고 보내면서 이번 기회를 놓치지 않으려고 한 모양이었다. 그건 내가 기다리던 167번이 오더라도 똑같이 했을 거라고 생각했다.

사람들은 그렇게 말하곤 한다.

사랑에는 타이밍이 중요하다고. 그게 수많은 것을 결정한다고. 타이밍이 맞지 않으면 그 어떤 것도 실패할 수 있다고. 하지만 보다 중요한 건 역시 그걸 잡아야 하느냐 마느냐의 선택을 해야 하는 순간의 용기에 갈라진다. 운명과 인연은 우연이 아니라 마음에 이은 행동에 결정된다.

…라는 이야기를 듣고 있었는데, 지서는 대체 무슨 이야기를 하고 싶은 것인지 그 주인공인 다채에게 물었다.

"그래서? 뭐? 어쩌라는 건데?"

그 말에 다채는 답답하다는 듯이 한숨만 쉬었다.

"이런 로망이 가득한 이야기를 듣고서 자신이 뭘 어떻게 해야겠는지 감이 안 와?"

"누가 문제 내 달라고 그랬어? 방법을 알려달라고 했잖아."

"문제를 풀려면 그 문제를 이해해야지. 실전에서 답을 안다고 해서 문제를 풀 수 있을 거라고 생각해? 암기 문제가 아니라고."

질문은 이러했다.

'어떻게 내 마음을 좋아하는 사람에게 전할 수 있을까?'

즉 '고백을 하는 것'이 주제였다.

하지만 다채가 꺼내기 시작한 이야기에서는 자신이 무엇을 참고해야 할지 확실히 감이 오지 않았다. 지서에게 필요한 건 자신이 처한 문제에 도움이 되는 여자의 시선에서 본 주관적인 답안이었지 교훈이 아니었다.

"답답한 노릇이네."

"누가 할 소릴."

시간은 영업이 다 끝난 9시 45분이었다. 작은 레스토랑 만테까레는 오후 8시 30분까지 라스트오더를 마지막으로 9시 30분이 되면 완전히 문을 닫는다. 퇴근 시간을 뒤로하면서 다채의 이야기를 들었지만, 이만 집으로 돌아가고 싶다는 마음만 들었다.

다채도 장난을 치고 싶은 마음은 없었다. 비록 오래 알고 지낸 사이는 아니지만, 도움을 받아 왔던 만큼 그대로 돌려주고 싶은 마음이었다.

"기대해서 손해 봤네." 지서는 주방으로 돌아갔다.

"섭섭하다고, 그렇게 말하면. 난 진심으로 도움이 될 이야기를 한 건데. 사람의 마음을 얻는 건 다 그런 게 필요한 거잖아. 용기 말이야 용기." 그러곤 다채 또한 지서를 따라 주방으로 들어갔다.

지서는 그 말에 결점을 짚었다.

"그걸 누가 몰라. 용기를 가지라는 거 말이야 쉽지, 나 같이 겁 많은 사람들은 그게 문제여서 답을 못 내는 거라고."

"그래서야 뭘 말해 준들 나아지는 게 없잖아."

지서는 한숨만 뱉었다. 그 모습에 답답한 다채 또한 반사적으로 한숨을 내쉬었다.

"서툰 만큼 도움을 받아 보고 싶었을 뿐이지. 자. 리조또 만드는 방법 가르쳐 주기로 했으니까, 잘 보라고."

"아 정말로? 잠깐만 기다려 봐. 나도 준비하고."

이야기하던 주제는 온데간데없고 두 사람은 요리에 집중했다.

지서가 펜을 하나 들고 예열을 하는 동시에 올리브오일을 뿌리고 다져 놓았던 채소들을 볶기 시작할 때, 준비를 마친 다채는 동영상 촬영을 하기 시작했다. 그리고 자신이 요리할 때 참고가 되도록 지서에게 질문했다.

"시작은 항상 채소로?"

"그런 건 아니지만, 지금 알려 주는 리조또는 어디까지나 기본적인 거니까. 취향에 따라 베이컨을 넣을 수도 있고, 다진 고기를 넣을 수도 있고 버섯을 넣을 수도 있겠지."

"나는 다진 새우 살을 넣어 보고 싶네." 다채의 말에 지서는 새우의 경우는 금방 익으니 가볍게 볶고 나서 따로 빼놓아야 한다고 말했다.

"그나저나 갑자기 요리는 왜? 예전에 가르쳐 준다고 할 땐 귓등에도 안 듣더니." 지서가 물었다.

"그야 다음에 그 사람 만날 때, 직접 해 주고 싶으니까 그렇지."

"..."

그 말에 지서는 짜증이 난다고 해야 할지, 부럽다고 해야 할지. 그 이전에 다채처럼 아무런 꺼림 없이 자기 마음을 올곧게 내세울 수 있는 사람들이 부러웠다.

"이런 고민을 하는 내가 이상한 건가." 지서는 그렇게 중얼거리며 요리를 계속했다.

채소가 수분이 다 빠지도록 짙은 갈색으로 볶아지면, 이미 한 번 기름에 볶아 두었던 쌀의 1인분을 넣어서 다시 볶기 시작한다. 거기에 닭 육수와 마트에서 쉽게 구할 수 있는 생크림, 그리고 치즈까지. 조금은 질퍽질퍽한 리조또가 되도록 재료들을 넣는다.

"여기서 너무 질퍽하다 싶으면 물을 넣어 줘도 괜찮아. 취향에 따라 베이컨이든 매운 페페론치노든 네 취향대로 하면 돼. 아니면 네 애인이 좋아하는 대로."

"오. 그러면 소고기 넣어줘야~"

지서는 다채가 제대로 듣고 있는 건지 이렇게 요리를 가르쳐 주는 순간에도 그 사람에 대해서 생각하는 모습을 보고는 다시 요리에 집중했다.

지서는 팬 안의 내용물을 넓적한 그릇에 덜어 내고, 그릇 아래를 툭툭 치며 중력과 충격으로 자연스럽게 그릇 전체 퍼지도록

14

했다. 그릇이 오목하지 않아도 소스와 밥알이 서로 잘 달라붙어만 있다면 그릇 밖으로 흘러나올 일은 없다. 그리고 그 위에 치즈를 갈아서 뿌려 이불처럼 덮어 주고 그 치즈들을 토치의 불로 지져 녹였다. 그 결과 하얀 리조또에 마치 오븐에 들어갔다 나온 듯한 노릇노릇한 치즈가 리조또를 덮어 내고 있었다.

"완전 사진각!"

다채는 촬영하고 있던 동영상을 제대로 정지하지 않고 지서에게 말했다.

"바로 먹어도 돼?"

"그럼. 촬영은 다 했고?"

다채는 마지막으로 리조또 사진을 30장정도 찍어 낸 뒤에서야 포크를 쥐어 자리에 앉았다.

자고로 제대로 된 리조또는 포크로 떠내어도 충분히 숟가락으로 떠낸 듯 쉽게 먹을 수 있어야 한다. 그건 맛을 우려낸 소스들이 밥알에 완전히 달라붙어 있다는 증거가 된다.

육수의 맛과 함께 진득해진 크림과 추가도 들어간 치즈 특유의 향. 거기에 그 위를 덮고 있는 구워진 치즈의 맛까지. 다채는 씹으면 씹을수록 코의 안쪽에서 소스의 깊은 향이 머물고 있는 게 표현을 참아낼 수 없었다.

"으아 아아. 피로한 몸에 카페인이 들어오는 기분이네~"

"마약도 아니고, 표현 참."

"거기에 오독오독 씹히는 밥알도 굳은 치즈도 되레 쫀득하게 씹히는 게 식감이 재밌네. 기분 좋다~"

지서는 다채가 어떤 금단 현상을 겪는 것은 감상평에 살짝 웃음을 냈다.

다채는 양식이 오랜만은 아니었다. 최근에는 데이트하면서 분위기를 낼 수 있는 곳도 자주 갔지만, 지금에서야 다시 한 번 느끼는 것이 있었다.

"역시 실력 어디 안 가네. 가볍게 한 것 같은데, 어지간한 이탈리안 식당보다도 훨씬 맛있어. 그건 보장할 수 있다니까?"

"그러냐. 고맙다."

다채는 그렇게 가볍게 넘기는 지서의 태도가 마음에 들지 않았다. 예전에는 몰랐지만 지금 상황에서 보니 전혀 자신 실력의 자신감에서 나오는 말이 아닌 것 같았다.

"용기라는 게 그렇게 내기 어려운 건가? 이렇게 맛있는 걸 만들어 낼 수 있는데. 왜 그렇게 본인에게 자신감을 가지지 못하는 거야? 결국엔 자기 자신을 제일 과소평가하는 건, 자기 자신이잖아. 그러니 용기를 못 내지."

그 말에 지서는 찔린 듯 다채를 바라보았지만, 다채는 나름 날카로운 눈으로 다시 말했다.

"그런 마음인데 어떻게 용기를 내겠어. 사람은 스스로가 누구에게든 사랑받을 수 있는 존재라는 걸 잊지 말아야 한다고 생각해." 다채는 리조또를 먹던 포크로 지서를 가리켰다. 그러곤 또다시 리조또를 바라보며 다시 말했다.

"이렇게 따뜻한 요리가 몸 안을 따뜻하게 하듯, 누군가의 따뜻한 마음은 타인에게도 따뜻하게 전해질 거야. 그러니까. 스스로에게 칭찬하고 응원해 주고 인정해 주라고 너그럽게."

언제까지 겁쟁이로 있어서야 마음을 전할 수 있을 리가 없었다. 요리밖에 할 줄 모르는 자신이었기에, 다채의 말은 용기를 낼 수 있는 하나의 재료가 될 수 있을 것 같았다.

"사랑에 중요한 건 타이밍이란 우연이 아니라, 사소한 만남이 소중한 인연으로 나아가기 위한 용기와 노력이니까. 간절함이 행동으로, 사소함이 소중함이 되도록."

그러곤 다채는 지서가 잘 알아들었는지, 그릇 위의 남은 리조또의 양을 확인하고 다시 지서를 바라보았다.

"너는 그런 말은 누구한테 배운 거냐?" 지서는 한숨을 놓으며 물었다.

"아빠한테. 생일 선물로 손 편지를 자주 써 주시거든. 그런 말 자주 해 주셔."

지서는 괜히 다채가 부러웠다. 주변에서 그런 말을 해 주는 사람들이 있기에 그렇게 용기를 낼 수 있는 게 아닐지. 이렇게 다채에게 속이 시원하게 뚫리는 말을 들으니 힘이 나는 것 같았다. 조금만 더 흥분하면 지금 당장 고백을 하러 갈 것 같은 것처럼.

지서가 그런 마음을 전하자, 다채는 키득키득 웃으며 이미 다 먹어치운 리조또 그릇의 설거지를 끝으로 돌아갈 준비를 했다.

"응원할게. 고백한다는 게 쉽지 않다는 건, 누구나 아니까."

다채는 그렇게 손을 흔들며 퇴장했다.

지서는 아무도 없는 그곳에서 잠시 생각을 했다.

오늘은 벌써 그 사람을 만난 지 6개월 정도 되어 가고 있었다. 그 시간 동안 얼마나 서로를 알게 되었는지 그 시간만큼이라도 가까워지고 있었는지 확실히 알 수는 없었지만, 이번에야말로 타인에게 자신의 마음을 고백해 보고 싶다는 마음을 가졌다.

목차

첫 번째 요리

오버쿡을 한 맛

레스토랑 '알베로'의 월요일 판매량은 주중에서 금요일 다음
으로 많았다. 그건 꽤나 굴욕적이었는데, 이미 알베로가 개업하
기 이전부터 자리하고 있던 유명한 레스토랑이 월요일에 쉬기 때
문이었다. 그렇다. 그쪽을 향하던 헛걸음을 알베로로 대체하는
손님들이 꽤나 많았다. 반면 다음날인 화요일 매출은 일주일 중
최악이었다.

　알베로는 입지는 최고가 아니었고 최고의 맛집의 들러리 같은
위치였기에 찾아와 주는 손님 한 명 한 명 정성스럽게 만족시킨
다면 언젠간 처음부터 알베로를 찾아 발길을 향하는 사람들이 늘
어날 거라 믿었다. 그렇기에 메뉴 하나하나 내놓는 것에도 깊은
정성을 쏟아 왔다. 하지만 이제는 지쳐 가기 시작했는지, 알베
로의 권 사장은 특이한 시도를 하기 시작했다.

　"크림소스를 올린 피자 위에 블루베리와 크림치즈! 어때?"

이전에는 영국의 정어리파이에서 영감을 따와 절인 멸치가 들어간 피자를 만들기도 했고, 파인애플피자를 참고해 사과와 배의 말라깽이로 피자를 만들기도 했었는데, 이번에 시도된 피자는 그나마 양반인 편이었다.

권 사장의 목소리는 꽤나 자신만만해 보였다. 하지만 지서는 물론 직원 고연과 준오 또한 마냥 내키진 않았다. 보기 좋은 떡이 맛도 좋다고, 스테이크나 새우, 베이컨과 불고기 등 폭넓은 선호도를 가진 토핑과는 다른 블루베리는 보라색 과즙이 빠져나와 치즈에 번지듯 푸르딩딩한 모습으로 만들어 결코 맛있을 것 같다는 생각이 들지 않았다.

"이번엔 블루베리라니. 어떤 의미에선 신선하네요." 고연은 과거에 만들었던 실험적인 메뉴들을 떠올렸다. 지서는 말했다.

"블루베리피자는 원래 있어. 식빵도 있잖아."

"진짜요? 처음 봤는데."

시골에서 도시로 상경한 고연의 입장에선 블루베리는 낯설었지만, 애초에 블루베리피자가 대중적인 것도 아니었다.

모두가 한입씩 맛본 피자는 씹을 때마다 블루베리에서 따뜻한 과즙이 튀어나오는 것이 새콤함과 부드러운 크림들이 묘하게 어울리면서도 어울리지 않는 게 기묘했다. 좋게 말하면 좋게도, 나쁘게 말하면 나쁘게도 말할 수 있는 아주 마니악한 맛이었다.

한 조각씩 먹은 세 사람은 똑같이 고민했다.

'하아- 이걸 어떻게 말해야 삐치지 않게 넘어갈 수 있지?'

피자는 아직 두 조각이 남았지만 아무도 더 손을 뻗지 않았다. 세 사람이 말하지 않아도 권 사장은 분위기로 충분히 알 수 있었다. 요리사가 자신의 요리가 비판받을 때보다 마음 상하는 건 별로 없다. 그런 의미에서 만장일치로 '싫어요'를 받는 건 더할 나위 없이 괴로운 일이다.

"그렇게 별로야?"

권 사장은 억지로 먹는 듯한 직원의 얼굴을 살펴보고 자신 또한 피자 한번 먹어보고는 남은 조각들을 그대로 쓰레기통으로 넣었다. 하루 업무를 보기 전부터 사장의 눈치를 보고 시작해야 하는 것만큼 직원들에게 최악의 시작은 없었다.

알베로는 번화가에 위치하여 주말은 항상 바빴기에 주중에 채우지 못한 할당량을 대부분 주말에 다 채우는 편이었다. 그래도 주말이건 주중이건 알베로에 출근하면 하는 일은 늘 똑같았다. 주방의 위생 확인을 시작으로 피자에 쓸 반죽들의 숙성 상태, 당일 하루 동안 쓸 소스와 재료를 정리하고 냉장고에 채워 넣는다. 요리가 맛있는 것도 중요하지만 손님이 오랫동안 기다리지 않을 수 있도록 최대한 빠르게 조리할 수 있는 준비가 필요했다. 그렇기에 한 사람은 파스타만 만들고 한 사람은 피자만 만들고, 한 사람은 재료를 계속 다듬고 또 다른 한 사람은 설거지만 계속하기도 한다. 그렇게 보면 참 재미없는 일터로 보일 수 있다. 사실 부정할 수 없다. 노동의 대가는 생각보다 실망적인 경우가 많다. 그러면 왜 군이 날카로운 칼들은 물론 위험한 불과 펄펄 끓는 물 그리고 400도를 넘기는 오븐까지, 심지어 주방에는 그런 위험한 것들만 있는 곳에 일하고 싶으냐며 묻는다면, 면접 지원자들은 대부분 비슷한 말을 했다.

"여긴 리조또! 그리고 피자가 맛있다고 소문나 있으니까요."

"사람들이 맛있다고 하는 요리를 배우고 싶습니다."

맛있는 것을 만들고 싶다는 마음으로 일을 하고 배우는 사람들이 있었다. 식욕은 사람에게서 제외할 수 없는 절대적인 필수 욕구다. 그리고 그 부분을 만족시켜 주고 싶다는 마음은 요리사로서 수많은 행복을 맞이한다. 그런 마음이 없다면 결코 주방에 오래 있을 수 없다.

점심시간은 저녁시간보다 여유롭기에 그런 순간들을 편하게 느낄 수 있다. 그리고 오후 3시 정도가 되면 손님들이 퇴장하고, 저녁시간 준비하기 전에 직원들이 식사하려고 할 때면,

"나랑 수지는 나갔다 올 거거든. 점심은 너희들끼리 먹어."

알베로의 홀 매니저 수지와 데이트를 하러 나가는 권 사장이 자리를 비우는 몇 안 되는 순간 중 하나. 그렇게 사장이 자리를 비우면 직원들은 요리 연습을 위해 직원용 식사가 아닌 손님용 메뉴를 만들곤 한다.

"형님. 저 봉골레파스타 하는 거 좀 봐 주십쇼." 고연은 지서에게 말했다.

사실 몰래 한다고도 할 수 없었다. 매장 안에는 물론 주방 안에는 방범용 CCTV가 설치되어 있기에 권 사장이 마음만 먹으면 언제든 다 확인할 수 있었다.

봉골레파스타는 올리브오일에 약한 불로 가열을 하면서 얇게 썬 마늘을 굽는 것으로 시작한다. 하지만 고연은 지서의 눈치를 보는 것인지 올리브오일에 마늘을 튀기듯 굽고 있는 것을 언제 그만둬야 할지 몰라 어정쩡해 보였다.

"지금 조개가 얼려 두었던 것밖에 없으니까, 지금 넣고 화이트

와인 뿌려. 뭘 그리 꾸물대?" 지서의 말에 고연은 움직였다.

원래대로라면 이런 작업이 필요 없도록 조개육수를 따로 만들어 사용하는 방법이 있지만, 고연은 이 방법으로 만드는 레시피를 고집했다.

"마늘 오버쿡하지 말고." 지서가 말했다.

"오버쿡이 뭐였죠?"

"너무 익히지 말라고, 태우지 않아도 마늘은 너무 구우면 어떻게 된다고 했지?"

"쓴맛이 나옵니다."

뭐든지 과하면 탈이 나는 법이다. 그리고 적당히가 중요하다. 너무 많아도 너무 적어도 안 된다. 너무 싱거워도 너무 짜도 안 되는 것처럼. 그 순간이 맛을 좌지우지하기에, 타지 않아도 설령 조금이라도 타게 되는 오버쿡이 발생하면 망설이지 않고 손님을 위해 버리고 다시 조리를 시작해야 한다.

지서는 고연을 지켜보며 말했다.

"펜에 불이 붙으면 알코올에 붙는 게 아니라, 고생해서 마늘 향입힌 오일에 붙어 마늘 향이 다 날아가니까. 불맛 같은 거 낼 생각말고 조심해서 해." 지서는 아직 익숙하지 않은 고연의 손짓을 놓치지 않았다.

그렇게 와인의 향이 다 날아가면 육수를 넣고 따로 절반 정도익혀 놓은 파스타면을 넣고 졸인다. 거기에 면에 소스가 잘 달라붙을 수 있도록, 전분이 나올 수 있게 파스타면을 휘젓는다.

"자. 이제 만테까레하자." 지서는 마무리 작업을 지시했다. "불끄고 파슬리랑 오일도 조금 넣어주고, 잘 섞으면서 온도를 떨어뜨려. 마지막에 버터도 조금 넣고."

고연은 지서의 말에 따랐다. 그리고 볶음밥을 만들듯 펜을 손목으로 흔들며 파스타를 펜 속의 모든 재료들과 뒤섞고 있었다. 마지막에 넣은 버터와 함께 강하게 젓가락으로 휘두르는 모습은 마치 휘핑크림이 될 거품을 내려는 것처럼 강하게 휘저었다. 손목이 약간 아프도록.

"어때 팔 아프지?" 지서는 웃어 대며 말했다.

"이게 제일 힘들어요."

"그래도 제일 중요해. 맛을 하나로 어우르는 과정이니까."

면을 직접 만들든 아무리 맛있는 면이든, 소스와 함께 어우러지지 않으면 그건 미완성된 면 요리다.

이 과정은 이탈리아 요리에서 가장 중요시한다고 지서는 배웠다. 고연이 정성스럽게 만든 것처럼 어렵게 맛을 만들어 낸 소스를 면에 하나의 맛으로 고스란히 달라붙게 만드는 작업이다.

자장면이 아무리 소스가 맛있더라도 면과 함께 입안으로 들어오지 않으면 그 자장면은 젓가락이 아닌 숟가락으로 퍼먹어야 한다. 모든 재료와 그 재료에서 나온 맛이 하나가 되어 입으로 들어오지 않는다면 그건 실패한 면 요리다. 그런 면에서 마늘 향과 조개에서 빼낸 육수와 올리브오일을 한 소스로 묶어, 포크로 말아도 소스가 부드럽게 따라붙는 파스타를 만든 고연의 봉골레파스타는 성공적이었다. 그게 얼마나 면에 잘 붙어 따라갔는지, 요리했던 펜에는 소스가 거의 남지 않았다.

*

27

"조금만 있으면 연말이네, 그래도 지금보다 좀 더 바빠지겠지?" 지서가 말했다.

"예전엔 얼마나 바빴는데요?" 고연은 물었다.

"11시간 동안 일하면서 170건의 주문이 들어왔었지."

"거의 400인분을 소화했다는 이야기 같은데."

"종아리 근육통 때문에 잠 깨도록 하는 것이 크리스마스지."

그 말에 모든 직원이 각자 겪었던 크리스마스의 대기 행렬을 떠올렸다. 생각할수록 식욕이 떨어질 것만 같은 상상이었다.

"또 그 지옥 같은 대기 행렬을 받아야 한다니. 그 전에 그만둘까."

지서는 농담하며 밥공기를 챙겼다. 지서는 피자 한 조각을 덜어 내더니 그 위에 샐러드와 밥 한 숟가락을 얹고 파스타를 한 번 포크로 말아 그 위에 한층 더 얹어 상추쌈을 싸 먹듯 피자를 입으로 밀어 넣었다. 그러곤 파스타의 남은 소스에 밥을 비벼 조금 여유 있던 입안의 공간을 가득 채웠다.

"볼 터져요." 홀 직원인 이영은 익숙했지만, 여전히 안쓰럽게 보였다.

"괜찮아. 나는 이렇게 먹는 게 좋아. 그래도 난 다른 어른들이랑 식사할 땐 예의 없게 보이도록 먹진 않는다고."

"그런 걱정을 하는 게 아니라. 오빠는 초밥을 먹을 때에도 초밥 하나 입에 넣고 씹고 넘기기 전에 샐러드나 우동 한입 넣고서야 씹잖아요. 입안에서 섞고 씹는 것처럼. 뺏길까 봐 허겁지겁 먹는 것처럼 보여서 그래요." 이영의 말에 고연은 크게 웃었다.

"크하하하. 뭐야 그게. 그럼 뭐 하러 초밥을 먹어요. 회맛을 느낄 여력도 없겠네."

지서는 마음껏 지껄이라며 자신의 스타일을 고집했다. 맛있는 것을 앞에 두고 딴 짓을 할 순 없다는 나름의 의지였다.

"그나저나. 이 소라살. 누가 썰어 낸 거지? 겁나 예리하고 일정하게 잘 썰었는데?" 거기에 꽤나 감탄하듯이 함께 식사하던 준오가 입을 열었다.

파스타 안에 함께 볶기 위해 들어가 있던 소라살은 정말 소라라고는 생각하기 어려울 정도로 0.1mm의 두께에 잘 맞춰져 있는 거 같았다. 하지만 아무도 준오의 물음에 대답하지 않았다. 지서는 그 손질을 누가 한지 알고 있었지만, 눈치만 보고 있었다. 그러다 준오와 눈을 마주치더니 눈앞의 식사에만 집중하였다.

준오는 고연을 바라보며 말했다.

"너 내가 갈아 놓은 칼 썼냐?"

칼은 쓰면 쓸수록 예리함이 무뎌지기 마련이다. 그렇기에 준오는 매일 출근시간보다 일찍 와서 칼을 먼저 공을 들여 갈아 놓는다. 칼이야 재료를 좀 더 섬세하게 다루기 위해 날카롭게 준비하는 것이지만, 수십 수백 번을 손으로 칼을 밀어 내는 많은 노력이 필요한 작업이었다.

고연은 부정했다.

"아뇨? 안 썼는데요?"

"왜, 써 보지."

"네?"

"써 보라고 하는 말이야. 너 칼질 잘하잖아. 근데 잘 갈린 칼 써

봐. 써는 느낌이 장난 아닐걸?"

준오의 목소리는 꽤나 나긋했다. 예상보다 다른 반응에 고연은 반갑다는 듯 어린애처럼 활짝 웃으면서 말했다.

"썼어요. 와. 칼 진짜 예리하게 잘 갈았던데요? 재료 써는 게 촉감 놀이 하는 것처럼 기분이-"

고연이 다 말하기도 전에 준오는 고연의 얼굴에 젖은 티슈가 착! 하고 달라붙게 던졌다.

"기껏 매일 30분을 칼 갈았더니만."

꽤나 날카롭게 가라앉은 준오의 눈빛은 마치 숫돌을 던져 버리겠다는 말을 끝까지 하지 못한 것처럼 보였다.

그것 좀 쓴다고 닳냐고 하면… 닳는 게 칼이긴 하지만, 지서와 이영은 속으로 '쫌생이'라고 말하며 모른 척을 했다.

브레이크타임 끝나고 시간은 5시 20분, 여전히 권 사장과 수지는 돌아오지 않았다. 밖에서 점심을 먹고 온다는 말을 시작으로 최근에는 점점 직원들이 모두 퇴근하기 전까지 복귀하지 않는 일이 잦아지고 있었다. 결국엔 주방의 청소도 다 끝내고 문을 닫을 시간이 되어서 얼굴을 비춘 권 사장은 수지를 집에 바래다주기 위해 정산을 먼저 하고 직원들보다 앞서 퇴근을 하기도 했다.

"고생하셨습니다."

그래서 그 말은 사장에게 하는 말이라기보다는 직원들끼리 서로 나누며 알바생이든 직원이든 다 같이 퇴근을 하게 되는 일상을 만들고 있었다. 지서는 제일 마지막에 옷을 갈아입고 불은 끈 알베로를 나와 자신을 기다리고 있는 직원들을 향해 말했다.

"문은 잘 잠갔냐?"

그 말에 고연은 두 번이나 확인했다고 말했다. 그리고 이영이 이어 말했다.

"오늘 우리 닭발 먹으러 가지 않을래요?"

"저번에 갔던 거기?" 지서가 한 말에 이영은 고개를 끄덕였다.

"좋지! 좋지!" 고연이 한쪽 손을 번쩍 들면서 말했다. 그리고 준오 또한 고개를 끄덕이고 있었지만, 지서는 거절했다.

"나 내일 아침 일이 있어서 안 돼."

"그러면 술만 마시지 마요. 배고프지 않아요?" 이영의 말에는 살짝 콧소리가 섞여 있었다.

"미안. 다음엔 내가 초밥 사 줄게."

"또 초밥이야? 하긴 그 초밥집에 자주 가더라. 어차피 마트 떨이 초밥이랑 별 차이 못 느끼면서." 이영은 더 이상 끌어들이려고 하지 않았다. "근데 그거 알아요? 그 초밥집 저번에 누가 계산대에 돈 털어갔다고 하더라고요."

"못 들었었는데, 간지 좀 됐거든."

"그래서 경찰들 와서 조사한다고 장사도 안 하고 그랬었는데."

"그래? 아무튼, 술 적당히 마시고 조심히 집에 잘 들어가고."

지서는 그렇게 손을 흔들었다. 그리고 다른 녀석들에게 말했다.

"야. 애 또 취해서 술집 한가운데서 춤추게 놔두지 마라. 그러다가 또 자기 혼자 토한다."

"아니 진짜 우리 홀 직원들은 술만 마시면 왜 죄다 토를 해놓는답니까. 예전엔 다른 직원 가방 안에다가 비닐봉지인 줄 알고 토를 하고 길거리에 뛰어다녔다는 직원도 있다고 들었는데." 고연은 질색을 하는 듯 말했다. 그 말에 이영은 한 대를 때리려고 손을 휘둘렀지만 고연은 잘 피했다.

"나 그 얘기 알아. 토를 한 것도 문제지만, 팔십만 원이나 주고 산 가방을 비닐봉지라고 착각했다는 게 더 상처받았던 모양이던데." 준오가 말했다.

"워낙에 사이좋게 지내는 애들이 많으니까. 그럼 내일 보자."

"네. 고생했습니다."

네 사람은 서로 손을 흔들었고, 지서는 그대로 집으로 돌아갔다.

* *

지서는 아침잠이 많은 편이었다. 그건 피로감 때문이라기 보단 노는 것보다 잠을 자는 것을 좋아하는 영향이 컸다. 그렇기에 어린 동생들의 잠을 깨우지 않도록 11시 전에 일찍 자도 일찍 일어나기는커녕 평소에 일어나는 시간과 똑같았다.

그런 점을 잘 알기에 늘 지서의 아침을 깨우는 건 아버지의 몫이었다.

지서는 배게 밑에 숨어서 벨소리를 울리는 스마트폰의 전화를 힘겹게 받아 내며 억지로 목소리를 끄집어냈다.

"여보세요."

[시간이 몇 시인데 아직까지 자고 있냐.]

"몇 시인데요?"

[오전 7시 20분. 얼른 일어나라.]

마치 7시 20분의 기상이 늦잠이라고 말하는 듯한 아버지. 하지만 어린 동생들을 학교와 어린이집에 보내기 위해선 늦잠이 되기 직전이었다.

지서는 다시 이어지는 아버지의 빨리 일어나라는 말을 끝으로 전화를 끊었다. 그리고 멀뚱멀뚱 조금씩 눈을 크게 뜨려고 노력을 했고 조금씩 상체를 올려 정신을 차리고 있었다.

다시 시간을 확인할 땐 7시 30분이었다. 거실로 나왔을 땐 아버지는 출근을 한 모양인지 모습이 보이지 않았고, 이 집의 둘째인 장녀 지안이 식탁에서 잘 구워진 모닝빵에 딸기잼을 바르고 있었다. 그 모습은 장녀라는 단어가 그다지 어울리지 않는 영락없는 초등학생이었다.

"아빠가 밥 안 차려 주셨어?"

"아니, 난 먹었어. 이거 후식." 지안은 빵을 한껏 물었다.

"정말 먹은 거 맞아?"

"맞아."

"빵만 먹는 거 아니고?"

"밥 먹었다니까."

지안은 밥보다도 빵을 많이 좋아하는 편이라 밥을 안 먹고 빵을 먹는 경우가 많았기에 아버지는 지안이 무엇을 먹는지 꼭 확인하는 사람이었다.

지서는 막내 동생이 자고 있는 방을 살펴보았다.

"우선 깨우는 것부터 일이네."

막내 지후는 어떤 면에서 지서와 비슷한 면이 많은 남동생이었다. 어떤 의미로는 다행인 게 잠이 많아서 한 번 잠에 빠지면 잘 깨지도 않고 더 어릴 때도 울음이 적어 가족들을 힘들게 하는 일

33

도 적었다. 하지만 그만큼 잠을 깨우는 게 일이었다.

"오빠. 지후 빨리 깨워야 해. 8시 30분에 유치원 차 온단 말이야." 지안은 딸기잼이 발려 있지 않은 모닝빵을 들고 말했다.

"그래 알았어."

"깨우고 화장실 보내고 씻기고 밥 먹이고 옷 입혀야 해."

"그렇게 하나하나 알려 줄 거면 네가 좀 도와주겠니?"

"난 잘 못 깨운단 말이야."

"나도 마찬가지야."

지서는 지후의 배를 톡톡 치고 살며시 흔들어 보면서 지후의 이름을 불렀다. 하지만 지후는 밍기적거릴 뿐 일어날 낌새가 보이지 않는다. 그저 옆에서 "일어나야지~?"라고 말하며 귀찮게 해 줘야 했다. 그게 여덟 번 정도 반복되었을 때 지후는 양쪽 볼에 한가득 무거운 볼살들을 중력에서 끌어올리며 상체를 세웠다. 지서는 그 모습을 보고 어제 만들었던 탱탱한 피자 반죽에 장난치는 것을 떠올렸다. 그런 감촉은 몇 번을 만져도 만족감이 드는 게 기분 좋게 만들었다.

"얼른 씻자. 유치원 친구들이랑 놀러 가야지."

"유-우치원?"

"그래 유치원."

지후는 두 팔을 뻗어 몸을 앞으로 기울어 바닥을 짚고 뒤로 엉덩이를 들어 올리며 일으켰다. 그리고 아장아장 화장실로 걸어가는 그 뒷모습을 보고 지서도 자리에서 일어났다. 주방에는 아직까지 식탁에서 빵을 먹고 있는 지안이 있었다.

"오빠. 오늘 출근해?"

"그럼."

"그럼 오늘 치아바타 구워서 오면 안 돼?"

"왜? 먹고 싶어?"

"응. 나도 그렇고 지후 치아바타 좋아해."

"지후는 잘 못 먹지 않았나?"

치아바타는 파스타와 피자가 나오기 전 식전 빵으로 몇 개씩 잘라서 내보내는 빵이었다. 수번의 발효와 그 안에 들어간 올리브오일 덕분에 상당히 속이 부드러운 빵이지만, 식으면 겉이 딱딱해지는 편이었다. 아직 지후는 그런 빵을 잘 먹지 못했다.

"껍데기 쪽은 내가 뜯어 내 줘서 괜찮아." 지안은 말했다.

"그럼 껍데기 쪽은 네가 먹어 주는 거야?" 지서는 꽤나 감탄했다. 역시 누나인 만큼 동생을 챙기는 것 같아 뿌듯함을 느꼈다.

"아니. 아빠 줘."

묘한 배신감에 지서는 화는커녕 웃음이 나왔다.

"아빠도 이젠 지후만큼 이가 약해서."

이제 60대를 맞이하려는 아버지는 그런 고민으로 최근에 치과를 자주 다니고 계셨다.

지후의 등원이 힘든 점은 깨우고 준비시키는 것도 있지만, 지서는 유치원 차가 오기 전까지의 10분을 기다리는 것이 제일 껄끄러웠다.

"오늘은 아버님이 아니라 형아가 나왔네."

지서는 아이들의 부모님에게 관심을 받기 좋은 상대였다. 지금이야 이제 익숙한 사람들이라 예전만큼은 아니었지만, 처음에는 삼촌인 줄 알았다고 하더니 누구는 일찍 애 아빠가 된 줄 알았다느니, 왜 그 집에는 엄마가 등원을 해주지 않느냐는 둥 가십거리가 되기 편한 상대였다. 아버지의 경우는 일절 대화의 상대도 되어 주지 않는다고 하는 것 같은데, 그것은 그것 나름대로 지서가 다른 사람들을 상대하기 어렵게 만들었다.

"지서 오랜만이네."

그래도 마냥 불편한 건 아니다. 그냥 주변 아주머니들과 이야기하는 거라면 그만이기도 하고, 생각보다 자신 또래의 아이 엄마들도 있는 것은 물론 더 어린 사람도 있었다.

"안녕하세요. 아주머니. 출근하시는 거예요?"

"가서 가게 문 열어야지."

지서는 손을 잡고 있는 지후를 아주머니에게 인사시켰다. 그러자 지후는 손을 놓고 배꼽에 손을 다시 얹어 고개는 아주머니에게 향하며 배꼽 인사를 했다.

"아녀하세요."

"그래, 안녕?" 아주머니는 그런 지후의 인사에 손을 흔들었다. 그러곤 지후는 눈을 비비며 다시 내 손을 잡으려고 손을 뻗었다.

"애가 아직 잠을 덜 깨서 발음도 이래요." 다시 지후의 손을 잡으면서 말했다.

"그게 귀여운 거지."

아주머니는 그 대화를 끝을 알리는 유치원 차가 오자 손을 흔들며 다음에 또 보자는 말과 함께 원래 가던 길을 향했다. 지서 또한 그렇게 지후와 인사를 하며 유치원에 보내고 곧이어 지안의 초등학교 등교를 시작하며 집에 혼자 남았다.

시간은 많이 남았다. 시간은 8시 40분. 출근하기까지 대략 3시간 정도 남았다. 다시 잠을 자기도 무엇을 하기도 애매했다.

그렇게 멀뚱히 천장을 바라보다가 그런 생각을 했다.

"할 것도 없는데 출근이나 일찍 할까."

지서는 자신의 직장인 알베로가 좋았다. 물론 직장 생활을 하면 짜증나는 일이 많지만, 일하는 것을 즐거워하는 편이었다. 매일을 즐겁게 만드는 좋아하는 동료와 좋은 분위기를 가진 레스토랑에 자주 찾아와 주는 단골손님을 마주하다 보면 출근하는 발걸음에 나름 자긍심이 생겼다. 언젠가 자신의 식당을 열고 싶다는 생각도 최대한 뒤로 미루고 싶을 만큼이었다.

오늘은 권 사장이 쉬는 날이다 보니 평소보다도 일찍 출근해야 하는 날이긴 하지만, 평소보다도 더 일찍 시작한 하루인 만큼 결국 지서는 더욱 일찍 출근길에 올랐다.

알베로가 위치한 곳은 주변에 유명한 공원이 있어 주변에는 주차장들이 운영되고 있었는데, 지서는 매번 아침에 출근할 때마다 보는 주차 요원 아저씨들과 가볍게 인사를 하는 사이였다. 그만큼 알베로 앞에는 보는 눈이 꽤나 있는 편이었다. 주차 요원 아저씨는 물론 반대편에서 운영하고 있는 사장님들, 그리고 주차를 하고 내리는 사람들이라든가 번화가에 들어서는 사람들. 세어 보면 세어 볼수록 늘어났다.

권 사장은 직원에게 결코 직접 열쇠를 맡기지 않기에 그런 보는 눈이 많은 건 문제였다. 직원보다 입구 옆에 놓여 있는 장식물을 더 신뢰하는 것인지 그 안에 숨겨 놓았는데, 알베로 앞에는

CCTV가 있다 해도 불안한 건 사실이었다. 지서는 그런 부분에서 권 사장과 맞지 않는 부분들이 꽤나 있다고 생각하는 편이었다. 직접적으로 열쇠를 맡겨 달라고 했지만 거절당한 일도 있었고, 자동문으로 작동되는 입구 유리문은 열리면서 흔들거리는 게 불안스럽기만 했다. 거기에 보안 업체와 방역 업체를 이용한다는 스티커를 유리문에 붙여 놓았지만, 실제로 관리를 받지 않고 있다는 것을 알베로의 직원들은 다 알고 있었다.

지서는 열쇠를 꺼내려고 장식물을 몸으로 가렸고 조심스럽게 식당 문 앞으로 더 가까이 다가갔다. 하지만 그때.

'스위이이잉~' 하는 기계음과 함께, 열려야 하지 않을 문이 자동으로 열리고 있었다.

지서는 그대로 살짝 굳어 활짝 열린 문 안을 쳐다보며 그저 머리 위에 물음표를 세울 뿐이었다.

'어제 다 같이 퇴근하면서 잠그지 않았었나?'

지서는 두꺼비집을 확인했다. 직원들과 알바생들은 다 같이 퇴근을 하면서 문을 잠그고 자동문인 만큼 두꺼비집을 내리기까지 하는데, 확인을 해 보니 두꺼비집은 올라가 있었다.

'분명히 고연이 몇 번 확인했다고 한 거 같은데.' 지서는 그렇게 생각하며 어제의 일을 떠올려 보았다.

아무래도 평소에 워낙에 자연스럽게 하는 마무리 작업이다 보니 잠갔다고 착각을 한 건 아닐지 지서는 생각해봤다. 하지만 아무래도 그럴 일은 없을 거라 느꼈다. 그 이후에도 몇 분을 그 자리에서 이야기를 나누었다. 정말 안 잠갔다면 지금처럼 감지기인식에 반응해 자동문이 계속 열려 있을 것이다. 더군다나 입구 앞의 장식물 안에는 열쇠도 없었다.

지서는 결국 고연이나 권 사장이 먼저 다녀간 모양이라고 생각했다. 예전에는 고연이 모두 퇴근을 한 뒤 아무도 모르게 여자 친구와 50평이나 되는 레스토랑 안에서 둘만의 데이트를 했던 적이 있었다. 권 사장 또한 자신이 출근하지 않은 날 아침 일찍 잠깐 들렀다가 문을 잠가 놓지 않아 놀란 적도 있었다.

"방범은 짬통에나 버리고, 신경 쓰는 건 나밖에 없지."

지서는 그렇게 투덜대며 알베로의 안으로 들어갔다. 그 안에는 역시 어떤 곳에도 조명은 켜져 있지 않았고 인기척도 없었다. 지서는 혹여나 닭발 먹으러 간다는 녀석들이 여기에 다시 와서 먹은 게 아닐지 살펴보았지만, 아무런 흔적도 없었다.

지서는 우선 계산대와 계산용 포스기의 전원을 켰다. 아직 이르지만, 오픈 준비를 미리 하기 위해 거스름돈 준비금을 세어보려고 했다. 하지만 어제 미리 준비되어 있어야 할 준비금은 '티잉~'하는 스프링이 튕기는 소리와 함께 열리는 거스름돈 통에 아무것도 없다는 것을 알렸다. 지서는 그때서야 뭔가 이상하다고 확신했다. 다음날을 위해 전날 거스름돈을 준비하는 건 당연한 일이었고, 그 일을 하는 모습을 지서는 두 눈으로 확인했었다.

지서는 먼저 권 사장에게 확인 전화를 해야겠다는 생각에 자신의 폰을 쥐고 주방 안으로 들어갔다. 그리고 습관이 되어 자연스럽게 오븐의 전원을 넣어서 예열을 시작했고 치아바타를 굽기 위해서 400도로 조정되어 있던 온도를 240도로 재설정한 다음, 바닥에 떨어져 있는 큰 쇠 국자 하나를 손에 쥐어 전화 연결을 시도하려 했다.

그 순간 홀에서 바닥을 박차는 소리가 들려오기 시작했다.

'야! 빨리 튀어!' 그들이 그렇게 외친 건 아니지만, 행동으로 그런 외침을 하는 것처럼 보였다. 그들이 나타난 곳은 벽으로 가려진 화장실 쪽이었는데, 지서가 알베로로 들어오는 순간 그쪽에서 숨어 있던 모양이었다. 지서는 그런 모습을 멍하니 지켜보다가 뛰쳐나가는 놈들을 쫓기 위해 주방에서 따라 나와 출입구 쪽으로 달려 나가려 했지만 쫓기엔 이미 늦은 타이밍이었다. 그들은 이미 밖으로 도망쳤고 얼굴도 그 어떤 외형도 알아낼 수 없었다.

지서는 괜히 다리가 떨리고 있었다.

'뭐야 진짜도 도둑이 들었던 거야?' 지서는 예상했던 상황이 실제로 벌어지자 무엇을 우선으로 해야 할지 갈피를 잡기 어려웠다. 아무리 그래도 도둑이 들었을 거라고 누가 상상하고 싶었으려고, 지서는 떨리는 손 때문에 어디에 전화를 걸어야 할지 제대로 숫자를 입력하는 것도 어려웠다.

하지만 지서에게는 이상한 신음 소리가 뒤에서 들려오고 있다는 것을 깨달았다.

"흐…아…"

화장실 쪽에는 한 사람이 더 있었다. 지서와 눈이 마주치자마자 서로 똑같은 소리를 낸 것 같았다. 그는 타이밍을 놓친 것인지 어떤 이유인지 그 자리에서 일어서지 못하고 있었고 지서가 눈치채지 못할 것을 노리고 있던 모양이었다.

지서는 다른 생각도 없이 그대로 엎어져 있는 남자에게 달려들었다. 다행히 그 또한 몸이 떨려서 저항도 크게 하지 못했고, 지서는 그대로 오른쪽 팔꿈치로 그의 등을 누르며 압박했다.

"가만히 좀!"

하지만 지서가 강하게 압박하자 그 또한 강하게 저항하기 시작했다. 그리고 어느새 자신의 손에는 쇠국자를 쥐고 있다는 것을 깨달은 지서는 그의 등에 올라타 쇠국자로 목 뒤쪽을 눌러 더 강하게 압박했다.

"아 씨, 놓으라고 이거!"

"어디 가게 털러 와서 성질이야?" 지서는 언제까지고 이렇게 포박할 수 있을지 예상해 보았다. 지금은 누군가에게 도움을 요청해야 할 때였다. 양손으로 그를 압박하고 있는 만큼 손은 자유롭지 못했기에 폰을 사용할 수 없을 것 같았고, 밖의 주차장 요원 아저씨들에게 소리를 쳐 도움을 요청했지만, 자동으로 닫힌 문으로 인해 들리지 않는지 아무런 반응이 없었다.

방법은 다른 직원이 오기까지 기다리는 수밖에 없어 보였다.

지서의 온몸에는 짧은 시간임에도 땀이 흥건했고 평소라면 홀 담당인 이영이 11시가 되기 20분이나 30분 전에 출근하곤 했었는데, 오늘따라 왜 이리 늦는지 빨리 와 주길 간절히 빌었다. 그리고 호랑이도 제 말 하면 온다고 누군가가 알베로의 안으로 들어오는 소리에 안심했고 지서는 곧바로 외쳤다.

"이영아! 빨리! 어서 와서 경찰한테 신고해!"

상황을 파악하기 어려울 이영이기에 지서는 바로 행동으로 이어질 지시를 했다. 하지만 그 예상은 완전히 빗나가 있었다. 가게에 들어온 사람은 한 사람이 아니라 두 사람이었고, 곧바로 지서 쪽으로 뛰어왔다. 그리고 지서를 밀쳐 내며 외쳐 댔다.

"등신아! 빨리 튀어야 한다고 했잖아!"

지서는 어딜 걷어차였는지도 모른 채 큰 통증을 온몸으로 느꼈다. 처음엔 어깨 쪽을 밀쳐진 것 같았는데, 녀석들은 지서가 다시 일어나지 못하도록 두 명에서 세 명으로 발길질이 늘어나 강하게 짓밟기 시작했다. 지서는 그저 자신을 보호하기 위해 웅크러진 자세로 팔로 막아 내는 게 최선이었다.

"진짜 존나 아팠다고!" 하지만 악에 받친 한 목소리가 자신을 압박하던 쇠국자를 들어 올리더니 그대로 지서를 내려쳤다. 그 공격은 두 번 세 번 이어지더니 방어를 하던 지서의 팔 쪽만을 강하게 내려쳤고, 이제 도망가야 한다는 말과 함께 쇠국자를 다른 곳으로 내던져지는 소리가 알베로에 울려 퍼졌다.

지서는 그들이 도망가는 뒷모습조차 볼 수 없었다. 난생 처음으로 느껴 보는 육체적 고통이었다. 팔은 도저히 들 수 없을 것 같았고, 차가운 바닥에서 이렇게 두들겨 맞은 게 얼마나 아프고 서글픈지 눈물이 났던 것 같았다. 그런 모습을 이영은 한참이 지나서야 발견해 주었다.

오랜만에 깁스를 한 지서는 가장 최근에 깁스를 했던 적을 떠올렸다. 분명 초등학생 시절 피구를 하다가 공을 잘못 받아서 손가락을 깁스를 했었다. 그리고 나서 뼈가 약하다는 걸 알고 뼈에 좋다는 건 모조리 어머니가 챙겨 주었던 것이 생각났다.

피구를 하건 두들겨 맞건 금이 간 건 똑같았다. 기분만 다를 뿐.

알베로의 운영은 당연히 중단되었다.

오픈하기도 전에 강도가 들어서 돈을 훔치고 직원까지 폭행

당했는데, 경찰이 출동하고 조사를 시작하는 건 당연한 일이었다. 무엇보다 같은 동네에서 또다시 일어난 사건이다 보니 적극적이었지만, 병원에서 돌아온 지서가 본 경찰들은 왠지 하나 같이 한숨을 쉬고 있었다.

"저기요. 사장님. 이렇게 사업장을 운영하면 안 되죠. 이건 불법이니 뭐니 그런 걸 떠나서 최소한인데. 봐요, 이 꼴을. 직원은 저렇게 다쳤는데 가게 안에 있는 CCTV는 전부 모형이라니. 심지어 안전 시스템은 하나도 없잖아요." 조사관은 현장에서 강도의 흔적을 쉽게 찾을 수 없다는 것에 화가 났다. 결국엔 그 시간대를 이용해서 주변의 CCTV를 참고하여 추적하는 방법을 쓰려는 모양이었지만 그 와중에 다른 경찰은 "여긴 위생 업체도 보안 업체도 스티커만 붙여놨지 아무런 서비스를 안 받고 있었네요."라고 말하며 권 사장을 압박하고 있었다.

"이건 뭐 사기 혐의로 고발당하셔도 할 말 없으시겠는데." 경찰은 오히려 피해자인 알베로를 그렇게 비꼬았다.

지서와 고연은 언젠가 CCTV가 모형이 아닐까하며 낄낄댄 적이 있었지만, 그게 사실이었다는 생각에 머리가 아파지고 있었다. 이런 일을 위해 필요한 것이 CCTV이었는데, 그게 모형이니 지서는 정말 길을 가다가 깡패에게도 맞은 기분이었다.

그 속에서 권 사장은 아무런 말도 하지 못하고 죽을상을 짓고 있었다. 지서는 고연에게 열쇠 관리에 대해 물었다.

"경찰들은 그거 알고 있어?"

"알죠. 그러니까 지금 사장님도 아무런 말도 못 하는 겁니다."

"하아… 그나저나 일은 어떻게 하냐."

지서는 하필이면 오른팔을 다쳤다. 뼈가 완전히 회복되려면 얼마나 걸릴지 잘 모른다. 사실 요리를 하다 보면 오른손잡이는 왼손을 쓰는 일이 더 잦았지만. 불편함은 여전하다.

"이 와중에 일할 생각을 하세요?" 고연은 그렇게 말했다.

"그래야지. 요리사인데."

지서는 지안이 말했던 치아바타가 떠올랐다. 오늘은 치아바타를 구워서 가져가기로 했었는데, 걱정거리만 가져다주게 생겼다.

직원들은 계속 죽을상으로 경찰의 꾸지람을 듣고 있는 권 사장의 모습을 보면서 어깨를 축 늘었다. 경찰들은 추가 인력이 들어오면서 주변의 CCTV를 확인하였고 조사 범위를 넓히며 주변 다른 음식점에서도 같은 피해가 없는지 확인하였기에 사건은 좀 더 크게 번지고 있었다.

지서는 다방면으로 스트레스를 받으며 경찰서로 이동해 조사를 받기 시작했다.

난생 처음으로 집단적으로 폭행을 당하고, 경찰서에서 조사를 받고, 지키고자 한 알베로는 도리어 허위 시설과 사실로 인해 욕을 먹고 있고, 왜 이런 일이 생긴 건지 재난 그 자체였다.

"형사님." 조사 진술의 막바지에 지서는 말했다.

"예?"

그리고 수년 전의 일을 이야기했다.

"예전에 어머니의 친가 쪽에서 잠시 머물 때, 리조트에서 지갑을 주운 적이 있었어요. 정확하겐 손님용 안마 의자에서 주웠죠."

형사는 지서가 뭔 말을 하려는지 집중했다.

"그 안에는 여러 가지 명함이랑 돈 8만 원이 있더라고요. 마음 같아선 그냥 가질까 싶었었는데, 주인을 찾아줘야겠다는 생각으로 주변 파출소에 지갑을 맡겼어요."

"그래서요?"

"그러고 끝일 줄 알았어요. 하지만 그 파출소의 경찰 분은 저의 신분을 확인할 것을 요청하더라고요. 순간 왠지 겁이 나더라고요. 물론 그대로 가질까 생각도 했지만, 어디까지나 나는 주워 줬을 뿐인데 조사를 받기 시작하고 오히려 내가 훔친 사람이라고 생각하는 건지 불쾌했죠. 그때 그 경찰분도 신고자이니까 형식상으로 필요한 것뿐이라고 하지만."

"무슨 이야기를 하는 거예요?"

"제 기분이 그때랑 비슷해요. 지갑도 우연찮게 주운 것뿐인데 괜한 죄악감이 들었고, 이번 것도 그냥 출근했고 소중히 여기는 가게를 지키려고 했을 뿐인데 그렇게 폭행당하고 일도 못 하게 이런 꼴이 되고. 경찰 분들은 피해자를 위로하기는커녕 화만 내기만 하고 제가, 아니 우리가 왜 이런 취급을 받아야 해요?"

"조금 진정하시고. 너무 마음 아파하지 마시죠." 형사의 말투는 지서를 달래는 것보다 그만 징징대라는 듯한 느낌을 주었다. 하긴 형사 앞에서 한탄해 봤자 뭐가 달라지겠나. 지서는 속으로 그렇게 투덜대며 다시 말했다.

"그럼 이제 다 끝났나요?"

"아. 네. 돌아가셔도 됩니다."

"올 땐 경찰차 타고 왔는데, 갈 때는요?"

"댁으로 모셔드릴 겁니다. 현장으로 모셔다 드릴까요?"

"네 그렇게 해 주세요. 짐이 거기 다 있어요."

"잠시만 기다려 주시죠."

지서는 그렇게 일어나려고 하는 형사에게 한 가지 더 물었다.

"형사님."

"네?"

"혹시 좋아하는 음식이 뭐에요?"

"좋아하는 거요?"

"네."

"음… 아. 소시지 빵을 좋아합니다."

"그래요?"

지서는 요리가 아니라 빵이 나와서 살짝 당황했다.

"아들이 좋아하거든요. 아들 녀석들 일주일에 한 번 볼까 말까 하다 보니까. 늘 돌아갈 땐 소시지 빵을 사서 가죠. 그러면 엄청 좋아하거든요."

"그건 자녀분이 아빠가 돌아와서 좋은 게 아닐까요?"

"그런 거면 좋고. 겸사겸사 좋아하는 것을 먹으면 또 좋고. 귀여운 아들이랑 좋아하는 걸 같이 먹으면 좋은 게 좋은 거 아니겠습니까. 그럼 잠시만 기다려 주세요."

지서는 그 와중에서 동생 지안이 먹고 싶다던 빵을 굽지 못했다는 것에 아쉬웠다. 빵을 좋아하는 아이이기에 그런 얼굴을 보고 싶어 만들어 가곤 했었는데, 당분간 그런 모습을 보기 어려울 것 같은 게 마음에 걸렸다.

지서는 시간이 2시 10분이 되도록 아직 어떤 끼니도 해결하지 못해 배고픈 상태였다. 무엇보다 자신이 다친 사실이 가족들에게 전해졌는지 걱정했지만, 별다른 연락 같은 게 없는 걸 보니 따로 연락한 것 같지 않아 보였다. 지서는 경호를 받듯 경찰차를 타고 다시 알베로로 돌아왔다. 그곳에는 여전히 경찰들이 조사 중이었다. 하지만 그 속에서 권 사장의 얼굴은 순식간에 몇 끼를 굶은 듯한 모습이었다.

지서는 단도직입적으로 물었다.

"사장님. 피해 정도는 얼마나 돼요?"

"피해 정도? 돈 말이야?" 권 사장의 목소리는 살짝 쉰 듯한 느낌이었다.

"그것도 포함이죠."

"돈이야 현금 전날의 거스름돈뿐이지. 너도 알겠지만, 식당에 뭐 훔칠 게 있겠냐. 있어봤자 식재료들뿐이지. 도둑놈들 눈에는 뭐가 많은 줄 알았나보지."

손님들은 대부분 카드로 계산하기 때문에 하루 운영 준비금이라고 해봤자 이십만 원도 안 되는 현금만 있는 편이었다. 돈이 목적이 아니라 하더라도 훔칠 게 많은 식당은 아니었고, 권 사장은 도둑이 들었다는 사실 자체에 큰 충격을 받은 모양이었다.

지서는 본인도 피해자로서 속상하지만, 제일 마음이 아픈 건 권 사장이라고 생각했다. 가뜩이나 어려워지던 상태였는데, 거기에 강도까지. 뭔가 해야 할 숙제가 늘어나는 느낌이었다.

그런 마음으로 권 사장의 축 처진 어깨를 보니 팔의 통증보다 가슴이 더 아려왔다.

"내일 당장 어떻게 하실 겁니까?" 지서는 다시 물었다.

"영업? 영업은 해야지. 그대로 해야지."

고연을 포함한 다른 직원들은 전부 두 사람의 쪽으로 모이거나 시선을 주고 있었다. 권 사장이 이제야 경각심이 든 것 같다고 생각했다. 뒤늦었지만 피해는 크지 않으니 좀 더 알베로를 성장시키는 데에 양분이 될 거라 믿었다.

"우선 오늘은 이만 돌아가서 쉬어. 모두들 다. 내일부턴 정상영업을 할 거고. 지서 너도… 일단은, 일단은 평소처럼 출근해." 권 사장은 그렇게 어렵게 말을 꺼냈다.

"네."

우선은 뭘 하든 비정상적일거라고 생각했다. 그럴 땐 평소대로 하는 게 정신적으로도 좋다. 생각하지 못한 일을 당했지만 지나간 일을 계속 붙잡을 필욘 없었다. 어차피 그놈들은 잡힐 거라고 모두가 생각하고 있었다. 그렇게 서로서로 위로하고 있었다.

하지만 권 사장은 잠시 생각을 하더니 어렵게 입을 열었다.

"그리고 말이야. 이건 나중에 말하려고 했는데."

"예?"

"사실 저번 달부터 수지랑 해외여행을 가려고 준비를 하고 있었어. 근데 지금 취소하기엔 여러모로… 곤란하네."

직원 모두가 수지의 모습을 찾았다. 하지만 오늘 사건이 있었던 이후로 수지는 한 번도 알베로에 모습을 나타내고 있지 않다. 그리고 직원들은 권 사장이 무슨 말을 하는 건지, 이 상황에 어떤 생각을 하고 있는 건지, 사고방식을 이해할 수 없다는 듯이 권 사장을 바라보았다.

"무슨 말을 하려는지 알아. 그래서 곤란해." 권 사장은 조심스럽게 이어 말했다. "이번 기회로 청혼을 하려고 했었거든." 그 말에 납득을 해달라는 듯한 간곡함이 있는 것 같았다.

알베로의 모든 멤버가 어떻게 받아들여야 하나 고민했다.

지서는 같이 일한 3년이 참 무색하다고 느꼈다.

지금 어쩌다가 이렇게 다쳤는데, 얼마나 알베로에 신경 쓰고 진심을 다하고 있는데, 그런 사람을 앞에 두고 무슨 말을 하는 건지 지서는 생각하면 할수록 화가 치밀어 오르고 있었다.

하지만 사장은 결국 결정타를 지었다.

"우리가 여행 다녀올 때까지 좀, 고생 좀 해줄 수 없을까?"

그리고 어느 쪽에선가 한숨이 들려왔다. 그 주인은 누구인지 알 수 없었으나 모두가 한 것과 다름없다고 생각했다.

그리고 사장은 정말 4일 후에 베트남으로 여행을 갔다. 그 이후에 경찰들은 사장을 찾곤 했는데 여행을 갔다는 말에 어이없어 욕을 하며 돌아가곤 했다.

그래도 지서는 그가 자신의 미래를 위한 결정을 하는 만큼 중요한 순간이기에 놓칠 수 없는 거라고 생각했다. 그러니 그런 상황에도 불구하고 해외여행을 하고 청혼을 하려는, 최대한 권 사장의 입장을 이해해 주기로 했다. 지서는 좋게 생각하는 게 마음이 편할 거라고 여기고 있었다. 하지만 그런 생각은 결코 좋을 것 하나 남기지 않았다.

사장이 복귀하고 이틀이 지난 후.

그는 지서에게 해고를 통보했다.

"그냥 그때 차라리 그 도둑놈들이 도망치게 내버려두지 그랬냐."라며 더 이상 지서와 같이 일하기 힘들다며, 사장은 지서가 알베로를 망치고 있다며 말하고 있었다.

아림에게는 늘 점심시간을 어떻게 해결해야 할지가 고민거리였다. 이미 헤어진 남자 친구를 따라 공무원이 되는 길엔 늘 곁에 한 사람만 두었던 탓인지 친구도 얼마 남아 있지 않았다. 늘 함께 하던 사람이 없으니 외식 한 번 제대로 즐기기 어려웠다.

그래도 아림에게는 유일하게 혼자서 밥을 먹을 수 있는 곳이 있었다. 그것도 혼자서 들어가기 어렵다고 하는 이탈리안 식당. 초대를 받아 찾아가게 된 식당이라 그런지 아림은 혼자서 오더라도 반겨 주는 사람이 있어 누군가와 함께 식사하는 것 같은 기분이 마음에 들고 있었다. 하지만 이번엔 그랬던 평소의 분위기와는 너무 다른 큰 소리가 나고 있었다.

"내가 얼마나 거지같은 것도 참아왔는데! 설날에는 4개월이나 지난 다진 냉동 소고기를 상여금이라고 하며 주지 않나, 추석에는 협력 업체에서 받은 생활용품 세트 하나를 네 명이서 나눠 가지라고 하질 않나. 양심이라도 있나 봐?!"

평소에는 나긋나긋한 목소리만 들려주었던 사람의 목소리였다. 늦은 시간이었지만, 아림이 찾은 알베로에는 손님이 없었던 것인지 직원들의 소리만 들려오고 있었다. 꽤나 격렬한 목소리들로만. 거기에 아림은 목소리를 끌어 올리는 지서의 뒷모습을 바라보고 있었다.

"매번 약속은 약속대로 어기고, 지금은 이렇게 다친 팔로도 어떻게든 일에 구멍을 만들지 않으려고 노력하는데. 뭐? 손님도 별로 없었는데 점심도 안 만들고 뭐 했냐고? 그리고 그런 걸로 화를 내는 게 미안하니까 같이 일을 못 하겠다고? 그게 무슨 개떡 같은 해고 사유야? 내가 여기 가게를 망치고 있다니? 알베로에 도둑이 들고 정신머리까지 해외에 두고 오신 거 아니야?"

아림은 지서의 호통에 어떻게 해야 할지 몸이 따라 주지 않았다. 거기다 지서는 직원이었다. 직원이 사장에게 일방적으로 화를 내고 폭언과 다름없는 느낌의 격분이 이렇게 내려치는 건 처음 보았다. 아림은 그저 그 상황을 지켜보기로 했다.

"얼마나 나를 만만하게 보면 같이 일하는 애들 앞에서 그딴 말을 해요? 지금 다시 말해 봐요. 뭐? 차라리 경찰 부를 일 없이 강도들을 마주 안 했으면 좋았을 거라고? 그게 결국 내 탓이라고? 대체 그 머리통이 눌러가서 어떻게 깨졌기에 그런 말을 쉽게 할 수 있는 거냐고!"

지서는 해고 통보를 거부하고 싶은 건 아니었다. 그렇게 싫다면 떠나 주겠다는 마음이었다. 다만 알베로를 아끼고, 함께 일했던 사람들을 좋아했고, 그 장소에 있는 것 자체가 좋았고 아꼈던 그곳의 주인은 결국 따로 있고 자신을 이렇게 함부로 할 수 있다는 게, 지서에겐 믿었던 식칼로 손등을 베인 것만 같았다.

"너무 흥분했잖아. 그런 식으로 말 한 것도 아닌데."

"내가 뭘 잘못 들었다는 거야?"

"진정하고."

"점심식사 하나 차리지 못했다고, 해고 사유까지 만드는 게 그동안 얼마나 자르고 싶었던 걸 용케도 잘 참아 왔나 보네. 똑똑히 두고 봐. 이미 장난이라고 해도 절대 용서 못 해!"

권 사장이 그런 말을 한 건 사실이지만, 지금은 어떤 말을 하더라도 흥분한 지서에게 통용될 것 같진 않았다.

지서는 권 사장은 물론 알베로의 모든 것을 저주하고 욕을 퍼부으며 퇴장하고 싶었던 것을 지금 이 상황을 바라보던 직장 동료들을 보며 참아 냈다.

"이딴 식으로 3년이나 같이 일한 사람을 자른다니. 이런 인간을 사장으로 믿고 따랐다니 내가 멍청했고 등신이었지." 지서는 높지 않은 목소리로 권 사장을 삿대질하며 뒤로 돌아섰다.

더 이상의 대화는 무리였다. 이미 틀어져 버린 것은 되돌릴 수 없다는 것을 확신한 지서는 옷을 갈아입으러 돌아선 곳에 아림이 서 있는 것을 보았다.

지서는 가뜩이나 구겨진 자존심이 더 구겨지고 있었다. 지서는 그저 도망치듯 직원실에서 자신의 짐들을 챙겨 아림의 옆을 지나 알베로를 나갔고, 아무런 말을 하지 못한 아림은 뒤늦게야 지서를 따라 알베로를 나왔다. 그 동시에 마찬가지로 아림 또한 두 번 다시 알베로를 방문할 수 있을 것 같지 않았다.

지서는 멀리 쫓아갈 필요 없이 꽤나 잘 보이는 한 건물 앞에서 쭈그려 앉아 있었다.

아림은 그런 모습을 바라보며 천천히 다가갔다. 무슨 일이 있었던 건지 명확하게는 모르지만, 어떤 상황인지는 알 수 있는 상황을 목격한 만큼, 지서에게 어떻게 말을 걸어야 할지 생각했다.

"오늘. 술 생각나서 왔는데, 다른 곳 가서 같이 마실래요?"

"아뇨. 괜찮아요."

나름 애써 생각한 말이었지만 칼같이 베였다. 아림은 잠시 지서를 보다가 한숨을 대신 쉬어주며 살짝 거리를 둔 옆쪽에 나란히 앉았다. 아마 어떤 말을 하더라도 위로가 되지 않을 거라고 생각했다. 아림은 지서를 만난 지 오래되지 않았지만, 이렇게 화를 낼 수 있는 사람일 줄은 몰랐다.

"다 봤어요?" 지서는 물었다.

"다는 아니지만, 어떤 상황인지는 알 것 같아요."

"하… 창피하네요."

"그럴 필요까지 있나요. 그걸 봤으니까 위로해 줄 수 있는 거죠. 어디가 아픈지 알아야 같이 아픈 걸 나눌 수 있으니까요." 그 말은 지서에게 힘이 되어 줄 거라고 생각했다. 하지만 아림의 기대와는 달리 지서는 여전히 어깨가 늘어져 있었다.

무언가에 지치고 패배감에 짓눌려 무너지는 듯한 모습.

아림에게는 지겹게도 많이 본 모습이었다. 지금으로선 그에게 아무런 힘이 되어 주지 못할 것 같았다.

아림은 자그마치 3개월 감봉이라는 징계를 받았던 때부터 가뜩이나 틀어져 있던 직장 동료들과의 관계가 더 틀어진 것 같다고 느꼈다. 그때의 기준으로 아림은 직장 동료들에게서 미묘한 기류를 느끼곤 했다. 징계를 받은 건에 대해서 한동안은 구청이 잘못한 거냐 아림이 잘못한 거냐는 의견으로 떠들어 대곤 했지만, 아림에게 바뀔 건 아무것도 없었다.

"아림 씨는 오늘도 같이 식사하러 안 나가요?"

아림은 그런 제안을 받아도 결코 직장 동료들과 한 식탁을 공유하고 싶지 않았다.

"네. 오늘은 도시락을 싸 와서요."라고 말하며 거짓말을 했지만, 보기 좋게 편의점에서 도시락을 사 먹다가 목격되고 말았다. 아림은 약점을 새롭게 잡힌 기분이었다. 당분간은 자기들끼리 비웃음거리로 쑥덕거릴 게 뻔할 거라고 생각했다.

아림은 지서가 해고를 당하고 난 이후로 점심시간대에는 물론 저녁시간대에도 알베로를 찾아갈 수 없었다. 알베로는 어디까지나 지서라는 초대하고 맞이해 주는 사람이 있었기에 향할 수 있는 따뜻한 곳이라 여기고 있었다.

그런 레스토랑은 데이트하거나 분위기를 내고 싶은 사람들이 찾아오는 일이 많기에 혼자서 방문하는 건 생각보다 쉬운 일은 아니었다. 그건 아림이 제일 잘 알고 있었다. 알베로를 출입하는 동안 자신처럼 혼자 방문하는 사람은 단 한 명도 없었다.

일주일이 지나도록 아림은 지서와 아무런 연락을 하지 않았다. 아마 지금은 그 어떤 말을 하더라도 위로가 되지 않을 것 같아 연락이 있을 때까지 가만히 두기로 했다. 그 사이에 아림에게는 보름 만에 외식을 할 수 있는 기회가 찾아왔다. 그건 아림이 유일하게 외식을 할 수 있는 두 가지 방법 중 하나였다.

자그마치 9년이라는 시간을 사랑했던 남자와의 약속이었다.

아림과 그는 이별했어도 서로 이유를 가져다 대며 같이 식사를 하곤 한다. 짧게는 보름, 길게는 한 달에 한 번.

아림은 9년이라는 시간이 길었기 때문인지, 이별했다는 것을 인지하고 있음에도 쉽게 외면할 수 없었다. 그도 약속 장소에 다가오는 아림을 기다리며 늘 반가운 미소로 맞이하고 있었다.

*

"엄마가. 또 암에 걸리셨어."

그의 말에 아림은 오랜만에 먹고 있던 돈가스 조각을 그대로 떨어뜨려 버렸다. 돈가스는 옛날부터 함께 즐겼던 음식으로, 반가운 마음에 찾은 식당이었던지라 마냥 기분 좋은 마음으로 식사하려던 아림은 미안한 감정만 들 뿐이었다.

"세상은 진짜. 왜 그리 어머니에게…"

"돈가스엔 여러모로 좋은 추억이 많았는데. 내가 미안하네."

"그게 문제야? 어머니는 많이 안 좋으셔?"

"어렵게 이겨 냈던 병이었는데, 다시 이겨 내야 하니까. 몸도 몸이지만 심적으로 많이 힘들어 해."

아림은 그렇기에 말 한마디가 조심했다. 아림과 그는 함께했던 시간이 많았던 만큼 그때의 힘겨움도 기억하고 있었다. 그렇게 아림이 그에게 어떻게 말을 꺼내야 할지 고민하고 있을 때 인섭은 먼저 아림에게 말했다.

"그리고 이제 공무원 시험을 준비하는 것도 그만하려고."

그 말에 아림은 반사적으로 물었다.

"뭐? 어째서? 그동안 해 온 게 있잖아."

"해 온 게 있지만 얻는 게 아무것도 없잖아. 엄마가 그렇게 아픈데 치료비에 보탤 돈조차도 하나 없어. 아버지가 병원비에 내 용돈까지. 내가 언제까지만 공부만 한다고 의자에만 앉아 있을 수 있겠어."

대체 몇 년이었을까? 5년? 대학교 시절까지 계산하면 더 길고
도 긴 공무원 시험의 준비 기간이었다. 아림 또한 그 기간이 적진
않기에 인섭의 마음은 이해할 수 있었다.

"나도 이제 어떻게든 직업을 얻고 돈을 벌어야지. 엄마 보기에
도 너 보기에도 부끄러워서 의자에 앉을 수가 없어."

아림은 현실적으로 맞는 말만 하는 인섭의 말을 부정할 수 없
었다. 하지만 그래도 아림은 인섭이 계속 공무원 시험에 도전했
으면 하는 마음이었다.

"공무원이 되고 싶은 건 네 꿈이었잖아."

"맞긴 한데… 되고 싶긴 했었는데. 현실이 그러지 못하잖아."

인섭은 아림을 향해서 미소를 보이곤 있었지만 아림은 달갑지
않았다. 9년이라는 시간은 서로에 대해서 알기엔 충분하고도 남
은 시간이다. 그건 그저 미소가 아니라 괜찮은 척을 할 테니 그 마
음을 알아달라는 인섭의 표현이었다. 오직 아림만이 알 수 있는
표현이었다.

"그러니까, 엄마 병문안 와 줘. 엄마가 널 많이 보고 싶어 해."

"그야 찾아가는 건 당연하지. 안 뵌 지도 오래됐는데."

"그래. 고마워."

그렇게 대화는 중단이 되었다. 그렇다고 하기엔 다시 식사를
시작하기에도 분위기는 거북했다. 그래도 다시 이야기를 꺼낸 건
인섭이었다.

"예전엔 진짜 돈가스 많이 먹곤 했었는데."

인섭이 말하는 돈가스는 지금처럼 화려하게 틀에 담긴 일식

스타일의 돈가스가 아니었다.

"도서관 식당에서 팔던 건 돼지고기가 아니라 쥐포를 튀긴 것 같았어. 배고파서 어쩔 수도 없었고."

"그래. 그땐 도서관에 아주 살았잖아. 양이 많고 싸니까 도서관 식당에서 자주 사 먹었지."

"그래. 그랬지."

돈가스엔 여러 추억이 있었다. 그것뿐만이 아니더라도 인섭은 아림에게 직접 튀겨서 도시락을 만들어 주기도 하고, 쉽게 접할 수 있던 음식이었던 만큼 가난한 공시생의 시절을 보낸 두 사람에겐 돈가스는 여러 추억을 남기기 쉬웠다.

지금 이 순간도 마찬가지.

인섭은 한숨을 내뱉으며 말했다.

"가끔은 그냥 다 버리고 도망쳐서 숨어 있을 수 있는 곳이 있으면 좋겠다는 생각이 들어. 자신만의 그런 장소가 있다면 어느 정도 마음이 풀 수 있을 것 같은데 말이야."

그건 아마 누구에게나 가질 수 있는 소원일 거라고 생각했다. 아림 또한 예전에도 지금도 그런 생각을 하곤 했다.

"정말로… 지치는 일들이 한 둘이 아니네."

사람 사는 게 다 그런 거라 생각하기도 했지만, 아림은 그렇기엔 우리들의 일상은 꽤나 가혹한 면이 있다고 생각했다.

아림이 인섭을 만난 것은 고등학생 때였다. 시간이 지날수록 이건 자신의 첫사랑이 될 거라고, 아림은 직감했다. 이성 친구가 아무도 없었기 때문인지는 잘 모르겠지만, 친구에게 소개를 받고 그저 얼굴을 한 번 보았던 상대와 문자만 주고받는다는 이유로 그런 설렘을 계속 이어 간다는 게. 참 웃긴 일이었다.

그러다가 우연을 가장해 인섭의 학교 근처까지 가서 버스를 타는 척을 하기도 했었고, 그러다가 학교 마치고 잠깐 만나기도 하고, 그러다가 약속을 잡고 주말에 만나기도 하고. 그렇게 이야기도 하고 그렇게 손도 잡아보고 그렇게 안아보기도 했다.

그 풋내 나는 작은 인연은 생각보다 길게 이어갔다.

성인이 되는 해에 아림의 아버지가 교통사고로 의식 불명일 땐, 학교까지 쉬면서 돈을 벌어야 했고, 버는 돈은 전부 치료비에 들어갔던 터라 냉장고엔 늘 잘 상하지 않는 값싼 음식 재료들로만 채웠다. 계란 따위는 사치일 정도였다. 그런 시기에도 군대에 있던 인섭은 한 푼도 쓰지 않은 적은 병사 월급을 그대로 아림에게 건넸고, 휴가를 나와도 아림의 곁에 머물렀다.

아림의 아버지가 안정되어 갈 때, 아림과 인섭은 다시 학교로 복학할 수 있었다. 아림은 꿈이란 것이 딱히 없어 대학교를 다니는 것을 그만두려 했지만, 인섭이 아림을 이끌었다. 아림은 인섭과 같이하는 거라면 그저 좋았다. 함께 힘겨움을 버텨 냈기 때문인지, 아림은 공무원이 되고 싶어 하는 인섭을 쫓으며, 이번엔 자신이 도와주고 싶다는 마음이었다.

하지만 몇 년이 지나도 합격을 하는 일 따윈 없었다. 그러던 인섭에게 아림은 그런 질문을 한 적이 있었다.

"공무원이 되는 게 왜 꿈이라고 하는 거야? 직장을 가지는 거랑 꿈은 좀 다르지 않나?"

그 말에 인섭은 꽤나 단호하게 말했다.

"말 그대로 꿈이야. 그리고 비밀. 공무원이 되면 말해 줄게."

꿈이란 게 거창할 필요는 없었지만, 일정 직업을 가지는 것이 꿈이라니, 아림은 어떤 비밀을 알려 주게 될지 기대하곤 했었다.

하지만 한가지의 일만 계속한다는 건 아주 힘겨운 일이다. 공부도 마찬가지다. 의자에 앉아서 공부한다고 하더라도 체력은 필요하고, 포기하지 않는 마음을 가지는 건 체력을 유지하는 것보다 더 어려운 일이었다. 그리고 그런 꺾일 것 같은 순간은 결코 적지 않았다.

아림은 입고 싶은 것을 살 수가 없는 것은 물론, 인섭에게 챙겨주고 싶은 것 하나 사지 못할 때, 데이트하고 싶을 때도 공부할 시간이나 부족한 돈을 따져 가며 마음대로 할 수 없을 때도, 생일이나 이벤트가 필요한 날에도 챙겨 주지 못하게 되면 마음이 꺾일 것만 같았다. 무엇보다 아림은 공부만을 하느라 제대로 신경 쓰지 못한 외모를 보면 마음이 너무나도 무거웠다. 아무리 시간이 많이 지나고 이유가 있고 서로에게 익숙해진다고 하더라도, 아림은 언제까지나 인섭에게 예쁜 여자로 있고 싶었다.

걱정과는 달리 인섭의 아림을 향한 마음은 올곧았다.

"밥 먹자. 집에서 싸 왔어." 인섭은 양손에 도시락 하나씩 들어 보이며 말했다.

"언제 다녀왔어? 조용하기에 공부하고 있을 줄 알았더니."

"집중하고 있기에 그냥 잠시 다녀왔어."

도시락의 내용물은 그리 대단하지 않았다. 집의 냉동실에 있는 작은 미니 돈가스에 요리책을 보며 습득한 스크램블에그, 거기에 아림이 가장 좋아하는 으깬 감자샐러드. 마무리로 영양을 위한 것인지 닭가슴살을 스테이크처럼 구워 담았다.

"먹는 건 나인데 꼭 네가 더 좋아하더라." 아림은 싱긋 웃으며 말했다.

"그야 당연하지." 인섭은 그렇게 말하며 아림이 먹는 모습을 바라보았다.

아림은 이 순간보다 좋은 순간이 따로 없었다.

사랑하는 사람이 사랑스럽게 도시락을 만들어서 가져온다는 게, 평범하더라도 소중함을 느낄 수 있는 도시락은,

"행복해지는 맛이야."라는 감탄사를 이끌어 냈다.

인섭은 요리를 잘하지도, 좋아하는 것도 아니지만, 지쳐 있는 아림에게 요리를 해 주는 것에 큰 행복을 느끼고 있었다.

두 사람은 그런 평범함이 좋았다. 특별할 필요는 없었다. 사랑을 주고받는 것 자체가 특별함이니 보다 큰 욕심은 필요 없었다.

그리고 두 사람이 만난 지 7년이 넘어간 시기.

아림만이 결과를 얻어 냈다. 그리고 인섭은 아림에게 죄를 진 것처럼 말했다.

"미안. 나도 합격했어야 했는데."

아림이 합격했던 그 시험은 올해의 마지막 시험이었기 때문에 다음 시험을 치려면 반년 이상을 다시 준비해야 했다. 아림은 그래도 괜찮았다. 오히려 긍정적으로 생각하려고 했다.

"괜찮아. 이젠 내가 도와줄게. 잘할 수 있을 거야." 지금의 변화가 생긴 만큼 인섭이 불안감을 느낄 수 있을 거라고 생각했다. 오히려 지금 이 순간 정신을 더 바짝 차리지 않으면 더 시험 결과가

더 안 좋을 수가 있다.

아림은 만약에 남자 친구만 합격하고 자신이 떨어졌다고 생각하면 그의 불안감이 그 어떤 순간보다도 클 수 있을 거라고 생각했다. 그리고 아림에겐 어렵게 얻은 공무원의 삶은 그다지 기대에 미치진 못했다. 초봉이 작은 건 알았지만, 추가 수당이 들어오지 않는 이상은 솔직히 그동안 합격만을 위해서 공부했던 걸 생각하면 순수하게 만족할 수 없는 수준이었고, 아직까지도 아버지의 병원비가 필요했으며, 인섭을 어느 정도 내조하고 저금을 하면 나를 위한 돈은 10만 원도 되지 않았다. 그래서 아르바이트를 하고 싶다는 생각도 들었지만 공무원법상 겸업은 불가능했다.

하지만 더 힘든 건 인섭이라며 아림은 아쉬움을 버렸다.

그 안에서는 같은 공간에서 서로 의지하면서 공부를 해 왔지만, 지금은 인섭 홀로 싸우고 있다. 아림은 분명 그에게 도움을 준 것도 있지만, 오히려 받은 것만 생각하며 인섭에게 보답하며 돕겠다는 생각뿐이었다.

이번에는 아림이 직접 도시락을 싸 보기도 했고, 영화관까지 가기는 어려워 집에서 보기도 했다. 최대한 절약한 시간으로 좀 더 쉬거나 좀 더 공부할 수 있게 맞추어 주었다.

"공무원 업무는 어때? 할 만해?" 어느 날 인섭이 물었다.

"응? 할 만하지. 조금 야근이 불특정한 것 빼곤 괜찮아."

"그래."

그는 조금씩 바뀌고 있었다. 언제부터인가 장난기도 줄어들어 있었고, 목소리는 기존과는 다른 낮은 톤으로 유지되는 게 일반적이었다. 그건 진지해지고 좀 더 노력해야겠다는 각오나 마음가

짐이라기보다는, 물을 주어도 활기가 돌아오지 않는 식물처럼 처져 있는 느낌이었다.

먼저 인섭이 아림을 안으려고 다가오는 일도 줄어들었고, 그의 체온이 느껴지고 싶을 때쯤에는 아림이 먼저 두 팔을 벌려 안아달라는 표현을 하곤 했다.

아림은 공무원 시험에 합격하고 1년 반이 지나 스물일곱 살이 되었다.

인섭의 성적은 오히려 더 떨어진 적도 있었다. 연애의 연수는 세기엔 무의미한 느낌이 들 정도로 계속 이어지고 있었다.

인섭을 응원하던 아림의 아버지조차도.

"그 정도면 할 만큼 하지 않았니?" 세월이 지날수록 공부만을 하는 남자 친구를 바라보는 아림을 걱정하며 다른 남자를 주선하려던 적도 있었다.

모두가 지쳐가고 있었다.

아무리 좋아하는 사이라 해도 지침이 없다면 그건 거짓말이었다. 자신이 좋아서 하는 일들은 남들 보기엔 안쓰러운 일로 여겨지고 있었고, 그런 순간이 계속되다보니 올곧았던 이전과 달리 아림은 타인의 시선에 신경 쓰이기 시작하기도 했다.

지침은 수많은 소중한 것을 잊게 만든다.

더 이상 두 사람의 데이트에는 특별한 것은 사라진 것만 같았다. 지쳐 있는 아림을 보는 인섭, 그런 인섭을 보며 무기력함을 느끼는 아림. 그런 반복으로 인해 두 사람 사이에 존재했던 특별함이 무엇을 칭하던 건지도 잘 모를 것 같았다. 시간을 효율적으로 쓰며 이것저것 하던 행동들은 그저 귀찮음으로 변질되어서 집에서 데이트한다는 명목으로 같이 있곤 했다.

무엇보다 한숨이 나오게 하는 건,

"거의 2년이 되어 가는데…"

아림의 통장에는 아무리 절약하고 저금을 한다고 해도 2년 동안 300만 원 조차 모이지 않고 있었다. 그 통장 잔액이 뭐라고. 아림은 통장의 내역을 조회할 때면 그런 마음이 들곤 했다.

"제발, 이 숫자 때문에 내가 그 사람을 싫어하는 일이 없기를."

아림은 아무리 무뎌졌다고 한들, 그를 사랑하지 않다고 생각하고 싶진 않았다. 결코 자신이 사회생활을 하는 동안 다른 남자에게 눈을 돌린 적은 없다고 자부할 수 있었다. 인섭이 공무원 시험의 합격 여부를 떠나서 어떤 사람인지 잘 알기 때문에, 지금 옥죄어 오는 '합격'을 얻지 못해 괴로운 것뿐이라고 여겼다.

하지만 그렇게 중얼거리기도 했다.

"그냥… 다른 걸 찾아보는 것도 괜찮을 것 같기도 한데." 아림은 애초에 '공무원인 그'를 원하는 것도 아니었다.

그저 행복한 그와, 그의 품속에서 행복한 자신을 그리고 싶었다. 하지만 그건 결국 아림이 인섭의 꿈을 뺏는 것에 불과할지도 몰랐기에 표현할 수도 없었다.

그리고 인섭이 처음으로 아림의 직장까지 찾아왔을 때. 그때 모든 것이 무너졌다.

"밥 먹었어?"

그리 정돈된 모습은 아니었지만, 마냥 깔끔하지 않은 모습에 반가워해야 할지 순간 망설임이 지나쳤다.

"웬일이야? 이 점심시간에." 아림은 물었다.

"그냥 좀. 보고 싶어서. 도시락 싸 왔어."

예전처럼 같이 공부할 때 아림을 위해서 준비해 주곤 했던 인섭의 도시락이었다. 맛있다고 행복해지는 맛이 난다는 말을 듣고 싶어서 만든다는 인섭의 도시락.

"네 거는?"

"나? 나는 괜찮아. 그냥 이거 주고 싶어서 왔어."

인섭은 그렇게 아림에게 도시락만을 건네 주고 손을 한 번 흔들고 바로 돌아섰다.

그 어떤 말도, 어떤 표현도 따로 하지 않은 채.

그게 어째, 우리는 시간을 내서 같은 자리에서 도시락 하나 먹지 못하는 사이가 되어 버린 것 같아서, 아림은 인섭의 점점 멀어지는 뒷모습이 자신들의 거리감처럼 느껴지는 것 같았다.

그렇게 아림은 그날 혼자서 그의 도시락을 먹었다. 개봉하기 전까지는 예전에도 인섭이 자신을 위해 도시락을 싸 오고 요리를 해 주었던 추억을 떠올렸다. 그 안에는 그동안 도서관 식당에서 매번 먹어 질려서 싫다고 했던 돈가스가 미니 돈가스로 케첩에 뿌려진 게 보였다. 케첩은 흐트러졌지만 미니 돈가스를 얼굴 삼아 표정을 그렸던 것 같았다. 거기에 아림이 좋아하는 으깬 감자 샐러드에 스테이크처럼 구운 닭가슴살이 담긴 도시락, 그때와 똑같았다. 아림은 그저 미소가 지어졌다. 이런 사소하고 평범한 것에도 행복함을 느낀 시기가 있었다. 이상했다. 그때와 지금은 크게 달라진 건 없을 텐데, 왜 이리 거리감이 생겼던 건지. 이 도시락 자체가 예전과 다름없다는 것을 보이는 게, 아림은 인섭과 같이 먹으면서 기분 좋게 대화라도 나눌 걸 그랬다고 생각했다.

사랑은 이렇기에 특별하다고 생각했다. 지침으로 소중한 것들을 잊다가도 지침 속에서 벗어나게 하는 것도 사랑이었다. 아주 사소하더라도 그 사소함이 소중함으로 이어진다면.

아림은 자신의 자리로 돌아가 가방을 챙긴 뒤 다시 인섭을 쫓아 찾아가려 했다. 하지만 어디선가 자신의 이름이 들려온 것에 그 목소리를 따라 잠시 멈추어 섰다.

"아까 그 사람이 아림 씨 남자 친구라고요?"

아림이 같이 일하는 사람들의 목소리였다.

"왜 왔었데요?"

"뭐 주러 온 모양이던데, 공시생이라더만."

그리고 미묘한 웃음기가 아림의 귀에 들어왔다.

"몇 년 차라더라?"

"몇 년이지? 4년? 5년?"

"에이 더 넘었을걸요."

"엑? 미쳤다. 그 정도면 다른 길 알아봐야 하지 않나?" 그 말에 깔깔대는 소리도 섞였다.

"합격 못 하는 데에는 다 이유가 있는 법인데 쯧."

"남자 친구 있다는 말 진짜였구나. 나 그냥 허세 부리려고 거짓말하는 건 줄 알았는데."

그들은 그런 시절이 없던 것처럼 비아냥거렸다.

아림은 그래도 같이 일하면서 고생하고 웃고 시간을 공유했던 사람들이 그런 말을 함부로 한다는 게, 대체 어떻게 받아들여야 하는 건지 감정을 조절할 수 없었다. 자신들도 그런 과정을 겪었으면서 이해를 해 주기는커녕 비아냥거리다니. 아림은 생각하면 생각할수록 이어지는 그들의 대화에 용서할 수 없었다.

막상 화를 내고 싶어도 왠지 겁이 나서 발을 먼저 뻗을 수가 없었다.

하지만 그런 망설임도 얼마 못 갔다.

"공부만 해 왔으니까. 청춘 다 날린 꼴인데, 어떻게든 공무원이 돼야 하는 거겠죠. 그걸 모르는 건 아니니 안쓰럽기만 하네. 되긴 하려나."

그런 말을 하고, 그런 말에 웃는 사람들. 마치 자신들은 그런 적이 없다는 듯 피식거리는 게 정말 봐줄 수가 없었다. 그런 비웃음 소리를 내는 직장 동료들과 같은 공간에서 같은 시간에서 일하고 있었다는 게, 아림은 그동안 자신이 지옥에 있었다는 것을 깨달을 수 있었다.

아림이 앞으로 나서자 그들은 당연히 당황스러워했고, 아림은 따끔따끔 뜨겁게 울려오는 목에서 어떻게든 목소리를 짜내었다.

"그 사람. 당신들이 그렇게 함부로 말해도 되는 사람 아니에요 ..."

그때부터 아림과 직장 동료들 간의 사이는 완전히 벽이 생겼다. 아림으로선 도저히 참을 수 없었던 치욕이었다.

하지만 그런 아픔도 어딘가에 뉘이지 못한 채, 지침에 이기지 못한 인섭은 머지않아 아림에게 이별까지 고했다.

"미안해."

그런 이별을 맞이하며 아림이 바라본 인섭의 얼굴은 최근의 여느 때와 크게 다르지 않았다.

그저 좌절만 하고 있는 한 남자의 얼굴.

지서의 얼굴은 그런 얼굴과 크게 다르지 않았다.

아림은 그런 얼굴을 그다지 보고 싶지 않았다.

*

고민이 많아지고 무언가를 결정하기 어려울 땐 어디론가 도망쳐 버리고 싶을 때가 있었다. 지서는 아마 자신뿐만이 아니라 세상의 많은 사람들이 그런 부분을 마음속에 가지고 있을 거라고 생각했다. 하지만 지서에게는 딱히 그런 곳이 없었다. 요리하는 게 좋아서 요리사가 되었던 만큼 잡념이나 고민을 지울 때는 맛있는 요리 혹은 새로운 요리를 만들어 보면서 답답한 생각을 떨쳐 버리곤 했다. 하지만 이번에는 어떻게 해도 좋은 요리를 만들기는커녕 자꾸 팬 위에서 재료를 태우고만 있었다.

자신이 생각하는 것보다 더 상처를 받았다는 것을 새까맣게 타버리는 요리들을 보고 실감하고 있었다.

몸도 마음도 요리도 오버쿡이었다.

이럴 바엔 직접 하는 것보다 사 먹는 게 훨씬 낫겠다는 생각이었다. 지서는 이번 기회에 일하면서 그동안 가보지 못했던 식당들을 찾기 시작했다. 같은 업종에서 일하기 때문에 요리사가 음식점을 찾아가는 건 생각보다 어려운 일이었다. 손님이 많은 식당일수록 더 어려운 건 마찬가지였지만, 이젠 백수인 지서에겐 그런 어려움은 전혀 없었다.

알베로에서 일하기 전에 지서는 때때로 한 대학가에 위치한 라멘집에 찾아가곤 했다. 그 집에서 라멘 한 그릇을 먹기가 얼마나 어려웠던지, 방학 시즌에는 아예 문을 닫았고 주말에도 영업하지 않았다. 거기에 영업은 점심시간만 하다 보니 지금이 아니면 먹을 기회가 없다.

오랜만에 그 라멘집에 방문한 지서가 입구에 들어서자마자 주방 안에서 살짝 퍼져 나오는 육수의 진한 풍미가 코를 자극했다. 기름기가 가득하게 담긴 그 자극적인 향기는 여전했다. 대학생 시절에는 자주 찾아왔던 곳이었기에 나름 그리운 느낌도 생기는 게 어느 정도 마음도 편해지는 것 같았다.

"역시 남이 해 주는 걸 먹는 것도 좋겠네."

타인을 위해서 요리를 하다 보니 반대로 자신이 그런 입장이 되어 보는 것도 오랜만이었다. 어쩌면 잊어버릴지도 모를 기분이었다.

지서는 오랜만에 찾아온 만큼 예전에 가장 즐겨 먹었던 기본 라멘 두 그릇을 주문했다. 주문하는 동시에 주방에서는 조리를 시작했고 그 기점으로 대학생들이 입장하기 시작했다. 좌석은 순식간에 가득 차기 시작했고, 이제 12시가 되었음에도 불구하고 기다렸다는 듯이 밀려드는 손님들을 보니 자신만이 이 집의 라멘을 좋아하는 건 아닌 모양이라 느꼈다.

다행히 일찍 라멘 두 그릇을 받아 낸 지서는 오랜만에 사진을 찍으며 식사를 시작했다.

지서는 라멘을 좋아하는 것은 아니었다. 딱 이곳의 라멘만을 좋아했다. 보통 라멘은 일식이기 때문에 기름기가 많이 떠다녀 그 느끼함을 하나의 맛으로 면에 이끌어 입안을 부들부들하게 만들었다. 하지만 지서가 찾는 라멘은 알싸한 마늘로 국물을 끓였기에 돼지의 기름진 맛보다 단백함이 앞서 느끼도록 풍미가 가득한 기름기들을 마늘이 이끌어 입안을 정복한다.

먼저 라멘 그릇을 받으면 돼지국밥을 먹듯 국물부터. 라멘은 그릇이 뜨겁지 않아 그릇을 들고 후루룩 마실 수 있는 게, 따뜻하고 풍미가 가득한 기름진 맛이 한순간에 들어와 온몸의 수분이 라멘 국물로 변하는 것 같은 기분이 들게 만든다.

"아~ 녹는드~아."

아저씨 같은 소리에 왠지 자신 쪽을 쳐다보는 것 같은 시선을 느낀 지서는, 눈치를 보며 몸을 움츠렸다. 그 동시에 "큭큭큭" 하고 웃는 소리를 내며 지서의 반대편에 한 사람이 찾아왔다.

"먼저 주문해 달라고 했지, 먼저 먹고 있었을 줄이야. 좀 기다리시지." 점심시간을 이용해 찾아온 아림은 앉으며 말했다.

"국물만 마셨어요. 국물만. 여기 엄청 오랜만에 오거든요."

지서는 힘들고 도망치고 싶을 때 찾을 만한 곳이 없었다. 그건 꼭 특정한 장소가 아니어도 상관없지 않을까 하는 생각으로 바뀌게 되었다. 그러니 누군가와 함께 있는 게, 혹은 식사를 하는 게 그런 장소가 되지 않을까 하는 생각이 들었고, 아림의 얼굴을 보자마자 그것이 정답이라고 느꼈다. 거기다가 그동안 먹고 싶었던 음식까지. 배를 곯다가 이제야 한 끼를 먹는 듯한 기분이었다.

"그동안 어떻게 지냈어요? 거의 열흘 지난 거 알아요?" 아림은 먼저 말을 꺼냈다.

"그냥. 여러 가지 많이 태웠어요."

"태웠다뇨?"

"보통 마음이 혼란스러우면 요리를 하면서 풀곤 했거든요. 하지만 전부 타 버리더라고요. 혹은 오버쿡을 하거나."

"오버쿡?"

"너무 익혀서 원하던 맛을 잃어버렸다는 뜻이에요. 열기가 과했다는 거죠."

지서는 씁쓸하게 미소를 지어 보았다. 마냥 억지스럽지 않은 모습에 아림은 말했다.

"그래도 지금은 좀 괜찮은 거 같아 보여요."

지서는 순간 지금이 괜찮은 이유는 아림과 같이 식사를 하게 되어서인 것 같다는 말을 하려다가 억제했다. 왠지 낯부끄러운 말 같았다. 그러다가 그냥 그런 말을 꺼낼 걸하며 후회했다가 다시 낯부끄러웠다.

"그렇게 뜨거워요? 얼굴이 빨간데." 아림은 지서의 얼굴을 빤히 보았다.

"네? 아뇨. 아닌데."

그 말과 빨간 얼굴색을 보던 아림은 번뜩이며 지서의 얼굴을 가리키며 말했다.

"오버쿡! 이네요!"

자신의 빨개진 얼굴을 모르는 지서는 아림의 말을 이해하는 데 살짝 시간이 걸렸다. 그리고 진심으로 자신의 개그에 웃음을 보이는 아림을 보니 지서 또한 반사적으로 웃음이 세어 나왔다.

"아재개그를 그런 식으로 하다니."

"아재개그는 어디까지나 센스와 타이밍이 핵심이죠."

아림은 자신의 센스에 스스로 감탄하며 아직 뜨거운 라멘을 숟가락으로 저으며 살짝 열기를 식혔다. 뜨거운 건 생각보다 잘 먹지 못하기에 지서처럼 "녹는드~아"라는 표현을 하는 사람이 재미있었다. 그러곤 폭이 넓은 숟가락 안에 면과 건더기 그리고 국물을 담아 작은 라면 그릇을 만든 듯한 숟가락을 한입에 넣었다.

아림의 점심식사는 대부분 말라비틀어진 편의점 도시락이 대부분이었다. 혹은 집에 남아 있는 전날의 음식들. 이유는 간단했다. 혹여나 주변의 음식점에 들어가다가 직장 동료와 마주하는 게 싫었으니. 그렇기에 똑같이 그래야 했던 시간대에 조금은 부담스러울지 모를 기름기 가득한 라멘은 지서가 말하듯 몸 안이 따뜻해지는 게 기분이 좋아졌다.

"정말로 몸이 녹네요." 아림은 지서를 바라보며 말했다.

소소하지만 행복을 느낄 수 있는 순간 같았다. 그런 게 중요했는데 아림은 과부화될 것 같았던 최근 일상에 어느 정도 몸 안에 뭉쳐 있는 것들이 풀리는 것 같았다.

예전에도 그렇고 지금도 그렇고 도망치고 숨고 싶을 때 마음을 풀 수 있는 곳이 있었어야 했다.

"무슨 일 있었어요?" 지서는 아림에게 물었다.

아림은 잠깐 웃음이 나왔다. 정작 힘든 일이 있었던 당사자는 본인이었으면서. 하지만 그렇다고 없는 건 아니었지만 쉽게 알려 줄 이야기는 아니었다.

모른 척 하기엔 마음이 아팠던 인섭, 어머니처럼 아껴 주셨던 인섭의 어머니, 아직까지도 치료를 받고 있는 아버지. 여전히 좋아할 수 없는 직장 동료. 가만 생각해 보면 자신이 편하게 웃을 수 있는 곳은 바로 지금 이 순간밖에 없는 것 같았다.

"그냥요. 이렇게 편하게 밥 먹고 웃을 수 있는 곳이 있으면 좋겠다 싶어서요. 지서 씨는 그런 곳 있나요?"

"있던 건 아니었지만, 그런 곳으로 만들고 싶다는 생각을 하던 곳이 있었죠."

"거기가 어딘데요?"

"알베로에요."

자신에게 상처를 주었던 것에 생각보다 아무렇지 않게 말하는 느낌이, 아림은 지서가 어느 정도 마음이 풀린 게 아닐까 싶었다. 그래도 그런 곳에서 그렇게 나오게 되었으니 여간 힘든 게 아닐 것처럼 보였다.

상처를 입고 아프지 않을 리가 없다.

아림은 라멘 국물을 휘저으며 말했다.

"예전에 지쳐서 서로 상처를 너무 주고받았던 사람이 있었어요. 지금 와서 보면 그때 우리에게 잠시 쉬어 갈 수 있는, 어디든 도망쳐서 마음을 편하게 할 수 있는, 그런 편한 곳이 있었더라면 조금은 어땠을까, 하는 생각이 아직도 미련이 남아요."

아림의 진지한 목소리에 지서는 잠자코 귀를 열었다.

"그래서 저도 그런 곳이 있다면 얼마나 좋을까 하는 생각이 많았어요. 저도 알베로에 가는 게 마음도 편하고 좋았거든요. 차라리 지서 씨가 알베로처럼 직접 식당을 차리면 좋을 것 같은데요."

아림은 본능적으로 말한 이야기가 왠지 스스로가 대단한 발견을 한 것처럼 번뜩였다. 하지만 뭔가 멍해 있는 듯한 지서의 얼굴을 보며 아림은 다시 말했다.

"개업이 쉬운 일이 아닌데, 제가 너무 쉽게 말했네요."

아림은 스스로가 말실수를 했다고 느꼈다. 가뜩이나 큰 상처를 입은 사람에게 꿈같은 소리만 했으니, 더군다나 자신의 기분에 따라 너무 쉽게 말한 게 아쉬웠다.

하지만 지서는 예상과 다른 말을 했다.

"역시 그러는 게 좋겠죠?"

"네?"

"그런 생각 안 했던 건 아니거든요. 직접 식당을 차리는 거."

지서는 그런 식당을 만들고 싶다는 생각을 줄곧 해 왔다. 하지만 이전까지의 일하던 곳에서 만족했기에 접어 두었던 꿈이기도 했다. 수차례 고민하고 결정하지 못했던 꿈이기도 했다.

그렇게 망설임이 많았던 꿈이었는데, 그 꿈을 원하는 사람도 있으니. 이젠 마음 편하게 밀어붙일 수 있을 것 같았다.

지서는 얼마 남지 않은 라멘 그릇의 국물을 한 방울 남기지 않고 마셔 냈다.

역시 사람은 도망치고 싶을 때 도망갈 수 있는 곳이 있어야 한다. 마음을 편하게 풀 수 있는 그런 곳. 지금 한순간에 지서는 그런 곳이 얼마나 사람에게 큰 힘을 가져다주는지 깨닫고 있었다. 그리고 그런 곳을 자신이 직접 만들겠다고 마음먹으니. 지금 당장이라도 부동산에 달려가고 싶은 마음이 앞섰다.

지서 또한 꿈을 가지고 있는 사람이었다. 아림은 다행히 섣부르게 꺼낸 이야기가 된 것 같지 않아 다행으로 여겼다. 그런 장소를 만든다면 매일 같이 찾아갈 것 같았다.

"이름은 정했어요?" 아림은 살며시 미소지으며 말했다.

두 번째 요리

잊고 지낸지 너무 오래된 맛

이젠 공부를 계속하는 것도 포기했다. 5년을 했으면 충분했다. 아니 차고 넘쳤다. 부모님 등골을 빼먹었다고 해도 할 말이 없었고 다른 길을 찾아야 했다.

인섭의 마음은 그게 최우선이자 전부였다.

꿈을 향해 좇았던 길에서 청춘과 사랑하는 사람뿐만이 아닌 많은 것들을 잃어 왔다. 꿈을 좇았던 것을 후회할 정도였다. 아버지 지인의 도움으로 새롭게 시작하기로 했다. 낮에는 어머니를 보살피고 저녁에는 일하는 동시에 기술을 배우면서 앞을 준비하는 게 어떻겠냐는 제안이었다. 얼마 남지 않는 올해 겨울이 지나면 20대의 마지막 해가 된다. 20대의 마지막이라고 뒤를 돌아보니 아무것도 남아 있지 않은 것을 보면, 이제는 잃는 것이 아닌 다시 얻어가며 살아가고 싶다는 마음뿐이었다. 그런 입장에서 아무런 기술도 능력도 없는 자신에게 돈을 주면서까지 일을 가르쳐 준다고 하는 곳이 있으니 그저 고마울 뿐이었다.

인섭이 향하는 그곳은 아직 가오픈으로 준비 단계에 있는 작은 레스토랑이었다. 주소상으론 번화가이지만, 번화가에 가장 끝자락에 자리 잡힌 바람에 번화가에 위치한 식당이라는 느낌은 적었다. 거기에다가 골목에 골목을 끼워 들어가야 하는 곳이다 보니 인섭이 보기엔 그다지 위치가 좋은 것 같다고 생각도 들지 않았다.

'만테까레(mantecare)라… 무슨 뜻이지?'

인섭은 그렇게 읽어 내는 게 맞을까 싶은 간판을 보았다. 이탈리안 식당인 만큼 이탈리아어로 무슨 뜻을 담은 거라고 생각했지만, 크게 관심을 가지지 않았다. 그저 잘 배우고 잘 지낼 수 있는 곳이 된다면 좋겠다는 생각뿐이었다.

만테까레의 사장인 지서는 첫 직원을 직접 뽑을 선택권이 없었다. 하지만 레스토랑 만테까레의 개업엔 놓칠 수 없는 찬스가 있었다.

"보증금이랑 권리금 없이 그냥 바로 월세만 내도록 해. 그렇게 건물을 내줄게. 다만 조건이 하나 있어."

집주인의 조건은 심플했다. 집주인이 소개시켜 줄 사람을 반드시 고용해서 일을 시키고 가르쳐주며 월급도 줄 것.

지서는 면접을 보지 않는 게 좀 마음에 걸렸지만, 비교적 적은 비용으로 개업을 할 수 있다는 점에서 그 조건을 거부할 수 없었다. 사업을 하려면 인맥을 넓혀야 한다는 걸 다시 한 번 깨닫게 되는 순간이었다. 무엇보다 알베로에서 쫓겨나간 듯한 기분을 아직 완전히 지우지 못했기에 만테까레를 개업하는 일에 집중하며 새로운 직원에게 어떻게 일을 알려 주고 무엇을 시킬지 생각해 보려 했지만, 생각보다 그럴 여유는 없었다.

"망했다. 미리 체크를 해 놨어야 했는데."

매장이 만테까레라는 이름을 달기 전에 꽤나 방치된 것은 알고 있었기에 꼼꼼히 확인하고 청소를 했지만, 설마 그러는 사이에 불청객이 숨어들어와 있을 줄이야.

지서는 주방에서 신던 미끄럼 방지 슬리퍼를 신고 매장 한 가운데에서 바닥을 문지르고 있었다. 그리고 한 장판을 떼자마자 쌀알보다도 작은 벌레들이 습한 공간을 즐기고 있었다.

"하얀색이다."

지서는 큰 위기를 직감했다. 예전부터 식당을 차리고 싶은 생각에 방역 업체 직원들이 하는 말에 관심을 가진 적이 있었다.

'이 벌레가 다른 벌레와 달리 하얀 건 알에서 나온 지 얼마 지나지 않아서입니다. 시간이 지날수록 색이 바뀌죠. 그 외에도 변태를 했을 때도 이럴 수도 있죠.'

지서는 그렇게 알려 주었던 직원의 말이 떠올랐다.

'변태. 최악.'

바퀴벌레. 한 마리가 들어와 자리를 잡으면 수십 수백 마리로 번식시킨다는, 지구가 멸망한다고 해도 살아남을 생물. 이제 개업을 할 식당에 이제 태어난 녀석들이 있었다.

아무리 용을 쓴다고 한들, 바퀴벌레를 단시간에 모두 제거할 수 없다.

'진짜 마음대로 되는 게 하나 없네.' 지서는 이를 갈며 지금 보이는 녀석들이라도 박멸하려 했다.

그리고 그렇게 머리를 감싸더니 갑자기 발로 땅을 치고 머리를 벅벅 긁는 등 혼자서 이상한 행동을 하는 지서의 뒷모습을 인섭은 계속 쳐다보고 있었다. 아직 방문을 알리는 알림조차도 없는 식당이었다.

"안녕하세요. 오늘부터 일하게 될―" 그리고 그렇게 말하자마자 목소리에 시선을 돌린 지서는 인섭을 바라보다가 시야에서 두 사람의 사이의 바닥에 아주 작은 바퀴벌레가 기어가는 것을 포착했다.

지서는 급했다.

"거거거거기!미안한데먼저빨리그앞에있는벌레부터바로밟아죽여줄래에요?!"

한 마리도 놓치면 안 된다는 강압감에 외친 지서의 말엔 인섭은 그저 깨알같이 도망가는 바퀴벌레를 바라만 보았다. 그런 모습을 지켜본 두 사람이었다. 그리고 두 사람은 조심스럽게 서로 마주 보았다.

"안녕하세요.…"

"네. 안녕하세요.……"

인섭 또한 바퀴벌레를 싫어했다. 밟는 것조차 신발이 더러워질 거라는 생각을 할 정도로. 그리고 간략하게 자기소개를 했다.

"도인섭이라고 합니다. 잘 부탁드립니다."

＊

지서는 만테까레를 오픈하기 전에 오픈 멤버로서 함께 일할 사람과 이야기를 나누어 보고 손과 발을 맞춰봐야 한다고 생각했다. 아무리 무조건 뽑아야 하는 사람이라고 해도 같이 일하면서 어떤 사람인지 확인하는 건 매우 중요한 일이었다.

하지만 그 이전에 마주한 바퀴벌레의 존재는 각자의 머릿속을 헤집고 있었다.

'내가 뭔 짓을 하더라도 결국 업체를 불러야겠지? 초기라서 금방 해결되려나.'

'음식점에서, 그것도 입구에서 바퀴벌레가 나온다는 건 좀 문제가 있는 거 아닌가?'

지서와 인섭은 각자 다른 생각을 가지며 서로를 마주하고 있었다.

그리고 인섭은 준비해 온 서류를 내밀며 말했다.

"그래도 이력서 정도는 챙겨 와야 할 것 같아서요."

어쩌면 무의미한 서류이긴 하지만, 지서는 그런 기본적인 태도가 마음에 들었다. 하지만 이력서 내에서는 졸업한 학교들과 편의점에서 아르바이트한 것 말고는 없었다.

지서는 먼저 물었다.

"편의점에서 일하고 싶었던 동기가 있었나요?"

"폐기물이 좋았고, 손님 오기 전에 공부할 수 있었거든요."

뭔가 안쓰러운 대답이었지만, 지서는 계속 물었다.

"저로선 인섭 님을 고용할 수밖에 없는 입장이지만, 너무 사정을 모른다면 그건 그것대로 불편하잖아요? 그러니 이것저것 좀 물어볼게요."

인섭은 대답을 곧 잘하고 고개를 끄덕였다.

"졸업하고 나서 어떤 일을 한 거죠? 이력서 내에는 아무것도 안 쓰여 있는데."

"졸업하기 전부터 공무원 준비를 했었는데 계속 떨어지기만 했거든요. 그걸 경력으로 쓰기에 좀 그랬습니다."

"공무원 시험 준비는 계속하는 건가요?"

"아뇨. 이제는 그만뒀습니다."

"그래요? 왜 그만뒀어요?"

"너무 오랫동안 실패를 했거든요. 거기다가 어머니가 병을 얻으셔서 더 이상 공부만 할 수가 없어서요."

지서는 머리를 긁적였다. 이렇게 소개를 받는 걸 보면 개인 사정이 있는 것 같다고 생각했지만 깊게 묻긴 어려워 보였다.

"포기할 수 있어요?" 지서는 다시 물었다. 인섭은 지서를 잠시 쳐다보며 말했다.

"포기해야죠. 그깟 공부 때문에 얼마나 많은 걸 잃었는데요."

"보통 그만큼 잃은 게 있다면 끝까지 해서 다시 얻어 보려고 한 건 아니었어요?"

"더… 안 잃으려고 다시 시작해 보려는 거예요."

지서는 대화가 점점 어두워지는 것을 느끼기 시작했다. 그러려고 시작한 대화가 아니었는데, 지서는 뭔가 다른 쪽으로 이야기를 해야겠다고 생각했다. 그런 곤란한 얼굴을 본 인섭은 지서에게 물었다.

"역시 제가 마음에 들진 않으시죠?"

"딱히… 그런 건 아닌데." 지서는 당황에 괜히 말끝을 흐렸다.

"아뇨. 이해해요. 같은 시급을 줘도 좀 더 활기 발랄한 애들이나 경험이 더 있는 직원들을 쓸 수 있을 테니까요. 그래도 전 많이 잃어 본 만큼 간절함도 압니다. 만약에 불만족스럽다면 저를 안 쓰셔도 괜찮아요. 임대 계약에 문제가 생기진 않게 하겠습니다."

지서가 인섭에 가진 첫인상은 그랬다.

'뭐 이리 세상 다 산 것처럼 말하는 걸까.'

그 후로도 대화는 이어 갔지만 편안한 대화라고 할 게 못 되었다. 힘든 일이 있는 건 알겠지만, 매사가 부정적인 느낌이 들게 되는 대화는 앞으로 같이 일하는 것에 불안감을 가져다주었다. 인섭의 말대로 밝고 명랑한 직원이 있으면 분위기 자체가 다르다는 걸 잘 알기에 손님을 접대할 일을 인섭에게 잘 맡길 수 있을지 시작도 하기 전에 걱정이 늘었다.

지서는 내일부터 출근할 인섭을 보내면서, 지서는 심플하게 생각을 가져 보고 차근차근 진행해 봐야겠다고 생각했다.

'내일 방역 업체부터 불러 보자.'

인섭의 근무시간은 오후 5시까지 출근해서 오후 9시에 퇴근하는 것으로 휴식시간 없이 총 4시간을 일주일에 4회 그리고 주말에는 풀타임으로 일하는 것으로 합의가 되었다. 물론 상황에 따라 근속 도중에 바뀔 수 있었다.

만테까레에서는 총 세 가지의 음식 메뉴를 준비하고 있었다. 지서는 더 많은 메뉴를 만들어서 손님에게 내놓고 싶었지만, 현재로선 불안 요소가 눈에 띄기에 손님에게 선택지가 많은 것보다는 먼저 선택지가 적더라도 확실히 맛을 보장할 수 있는 것들을 내놓는 것이 최선이라 생각했다.

"그럼 저는 뭘 하면 될까요?" 첫 출근한 인섭은 그렇게 물었다.

"우선은 우리가 완전히 정상적으로 운영되는 게 아니니까. 주문을 받고 서빙을 하는 과정을 먼저 익혀 주길 바라고 있어요. 아무래도 저는 주방에서 요리하고 인섭 님이 음식을 손님에게 전해 주는 거에 익숙해진 뒤에 다른 일도 배우기로 해요."

"알겠습니다."

"그래도 결국 요리는 배워야 하니까. 앞으로 잘 부탁해요." 지서는 그렇게 말했다.

"네. 알겠습니다."

두 사람은 악수하거나 인사의 스킨십을 하지 않았다. 그리고 주방으로 돌아가기 전에 앞치마를 챙겨 받은 인섭은 지서의 뒷모습을 바라보았다.

인섭은 지서의 그런 모습에 꽤히 대단해 보였다. 나이는 두 살 차이이지만, 자신과는 달리 꾸준히 일도 해왔고 돈도 벌어오면서 이렇게 개인 식당을 차릴 수 있는 경제력까지 준비를 해 왔다는 게 스스로와 너무 비교된다고 생각했다. 무엇보다 자신이 내세울 수 있는 것이 있다는 건 대단하다고 생각했다.

'2년 동안 아무리 노력을 한다고 해도 이 사람처럼 될 수 있는 건 아니겠지.'

인섭은 지서와의 나이를 비교하면서 자신의 미래를 생각해 봐도 저 사람의 요리 실력과 경험 그리고 경제력과 그동안 만나온 사람과의 인연들은 자신이 비교할 수 있을 만큼이 되지 않을 거라고 생각했다. 세상을 쉽게 보고 걸어 왔던 만큼 이미 달려 나간 사람들의 뒷모습을 보면 자신이 초라하다고 느껴질 뿐이었다.

아직은 손님이 없기에 홀의 일을 배우기도 전에 인섭은 지서와 함께 주방에 들어왔다.

우선적으론 반죽하는 방법을 배웠는데, 손님들이 식사를 주문하고 기다리는 동안 애피타이저로 먹을 수 있는 식전빵을 만드는 반죽이었다.

"목표는 20시간 정도 발효를 하는 건데, 그게 마냥 쉬운 건 아니니까. 1차 발효하고 2차 발효해서 3차까지 넉넉히 시간을 가진 다음 글루텐이 형성되고 부풀어지는 것을 확인하고 반죽을 떼어 낼 거예요."

지서는 그렇게 말했지만, 인섭은 무슨 말인지 쉽게 이해할 수 없었다. 지서도 인섭이 이해를 할 수 있을 거라고 생각해서 말한 건 아니었다. 우선은 말로 설명을 하고 보여 주고 직접 해 보라고 지시하는 것이 지서가 타인에게 무언가를 알려 주는 방법이었다.

"귀로 듣고 눈으로 보고 그다음에 손으로 직접 만져 보고. 뭐 그건 주방이 아니더라도 어디든 똑같겠죠?"

"좀 적어도 될까요?"

인섭은 외워야 할 것이 있을지도 모른다는 생각에 미리 수첩과 볼펜을 챙기고 있었다. 지서는 그래도 괜찮긴 하지만 곧 필요 없어질 거라고 말했다. 그래도 인섭은 설명하는 것을 손으로 필기를 하는 게 익숙해져 있던 만큼 그래야 마음이 편했다.

그리고 지서는 다시 반죽하는 것을 보여 주었다.

"재료들의 비율은 기록하는 게 좋겠네요. 이 비율대로 넣은 다음에 밀가루가 뭉침 없이 잘 섞은 다음 발효를 시작할 거예요."

지서는 그대로 손으로 전부 밀가루 반죽을 만든 뒤 손에 묻은 반죽들을 덜어 내며 다시 말했다.

"발효는 좀 오래 할 거예요. 그래서 전날 퇴근하기 전에 해 두는 게 좋죠. 이대로 냉장고에 넣고 다음 날에 확인하는 것도 있지만, 지금은 30분 간격으로 발효를 하고 다시 반죽을 치대고 다시 발효 시간을 가지고 그런 과정을 3차까지 거칠 거예요. 거의 두 시간 정도 되겠죠."

지서는 그런 반죽이 피자 도우와 식전빵으로 구울 반죽이 될 거라고 설명했다.

인섭에게는 여태와는 다른 낯선 것들뿐이지만, 어렵더라도 눈과 귀 그리고 손으로 지서가 알려 주는 것들이 최대한 많이 담을 수 있도록 집중했다.

"저쪽에 넓은 쟁반이 있으니까 거기에 하나씩 담아서 홀에 꺼내 주세요. 식혀야 하니까. 아. 일단 따뜻하니까 하나 먹어 봐요. 갓 구운 빵은 진짜 행복해지는 맛 그 자체거든요." 지서는 꽤나 들뜬 듯한 목소리였다.

인섭으로서는 '행복해지는 맛이라, 그런 표현을 하는 사람이 다 있구나.' 싶었다.

"행복해지는 맛이라는 게 어떤 의미에요?" 인섭은 그렇게 물었다.

그 말에 지서는 즉답했다.

"음? 그냥. 그 순간이 즐거워지게 만드는 맛이지요. 입이 즐거우면 뭐든 즐겁잖아요? 갓 구운 빵 안 먹어 봤어요?"

"먹어 볼 일이 없어서."

빵이란 빵가게의 비닐봉지에 포장되어 있는 것을 사 먹어 볼 뿐, 굽자마자 바로 구운 걸 먹어 볼 기회 따윈 전혀 없었다.

지서는 그런 인섭에게 노릇하게 구워진 빵을 반으로 찢고 그 단면을 보여 주며 건넸다.

인섭은 그 안을 보면서, 아니 찢어지는 모습을 보면서 내심 신기했다. 그 순간을 기억에서 다시 재생 해봐도 방금 빵이 찢어지는 모습에는 어떤 영화의 3D 기술을 보는 것 같았다.

'뭐였지? 그게 뭐였지? 잘 생각이 안 나네.'

인섭은 그렇게 생각하며 따뜻한 빵을 두 손으로 받아 낸 다음 다시 한 번 그 단면을 바라보았다. 그리고 그 안을 자세히 보자 확실하게 떠올랐다.

'거미줄이다! 맞다. 그거네.'

빵의 표면이 마치 거미줄을 친 것 마냥 빈 공간들이 보였고, 그 중에서도 찢어진 거미줄처럼 큰 구멍도 있었는데, 그만큼 서로를 당기는 힘들이 터져서 생긴 구멍처럼 보였다. 지서는 그것들이 발효의 결과물이자 빵의 쫄깃함의 정체라고 말했다. 지서가 빵을 찢는 과정에도 촘촘했던 거미줄이 끊어지는 듯한 모습이었다. 그런 신기함에 더해 입에 물자마자 따뜻하고 고소하게 퍼지는 빵의 풍미는 향신료나 잼은 오히려 빵의 맛을 떨어뜨릴 것 같았다.

갓 구운 빵 먹는다는 것은, 따뜻함을 먹는 듯한 기분이었다.

"갓 구워진 빵. 생각보다 맛있네요." 인섭은 그렇게 중얼거리
듯 말했다.

"그죠? 다행이네요." 지서는 본인이 제빵 지식은 알다보니 인
섭의 말 한마디에 꽤나 마음이 편했다. 그리고 그 빵들을 하나씩
꺼내 넓은 쟁반 위에 가지런히 나열해서 올려놓은 다음 홀 쪽의
테이블 위에 옮겨달라고 말했다.

인섭은 그렇게 챙긴 빵들을 둘 곳을 찾았지만 마땅한 곳이 입
구 쪽에 있는 대기석 테이블 말고는 보이지 않았다. 인섭은 올려
둔 빵들이 다시 한 번 잘 식도록 빵끼리 붙어 있지 않은지 확인을
한 뒤 다시 주방으로 향했다.

시간은 점점 늦은 밤으로 향하고 있었다. 인섭은 내일 만들 빵
의 반죽을 만들었고, 지서를 따라 청소를 하며 조금씩 손님을 받
을 수 있는 레스토랑으로 만들기 위해 일에 전념했다. 그리고 주
방의 일을 하다 화장실로 향하는 도중 아주 작은 인기척을 느꼈
다. 입구 쪽에는 한 아이가 서 있었다.

'손님인가? 가오픈이라고 했는데. 받아야 하는 건가?'

인섭은 스스로 답을 낼 수 없어서 지서에게 돌아가려던 도중
아이가 보이지 않는 쪽에 숨어서 지켜보듯 바라보았다.

신장을 보면 초등학생 저학년으로 보이는 것 같은데, 아이는
이리저리 눈을 굴리지 않고 한쪽을 바라보며 가만히 서 있었다.

'사장님의 지인인건가?'

그리고 인섭은 늦은 시간인 만큼 아이의 부모님도 같이 있을
거라는 생각에 몇 명 더 식당 안으로 들어올 거라 생각했다. 인섭
은 손님을 맞이해야 한다는 생각에 먼저 지서에게 알려주기 위해

지서를 찾으려던 찰나 지서가 먼저 인섭을 찾았다.

"인섭 님. 혹시 락스 어디에 두셨어요?" 지서는 그렇게 물었지만, 인섭은 락스의 위치가 아니라 아이를 가리켰다.

"아. 사장님 저쪽에."

지서는 주방에 있을 락스를 밖에 두었나 싶은 생각에 쳐다본 쪽에는 한 아이가 뛰어가는 뒷모습뿐이었다. 그리고 그 어디에도 락스는 보이지 않았다.

"무슨 일이에요?"

지서의 말에 인섭은 조금 주저하는 목소리로 작게 말했다.

"저 애가… 빵을 가지고? 아니 훔치고? 아무튼 그러고 도망가는데요…" 인섭은 애초부터 락스를 가리킨 게 아니었다. 그리고 지서는 인섭이 무슨 말을 하는 건지 이해가 가지 않았다.

비록 없어진 것은 방금 구워낸 빵 하나이긴 하지만, 어린아이가 들어와 눈치 볼 필요 없이 빵 하나를 집어 들고 나가다니.

'이게 무슨 당나라군대도 아니고.'

지서는 어쩔 줄 몰라 하는 인섭의 얼굴을 보곤, 그래봤자 빵 하나라는 거에 크게 신경 쓰지 말자고 생각했다. 무엇보다 최근에 왜 이렇게 강도 사건을 겪게 되는 것인지 자기가 살고 있는 곳이 한국이 맞는 것인지 의문이 들기 시작했다.

"다음부턴 저의 지인인가 싶어도 저를 먼저 불러 주세요. 아니면 먼저 말을 걸어서 앉아 계시라고 말해도 괜찮아요."

"네. 죄송합니다."

"좀 어이가 없긴 했는데, 인섭 님 잘못도 아니니까요. 그냥 해프닝이라고 생각하자고요."

아직 할 일이 많았다. 오전에는 방역업체가 약을 뿌리고 나갔던 만큼 벌레들이 안에서 정신을 못 차리고 밖으로 나오고 있었다. 그걸 보일 때마다 해치우고 벌레가 꼬이지 않도록 구석구석 청소를 하며 내일부터는 손님들에게 가오픈을 하여 음식을 선보일 준비를 해야 한다.

"저기."

하지만 해프닝으로 여기던 것은 해프닝으로 끝나지 않았다. 지서와 인섭이 다시 주방으로 들어가려던 순간 입구 쪽에선 그 아이가 다시 나타나 훔쳤던 빵을 들고 서 있었다.

"왜 잡으러 안 와요?"

정돈되지 않는 머리는 꽤나 길었는데, 자세히 보면 확실히 남자아이인 걸 확인할 수 있었다.

그 아이는 아무런 말도 하지 않고 바라보는 두 사람에게 다시 한 번 말했다.

"이거 빵. 훔쳤는데. 왜 잡으러 안 와요? 경찰 안 불러요?"

두 사람이 황당스러운 건 당연했다. 인섭은 사장인 지서가 해결해야 한다는 생각에 지서를 쳐다보았다. 지서 또한 뭐 어쩌라는 건지 그저 고개만 저었다. 그보다도 어른들을 올려다보고 경찰을 부를 거냐고 묻는다니. 요즘 애들은 이해하기 어려웠다.

"아니 부를 생각은 없긴 한데. 다음부터 그러면 안 된다." 지서는 그렇게 말하고 아이에게서 빵을 돌려받으려 하지 않았다. 그대로 보낼 생각이었던 지서와는 달리 아이는,

"이러면 안 되는 거잖아요!"라고 외쳤다.

그런 말로 뒤로 돌아서려고 하는 두 사람을 붙잡았다. 대체 이

아이는 뭘 하고 싶은 건지 뭘 어떻게 해주길 바라는 건지, 하필 왜 여기에서 이러는 건지 이해하기 어려웠다.

두 사람은 그 아이를 다시 한 번 살펴보았다.

초등학생으로 보이지만 몇 학년 정도 될지는 조금 짐작하기 어려웠다. 어감으로 보아서는 이제 열 살 정도로 보이긴 했는데, 열 살 정도면 이런 행동을 하는 건지, 애초에 배고파서 빵을 훔칠 것처럼 야위지도 가난해 보이는 옷차림도 아니었다.

지서는 우선 아이의 키만큼 쭈그려 앉아서 물었다.

"그러면 왜 빵을 가져간 거야?" 지서는 굳이 훔쳤다는 표현을 하지 않았다. 그리고 그 질문에 아이는 입을 열지 않았다. 지서는 질문을 바꾸어 보았다.

"혹시 이 주변에서 사니?"

그 질문에도 대답하지 않았다. 그래도 아이 혼자서 이 늦은 시간에 이렇게 돌아다니는 것을 봐서는 주변에 부모님이 있을 것 같긴 한데, 혹시 길을 잃어버린 건 아닌가 하는 생각도 했다.

지서는 다시 물었다.

"부모님 연락처 알려줄래?"

그 말에 아이는 대답했다.

"경찰에는 전화 안 하고요?"

"경찰에는 전화 안 한다니까. 엄마 연락처 알려줄래?"

"그냥 경찰한테 전화하면 안 돼요?"

"경찰 분들도 바쁘시고, 일이 쉽게 해결되면 좋으니까."

지서는 이 아이가 왜 이리 경찰에 집착하는 건지, 혹시 부모님이 경찰이 아닐까 하는 생각을 했다. 아이는 바로 전화번호를 알려주지 않았다. 지서는 그저 그대로 어떠한 행동이라도 이어지길 기다리고 있었고, 아이는 결국 자신 옷 안에 숨기고 있던 목걸이에 적혀있는 숫자를 읽기 시작했다.

"공일공 구구일팔 오…"

엄마의 연락처로 보이는 말에 지서는 다시 한 번 불러 달라며 자신의 폰을 꺼내 부르는 대로 숫자를 입력하기 시작했다. 그리고 그대로 전화 연결을 시도하자 여섯 일곱 번째 통화 연결 음이 이어진 후에 한 여성의 목소리가 들려왔다.

[여보세요?]

목소리는 살짝 여린 느낌이었다. 지서는 대답했다.

"아. 저기. 잠시 만요. 전화 끊지 말아 주세요." 지서는 그렇게 말하고 폰을 뒤로하고 아이에게 이름을 물었다. 아이는 자신의 이름을 '호운'이라고 말했다.

지서는 다시 통화하기 시작했다.

"저기, 호운이라는 아이와 관계가 어떻게 되시나요?"

[네? 제 아들인데… 무슨?]

"아이가 지금 저희 가게에 있거든요."

[네? 지금 이 시간에?]

빵을 만들다 보니 시간이 많이 지나고 있었는데, 곧 있으면 인섭의 퇴근 시간이기도 했다. 그리고 상황으로 봐서 아이의 부모님은 아이와 함께하고 있었던 것은 아닌 모양이었다.

그렇다면 이 아이는 이런 시간에 혼자서 뭘 하고 있던 건지, 지서는 아이에게서 시선을 놓지 않고 있었다.

[저기 죄송합니다만, 저의 아이와 통화 할 수 있을까요?] 여성은

그렇게 물었다. 지서는 아이에게 폰을 넘겨주었고 아이는 두 손으로 폰을 들고 대화를 했다. 목소리를 들었던 것으로 충분했던 것인지 길게 대화하지도 않고 지서는 다시 폰을 받아 물었다.

"혹시 아이를 데리러 오실 수 있으실까요?"

[네. 그래야죠. 근데 정말 죄송한데 제가 지금 바로 그쪽으로 향한다고 하더라도 한 시간은 걸릴 것 같은데. 괜찮으실까요?]

지서는 시간을 확인했다. 원래라면 9시에 문을 닫지만 9시 30분까지라면 괜찮다고 생각했다.

"네. 괜찮습니다. 그럼 바로 와 주세요."

그렇게 전화를 끊었다.

지서는 우선 한숨부터 내뱉었다. 앞으로의 일도 많은데 사업과 아무런 관련도 없는 일을 받게 벌써 지치는 것 같았다. 지서는 아이에게 테이블 한쪽에 앉혀 두게 하고 다시 인섭과 함께 주방 정리를 하기 시작했다.

지서는 인섭에게 물건이 어느 쪽에 있는지 확실히 인지하길 바라는 마음에 재고 확인을 시켰다. 그리고 그 일이 끝나면 앞으로 손님이 오면 어떻게 대접하고 준비를 해야 하는지 하나씩 알려 주기 시작했다. 그러곤 두 사람은 주방에서 나와 하얀 앞접시를 닦기 시작했다. 그리고 두 사람 눈에 보이는 호운이라는 아이가 테이블에 얼굴까지 엎고 있는 모습을 보면서 말했다.

"혹시 배고파서 훔쳤던 건 아닐까요?" 인섭은 먼저 말했다.

"그렇다고 하기엔 이상하지 않아요? 다시 돌려주러 와서 왜 안 잡냐고 그랬으니까."

"그럼 왜 훔쳤던 걸까요?"

"글쎄요. 저 나이의 애들은 워낙에 이해할 수 없는 행동을 많이 하는 시기라서."

"사장님은 아이들에 익숙하신가요?"

"집에 저 아이만 한 애들이 둘이나 있거든요."

"네? 벌써 결혼해서 애들이 있으세요?"

"하하. 아뇨. 늦둥이들에요. 동생들."

"아. 오늘 놀랄 게 많네요."

"아뇨. 오랜만에 보는 반응이라 괜찮네요."

지서가 하얀 그릇을 닦아내면 인섭이 그 위에 티슈와 수저를 하나씩 세팅을 하고 컵 하나까지 뒤집어 올려 가지런하게 놓았다. 그것을 하나씩 나열해서 손님이 필요하면 바로 추가로 드릴 수 있도록 준비를 했고 혹여나 먼지나 불필요한 것들이 떨어질 것을 방지하기 위해 작은 천막을 얹혔다.

인섭은 지서에게 물었다.

"질문 하나 해도 괜찮을까요?"

"그럼요. 질문하는 건 좋죠."

"혹시 겁 안 나세요?"

"네?"

"저야 사장님의 사정을 확실히 모르니까 함부로 생각하기도 함부로 말하기도 어려워서요. 그래도 이렇게 자기 가게를 만드는 건 결코 쉬운 일이 아니라는 건 알고 있어서. 이렇게 새롭게 시작하는 게 겁이 안 나시는 건지 궁금해서요."

인섭의 질문에 지서는 살며시 미소를 지었다.

"물론 불안하죠. 예전부터 차곡차곡 벌었던 돈은 물론, 그동안 배워 왔던 것들을 전부 여기에 쏟아 부어도 성공할 수 있을지도 잘 모르는 게 사업이니까요. 실패한다면 다시 시작하는 것에 좌절감이 클 수도 있고, 다시 시작해야 한다는 것 자체가 허무할 수도 있긴 한데."

"있긴 한데?"

"누구나 편하게 와서 웃으면서 식사할 수 있는 식당을 만들고 싶다는 생각으로 나아가면, 마음속에 불안함보단 행복함이 더 지분이 높아요. 누구에게나 그렇게 마음이 편한 곳이 있다면 좋겠다고 생각하지 않아요?"

"그런 곳이 있으면 좋죠. 여기가 그런 곳이 되면 좋겠네요."

"그런 곳에서 일할 수 있게 되면 나름 자랑스럽지 않을까요?"

"그런가요."

"그럼요.

지서는 인섭과 이야기를 하다 보니 자신이 요리를 배워 오면서 느껴왔던 감정들을 인섭에게도 알려주고 싶었다. 자신이 요리를 시작하고 그 과정에서 있었던 많은 일들까지. 그렇게 이야기를 주고받다 보면 역시 서로에 대해 잘 모르는 만큼, 대화만큼 서로에게 다가가고 알아 가는 건 없었다.

지서는 다시 생각했다.

'무슨 이야기를 하다가 이런 이야기까지 하게 된 거지?'

그러다가 시간을 되짚어 대화를 거꾸로 생각해보았다. 그리고 떠올리자마자 다시 말했다. 분명 저 아이가 왜 빵을 훔쳤을까 하는 이야기에서 시작이었다.

"혹시 배가 고파서 빵을 훔쳤던 걸까요? 저 아이." 지서는 그렇게 물었다.

"네? 아까 제가 그렇게 물었더니 그러면 왜 굳이 돌려주러 왔겠냐고…" 인섭은 그렇게 말했다.

분명 그랬다. 지서는 그랬던 자신을 떠올리고 당황함을 숨기며 다시 말했다.

"그러면 혹시 관심을 받고 싶어서 그런 건 아닐지?"

"서로 누군지도 모르는 우리한테요?"

"관심을 받고 싶어 하는 사람들이 그렇잖아요? 대부분?"

"아무리 그래도 어린애인데." 인섭은 지서의 말이 아쉬웠다.

그렇게 말하니 지서는 자신의 말이 심했나 싶었다. 어디까지나 인섭과 대화를 시도를 해 보려던 것뿐이었지만, 너무 이상한 쪽으로 아이를 끌어들인 건 아닌가 생각이 들었다.

시간은 9시 반으로 향하고 있었다. 인섭은 퇴근할 시간이었지만, 아이의 부모님이 올 때까지 같이 기다리겠다고 했다. 직원에게 저녁식사를 제공하진 않으려고 했던 지서였지만, 이번에는 시간이 늦은 만큼 같이 식사라도 해야겠다는 생각이 들었다.

그리고 늦은 시간인 만큼 아이에게도 식사를 권유하려고 했지만, 그 사이에 허겁지겁 뛰어왔는지 숨에 허덕이는 한 여성이 문을 붙잡고 가게 안쪽으로 향해 말했다.

"저기—" 여성은 "크후— 흡." 급한 듯이 숨을 들이마시며 어렵사리 말을 하고 있었다. "아까 전화를 받았던 아이 엄마인데요."

정리하려고 한 심호흡으로도 여성은 아직도 숨이 차 있었다. 지서는 물 한 컵 달라고 인섭에게 말한 뒤 여성 쪽으로 다가갔다. 그러자 테이블에 앉아 있던 호운이 여성 쪽에게 뛰어갔다.

"엄마!"

그리고 그대로 엄마의 다리 쪽에 안겼다. 여성은 그런 아이를 손으로 감쌌지만, 먼저 지서 쪽에게 인사를 하는 게 먼저였다.

"죄송합니다. 저의 애를 보살펴 주셔서 감사합니다."

"아뇨. 괜찮습니다. 그래도 늦은 시간에 이렇게 돌아다니고. 다음엔 잠자코 집에서 엄마 기다리도록 해." 지서는 아이 쪽으로 시선을 바꾸며 말했다.

아직까지도 허덕이던 여성은 쭈그려 앉으며 아이에게 물었다.

"학교 갔다 오면 집에서 기다리라고 했잖아. 여기엔 왜 있던 거야."

지서는 역시 아이가 초등학생이 맞구나 하며 생각했다. 이내 인섭이 물과 컵을 가져오고, 지서는 마시고 쉬었다가 돌아가길 권했다.

여성은 감사하다면서 물만 감사히 받고 바로 돌아가겠다고 말했다. 그리고 여성은 아이에게 물었던 질문을 다시 했다. 하지만 아이는 대답하지 않았고 그 사이에 인섭이 그 아이를 가리키며 말했다.

"자녀분이 저희가 구워 낸 빵을 하나 집어 들고 도망갔거든요." 그 말에 여성은 딱딱하게 굳었다. 그리고 아이에게 시선을 돌렸다.

잘못한 것은 잘못한 거였다. 그냥 넘어가려던 지서와는 달리 인섭은 그 부분을 짚었다. 그렇게 시작된 험악해지는 분위기를 지서는 수습하려 나섰다.

"아 다시 돌려주러 돌아왔어요. 자녀분이 숨바꼭질 같은 거 하고 싶었던 게 아니었을…지…" 말도 안 되는 말이었다. 그녀는 지서의 말을 깊게 듣지 않았고 인섭의 말을 믿는 모양이었다.

무엇보다 아이의 엄마는 너무 지쳐 보였다. 직장의 일 때문인지, 근육이라는 하나도 찾아볼 수 없을 것 같은 팔과 다리, 그리고 얇디얇은 목과 턱선까지 초췌해 보였고. 사이즈가 작아 보이는 회사용 정장임에도 공간이 많이 남는 옷의 사이즈. 그리고 화장기 하나 없는 작고 어린 얼굴은 지서는 물론 인섭에게도 정말로 아이 엄마가 맞을까 하는 생각이 들게 했다.

아이의 엄마는 입술을 깨무는 모습을 이어 지서와 인섭에게 고개를 숙이며 사과부터 했다.

"죄송합니다. 저의 애가 그런 못된 짓을 해서 영업 방해까지 하게 만들고."

지서는 가볍게 손을 저었다.

"아니에요. 오픈도 안 한 가게라서요. 너무 그러지 마세요."

"이런 일. 없도록 돌아가서 꼭 교육하도록 하겠습니다."

지서는 괜스레 머리를 긁적였다. 이런 사죄를 바란 건 아니었지만, 아이에게 좋은 교육으로 이어질 거라고 생각했다.

아이의 엄마는 다시 지서와 인섭에게 끝까지 죄송하다는 말만을 남기며 인사를 하고 가게를 나섰다.

지서는 뒤늦게 걱정했다. 사실 끼니도 제대로 해결 못 할 만한 사정이 있는 건 아닐지. 그래서 나온 아이의 행동은 아닐지. 두 모자가 눈에 밟혔다.

그리고 인섭은 자신의 짐을 챙기며 지서에게 인사를 했다.

"그럼 저도. 내일 뵙겠습니다."

그렇게 지서는 모두가 나간 만테까레에서 혼자 밥을 먹으며, 생각보다 지치는 하루에 앞이 걱정스러웠다.

*

다음날 지서는 만테까레로 출근하자마자 스파게티 파스타 면을 삶기 시작했다. 마음 같아선 주문이 들어오자마자 파스타 면을 그때그때 삶아서 만들어 주고 싶지만, 4분 정도 미리 삶아 놓지 않으면 손님 입장에선 최소 10분은 확정적으로 대기 시간이 주어지게 된다. 그리고 그건 어디까지나 첫 손님에 대한 기준이었고 그런 준비가 없으면 더 지체될 가능성이 컸다.

그리고 오늘은 추가로 한 가지의 메뉴를 연습할 예정이었다.

아란치니는 한국 사람으로서는 생소할 수 있는 양식이다. 간단하게 설명한다면 안에 고명이 들어가 있는 주먹밥에 튀김옷을 입힌 후 노릇하게 튀겨서 소스와 버무려 먹는 음식으로 단어 그대로 표현하자면 주먹밥 튀김이라고 할 수 있다.

아란치니는 준비 시간이 꽤 길다. 우선 양파와 당근과 셀러리를 잘게 다져서 볶아 낸 뒤 채소에서 나오는 수분과 기름이 잘 어우러질 때 쌀을 포함한 곡물들을 넣어 계속 볶아 낸다. 한번 볶아 낸 곡물에 육수를 넣으면 볶아져서 생긴 곡물 겉면의 코팅이 육수의 맛을 흡수한 채 익어가며 그 맛을 놓치지 않는다. 그 시점에서 이미 평범한 주먹밥이 아니다. 그리고 튀기기 전에 약간 설익은 곡물은 튀겨질 때 다시 익으며 오독오독한 식감을 주고 바삭하게 튀겨진 튀김옷은 소스를 부어도 즐거운 식감을 준다.

지서는 이 준비 과정을 인섭이 배워 뒀으면 하는 마음으로 인섭을 기다리고 있었다.

만테까레에서 준비하는 메뉴들은 사전 준비가 많이 걸리는 음식들이었다. 하지만 긴 준비 기간을 거쳐야 손님에게 메뉴를 조리해서 나가는 시간을 최소화할 수 있다. 제일 좋은 건 주방 안에 사람이 많으면 해결되겠지만, 문제는 결국 돈이다. 인건비를 아끼려면 지서 본인이 더 노력하는 수밖에 없다.

"빨리 사람 더 뽑도록 매출이 늘면 좋겠네."

월급쟁이로 일할 땐 주어진 일만 집중적으로 맡았으면 되었지만, 사장이 되니 신경 쓸 것은 역시 한 두 가지가 아니었다. 사업장 등록부터 시작해서 화재를 대비한 비상구나 소화 장비 설치, 가스비와 전기세 관리에 주방 기기들의 관리와 구입, 손님이 결제하고 이루어지는 부가세와 직원들과 자신의 4대 보험 설정 그리고 인건비 지급 등. 재료비 계산과 재고 관리는 물론 위생 관리까지 작은 레스토랑이라는 바구니의 크기에 비해 해야 할 콩나물 머리들은 그 위에 한 가득이었다.

지서는 문자를 하나 받았다.

[오픈 축하를 해 드리고 싶은데, 지금 가게에 계신가요?]

아림의 그 문자에 지서는 한번 웃고 답을 했다.

[매일 있죠. 어딜 갈 수가 없어요.]

[아! 그러면 점심시간 때에 갈 걸 그랬네요.]

[오셔도 괜찮죠. 매번 오실 걸 준비하고 있습니다.]

[매번 그럴 필요 없어요. 제가 축하해 드리고 싶어서 그러는 거니까. 도시락도 있고요.]

그 말에 지서는 머리 위에 물음표를 하나 띄웠다.

[도시락이요?]

[매번 점심 얻어먹는 것도 죄송하니까. 가끔은 제가 도시락을 싸서 가려고요.]

[제 것도 말인가요?]

[그럼요. 그래도 식당에서 외부음식 반입은 금지일 것 같긴 한데. 전 예외죠?]

[하하. 당연하죠.]

[그럼 내일 찾아뵐게요.]

아림은 그렇게 점심시간 약속을 잡았다.

아림은 아직 오픈하기 전부터 만테까레를 찾아와 주고 있었다. 직원들을 피해 온다는 말이 안타깝긴 하지만, 어떠한 이유든 누가 자신의 가게에 계속 찾아와 준다는 것만큼 기쁜 건 또 없었다. 지서는 그래서 언젠가 자신의 가게를 꾸리고 싶었다. 손님이 오고 돈을 버는 것도 중요하지만, 자신이 소중히 여기고 싶은 사람들이 찾아와 편안한 공간이 될 수 있다는 것은 큰 행복이었다. 그리고 그 행복은 용기가 되고 올곧은 마음으로 이어진다.

지서는 다시 주방으로 들어가 한 시간 동안 작업을 한 아란치니 재료들을 확인했다. 다행히도 곡물에서 전분이 잘 나와 안쪽에 치즈와 고명을 넣고 잘 뭉쳐 낼 수 있을 것 같았다. 지서는 하나하나 곡물 반죽들의 무게를 똑같이 재고 나서 손바닥 위에 얇게 펴 준 다음 그 위에 내용물들을 넣어 그대로 세수를 하듯 손을 모아 주먹밥 모양이 되도록 감쌌다. 그대로 조금 더 힘을 주어서 조금은 단단하도록 뭉쳐 준 다음 손안에서 조금씩 이리저리 굴리

며 맨들맨들한 공이 되도록 다듬어 주고 하나씩 나열해서 옆쪽
쟁반 위에 놓아 주었다. 그리고 22개의 아란치니를 튀김옷까지
입혀 주었을 때, 조금은 허리를 필 수 있는 여유를 부렸다.

오늘부터는 손님을 받을 예정이었다. 이젠 주문받아 서빙할
사람도 있고, 선보일 요리도 준비가 다 끝이 났다. 홍보를 하지 않
은 탓에 만테까레가 뭘 파는 가게인지 잘 모르던 사람도 많았을
테지만, 지서는 큰 오픈 효과를 보지 않더라도 호기심이라도 찾
아와 준 손님 한 분 한 분에게 정성을 쏟기로 마음먹었다.

추운 날씨가 된 만큼 해가 짧아져 늦은 저녁처럼 느껴지는 오
후 5시. 첫 손님이 방문했다.

인섭은 그 손님을 마주하자마자 살짝 당황했다. 하지만 어디
까지나 손님은 손님. 인섭은 가오픈이기에 돈을 받지 않을 거라
는 것을 기억하고 손님을 테이블로 안내했다.

"안녕하세요오--"

"어서 오세요."

그 손님은 어제 빵을 훔치고 다시 돌아와서 엄마에게 혼이 나
고 돌아간 아이였다. 분명 이름은 호운이었던 것으로 두 사람은
기억했다.

얼떨떨한 인섭은 호운을 안내했고 짧은 다리로 쫄랑쫄랑 따라
가는 모습이 지서는 동생들이 생각났다. 그리고 인섭은 테이블에
앉아 호운에게 메뉴판을 볼 시간을 주었다.

"주문하실 건 정하셨나요?"

"스튜가 뭐예요?" 호운은 메뉴판의 글자를 가리키며 물었다.

"저희가 준비한 스튜는 크림스튜입니다. 소고기를 장시간에

우려낸 뒤 육수로 삼아서, 볶은 채소에 크림소스와 육수를 함께 끓여서 영양가가 좋은 음식입니다." 인섭의 자세한 설명과는 달리 호운은 원하는 답을 얻지 못했다.

"크림스튜가 뭐에요?"

호운은 스튜라는 것 자체를 모르는 것 같았다. 인섭은 모를 수도 있는 명칭이라고 여겼다. 그리고 다시 생각해보니 스튜를 어떻게 생각해야 하는지 스프랑 비슷한 거라고 말해야 할지, 그렇다면 스프랑 스튜랑 뭔 차이가 있는지, 인섭은 확실히 설명해줄 자신은 없었다. 하지만 호운은 인섭의 대답을 듣기도 전에 메뉴판의 그림이 마음에 든 것처럼 한 가지를 가리키며 말했다.

"이거 주세요."

"아란치니 말씀이시죠?"

"네. 이걸로 주세요."

인섭은 어쩌면 호운이 아란치니가 미트볼 같은 거라고 착각한 게 아닐까 싶었다. 하지만 그것보다 호운에게는 어제와 다른 것들이 두 사람의 눈에 쉽게 들어오고 있었다.

"사장님 저 아이 종아리 쪽이랑 얼굴."

"그러게요. 멍이 있네요."

어제는 없었던 것들이었다. 아직 한창 추울 날씨인데도 반바지를 입은 아이의 외견에는 누군가에 맞은 듯한 흔적들이 선명하게 남아 있었다. 두 사람은 자연스럽게 한 사람을 떠올렸다.

'집에 돌아가면 교육을 하겠다더니.'

두 사람이 떠올린 사람은 마른 체형에 누구 하나 때릴 힘도 없을 것 같은 한 여성. 아이의 어머니였다. 아무래도 잘못한 행동이니 나름의 가정교육을 한 게 아닐까 싶었지만, 적나라하게 드러나는 아이의 상처를 보는 순간 설령 그게 맞는 행동이라고 하더라도 생각이 많아지기 마련이었다.

지서는 요리를 시작했다. 아란치니는 어디까지나 튀긴 음식이다. 그렇다보니 느끼할 수 있는 부분을 보완하는 게 소스의 역할 중 하나였다. 그렇기에 지서는 매운 고추장이 들어간 크림소스인 분홍색의 로제소스를 레시피로 채택했다. 크림은 바삭함에서 부드러운 식감을 이을 것이고 매콤함은 느끼함을 막을 테니, 이보다 좋은 조합은 없을 거라고 생각했다. 그리고 그 소스를 오목한 그릇 안에 넣은 뒤 모차렐라 치즈들을 넣어서 토치로 불맛을 가한다. 그 위에 황갈색으로 잘 튀긴 아란치니를 위에 올려서 마지막으로 치즈를 갈아 올렸다. 그 모습이 마치 커다란 타코야끼 위에 가스오부시를 뿌리듯 보인다.

그리고 중요한 것은 이런 음식이 생소한 사람들에게는 어떻게 먹는 건지 알려 줘야 한다는 것. 서빙을 해주는 것인 만큼 지서는 인섭에게 먹는 방법을 설명해 줘야 한다고 미리 교육했다.

지서는 완성된 요리를 인섭에게 넘겼고, 인섭은 쟁반 위에 음식을 다시 얹힌 뒤 그대로 손님 앞으로 가져갔다. 그리고 교육을 받은 대로 인섭은 설명하기 시작했다.

"숟가락이나 포크로 아란치니를 반으로 찢어낸 뒤 아래에 있는 소스와 버무려서 드시면 됩니다."

간단하고 좋은 설명이었다.

인섭은 가까이 보니 멍든 상처뿐만이 아니라 잘 보이지 않는 곳에 긁힌 자국까지도 보였다.

호운은 아무런 말도 없이 아란치니를 먹기 시작했다. 그리고 아무런 감탄사도 없었다. 맛있다든지 맵다든지 뜨겁다든지 아무 말 없이 그저 무뚝뚝하게 아란치니를 꾸역꾸역 먹고 있었다. 그리고 아란치니를 하나 남겼다. 지서는 자신의 요리를 남겼다는 것에 스스로 피드백을 했다.

'아란치니는 아직 다 익지 않은 밥을 꾹꾹 눌러 튀긴 거니까, 익으면서 부피는 더 커졌을 것이고, 성인도 3개 다 먹으면 배불러 하는데, 애들한테 많으려나.'

호운은 그렇게 남긴 1개의 아란치니의 그릇을 인섭에게 조심 조심 들고 와서 말했다.

"저기." 인섭은 재빨리 그 그릇을 받았고, 호운은 계속 말했다. "이거 포장해 주시면 안 돼요?"

만테까레에서는 아직 포장용지가 준비되어 있지는 않았다. 인섭도 포장을 해 주고 싶었지만, 포장할 일을 먼저 생각하지 못한 만큼 포장 주문에 곤란해 하고 있었다.

이런 의미에서 가오픈은 중요했다. 매번 준비는 완벽해서 빨리 오픈하고 싶다는 생각을 하게 되곤 했지만, 정작 맞닥뜨리고 나면 하나둘씩 미흡했던 부분이 나타나곤 한다.

지서는 물었다.

"포장해서 바로 집으로 갈 건가요?"

"아뇨. 아니. 네. 근데 여기 조금 있다가 가도 괜찮아요?"

"포장해 달라면서요?"

"네. 남은 거 엄마 주려고요."

지서는 뭔가 기특한 아이의 마음에 감동했다. 마음 같아선 새로 만들어 주고 싶지만, 지서는 밀폐 용기에 담아 주기로 했다.

"쏟아지면 안 되니까. 밀폐 용기에 담아 줄게요." 지서는 일회용 포장이 따로 없다는 걸 숨겼다.

"네. 감사합니다." 그러곤 호운은 배꼽 인사를 했다.

지서는 반납해 줄 필요가 없을 것 같은 밀폐 용기를 하나 찾았다. 그리고 그대로 남은 음식을 담고 또다시 갈색 종이봉투에 담아 작은 손님에게 건넸다.

그러자 호운은 목걸이 지갑에서 체크카드 한 장을 꺼내 지서에게 건넸다. 지서는 어쩌면 가오픈에 대해 이해하기 어려울 수도 있다는 생각에 결제하는 척만 하고 다시 돌려주었다.

그때가 아직 6시가 되기 전이었다. 그 이후 생각보다 여러 손님들이 방문해 주기 시작했다. 준비가 된 것은 크림파스타와 스튜 두 종류와 아란치니. 그 어떤 것도 메뉴에 확정된 것은 아니었지만, 지서는 만테까레가 어떤 맛을 보여 드리는지를 확실히 알려 주고 싶었다.

그렇게 시작한 1시간 반은 인섭도 지서도 바쁘게 흘러갔다. 처음 맞춘 호흡에 어색한 것도 있었지만, 기다렸다는 듯 찾아오는 손님에 지서는 그저 기쁠 뿐이었다.

22개의 아란치니와 30인분의 파스타. 그렇게 시작한 하루는 오후 9시가 되었을 땐 4개의 아란치니와 10인분의 파스타 면이 남아 있었다. 파스타 면은 내일 점심에도 충분히 사용할 수 있는 상태였다.

하지만 아직 한 손님이 그대로 자리에 앉아 있었다.

혼자서 심심하게 그저 주변을 돌아보고 테이블에 몸을 엎어 자신의 손가락을 보기도 하고, 심심할 법도 한대도 시끄럽게 굴지도 않고 혼자서 가만히 앉아 있었다.

이쯤 되니 인섭도 지서에게 말했다.

"역시 전화해 봐야 하는 거 아닌가요?"

"어제 그 애 엄마 분에게?"

"그것도 그런데. 역시 저건 훈육한다고 생긴 걸까요?"

두 사람은 함부로 단정 지을 순 없겠지만, 어제 잘못된 행동을 했던 만큼 훈육하다가 생긴 상처라고 생각이 들 수밖에 없었다. 그럼에도 엄마에게 가져다주기 위해서 음식을 남겨 포장하는 아이의 마음을 보면 그것 또한 마음이 아플 것 같았다.

지서는 호운에게 다가가 말했다.

"손님. 가게 문 닫을 시간인데. 어떻게 하시겠어요?"

"네? 아. 그렇구나. 그럼 집에 갈게요." 마치 가게 문을 닫을 때까지 여기서 시간을 보낼 생각이었던 것처럼 보였다.

"혼자서 갈 수 있어요? 어제처럼 엄마 불러 줄까요?"

아이는 살짝 놀라며 대답했다.

"아뇨. 괜찮아요. 그러면 엄마한테 혼나요."

그 말에 인섭과 지서는 서로를 바라보았다. 서로 눈이 마주치면서 같은 생각을 하는 것 같다고 생각했다.

"그러면 시간은 늦었으니까. 집에 데려다 줄게요."

"…"

"혼자 돌아다니다간 엄마한테 혼날지도 모르잖아요?" 지서는 그런 말을 하는 자신이 애석했다.

"네. 고맙습니다." 그리고 호운은 배꼽 인사를 했다.

지서는 집에는 조금 늦는다고 전화를 해야 했고, 인섭에게는 여분의 키를 나누어주며 먼저 퇴근하라고 말했다. 가볍게 문만 잠그고 난 뒤 지서는 호운과 함께, 호운의 집으로 향했다.

"몇 살이에요?"

"이제 초등학생 1학년이에요."

지서는 초등학생이라고 해도 유치원생이라고 착각할 수 있는 체구에 호운의 모습을 살펴보았다. 무엇보다 조금씩 성장을 해야 하는 시기인 만큼 관리가 필요한 법이기도 한데, 가까이에서 보니 호운의 조금 긴 기장의 머리카락은 일부러 기른 게 아니라 자르지 못해 방치해 두는 느낌에 가까웠다. 관리하는 머리카락의 상태는 동생인 지안을 보면 충분히 구분할 수 있었다.

"집은 여기서 걸어서 갈 수 있는 곳이에요?" 지서는 물었다.

"여기도 집에서 걸어서 온 걸요."

그 말에 지서는 잠깐 궁금해졌다. 왜 하필 다른 곳도 아니고 자신의 가게에 그렇게 불쑥 찾아와 빵을 가지고 가고 오늘처럼 이렇게 혼자서 테이블에 앉아 시간을 보냈는지. 어린 아이라면 그만큼 더 재미있는 것을 찾아다녔을 텐데. 지서는 혹여나 호운이 엄마가 무서워 집으로 돌아가는 게 싫은 게 아닐까 싶었다.

호운은 짧게 대답하며 지서의 손을 잡고 집으로 향했다.

지서가 호운과 함께 가는 모습을 뒤로 하고, 인섭은 집으로 귀가하기 전에 엄마가 필요하다는 것을 사기 위해서 잠시 편의점에 들렀다. 평소엔 편의점은 비싸다면서 보지도 않고 주변 할인 마트를 찾아가는 편인 인섭의 엄마는 최근에 편의점에 들어오는 상품들에 관심을 가지기 시작했다.

생각보다 괜찮은 편의점 도시락부터 시작해서, 빵과 초콜릿에서 나오는 키링과 스티커를 모으기 시작하기도 했고, 사람들의 시선을 끌기 위해서 적극적으로 뭔가를 보여 주려고 하는 시도 자체가 재미있어 보인다고 말했다.

"죄송한데 여기서 스티커가 들어있는 빵이 어디있나요?"

인섭은 들어서자마자 그렇게 물었다.

원래는 본인이 찾아서 알바생의 편의를 덜어 주려는 경우가 많았지만, 낯선 만큼 그냥 바로 묻고 찾아가는 게 편했다. 스티커 빵의 종류는 상관없었다. 인섭의 엄마는 그저 모은다는 것 자체에 흥미를 느끼고 있었기 때문에 새로운 것일수록 좋아했다.

편의점 알바생의 말에 따라 진열대에서 빵을 고른 인섭은 마실 것도 하나 구매를 하기 위해 잠시 둘러보다가 계산대로 돌아왔을 때. 한 여성이 허겁지겁 들어와서 편의점 알바생에게 물었다.

"혹시 여기에 열 살도 안 되는 남자애가 안 왔나요?"

인섭은 어디선가 들어본 듯한 목소리에 고개를 돌렸다.

어딜 그렇게 뛰어다녔는지 숨이 넘어갈 목소리를 하고 있는 호운의 엄마였다.

*

지서는 생각보다 멀지 않은 곳에서 호운의 집이 있다는 것에 한숨을 놓았다. 아마 15분도 걷지 않은 것 같았다. 하지만 집까지

들어가는 길은 꽤나 어두웠고, 주변에는 빌라들만 가득한 동네다 보니 그 사이에 위치한 호운의 주택은 꽤나 이질적으로 보이기 쉬웠다. 하지만 그 집조차도 다른 일반 주택들과 비교해 보았을 때 이질적이었다.

"아직도 이런 집도 있구나."

지서는 호운의 안내에 따라 집 대문을 지나쳤고 마당에서 멈춰 섰다.

호운의 집은 아마 수십 년도 더 된 오랜 기와집을 아주 살짝 리모델링한 집이었다. 한옥으로 보이지는 않았고 일제강점기 때 지어졌던 옛 건물에 필요한 부분만을 최소한으로 보완한 건물이었다. 그건 리모델링이라기보단 불법 개조 건물 같은 느낌이었다. 지서는 살면서 사람이 사는 정문 쪽의 벽 외관 전체가 불투명한 유리벽으로 되어 있는 건 처음 보았다. 그건 결코 고급 주택처럼 외부를 관람하기 위해 설치된 게 아닌 것 같았다. 그 유리벽을 만져 보면 마음만 먹으면 망치 하나로 집을 다 부술 수 있을 것 같았고, 차가운 공기의 침입도 막지 못하는 것 같았다. 그리고 집 아래에는 서랍이 있는 것 마냥 무언가를 넣을 수 있는 공간들이 있었고 지붕은 기와로 되어서 고양이들이 돌아다니고 있는 것까지 볼 수 있었다.

말 그대로 너무나도 낡고 오래되어 철거해야 할 건물을 어떻게든 활용해 보려는 주택이었다.

"여기에 부모님이랑 같이 사는 거예요?" 지서는 여전히 집을 바라보면서 말했다. 사실 눈을 떼기 어려웠다. 집과 마당을 포함하면 50평이 될 것 같을 정도로 컸지만, 불안하고 불편해 보일 것 같은 것들 투성이었다.

"여기서 엄마랑 살아요."

호운은 집 안으로 들어갔다. 허름한 대문도 문제지만 더 심각한 문제는 현관문이라고 할 만한 입구의 문은 설치된 잠금 장치가 없는 것인지, 생필품 점에서 살 수 있는 자물쇠 하나로 걸어 잠그는 형태였다. 호운은 옷 안에 있던 목걸이를 꺼내 엄마의 전화번호와 함께 걸려 있는 열쇠로 문을 열었다.

"저도 잠깐 여기서 쉬었다가 가도 될까요?"

"네 괜찮아요."

지서는 집 안으로 들어가지는 않고 입구에 있는 마루에 걸터앉았다. 오래된 집인 만큼 마루가 있었고 복도로 보이게끔 유리벽을 설치한 형태였다. 집 안에서 직접 둘러보니 총 4개의 방이 나란히 나열되어 있는 직사각형의 구조였다. 이 집이 얼마나 오래되었는지 어디에 있는지도 모르는 호운이 걸을 때마다 발소리가 집안 전체를 울리고 있었다.

지서는 엄마랑 산다는 호운의 말을 떠올렸다. 입구에 들어서자마자 보이는 한 방은 6명이 나란히 누워도 여유가 있을 정도로 컸고, 그런 방이 3개나 더 있다는 게 둘이서 함께 살기엔 정말 너무나도 큰 집이라고 생각했다. 그게 얼마나 적나라하게 보이는지 그 방에는 옷장이 있음에도 옷들이 옷장 밖에서 책을 쌓은 것처럼 겹겹이 쌓아 올려 먼지들까지 쌓여있는 게 보였다. 그럼에도 공간은 여유가 보였다. 거기에 문은 여닫는 옛날 문이었는데 유리가 깨져 있었고 문틈 주변에는 희미한 유리 조각들이 있었다.

아직 입구밖에 보지 않았지만, 이 집안에는 무엇 하나 아이를 위한 신경이 쏟아진 부분을 찾을 수가 없었다. 보일러가 깔려 있지 않는 차가운 바닥의 복도엔 점점 추워지는 밖의 온기와 큰 차이 없는 집안 온기는 말 그대로 추운 날엔 더 춥고 더운 날엔 더 더울 것 같은 그런 낡은 집이었다.

"거의 철거 대상인데."

그런 감상을 안타까움으로 계속 남기고 있던 때였다.

파스스스츠-

지서는 본능적으로 느낀 불쾌한 소리에, 마당 쪽으로 고개를 돌렸다. 그리고 눈이 마주치는 순간 몸이 살짝 얼어붙었다. 이 집 안에는 화장실이 어디에 있는지 정확하게는 모르지만, 집 안에 둘 곳이 없어 보이는 세탁기는 마당에 나와 있었다. 그 세탁기는 지붕에 가까스로 비를 맞지 않을 수 있을 정도로 먼지나 비나 바깥 환경에 취약해 보였다. 그리고 그런 세탁기의 뒤쪽에 한 마리의 대형견이 앉아 있었다.

그건 대형견이라고 하기에도 너무 크고 너무나도 새까맸다. 지서는 고양이처럼 빛나는 눈을 마주하자마자 일반적인 동물이 아니라 한 마리의 저주를 품은 짐승을 마주한 기분이었다. 마치 헛것을 보고 있는 게 아닐지 눈을 비비고 싶었지만, 그 사이조차도 무슨 일이 벌어질지 모를 것 같은 예감에 그 짐승과의 눈맞춤을 피하기 어려웠다.

그런 꽁꽁 얼은 지서의 모습이 이상해 보였는지, 호운은 지서를 흔들며 말했다.

"아저씨 괜찮아요?"

지서는 여전히 그 짐승과 눈을 마주한 채 호운에게 집 안으로 들어갈 것을 부탁했다. 하지만 몸은 쉽게 움직이지 못했고, 이상하다고 생각한 호운이 억지로 지서를 잡아끄는 것을 기회삼아 급히 집 안으로 들어가 문을 잠갔다.

"혹시 집에 개를 키우니?" 지서는 왠지 모르게 가빠진 숨을 고르며 물었다.

"아니요?"

"밖에 있는 개는 뭐야?"

"개요? 진짜요?"

호운은 그렇게 두 눈을 크게 뜨며 활짝 웃는 얼굴로 다른 방의 창문 밖을 내다보았다. 이런 게 동심이라고 해야 할지 겁 없이 얼굴을 내미는 호운에 지서는 기겁했다. 하지만 호운이 밖을 내다보는 행동 때문인지, 아니면 두 사람의 움직이는 소리 때문인지, 혹은 두 사람이 계속 쳐다보고 자신이 있다는 것을 인지한 때문인지, 다시 확인하려고 했을 땐 그 짐승은 마당을 가로질러서 뒤꽁무니만 보인 채 대문 밖으로 나가고 있었다.

"오! 진짜다. 쫓아가 봐요!"

지서는 그렇게 말하고 재빠르게 마당으로 뛰쳐나가는 호운을 저지할 수 없었다. 호운이 입구가 아니라 그대로 창문을 통해 밖으로 뛰어나갈 줄은 예측할 수 없었다. 지서는 호운을 혼자 둘 수 없다는 생각에 재빨리 문으로 나가 바로 호운을 따라잡아 날뛰지 못하게 옆구리 쪽으로 들어 올렸다.

어제와 다르게 상처투성이의 아이. 그리고 뭔가 심상치 않은 가정의 상태와 알 수 없는 괴이한 짐승까지. 이게 도시 한 가운데에서 일어나는 일이라는 게 정말 관심을 가지지 않으면 모른다는 것을 새삼 느낀 지서는 호운을 설득했다.

"혹시 괜찮으면 우리 아까 그 가게로 가서 엄마 기다릴까?"

지서는 호운이 싫다고 해도 데려갈 생각이었다. 도저히 이 집 안에 아이 혼자 둘 수 없을 것 같았다. 하지만 호운은 흔쾌히 수락했고 지서는 호운을 다시 일으켜 세워 손을 잡아 대문을 나섰다.

그리고 집 밖으로 나오는 도중 다시 한 번 그 짐승이 여기 어딘가에 있는 건 아닐지, 주차해 있는 차들 사이에 숨어 있는 건 아닌지, 조심스럽게 살피다가 빠른 걸음으로 벗어났다.

'대체 왜 도심 한복판에 그런 게 마음대로 활보하고 있는 거냐고! 너무 위험하잖아!'

지서는 그렇게 외치며 마음 같아선 호운을 들어 안아서 뛰고 싶었다. 하지만 그 전에 우선 경찰이라도 전화를 해야 하는 건지 아니면 119에 전화를 해야 하는 건지, 아니면 동물원에 전화해야 하는 건지 머릿속은 무엇 하나 확실하게 결단 내리기 어려울 정도로 혼란스러웠다. 지서가 정확하게 본 것인지 모르겠지만, 목줄이나 입마개 같은 건 전혀 없었던 게 도심에서 어떤 일을 벌일지 모를 것 같다고 생각하고 있었다.

그리고 이내 지서의 휴대폰에는 인섭의 통화 연결이 시도되고 있었지만, 그 전화를 받을 수 없이 뻣뻣하게 굳기 시작했다.

"으아. 다리가 안 움직인다."

빌라들로 가득한 빌라 촌에는 그만큼 1층에 주차되어 있는 준중형 자동차들이 많았다. 그리고 그 사이에서 방금 전과 같은 번뜩이는 눈으로 바라보는 시선을, 지서는 찾아버리고 말았다.

*

    인섭이 전화 통화가 이어졌을 땐 지서의 목소리는 헐떡거리고 있었다. 3분에 한 번씩 전화를 걸고 4번째 시도가 이어져서야 연결이 되었다. 두 사람은 무언가를 말하고 있는데 서로의 말은 듣지 않고 있었고, 인섭은 가까스로 자신의 말 한마디를 전했다.

    "퇴근길에 그 아이 손님의 어머니를 만나게 되었어요. 그래서 일단 집으로 보내 드릴까 했었는데, 혹시나 엇갈리거나 할까 봐서요. 사장님 지금 어디에 계세요?"

    그 말에 지서 또한 숨을 헐떡이면서 말했다.

    [그 아이… 헉. 허어. 지금 저랑 같이 있어요.]

    "아직 데려다 주지 않은 건가요?"

    [아뇨. 그건 아닌데. 흐음. 후. 우선 가게로 돌아가고 있어요.]

    "흠… 그 아이도 같이요?"

    [네!]

    인섭은 뭔가 이상하게 돌아가고 있다는 것을 느꼈다.

    아이를 데려다 준다고 해 놓고 이미 아이랑 돌아오고 있다니, 그리고 이상한 숨소리는 꽤나 불쾌하기도 했다.

    "지금 가게 안에 그 아이의 어머니가 계셔요."

    [네? 왜요?]

    "방금 말씀드렸잖아요. 퇴근길에 마주쳤다고."

    [그러니까 왜요?]

    "애가 집을 나가서 안보여서 찾으러 다니고 있다고 했거든요."

    [네?]

지서는 목줄 없는 짐승을 피해서 도로로 나와 있었다. 주변에는 계단이 많았던 탓인지 어떤 이유인지는 모르겠지만, 따라오는 듯한 짐승은 어느새 보이지 않고 있었다. 하지만 어디선가 먹잇감을 노리듯 지켜보는 것 같다는 느낌이 지워지지 않았다. 호운의 집 주변에서 발견했던 만큼 호운을 보내는 것도 안심할 수 없는 일이었다. 제대로 관리도 되지 않는 집은 물론 그런 짐승도 들락날락할 수 있는 위험성과 아이의 상처, 정말로 이대로 호운을 호운의 어머니에게 맡겨도 괜찮은 건지 확신이 들지 않았다.

그건 인섭도 마찬가지였다. 엄마로서 아이를 걱정해서 집 밖을 돌아다니는 것을 보면 그 가정에 대해 나쁘게 생각할 필요는 없을 것 같지만, 애초에 이상행동을 하는 호운을 생각하면 무엇 하나 정상적으로 보이지 않았다.

[우선은 그쪽으로 갈 테니 기다리고 있어요.]

지서는 그렇게 전달하고 통화를 끝냈다.

그래도 지서는 큰 짐을 덜어 낸 것 같았다. 오랜만에 달리기를 했는데 생각보다 여전히 스스로가 빠르다는 것에 살짝 놀랐다. 거기에 결국 호운까지 안아 들며 도망쳤으니.

'아니 쫓기는 시점에서 나온 스피드인가.'

지서는 당분간 뛰고 싶지 않았다. 그리고 다시 만테까레로 향하려는 길에 호운의 발걸음이 뭔가 부자연스럽다는 것을 느낄 수 있었다. 호운의 한 손에는 아까 포장해 주었던 아란치니를 여전히 들고 있었다. 지서는 호운에게 물었다.

"그거 내가 들어 줄까요?"

그러자 호운은 말했다.

"아뇨. 괜찮아요. 내가 엄마 줄 거니까."

"그래? 그럼 엄마 만나러 가자."

애는 이렇게 엄마를 좋아하는데, 역시 지서는 어떻게 아이에게 이런 상처를 줄 수 있는지. 만테까레로 향하는 발걸음이 조금 망설였다.

지서와 호운이 만테까레에 도착했을 땐 무언가를 이야기하고 있었던 것인지 호운의 엄마와 인섭이 테이블에 마주 보며 앉아 있었다. 그리고 그 모습을 보자마자 호운은 바로 자신의 엄마에게 달려가서 안기려 했다. 하지만 그러자마자 호운의 엄마는 약간 높은 목소리로 말했다.

"하루 종일 어딜 그렇게 돌아다니고 있던 거야!"

호운은 걱정을 산 엄마에게 혼이 나고 있었고, 온몸에 땀을 뺀 지서는 의자에 널브러졌다. 지서는 지금 무슨 말도 무슨 움직임도 하기 어려웠다. 하지만 곧장 돌아가려고 하는 호운과 엄마를 붙잡았다.

"가능하시면 여기에 좀 머물다가 가세요."

"아뇨. 돌아가 봐야죠."

"그래도 여기서 잠시 쉬었다가 가세요." 지서는 그렇게 설득했다. 지금 돌아가면 그 녀석이 있을지도 모른다. 반면에 호운의 엄마는 지서가 왜 이러는 건지 어쩔 수 없이 잠깐 자리하기로 했다.

지서는 호운의 엄마를 만나자마자 하고픈 말이 많았다. 뭔가 많은 호운의 상처 그리고 집안의 상태와 다른 아이와는 달라 보이는 호운의 일과들. 오지랖일지도 몰라도 지서는 생각보다 많은 걸 봐 버려 모른 척하기 쉽지 않았다.

인섭은 호운에게 물었다.

"그거 아직도 들고 있어? 아. 아니면 집에 두고 반납하러 온 거야?" 인섭은 호운이 들고 있던 포장 용기를 가리켰다. 얼마나 꽉 쥐고 있던 것인지 쥐고 있던 부분은 주름이 생기다 못해 찢어지기 직전이었다.

호운의 엄마는 그게 뭐냐고 물었다. 그리고 호운은 작은 목소리로 말했다.

"엄마 주려고. 매일 저녁밥 안 먹으니까. 엄마가 여기에 있다고 하니까."

그리고 호운은 포장 용기를 꺼내 보아서 그 안에 있었던 아란치니를 꺼내 주었다. 상태는 꽤나 합리적이었다. 아란치니는 기름에 튀긴 만큼 어느 정도 단단함이 있었지만, 손에서 쥐고 뛰어다녔던 만큼 부서질 대로 부서지고 소스 범벅으로 인해 형태는 신랄했다.

지서는 사실 그런 모습을 보고 생각했다.

'오히려 더 맛있을 거 같은데.'

직업병이란 무서웠다. 그새 그 안을 보고 누룽지가 소스를 흡수해 부드러워질 것 같은 새로운 요리의 아이디어를 떠올렸다.

호운의 엄마는 마치 이를 가는 것처럼 턱에 힘주고 말했다.

"학교 담임 선생님에게서 전화 왔었어. 오늘 같은 반 친구 괴롭혔다면서. 그래서 싸우다가 그렇게 다친 거고." 그 목소리에는 감정을 억누르는 듯한 무게가 있었다. 호운의 엄마는 호운의 상처를 이리저리 살펴보았다. 그리고 계속 말했다.

"왜 이렇게 속을 썩여? 학교 다녀오면 집에 얌전히 있으라고 했잖아." 그리고 마치 손바닥으로 엉덩이라도 때리고 싶어 하는 듯한 것을 참는 걸 지서와 인섭은 간접적으로 느끼고 있었다.

지서와 인섭은 허무하게 늘어지며 같은 생각을 했다.

'가정 폭력 같은 게 아니라 친구랑 싸웠던 거구나.'

뭔가 방금 전까지 보고 느낀 것이 괜히 허무하게 느껴지는 순간이었다.

하지만 엉망진창이나 다름없고 허술한 집안을 생각하면 대체 이 사람은 어떻게 살아가고 어떻게 아이를 바라보고 있는지, 지서는 생각했다.

호운의 엄마는 다시 한 번 지서와 인섭에게 인사를 하고 돌아가려고 했다. 하지만 지서는 막아서며 말했다.

"저기. 괜찮으시다면 드시고 가세요. 그래도 아이가 그렇게나 아끼면서 엄마에게 주겠다고 들고 다녔던 음식인데." 지서가 그렇게 말하고도 음식 상태를 보니 그런 말도 안타까웠다.

"죄송합니다. 혹시 저의 아이가 돈은 지불했나요?"

"저희가 가오픈이라서 무료로 음식을 제공하고 있습니다. 맛을 먼저 보여 드리고 싶어서 말이죠." 지서가 말했다.

"가오픈이요…"

"보아하니 식사도 하지 않은 것 같은데, 괜찮으시면 어머님도 식사하고 가세요."

"네? 아뇨. 이미 문도 닫았던 것 같은데요."

"가오픈이니까요. 문 닫고 열고 할 것도 없어요."

"아뇨. 그래도 폐를 끼쳤으니 여기에 계속 있는 것도 죄송해요.

저희 아이까지 보살펴 주시기도 했었는데."

호운의 엄마는 마냥 지서의 말대로 할 수 없었다. 내일도 아침 일찍 출근해야 하고, 오늘만 하더라도 하던 일을 마무리하지 못하고 퇴근하는 바람에 조금 더 일찍 집을 나서야 했다. 그렇기에 무엇을 하든 집에서 하는 것이 마음이 편하고 그저 집으로 돌아가는 게 우선이라고 생각했다.

그때 호운은 엄마를 잡았다.

"엄마. 여기 밥, 맛있어. 엄마 밥 안 먹잖아."라고 호운은 엄마의 바지를 움켜쥐었다.

그리고 지서가 마지막으로 개입을 했다.

"마침 마지막으로 남은 1인분이 있는데, 오늘 처리 못하면 버려야 하거든요. 가오픈이니까 먹고 평가해 주시면 감사하겠어요."

지서는 무뚝뚝하게 먹은 줄 알았지만, 내심 맛있게 먹었던 호운의 말이 기뻤다. 여기에서 해주는 밥이 맛있다는 말과 그 맛을 사랑하는 사람에게도 전해주고 싶다는 마음이 기쁘고 확인시켜 주고 싶었다. 호운의 마음과 따뜻한 맛을.

하지만 호운의 엄마 또한 녹록치 않았다.

"알겠습니다. 감사해요. 그래도 돈은 낼게요."

지서는 거절을 하려 해도 그 의지만큼은 꺾일 것 같지 않았다. 그리고 지서는 다시 주방으로 들어갔다. 아직 기름 온도는 완전히 내려가지는 않았기 때문에 금방 예열이 될 것 같았고, 아란치니와 함께 나갈 샐러드와 소스를 먼저 만들어 두었다. 인섭은 그 요리가 바로 전해질 수 있도록 세팅을 하기 시작했다.

지서는 말했다.

"먼저 들어가도 괜찮아요. 이미 퇴근 시간인데."

"괜찮습니다. 저도 같이할게요."

"다른 일 있었던 거 아니에요?"

"그렇긴 한데, 그렇게 급하지 않아요. 그냥 심부름이라서요."

"괜찮으면 인섭 님도 식사하고 가요."

"괜찮습니다. 그리고 1인분밖에 남지 않았다고 하셨잖아요."

"손님에게 낼 아란치니가 여유 있는 건 아니지만, 좀 못 미치더라도 즉석으로 만들 수 있으니까요. 그냥 먹고 가요."

인섭은 그 말에 잠자코 지서를 바라보았다. 그렇게 완고하게 거절할 생각도 없긴 했지만, 인섭은 말했다.

"저기. 사장님."

"네?"

"어떻게 부르셔도 상관없긴 한데, 저한테 '인섭 님'이라고 부르는 건 좀… 그냥 편하게 부르셔도 됩니다."

"아… 그래요? 전 그냥 막 대하는 것 같은 게 싫어서."

"그저 타인을 막 대할 사람이 아닐 거라는 거 충분히 느꼈으니까요. 님을 붙이는 건 너무 벽을 두는 거 같네요."

지서는 가만 생각해 보니 그것도 그런 것 같았다. 일 할 때도 상대를 존칭해줄 땐 '씨'를 붙였지, '님'을 붙였던 경우는 없었는데, 사장으로서 너무 지나치게 신경을 쓴 것 같았다.

지서는 말했다.

"그럼 인섭 씨라고 일단 그렇게 부를게요."

"네. 편한 데로 편할 때 편하게 부르세요."

지서는 피식 웃으며 요리를 시작했다. 그리고 원하던 온도까지 오른 걸 확인하고 기름 위에 아란치니를 튀기기 시작했다. 아란치니 반죽이 기름에 떠오르자마자 기분 좋게 튀겨지는 소리와 반죽의 튀김 반응, 지서는 그 모습을 보자마자 분명히 이 아란치니 또한 아주 좋은 요리가 될 거라 확신했다. 그리고 인섭의 몫까지 아란치니용 볶은쌀이 아닌 취사가 된 쌀밥에 치즈와 고명을 섞어 튀김옷을 입힌 뒤 튀기기 시작했다. 다만 인섭의 몫은 이미 다 익은 밥알이다 보니 조금은 딱딱하다고 느낄 수 있을 정도로 더 튀겼다. 그건 누룽지 같은 식감을 꽤나 줄 것이다.

두 그릇에 담긴 동그란 아란치니와 그 아래의 소스, 그리고 그 위에 뿌려지는 치즈가루들. 모락모락 피어나는 김에 참으로 잘 어울리는 그릇이었다.

인섭은 호운 모자에게, 지서는 인섭에게 서빙을 하면서 각자 말했다.

"맛있는 식사되시길 바랍니다."

인섭은 호운 모자와는 다른 테이블에 자리해서 포크와 스푼을 들고 아란치니를 쪼개어 먹기 시작했다. 호운의 엄마 또한 호운의 지시에 따라 먹는 방법을 익히고 그대로 수저를 움직였다. 겉은 바삭하다는 것을 확신할 수 있는 촉감이 포크로 닿자마자 알 수 있다는 것에, 그녀는 신기해했다. 반면에 생각보다 가볍게 쪼개지는 반죽 사이에는 크림처럼 잘 녹은 치즈가 그대로 스르르 흘러내리는 것에 다시 한 번 신기해했다. 마치 더운 사우나 안에서 드디어 나온 듯한 느낌인 것 같았다. 그녀는 그대로 먹기 시작하려고 하다가 접시에 호운의 몫을 덜어주었다.

호운은 말했다.

"엄마 이거 안에 있는 치즈랑 소스랑 잘 버무려서 먹어야 한대. 그래야 맛있대. 그래야 맛있더라고."

"그래 알겠어."

호운의 엄마는 정말 오랜만에 느껴 본 식감이었다.

사람들이야 늘 맛있는 것을 먹을 때, 겉은 바삭하고 속은 촉촉하고 그런 맛있는 표현을 하지만, 이런 식감과 맛은 잊은 채로 살다 보면 처음 먹어본 것처럼 신기할 뿐이다. 평소에는 늘 편의점에서 사서 먹는 도시락이나 회사에서 제공하는 식사라던가, 회사 상사들이 사주는 음식으로 끼니를 때우는 것이 전부였으니. 거기다가 그녀는 대부분 다 먹지도 못했다.

그녀는 지금 눈앞에 있는 아란치니라는 음식이 어떤 음식인지도 모르고, 이런 음식이라는 게 있는 줄도 모르고 이게 양식인지 한식인지 일식인지 분간을 할 수 없을 정도로 음식에 대해 무지했다. 하지만 그런 기억은 있었다. 밥은 따뜻하게 갓 지은 밥이 맛있다는 것처럼, 방금 만들어지고, 사랑하는 사람과 같은 테이블에서 밥을 먹는다는 게 얼마나 맛있던 것인지. 그런 기억은 있긴 했었다. 문제는 잊고 지낸 지 너무 오래되었다는 거였다.

그녀는 아란치니를 입에 넣자마자 바로 생각했다.

'식감이…'

분명 튀긴 음식이라고 했는데 바삭함도 있지만, 생각보다 톡톡 씹히는 밥알에 소스가 스며들어 부드럽다는 느낌이 동시에 드는 게 이런 맛도 있을 수 있구나 놀라게 되었고, 속에 있는 밥알들이 치즈랑 잘 어울려서 입안에서 놀리고 있다는 게, 쫄깃함에 다시 놀라게 만들었다. 바삭함과 부드러움 거기에 쫄깃함까지. 그런 조합이 어떻게 한 그릇 안에 다 담을 수 있는 건지 요리라는 게 난생 처음으로 신기하다고 느끼는 순간이었다.

'뭔가 긴장이 풀리는 것 같네.'

호운는 자신의 그릇에도 담겨져 있던 아란치니를 먹고 다시 확신했다.

"어때 엄마? 맛있지?"

호운이 마치 자기가 만들었다는 듯이 말하는 게, 지서는 엿들곤 괜히 피식 웃었다

"그래. 맛있어."

"이거 맛있어서 엄마도 먹게 해 주고 싶었어."

"그래. 그래."

"엄마는 밥 잘 안 먹으니까. 먹어도 토해 내곤 했었으니까. 이렇게 맛있는 거 찾아서 엄마한테도 보여주고 싶었어."

"그래…"

"엄마 미안해. 친구랑 싸워서. 선생님한테 혼나게 만들어서… 미안해."

"…"

아무도 없는 공간이나 다름없는 만테까레. 어떤 자세한 사정이 있는 건지는 모르지만, 인섭과 지서는 모른 척을 해주었다.

만테까레는 그런 공간이 되길 바라며 이름을 지었다. 이곳에서 식사하면서 행복하고 좋은 추억을 담아 가길 바라는 마음으로. 하나의 좋은 추억이 되는 공간이 되길 바라며.

지서는 마실 것을 하나 들고 호운 모자에게 다가가서 건넸다.

그리고 음식을 만들어 준 지서를 보며 호운의 엄마는 말했다.

"정말 맛있어요."

"감사합니다."

"이게 처음 먹어서 그런 건지. 이런 음식 자체를 먹어본 지 너무 오래돼서 그런 건지, 뭔가 갈피가 안 잡히지만. 맛있어요."

"양식은 잘 즐기지 않으셨나 봐요?"

"양식을 잘 안 즐겼다기 보단, 그냥 음식을 잘 즐기지를 않았죠. 외식은커녕 외출 자체도 즐기지 못했고. 그냥 어디까지나 최소한의 식욕을 채우는 정도로. 아니 정말로 딱 그 정도죠."

말 안 해도 그래 보였다. 사람의 체형과 체질은 제각각이긴 하지만, 살집이 없고 뼈밖에 보이지 않는 체형을 가진 사람들 중에서는 아무리 먹어도 살이 안찌는 사람이 있는 반면, 정말 별로 먹지 않아서 그런 체형을 가진 사람도 있었다. 하지만 그 두 종류는 같은 체형을 가지고 있다고 하더라도 확실히 구분할 수 있는 점이 있었다.

식욕의 차이다.

사람은 식욕 없이는 살아갈 수 없다. 살기 위해서 먹어야 하기도 하고 먹기 위해서 살아간다고 할 수도 있었다. 하지만 그것을 등지고 포기하고 싶은 사람들은 결국 무언가의 문제가 있었다. 심각하게 말하자면 살고 싶지 않을 정도로 식욕을 잃은 사람들.

지서의 눈에는 호운의 엄마가 그 정도까지는 아니더라도 무언가를 포기하고 무언가를 잊어버린 듯한 사람의 모습이었다. 그리고 계속 진행 중인 것처럼 보였다.

지서는 솔직하게 말했다.

"사실. 어제 자녀분이 저희 빵을 훔쳤다고 해서, 집에서 교육 차원에서 체벌을 하신 게 아닐까 하는 생각을 했었어요. 어제 없던 상처가 있기도 하고 말이죠."

그리고 지서는 집에 갔었던 일을 설명하기 시작했다.

"생각보다 걱정되어서요. 하루 만에 그런 상처를 입고 오니 그런 생각으로 자녀분 집에 데려다주다가 집을 보게 되었습니다."

그 말에 호운의 엄마는 놀란 듯이 눈을 크게 떴다. 어떤 사유든 간에 낯선 남자가 자신의 집에 들어왔었다는 이야기가 되니 단순하게 놀랄 만한 이유는 충분했다.

지서는 설명했다. 거기서 본 집안의 환경들을. 개어진 옷들 위에 쌓인 먼지들, 언제 깨진지 모른 유리 조각들이 아직도 남아 있는 것들. 도둑이든 짐승이든 누구든 쉽게 침범할 수 있는 허술한 치안, 그리고 아이 혼자 엄마를 기다리기엔 너무나도 처량하고 넓고 낡은 집.

그것을 보니 호운을 걱정을 안 할 수가 없었다고. 그러다 보니 호운을 엄마에게 데려다 주는 것에도 망설임이 있었다고. 지서는 솔직하게 말했다.

"여기에 계시면서 조금이라도 마음이 편해지셨다면, 이번 기회에 편하게 풀어 보세요."

호운의 엄마는 한참을 고민했다. 그리고 가까스로 입을 열었을 땐, 조금씩 가슴속에 찼던 먼지들이 한숨 한숨에 빠져나가는 것만 같았다.

*

그녀에겐 어릴 때부터 성인이 되어서도 이루고 싶은 꿈이 한 가지 있었다. 그건 언젠가 자신의 가족을 갖고 싶다는 꿈이 있었다. 어릴 적부터 시설에서 자라 와서 친구들과 헤어지며 사회생활에 뛰어든 만큼 외로움을 느끼는 건 뼈가 저렸다.

생일이 되어도 축하받지 못했고, 축하해 줄 수 있는 친구도 없었고, 웃음을 나눌 수 있는 사람도 그다지 많지 않았다.

시작이 남들과 달랐기에 그녀는 늘 '그 어떤 일도 일어나지 못할 것은 없다.'라는 매우 추상적인 가치관이 있었다.

그건 누구도 자신과 비슷한 처지가 될 수도 있었고, 반대로 평범한 사람들과 같은 일상을 가질 수 있길 바라는 희망을 심은 가치관이었다.

그렇게 성인이 되고 4년이 지났을 때, 그녀는 한 사람을 만나게 되었다. 무엇하나 의지할 사람이 없던 자신에게 사랑하는 사람이 생긴다는 건 기적 같은 일이었고, 세상이 바뀌는 것처럼 그 사람은 자신의 세상이 되는 것 같았다. 하지만 사소한 문제가 있었는데, 그 사람은 가족 간의 관계가 좋지 않았다는 것이었다.

결혼까지 결정했을 땐, 당연하다는 듯이 반대가 심했다. 가장 큰 이유로는 그 남자의 아버지가 말했다.

"아버지도 어머니도 없는 애를 며느리로 삼을 생각 없다."

그게 진심으로 하는 말인지, 아니면 그저 그녀가 마음에 안 들어서 트집 정도로 하는 말인지 부모 없이 자란 아이라고 강조하려는 생각은 뚜렷해 보였다.

하지만 어디까지나 그건 그녀의 남편이 최소한의 아들의 역할을 하려는 것뿐, 아버지의 허락 따윈 필요 없다고 했다. 그는 그만큼 아버지와 사이가 좋지 않았다. 그렇게 두 사람은 결혼식을 올리진 않았지만, 사실혼의 관계로 부부 생활을 시작했고 마냥 형편이 좋지 않았던 만큼 남편의 아버지와 함께 셋이서 살게 되었다.

그녀를 마음에 들지 않는 시아버지. 아버지와 사이가 좋지 않은 아들. 그런 사이에 끼어 있는 그녀. 그 집안의 분위기가 결코 좋을 리가 없었다. 그래도 마냥 불쾌한 생활만은 아니었다.

그녀는 그런 세 식구라도 하나의 가족이라 여겼다. 잃고 싶지 않은 가족이 생긴 것에 기뻤고, 아이가 생겼을 땐 그런 행복은 절정에 이르렀다. 시아버지도 손자가 생겼다는 사실에 조금씩 마음이 바뀌기 시작했고, 그녀는 곧 태어날 호운의 엄마로서 새로운 가족의 탄생에 매일매일 기대감에 살아갔다.

하지만 그 어떤 일이라도 일어나지 못할 것은 없었다.

남편은 숨기고 있었던 병이 있었다. 그건 본인도 크게 신경 쓰지 않아 시간이 지나면 나아질 거라 생각했던 탓에 뒤늦게 손을 쓸 수가 없었다. 아들을 미워했던 시아버지조차 아들을 잃은 탓에 슬픔에 잠겨 왕래가 완전히 끊었다. 호운이 생겼음에도 그런 손자는 모른다는 느낌마저 들 정도로 차가운 외면이었다.

결국 혼자서 뭐든지 다 할 수밖에 없었다. 어렵게 모았던 돈은 남편을 살리기 위해 모든 것을 쏟아 부었고, 호운의 분유값 조차 없어 힘들어 하던 찰나 남편의 지인을 통해 낡은 집이라도 얻게 되었다.

먹고 살기 위해 돈을 벌어야 했다. 매번 호운을 다른 사람들에게 맡기며 조금씩 커가는 모습을 바라보지 못하고 있었다.

매번 보는 모습은 호운의 모습 대부분은 잠을 자고 있었을 때뿐이었다. 그건 엄마로서 너무 미안했던 일이었고, 그렇게라도 바라봐야 한다고 생각했다.

그렇게 1년 2년 5년 7년

호운은 초등학생이 되었고, 이상한 행동을 하기 시작했다.

갑자기 뜬금없이 사고를 치곤했었다. 물론 아이가 이런저런 사고를 칠 수도 있고, 자신이 교육을 제대로 하지 못한 것들이 많기에, 호운이 나쁜 짓을 하면 바로 사죄를 했고, 무슨 문제를 일으키면 바로 달려가곤 했다. 하지만 호운의 그런 문제가 되는 행동은 결코 호운이 나쁜 아이로 성장하고 있는 게 아니라, 단 하나의 이유 때문이라는 것을 알게 된 때가 있었다.

그건 호운의 일기였다. 평소에도 일기를 잘 쓰지 않았는데 학교 숙제로 나온 그림일기였던 모양이었다.

너무 지쳐서 잠이 오지 않았던 밤.

그녀는 호운의 자는 모습을 보고 싶어 살펴보다가 보게 된 일기에는 그런 말이 있었다.

"착한 아이로 있으면 엄마는 날 보러 오지 않아요. 하지만 나쁜 짓을 하게 되면 엄마는 반드시 날 보러 와요."

그 말이 얼마나 가슴을 후벼 파게 만드는지, 그저 미안함만 남길 수밖에 없었다. 심지어 미안하다는 말조차도 할 수 없을 정도로 호운을 똑바로 볼 자신이 없었다.

그녀는 호운을 바라보고 있다고 생각했지만, 그렇게 생각했을 뿐이었지 그 어린 아이가 엄마를 어떻게 바라보고 어떤 말을 해 주고 어떤 것을 해주고 싶은지 하나도 모르고 있었다.

그렇기에 호운은 엄마를 보고 싶어서 친구들과 다투기도 하고, 식당에 빵을 훔치기도 했다.

그 어떤 것이라도 일어나지 않을 것은 없다. 그렇기에 열심히 살아가려했고 어떤 순간에도 불행에 대처할 수 있는 엄마가 되고 싶었다. 하지만 언제나 불행에 대처할 생각만 했기에, 어떤 순간도 행복한 순간이 될 수 있을 거라는 것을 잊고 있었다.

호운이 먹게 해 주고 싶었다는 그 아란치니라는 음식을 먹자마자 생각했다.

"어째서. 왜 이렇게 따뜻한 음식을 하나 행복하게 같이 먹지 못하는 사람이 되어 버리고 있었을까?"라며.

분명 시아버지와 남편과도 이렇게 행복하게 식사를 하던 기억도 있었는데.

"전 부모님이 없어도 같이 자란 친구들이 있어서, 제가 가족을 얻으면 친구들과 함께 나누었던 행복이 가족과는 얼마나 더 행복할까 생각했었어요. 그래서 가족을 가지고 싶었는데, 여전히 남아 있던 소중한 가족인 호운이에겐 아무것도 해주지 못하고 있었죠. 그래도 호운이를 위해서 그렇게 살아 왔다고 생각했는데… 참 바보 같네요."

호운의 엄마는 그저 열심히 살면 될 거라고 생각했던 것 자체가 어리석었다는 생각으로 번지고 있었다.

그 이야기를 지서와 인섭은 가만히 듣기만 했다.

"제 아이와 만났을 때도 분명 그렇게 힘들게 지내 왔어도 행복한 순간들이 존재했어요. 아주 사소하더라도 말이죠. 밥을 잘 먹는 모습을 보고 기뻐하기도 했었고, 걷는 걸 보고 기뻐하기도 했고, 노래에 맞춰 춤추는 모습에 기뻐하기도 했고, 알아서 신발을 신는 모습에 기뻐하기도 했죠. 정말 사소한 거에 말이죠."

호운의 엄마는 목이 아픈지 물 한 모금 마셨다. 그리고 호운의 머리를 쓰다듬으며 말했다.

"그 사소하던 행복들을 그렇게 잊고 있었죠. 이렇게 같이 밥을 먹는 것도 지금처럼 행복하고 소중하다는 것을, 그때도 알고 있었을 텐데. 나 원 참. 이렇게 남들에게 옛날이야기를 주저리주저리 하게 될 줄은 몰랐네요. 아마 그만큼 맛있고 따뜻한 음식이었다고 생각해요."

호운 엄마의 목소리는 다소 가벼워졌다. 목소리 자체에 힘이 빠진 듯 훨씬 듣기 좋은 목소리였다.

"행복해지는 맛이네요."

뭔가 조금은 어색해 보이는 그녀의 말이 인섭의 귀에 닿았을 때, 인섭은 다른 누군가의 목소리가 겹쳤다. 그때가 언제였는지는 정확하게 떠올려지지는 않았지만, 그런 말을 똑같이 하면서 웃는 얼굴로 자신을 바라보던 한 사람을 떠올렸다.

인섭은 새삼 떠올렸다.

그렇게 좋았던 추억이 있었음에도, 그런 것들을 잊히게 만드는 게 있다는 것을. 자신에게서는 사랑하는 사람에게 요리를 해주고 그런 말을 들었을 때가, '행복해지는 맛'이었다는 것을.

인섭은 말했다.

"저는 알아요. 이미 잃어 봤거든요. 지침은 많은 것을 잃게 만들어요. 그러다보니 뭐가 소중했는지 무엇을 위해 나아가려고 했는지 잊어버리게 되거든요. 그렇게 소중한 사람을 잃었어요."

지서는 인섭을 바라보았다. 인섭 또한 뭔가를 망설이는 듯 하다가 다시 말했다.

"정말 사랑한 사람이 있거든요. 그래서 오랫동안 연애하고 10년이 다 되어가도록 사랑했는데 지치다 보니까, 왜 사랑했던 것인지 어떻게 여태 사랑해 왔는지 전부 잊어버리게 되었던 적이 있었어요. 아마 어머님도 그렇게 지치다 보니 놓치고 있었던 거겠지만, 그런 실수하는 일이 없길 바랄 뿐이에요. 아이들은 매일매일 엄마 아빠가 돌아오길 기다리니까요."

인섭은 스스로 그렇게 말하면서 쓸쓸하게 입을 닦았다. 이미 어느 샌가 식사는 다 끝낸 뒤였다. 또한 자신이 말해 놓고서 무슨 주제로 그런 말을 했던 것인지, 용케 잘 나불거렸다고 스스로 생각하고 있었다.

호운의 엄마 또한 인섭의 말을 받아들였다.

매일매일 자신이 돌아오길 기다린다는 말이 더 와 닿았다. 늘 집에 도착하면 자신을 기다리다가 졸음에 이기지 못해 제대로 잠자리에서 자고 있지 않은 아이를 보면, 그 마음보다는 늘 '애는 대체 왜 이러고 자는 걸까.' 하는 생각으로 힘겹게 이불 위에 옮겨 줄 뿐이었다. 충분히 그런 모습 또한 사랑스러웠을 텐데.

"그저 밥을 먹는 것뿐인 거 같은데, 생각하지도 못한 것을 담고 가는 것 같네요. 그 말이 맞는 거 같아요."

호운의 엄마는 다시 떠올렸다. '사람에게는 그 어떤 일도 일어나지 못할 것은 없다'는 걸. 그건 불행의 의미일 수도 있지만, 지금처럼 행복의 의미가 될 수도 있기에 어울리는 문장이다.

그 누구에게도 행복한 일이 일어나지 못할 것도 없다.

호운의 엄마는 다시 가볍게 웃으면서 식사를 다시 시작했다. 하지만 다 먹지는 못했다. 먹는 양이 평소에도 적다 보니 금방 배 불러서 다 먹을 수 없을 것 같다고 말했다.

지서는 그 그릇을 보고 한 가지 물어보려고 했다. 하지만 그 얼굴을 보자마자 호연의 엄마가 먼저 말했다.

"아. 정말 맛있었어요. 이런 건 처음 먹어봐서 신선하기도 했고."라며 변명하듯.

"네? 아. 아아. 그게 아니고, 궁금한 게 하나가 있어서요."

"네. 말씀하세요."

그 허락에 지서는 호운의 집을 떠올리며 말했다.

"죄송하게도 집안을 봤을 때, 깨진 유리 파편들이 보이던데…"

호운의 엄마는 잠시 기억을 더듬어보다가 말했다.

"그건 예전에 호운을 등위에 태우고 말놀이를 해준 적이 있었는데, 글쎄 이 녀석이 너무 날뛰는 바람에 옆으로 넘어져서 그대로 팔꿈치로 유리를 깨먹고 상처까지 났거든요." 그러면서 호운의 왼쪽 팔꿈치 쪽에 이제는 아문 상처 자국을 보여주었다.

그 정도로 집안일에 대해 많은 것이 밀려 있었던 모양이었다. 아니면 이미 치웠다고 생각했던 것인지. 그녀는 반성한다고 말할 뿐이었다.

지서에게는 또 묻고 싶은 게 있었다.

"두 명이서 사는데 옷이 얼마나 많았던지, 장롱에 넣지도 못하고 바닥에 쌓여있던 게…"

"아. 그건 안에 넣고 찾기 어렵다고 방치하다가 출근할 때 옷 찾는 게 힘들어서 그렇게 바닥에 쌓아두고 있었어요.…"

어쩌 호운 엄마는 자신의 부끄러운 살림을 보인 게 말끝이 조금씩 흐려졌다.

지서는 마지막으로 더 물었다.

"혹시 키우시는 개는 없으시죠?"

"네? 없죠."

"집에 짐승이 들락날락하는 건 아시나요?"

"네?!"

호운의 엄마는 무슨 말을 하는 거냐고 되물었다. 지서는 말했다. 그날 세탁기 옆에 버젓이 앉아서 자신을 바라보던 짐승 같은 개 한 마리의 눈동자를.

호운의 엄마는 고개를 강하게 저으면서 무서운 이야기는 하지 말라고 다그쳤다.

거기에 인섭도 말했다.

"아무리 허술하다고 하더라도 그런 대형견이 시내를 그렇게 막 돌아다니겠어요? 그것도 집에도 막 들어가고?"

결국 지서는 자신이 잘못 본 건가 하는 생각으로 마무리하려고 했다. 하지만 인섭은 한 술 더 뜨며 말했다.

"귀신은 사람 귀신만 있는 게 아니라고 하니까. 짐승 귀신일지도 모르죠."

그 말에 지서와 호운의 엄마는 눈동자만 흔들리는 채로 아무 말 없이 시선만 교차했다.

곧 그 집에 들어갈 호운의 엄마도 그 광경을 보고 아직도 뭐가 진짜인지 믿기지 않는 지서도 묘한 공포감이 몰리는 것 같았다.

　그 이후로 호운은 학교를 마치면 만테까레를 들리곤 했다. 그
곳에서 한쪽 테이블에 자리를 잡아 밥을 먹기도 하고, 지서의 집
에서 온 동생들과 어울리다가 같이 공부를 하기도 하고 그림을
그리기도 하고 놀기도 하며, 다른 손님에게 방해가 안 될 정도로
얌전히 시간을 보내고 있었다. 그러다가 늘 8시가 되었을 때쯤에,
호운의 엄마가 데리러 와 식사 값을 지불하고 집으로 돌아갔다.
　"그럼 사장님 다음에 봬요."라며 그녀는 먼저 손을 흔들었고,
그에 따라 호운도 손을 크게 흔들었다.
　지서와 인섭 또한 그 인사에 답하며 손님을 보냈다.
　그런 단골이 하나 생겼다는 것에 지서는 물론 인섭 또한 스스
로가 자랑스러워지는 것 같았다. 인섭도 이젠 만테까레가 담은
의미를 알게 되었다.
　만테까레는 여러 재료들이 펜 위에서 조리되어 하나의 맛으
로 뭉쳐내는 과정을 뜻한다. 지서가 요리를 배우면서 첫 번째로
배웠던 것이기도 했다. 여러 재료들은 여러 사람들로, 하나의 맛
이 되는 건 그 사람들이 하나의 인연이 되는 것으로. 지서는 만테
까레의 뜻처럼 이 식당이 하나의 인연과 추억이 만들어지는 곳이
되길 바라는 마음이었다. 그 식당의 이름에 걸맞게 두 사람은 손
님에게 선물을 한 것 같아 특별한 보람을 느꼈다.
　이제 만테까레는 정식 오픈을 한다. 앞으로 어떤 손님들이 찾
아올지 모르지만, 인섭과 지서는 자신이 할 수 있는 최고의 서비
스를 해야 한다는 것을 재차 느끼고 있었다.

지서는 사장으로서 부담되고 걱정되는 것도 있지만, 사장으로서 레스토랑을 이끌어 나가기 이전에 그래도 같이 일을 해 줄 인섭이 있다는 게 생각보다 의지할 수 있어서 마음이 놓였다.

지서는 주방을 함께 청소하는 인섭을 보며 지난 인섭의 말을 떠올리며 말했다.

"나는 말이에요. 그다지 연애를 해보지 않았어요. 인섭 씨하고는 정반대예요."

인섭은 의아한 얼굴로 지서를 보며 물었다.

"갑자기요?"

"그냥. 인섭 씨 연애에 대해서 듣다 보니까. 이제 진짜 영업을 해야 한다고 생각하니 내가 인섭 씨를 의지할 수 있는 만큼, 인섭 씨도 나를 의지해 주면 좋겠다는 생각이라서. 내 이야기를 조금이라도 해줘야 하는 게 아닐까 싶어서요."

"제가 도울 수 있는 게 있으면 도와드릴게요."

"그래 주면 좋죠. 오늘은 늦었으니까. 일하면서 이것저것 이야기해 봐요."

"저도 행복해지는 맛이 어떤 것인지 알았으니 보답해야죠."

인섭은 추상적이었던 지서의 말의 의미가 이젠 가슴에 와 닿고 있었다. 그리고 즐겁게 식사를 하던 호운 모자를 떠올리며 미소를 지었다.

"저야 요리사는 아니니까요. 제가 요리한 것은 아니었기도 하지만, 뭔가. 그." 인섭은 자꾸 말을 끊어내며 계속 말했다. "저희가 준비했던 음식이 맛있다고 하니까. 기분이 좋다고 할까요? 자신감이 생긴다고 할까요? 보람이 생긴다고 할까요. 그냥. 그게 그렇게 기분이 좋았어요. 그래서 호운의 어머니한테도 저의 이야기를 짧게라도 해 버렸던 거 같아요." 거기에 인섭은 언젠가 자신 스스로 맛있는 요리를 만들어 주고 싶다는 생각이 강해졌다.

지서는 인섭과 사랑을 했던 사람이 어떤 사람일지 떠올려 보며 말했다.

"많이 좋아했나 봐요."

"그렇죠. 사실은 아직도 그래요. 근데 미안함이 더 커서 좋아해도 되는 건지도 모르겠네요."

그 모습에 지서는 잠시 인섭을 바라보았다. 그러다 다시 청소에 집중했고 주먹을 쥐며 인섭의 어깨를 살짝 툭 밀며 말했다.

"그것만큼 기분 좋은 일이 어디 있겠어요. 행복해지는 맛이라고 하잖아요. 그런 말, 손님에게는 저도 처음 들어봐요." 지서는 활짝 웃었다. 오늘만큼 만테까레를 개업해서 기쁜 날은 없었다.

"도와줄 수 있는 게 있으면 말해요. 이야기도 들어주고 조언이 필요하면 조언도 해 주고 필요한 게 있으면 필요한 것도 줄 수 있을 만큼 줄 테니." 지서는 그렇게 말하고도 자신이 조언을 해 준다는 게 말이 안 된다고 생각했다.

그리고 인섭 또한 그 말에 답했다.

"행복해지는 맛. 같이 만들 수 있도록 도울게요."

그러곤 지서는 잠시 큭큭대며 웃다가 밉살스러운 얼굴로 꽤나 소리 높여서 말했다.

"말 자체는 감동적인데 뭔가 어색한 게 닭살이 조금 돋네요!"

인섭은 그런 모습에 조금 몸에 힘이 들어갔지만, 이내 가볍게 넘기며 다시 청소에 집중했다.

세 번째 요리

나만이 아는 맛

아림은 생각지도 못한 인섭의 밝은 얼굴에 위화감이 들었다.

"어지간히 그 일이 재미있나 봐?"

"그래 보여?"

"응. 얼굴이 편해 보여"

그런 위화감은 인섭도 마찬가지였다. 그동안의 것들을 포기하고 새로운 일을 찾는다는 게 모든 것을 다 잃는 듯한 느낌이었는데, 새롭게 시작한 일에 즐거움을 느끼고 있는 편이었다.

"사장님이 좋으셔. 잘 가르쳐 주고. 일도 힘들긴 해도 재미있고. 무엇보다 보람이 있어. 그게 좋아."

아림은 자신 스스로 말하고 싶은 것을 스스로 말하고 대화를 주도하는 인섭의 모습에 오랜만에 옛날 모습을 보는 것 같아 덩달아 기분이 좋았다.

"다행이다. 그래도 걱정했는데."

"걱정은. 넌 직장 일은 괜찮아?"

"나? 괜찮지 그럼. 오늘은 휴가를 내서 시간도 남지."

"휴가? 무슨 일 있어?"

"아니. 그런 건 아니고. 오늘 어머님도 뵈러 가기도 할 거고."

인섭은 자신이 부탁했던 것을 떠올렸다.

"그게 오늘이구나."

"그러려고 휴가를 낸 건 아니고, 이런저런 스케줄도 있어서."

아림은 시간을 확인했다. 아직 이르지만 그래도 우선은 움직여야 할 것 같았다. 하지만 인섭은 그런 눈치를 채고 먼저 말했다.

"그럼 나도 먼저 일어나야겠다. 운동하러 가야 하기도 하고."

"그래. 오늘 어머님 뵙고 연락할게."

"늦어지면 말해. 데려다 줄게."

두 사람은 그런 대화를 끝으로 서로 멀어져 가는 모습을 보며 인사를 나누었다. 아림은 그저 인섭이 이전과 달리 좋은 모습을 보여 주는 것 같아서 마음이 편했다. 그리고 인사를 나누던 방향에서 등을 돌려 아림도 약속했던 장소로 향했다.

알베로가 아니라 만테까레로 향하는 발걸음이 되고 있었다.

*

회조가 알베로를 그만둔 것은 지서가 그만두기 열흘 전의 일이었다. 그리고 얼마 지나지 않아 지서가 해고되고 개인 가게를 차렸다는 말을 들을 땐, 결국 올 날이 온 거라고 생각했다.

"애초에 시한폭탄이나 다름없었어. 그 사장은 사소한 거라도 약속도 제대로 지키지 않았고, 좋다고 알바로 뽑을 땐 언제고 내가 최대의 오점이니 뭐니 그딴 소리를 하고,"

"네가 손님 대하는 태도가 별로였던 건 사실이지."

지서는 손님과 싸우는 희조를 생각하면 사장이 된 입장으로서 권 사장이 그런 말을 했던 건 이해하는 편이었다.

"그래도 오빠한테까지 그런 대우를 하는 건 진짜 너무 놀랍다. 그 사람 퇴직금 주기 싫어서 1년 되기 전에 수작 부린다는 말도 많았잖아. 잘 그만뒀어. 그딴 사장 밑에서 있을 필요도 없지. 남는 애들이 불쌍하네."

희조는 알베로를 그만두고 정직원으로 화환을 만드는 업체에서 일하기 시작했다. 그리고 지서가 개업을 했다는 말에 계산대 쪽에 놓을 수 있는 작은 화분을 가지고 방문을 했다.

"그렇게 보면 여긴 알베로 퇴직자들 모임이라고 할 만하지 않나?" 희조는 나름 웃음기가 나는 어투로 말했다. "아. 그렇게 말하기엔 어울리지 않는 사람도 있었구나."

시간은 점심시간이 한창이었던 때였다.

지서는 대부분의 지인들을 가개업했을 때 초대했었지만, 희조는 일이 바빴던 만큼 휴가를 얻고 나서야 만테까레에 방문했다. 그리고 그 안에서 하나의 도시락으로 한 여성과 점심을 나누어 먹고 있는 지서의 모습을 보았을 때. 오늘은 꽤나 날을 잘 잡았다고 생각했다. 희조는 그런 자리엔 자리를 피해 주기는커녕 그런 자리에 끼어드는 여자였다.

"아림씨는 알베로 출신이 아니시니까." 희조는 그렇게 말했다.

"하하. 네. 그렇죠."

그리고 지서가 끼어들며 말했다.

"아림 씨는 우리가 알베로 일할 때 자주 오기도 했어."

"진짜? 왜 난 기억을 못하지?"

그만큼 손님에게 관심이 없는 희조를, 지서는 괜히 지적하지 않기로 했다.

"그건 그렇고 특이한 김밥이네요. 김밥을 싸 온 것도 아니고, 각각의 재료들만 따로 싸 와서 지금 김밥을 싸 먹는 도시락이라니. 뷔페식인가?"

지서는 오늘따라 유난히 깐죽거리는 듯한 희조의 모습에 적응이 되지 않았다. 희조는 그렇게 말이 많았던 여자도 아니었다. 그렇다고 마냥 얌전한 것도 아니긴 했지만, 대화의 주도권을 가져가는 편은 아니었다. 그렇기에 목소리에 신이 나 있는 게 불안감만 가져다 줄 뿐이었다.

아림은 도시락에 대해 설명했다.

"저도 배운 거예요. 예전에 아는 분에게서 이렇게 도시락을 싸 주시곤 했었거든요."

"햄에 김, 불고기도 있고 지단에 단무지와 맛살에 우엉. 채소는 하나도 없고 밥도 없네요?" 희조는 다른 도시락이 있나 살펴보았지만, 재료들만 나열된 반찬과 말린 김이 전부였다.

"원래 채소도 넣긴 하는데, 괜히 쉴 수도 있을 것 같아서요. 이건 밥 없이 김에 재료만 말아 싸서 먹는 거예요."

"그건 어느 나라 식습관이에요? 인도? 멕시코?"

"딱히 그런 건 아니지만, 저도 다른 분에게서 배웠던 거라서."

아림은 재차 강조했고 희조는 그게 맛이 있을까 싶었다.

김밥이란 자고로 쌀밥이 있기에 김밥이다. 밥을 김으로 말면 그것 자체가 김밥이고 거기에서 다른 반찬을 곁들어서 먹을 수 있는 것이 김밥이라고 불러 왔지만, 아림이 싸 온 도시락은 그런 고정 관념을 완전히 뒤바꾸고 있었다.

아림은 말린 김 한 장을 건네주면서 물었다.

"한번 먹어 보세요."

희조는 생각 없이 받았다. 그리고 자신의 앞접시에 올려놓고 도시락통 안에 있는 반찬들을 전부 비율 좋게 하나씩 올려놓았다. 다만 고기는 좋아하니까 불고기의 비율은 조금 높였고 아삭한 맛은 살짝 줄이고 싶어서 단무지는 제일 얇은 것으로 선택하며, 밥이 없는 만큼 그 대체품으로 계란지단을 불고기만큼 더 올렸다. 거기에 우엉과 맛살 하나씩. 희조는 그대로 조심스럽게 김밥을 말았고 고정이 되지 않은 만큼 손으로 계속 쥐어야만 했다. 솔직히 이게 뭔가 싶었지만, 음식은 일단 입에 넣어 보고 난 후에 말해도 늦지 않다.

아그작아그작

씹자마자 느끼는 건 핵심은 밥이 아니라 단무지라는 것이었다. 밥이 들어가지 않았음에도 단무지가 안에서 씹히는 게 김밥을 먹는 익숙함을 느꼈다. 거기다가 밥이 없어서인지 미묘하게 약한 간으로 된 재료들이 하나하나 맛을 제대로 느낄 수 있는 게,

"씹는 맛이 더 사는 게 별미네." 희조는 그렇게 말했다.

"그렇죠? 괜찮죠?" 아림은 살짝 안심했다.

"뭐 솔직히 뭐 그런 김밥이 다 있나. 솔직히 도시락 싸기 귀찮

아서 그러신 거 아닌가 싶었지만, 보기보단 괜찮네요. 영양가도 있을 것 같고."

희조는 입을 멈추지 않았다. 썰어진 게 아니다 보니 이로 끊어야 하는 게 있어서 불편한 것도 있었지만, 터키 음식인 케밥처럼 느껴져서 긍정적으로 여겼다.

희조는 두 사람의 관계가 궁금했다. 같이 일했던 옛정도 있고 지서가 식당을 차렸다는 소식에 찾아간 첫인상이, 어떤 여자와 꽁냥꽁냥대고 있다는 게 자영업자의 정신을 어디에 갖다버린 건지, 희조는 식당에서 연애질 하는 게 알베로의 권 사장이 떠올라서 기분 나빠질 뻔했었다.

그 사이에 지서는 게슴츠레한 눈으로 희조에게 말했다.

"그래서 주문은 따로 할 거야?"

희조는 이대로 김밥을 먹는 것도 괜찮다고 생각했지만, 지금 자리에선 지서를 주방 안으로 보내는 게 나을지도 모르겠다는 생각이 들었다.

메뉴판을 살펴본 희조는 말했다.

"뭐야. 메뉴는 세 가지뿐이야?"

"가게가 그리 크지도 않잖아. 그 이상은 무리라고."

"뭐. 맛있기만 하면 문제는 없겠지."

희조는 다시 한 번 살펴보았다. 누가 이미 그려준 것인지 메뉴판에는 사진이 아니라 그림이 그려져 있었고, 그 그림은 음식 사진을 그대로 따서 가져온 것 같이 충분히 어떤 음식인지 알 수 있을 정도로 매력이 있어 보였다.

첫 번째로는 하루 종일 끓인 소 육수로 만든 크림스튜에 입에 들어가 씹기도 전에 부서지기 시작하는 고기가 들어가 있다고 설명이 된 리가토니파스타. 두 번째로는 먹게 되면 입안이 새까매지는 오징어먹물 리조또. 희조는 세 번째까지 살펴보았지만 취향에 맞지 않았다.

"나는 솔직히 예전에 알베로에도 없던 부드러운 치즈가 얹힌 포모도로파스타를 좋아했는데." 희조는 그렇게 말했다.

"그건 메뉴판에 없지만 해 줄 수 있지."

"그럼 그거."

"그래도 준비해 둔 메뉴를 먹어 줘야 하는 거 아니야?"

"싫어. 빨리빨리."

희조는 조금이라도 빨리 지서를 주방으로 보냈다.

그리고 두 사람이 남았다. 아직 식당에 다른 손님은 없었다. 희조는 우선 정식으로 인사하는 게 자연스러울 거라고 생각했다.

"지서 오빠 없으니까. 다시 인사할게요. 지서 오빠랑은 예전에 같은 식당에서 일하다가 만난 사이에요. 안희조라고 해요."

"아. 저는 이아림이라고 해요."

"알베로에 있었을 때 별명이 '안해줘'이기도 했어요. 이름이랑 발음이 비슷해서이긴 한데, 제가 손님한테 안 해주는 게 많데요. 웃기지 않아요?" 희조는 멋쩍게 웃으며 말했다.

아림은 취향에 맞는 개그에 웃음을 낼 뻔한 것을 참아 냈다. 아림은 희조가 그런 장난을 해도 빈틈이 보이면 안 될 것 같았다.

"재밌는 별명이네요."

"끝이에요?"

"네?"

"저는 어떻게 지서 오빠랑 만났는지 말해 줬으니까요. 아림 씨도 그 정돈 알려 주셨으면 하는데."

아림은 좀 곤란했다. 처음부터 그런 이야기를 해 주고 싶기도 했지만, 어떻게 그런 이야기를 해 줘야 할지 이야기가 난잡할 것 같아서 사양하고 싶기도 했던 부분이었다.

"민원을 넣으시다가 만났어요." 아림은 그렇게 말했다.

그 말에 희조는 번뜩였다. 예전에 기억나는 사건이 있었다. 지서는 화를 잘 내는 사람이 아니었지만, 한동안 분노에 가득 차 있었던 시기가 있었다.

"아아! 생각났어요. 예전에 들은 적이 있어요. 아~ 그분이 아림 씨구나." 희조는 본인도 모르게 박수치며 아림을 가리켰다.

"네? 들은 적이 있어요?"

희조는 확신했다. 그때가 두 사람의 첫 만남이라는 걸.

*

그때는 지서가 아직 알베로로 출근하던 오전이었다. 출근길을 나서다가 잠시 멈추어서 눈살을 찌푸리며 하나의 가로등을 올려다보았다. 분명 그 가로등은 어제도 불이 들어오지 않았다. 그런 가로등이 하나둘이 아니었다. 이 방면에는 얼마나 관리가 소홀한 것인지 공무원들 하나하나 불러다가 욕을 하고 싶을 정도로 너무하다고 생각하고 있었다.

"어째서 그렇게 민원을 넣어도 아무런 반응이 없는 거지?"

매일 월급에서 떼어 나가는 세금이 허탈해지는 순간들이었다.

지서는 통화 기록에도 여러 번 남아 있던 동사무소 전화번호로 다시 전화를 걸었다.

"며칠 전부터 가로등에 불이 안 들어와서 민원 넣었었는데요. 아직도 안 고쳐졌는데요." 지서는 그렇게 말했다.

대체 이게 몇 번째의 민원을 넣는 통화인지, 몇 번을 시도해도 변화가 없었다. 그럼에도 동사무소의 직원은 그 일에 관해서는 동사무소가 아니라 구청에 요청해야 하는 일이고 이미 요청을 했으니 조금만 기다려 달라는 말밖에 돌아오지 않았다.

어떻게 보면 그저 고작 가로등의 전구만 교체하면 되는 일이었다. 말 그대로 고작. 하지만 그 고작 가로등 하나 바꾸어 주지 않는다는 게 지서는 그저 답답할 뿐이었다.

[기다리게 해서 죄송해요. 조만간 구청에서 작업 들어갈 테니까 조금만 기다려 주세요.]

직원에게 화를 내 봤자 해결되는 건 없었다는 걸 알지만, 그래도 3주가 지나도록 이런 반복은 신용이라는 걸 잃게 될 뿐이었다.

지서는 다시 발걸음을 옮기기 시작했다. 오늘 저녁에는 단체 손님들이 예약되어 있다는 것이 떠올랐고 오늘 하루도 기분 좋게 시작하지 못하는 것 같아 답답했다.

지서의 출근은 오후 12시였다. 이미 레스토랑이 운영될 시간이었고, 점심시간의 절정부터 투입이 되는 지서는 4시간 동안 재료 손질이나 메인 요리 등 설거지까지 모든 주방의 일을 해 내고 있었다. 그리고 파트마다 출근하는 알바생들은 지서를 보자마자 하나같이 그렇게 말했다.

"생일 축하해요. 오늘 생일 파티 하는 거죠?"

"생일 파티는 무슨."

"오늘이 생일인데 생일 파티를 해야죠. 오늘을 위해서 냉장고 안에 손질해 놓은 연어가 있다고 들었는대요?"

그날은 지서의 생일이었다. 아침에는 미역국이 끓여져 있던 것을 확인했지만, 스스로의 생일을 잘 챙기지 않는 만큼 생일 파티를 하자는 말에도 무색했다.

"나 집에 어린 동생들밖에 없어서 파티 못 해. 마음만 받을게."

"에이 그런 게 어디 있어요."

지서도 물론 놀고 싶지 않은 건 아니었다. 하지만 정말로 지서에겐 챙겨 줘야 할 동생들이 있는 만큼 평소보다 늦게 집으로 돌아가는 건 어려운 결정이었다.

한편 지서의 집에선 동생들도 분주했다.

"아 좀! 그만 우물쭈물 대라니깐?" 지안은 짜증이 섞인 말투로 지후를 쏘아 붙였다.

"누나. 아빠가 너무 늦을 땐 밖에 나가지 말라고 했잖아."

"그래서 원래 너는 가만히 있으라고 했는데, 너도 같이 가고 싶다고 했잖아."

"하지만 밖이 너무 어두운걸."

"그러니까 낮잠 자지 말고 기다리라고 했지? 괜히 너 때문에 케이크도 사러 나가지도 못하고 너만 기다리다가 이제 나가려고 하는 건데. 이제 와서 나가지 말자고? 그럼 그냥 가만히 있어!"

지안은 이전부터 오빠인 지서의 생일을 챙기기 위해서 케이크를 사러 가기로 마음을 먹었다. 아빠는 매번 일하느라 늦게 집으로 돌아오고 엄마는 시골로 가서 집에 잘 돌아오지 못한 지 벌써 몇 년째였다. 지안 또한 조금만 지나면 중학생이 될 거라는 생각에 자신이 오빠의 생일을 챙겨야 한다고 생각한 올해였다.

지안은 자신의 지갑을 확인했다. 그 안에는 만 원도 안 되는 돈이 들어 있었지만, 큰 케이크는 아니더라도 작은 케이크라도 살 수 있을 거라고 생각했다.

"그래서 갈 거야 안 갈 거야?"

지안은 질문이라기엔 강한 어조로 말했다.

"갈게. 누나."

그리고 지후는 누나 지안의 손을 꽉 잡고 집을 나섰다.

밖은 정말로 어두웠다. 원래에는 곳곳에 가로등이 나열되어 어느 정도 환했지만, 최근엔 점점 약해지더니 거의 빛이 들어오지 않고 있었다. 지안은 한 손으론 지후의 손을 더 꽉 잡았고, 다른 한 손으로는 지갑을 꽉 잡았다.

지안은 어두운 밤이 무섭기도 했지만 케이크를 살 수 없을지도 모른다는 생각에 걱정스러웠다. 이럴 거면 오늘이 아니라 미리 케이크를 사 뒀어야 한다는 생각도 들었지만, 지안은 어디까지나 지서를 깜짝 놀라 주고 싶은 마음이 앞서 있었다.

"자 빨리. 누나 손 꽉 잡아. 케이크만 사고 바로 돌아오자."

"응."

하지만 지안은 빠른 걸음이 힘든 지후를 위해서 마음보단 조금 늦춰 발을 맞추었다.

그런 사실을 모른 채 지서는 동생에게 계속 전화를 했지만 받질 않았다.

"자꾸 폰만 보고 뭐 하는 거예요?" 이영은 술만 한참 마시다가 지서를 보고 말했다.

"집에 전화가 안 돼서."

평소보다 일찍 문을 닫은 알베로의 안에서는 지서의 생일 파티를 위해 고연이 주방에서 술과 연어를 꺼내오기 시작했고 이영은 케이크와 매장 안의 음악을, 희조는 누구보다도 먼저 보드카를 개봉해 깔짝깔짝 마시고 있었다.

이영은 케이크에 불을 켜며 말했다.

"아까부터 집에 전화하고 있던 거예요?"

"걸어도 아무도 전화를 안 받네."

"그 정도면 일부러 전화 안 받는 거 아닌가?" 그러다가 연어 절임을 입에 넣은 희조가 우물대며 말했다.

"언니. 아직 시작도 안 했는데. 그럼 축하 노래 불러요?" 이영은 지서를 보며 물었다.

"아니. 부끄러우니까 그건 좀."

"그럼 촛불 끄시죠. 오늘도 고생했습니다." 그리고 마지막으로 오븐에서 구워 낸 로스 치킨을 꺼내온 고연이 생일 파티의 시작을 알렸다.

가끔은 이렇게 넷이서 퇴근 후의 시간을 즐기기도 했다.

이영은 술을 워낙 좋아했고, 고연은 노는 것을 좋아했고, 희조 또한 그 속에 섞여서 수다를 떠는 것을 좋아했다. 지서는 그런 직장 동료이자 동생들이 노는 것을 보는 게 좋았고, 사고 없도록 수습하는 게 이 그룹에서의 역할이었다. 그러다 보니 취해 있는 녀석들 틈에서 제정신인 탓에 혼자서 술값을 전부 결제한 적도 적지 않았다. 나쁘지 않은 일상이었다. 재미있었고 그런 일상을 주는 사람들에게 생일 축하를 받는 것엔 감사한 일이지만, 여전히 전화 연결이 되지 않는 동생이 걱정스러웠다.

'벌써 자고 있으려나?'

시간이 9시 반이라고 해도 그렇게 일찍 자는 애가 아니라는 것을 아는 만큼 지서는 왜 전화를 받지 않는지 걱정이 되었다.

그런 모습에 희조는 비아냥거렸다.

"그래서? 누구한테 그렇게 전화하는 건데? 누가 보면 여자 친구한테라도 하는 줄 알겠어."

"집에 동생들. 오늘 아버지가 일이 늦어서 전화해 보는 건데, 애들이 전화를 안 받네."

"애들이 몇 살인데?" 희조는 조금 관심이 있다는 듯 물었다.

"둘째는 초등학생 셋째는 유치원생."

"나는 나이를 물어본 건데. 근데 귀엽겠다, 유치원생."

"벌써 취했냐? 말투가 어째 이상한데." 지서는 희조의 얼굴을 확인했다.

"뭐가. 나 원래 애들 좋아해."

"그런 걸 어떻게 알아 내가."

"몰랐어? 나 원래 유치원 선생님 되고 싶었잖아."

그 말을 듣자마자 고연은 목으로 넘기고 있던 맥주를 가까스로 고개를 돌려 뿜어 댔다.

"큭! 크엑! 컥 컥! 세상 푸릇푸릇한 어린아이 새싹을 노랗게 만들일 있나."

이영은 그런 고연을 보고 왜 저러나 싶었고, 지서는 고연이 왜 저러는지 조금은 이해를 하는 편이었다. 손님 한 명한테도 상냥한 서비스를 못하는 애가 유치원 선생님이라니. 희조는 그런 고연의 뒷덜미를 잡아 끌어당기며 물었다.

"뒤질래?"

그리고 고연은 기침을 마저 다하고 진정을 하자 웃음기가 남아있는 얼굴로 희조가 아닌 지서를 바라보며 말했다.

"죄송합니다. 도와주세요."

희조는 손님이건 누구든 자신의 기분대로 말과 손이 정직하게 나오는 편이다. 설령 자신을 고용하는 고용주라도. 그렇기에 여러모로 곤란한 부분도 적지 않았다. 생일 파티라고 하는 지금 이 순간에도 바로 숙연해지게 만드는 것처럼.

"죄송함다." 고연의 그런 사과로 희조는 고연의 멱살에 자유를 돌려주며, 씹고 있던 연어 속에 이물감이 생겨 뱉어 버리고 소주를 혼자 따라서 마셨다.

희조의 행동이 너무 과격한 게 아닐까 싶지만, 이건 어디까지나 고연이 나빴다.

희조는 새로운 직장을 알아보고 있었기에 예민한 상태였다. 거기에 결혼을 약속해 몇 년이나 내조를 해 주었던 남자 친구는 학구열이 엄청나 연애 그 이상을 거부했고, 그 와중에 만난 옛 첫사랑에 뒤통수를 맞아 분노를 억제하고 있는 편이었다.

'저런 놈이 여자 친구랑 동거하며 몇 년이나 연애한다는 게 믿기지가 않네.'라며 지서는 고연의 눈치에 여러 의미로 놀라웠다. 그리고 지서는 자신의 폰을 확인했다.

부재중 표시가 있다면 분명 전화라도 다시 올 텐데, 그렇지 않다는 건 정말 일찍 자고 있다는 건가 싶기도 했다. 혹시나 해서 아버지에게도 전화했지만 받지 않았다. 가족들이 하나같이 자신을 무시하기로 한 날로 정했나 싶었다.

"정리하고 술집으로 이동할까?" 지서는 그렇게 제안했다.

"뭐 하러. 생일날까지 돈 쓰려고?" 희조는 지서를 말렸다.

"그러면 평소에도 그렇게 말려 줄래?"

그 말에 희조는 물론 이영도 고연도 지서의 눈을 피했다.

"좋은 놈들인지 나쁜 놈들인지."

지서는 자신들밖에 없는 곳에서 음악도 크게 틀고 기분에 따라 춤을 추는 이영과 그에 장난을 치는 고연을 보면서 웃고 희조도 한술 더 떠서 좋은 분위기로 이어 가고 있었지만, 지서는 역시 마음이 편하지 않았다.

결국 지서는 몇 분 버티다 못해 자리에서 일어났다.

"미안하다. 이렇게 챙겨 줬는데. 오늘은 이만 들어가 봐야 할 것 같아." 지서는 역시 마냥 이 자리를 즐길 수가 없었다.

"벌써? 10시 반밖에 안 됐는데." 희조는 폰을 보며 말했다.

"집에 애들이랑 연락이 안 되는 게 왠지 신경 쓰여서 말이야."

"하긴. 그렇게 전화해도 안 받는 건 좀 그렇네. 먼저 들어가."

"미안."

"뭘. 저러는 애들이 신세를 졌던 거에 비하면 뭐."

이영과 고연은 짐을 챙기는 지서를 보고 섭섭해 하긴 했지만, 지서는 역시 집으로 돌아가는 게 더 급했다.

"형 다음에 형이 그럼 사요!"

고연은 마지막에 그렇게 물었고, 이영은 그런 고연에게 엉덩이를 차며 말했다.

"맨날 얻어먹을 생각밖에 안 하네."

둘은 그렇게 투덕거리기 시작했고, 그런 모습에 깔깔대는 희조를 두고 지서는 내일 보자며 레스토랑을 나왔다.

"하아―"

지서는 나오자마자 한숨을 뱉었다.

여전히 추운 날씨였다. 이렇게 늦게 집으로 들어가는 건 올해 두 번째였다.

지서는 다시 전화를 걸어 보았지만 여전히 받지 않는 지안이 걱정스러웠다. 그리고 곧바로 택시를 잡아 집으로 향했다.

집으로 돌아온 지안은 냉장고에 잘 들어가 있는 레드벨벳 딸기 케이크를 보면서 안심을 했다.

지안은 잘 알고 있었다. 오빠인 지서가 아무리 요리를 잘하는 요리사라고 한들 싫어하는 것도 있는데, 그게 케이크였다. 그건 생크림을 좋아하지 않기 때문이었는데, 그렇기에 지안은 생크림이 적은 레드벨벳 딸기 케이크를 골랐다.

지후의 손을 꼭 잡고 케이크 가게에 들어갔을 땐, 생각보다 많은 케이크들이 남아 있었다. 하지만 그 케이크들은 전부 지안이 감당할 수 있는 금액의 케이크가 아니었다. 결국 다른 케이크 가게들을 돌고 돌아서야 사게 된 것은 한 조각 분량의 케이크였다.

그 덕에 여기저기 지안의 손에 끌려 뛰어야 했던 지후는 집으로 돌아오자마자 지쳐서 잠들었다.

지안은 그런 지후를 보면서 걱정했다.

'땀 많이 흘렸던 거 같은데, 씻겨야 감기 안 걸릴 텐데.'

그런 생각을 했음에도 지안도 지치고 졸리는 건 마찬가지였다. 그리고 결국 잠시 잠에 빠졌다. 그러다가 번쩍하며 잠에서 깨어난 게 10시쯤이었다.

지안은 아직도 집에 돌아오지 않은 지서를 걱정했다. 보통이라면 9시 반이면 도착했을 텐데, 생일이라서 그런지 조금 늦는 건가 싶기도 했다. 그리고 자신의 폰을 확인하니 이미 지서는 여러 번 전화했던 모양임을 확인했다.

지안은 다시 한 번 냉장고를 확인했다. 작은 조각 케이크는 여전히 냉장고의 한 가운데에서 차가운 바람을 잘 맞을 수 있도록 자리 잡고 있었다.

지안은 생각보다 정신이 멀쩡했다. 방금 자다 깼음에도 아주 컨디션이 좋은 것처럼 멀쩡했다. 오히려 그런 정신 상태는 집에서 기다리는 것보다 앞서 나가서 퇴근길에서 깜짝 놀라 켜 주는 게 좋겠다는 생각이 들 정도였다. 그리고 그런 생각을 한 자신이 기발하다고 생각한 지안은 양말을 다시 신고 케이크를 작은 상자에 담아 조심스럽게 들고 집을 나섰다.

밤길은 정말 어두웠다. 이전에는 분명 눈이 부실 정도로 강한 가로등 등불이 있었는데, 지금은 불이 들어오지 않는지 아주 옅은 빛이 멀리에서만 작게 내고 있었다. 지안은 옷의 지퍼를 위로 끌어올려서 바람이 몸 안에 파고 들어오는 것을 막았다. 그리고 입김을 내뱉고 지서가 오는 곳으로 좀 더 앞으로 나왔다.

그러다가 검은 고양이를 발견했다. 어두운 만큼 날카로운 눈동자가 빛나 보였고, 지안도 고양이도 서로를 바라보았다. 그러다가 고양이는 자리에 앉아 하품을 했는데, 지안이 그 옆을 지나가도 도망가지도 않고 아무렇지 않다는 듯 바라보았다.

"할머니들이 하도 밥을 잘 챙겨 주니까 겁도 없어졌나 봐." 지안은 그렇게 중얼거렸다.

그리고 시간이 얼마나 지났는지 지안은 알 수 없었다.

이렇게 금방 밖에 나오면 마주칠 수 있을 거라고 생각했는데, 지안의 생각보다 지서는 그림자는커녕 멀리서 발소리도 들리지 않았다. 콧물이 나기 시작했고, 혹여나 이러다가 오빠보단 아빠를 마주치는 게 아닐지 지안은 겁이 나기도 했다.

"분명 아빠라면 화를 내겠지." 반면 그렇게 생각하니 지서 또한 반가워할지 몰라도 화를 낼 것 같다는 생각이 들긴 했다.

무엇보다 지안이 계속 지서를 기다리기엔 계속 추워지는 날씨였다. 주위는 너무 어두운 게 무서워서 더 춥게 느껴지곤 했다.

결국 작은 케이크 상자를 품에 안아 집으로 돌아가야겠다고 마음먹었다. 지안은 왔던 길로 돌아 발걸음을 옮겼다. 지서를 마중하러 나온 길은 집에서 내리막길이었다. 지안은 계단으로 내려왔던 만큼 다시 올라가려면 다리가 아플 거라는 생각 때문에 조금은 돌아가더라도 평평한 길로 가자고 마음을 먹었다.

그래도 호흡은 조금 가빠지고 있었다. 오늘 하루 종일 오빠의 생일을 챙겨 주겠다는 마음으로 버텨 온 하루였다. 생각보다 쉽지 않았고 마지막까지 서프라이즈를 이루어 내지 못했지만, 그래도 집에서 맞이해 주면 오빠는 기뻐해 줄 거라고 생각했다.

하지만 그런 생각도 방해를 하려는 건지 아까 마주쳤던 검은 고양이는 지안이 가려는 길의 한중간에 앉아 바라보고 있었다.

"이번엔 여기에 있네."

어차피 도망치지도 길을 비켜 줄 녀석이 아니라는 걸, 지안은 염두에 두어두고 고양이를 피해서 옆쪽 구석으로 지나가려 했다. 그러곤 혹여나 자신의 케이크를 노리는 건 아닐지 케이크 상자를 꼭 안았다. 그리고 좀 더 거리가 멀어져 지안이 살짝 뒤를 돌아보 았을 땐, 여전히 그 검은 고양이는 그 자리에 앉아 있었다. 하지만 곧바로 어두워져서 고양이가 잘 보이지 않았다.

그리고 점점 좁아지는 길에서 나와 다시 집으로 향하는 길로 합류하는 길의 앞으로 발을 올렸을 때.

지안의 앞에는 그 뒤가 보이지 않을 정도로 거대한 체구의 남 자가 상당한 양의 입김을 내뱉으며 지안을 내려다보고 있었다.

택시를 타고 집으로 돌아온 지서는 집에 들어오자마자 뭔가 잘못됐다는 것을 깨달았다. 어찌된 일인지 지후는 외출복을 입은 상태로 평소보다도 깊게 자고 있는 것 같았다. 하지만 문제는 집 안 어디를 보아도 지안이 보이지 않았다는 점이었다. 전화기도 집안에 두고 있던 상태였고 혹여나 지서는 지안이 생일 서프라이 즈로 숨바꼭질 하고 있는 건 아닐지, 평소에 하지도 않던 장난을 하는 것이길 바랄 뿐이었다.

그러다가 기어코 연락이 닿은 아버지는 지안과 함께 경찰서에 있다는 것을 알렸다.

"지후는? 집에 있고?" 아버지는 그렇게 물었다.

"네. 자고 있어요."

"그러면 안고 와라. 가뜩이나 집에 들르지 않고 바로 이쪽으로 왔는데."

지서는 잠에서 깨지 않는 지후를 두꺼운 패딩점퍼를 입혀 그대로 업고 경찰서로 향했다.

지서가 경찰서에 도착했을 땐, 이미 지안이 얼마나 울었던 건지 눈가가 새빨갛게 부어 있었다. 지안은 지서를 보자마자 안겨 들었고, 그런 모습을 바라본 두 사람의 아버지가 경찰의 조사에 마무리하고 있었다.

"더 필요한 건 없으신가요?"

"네. 아버님 측은 결국엔 피해자 측이나 다름없으니까요. 그래도 그렇게 늦은 시간에 아이가 혼자 외출은 하지 않도록 주의 부탁드립니다." 경찰은 모니터를 바라보며 그렇게 말했다.

"네. 고생하십니다."

아버지는 차분한 목소리를 끝으로 자리에 일어났다. 그리고 지서가 온 것을 보더니 지후를 넘겨받고 지안에게 "아빠는 먼저 가서 지후 재우고 있을게. 오빠랑 같이 집으로 와."라며 말하고 경찰서를 나왔다. 지서는 아버지에게 상황을 물었지만, 지금은 그저 지안을 위로해 주라는 말을 하며 집으로 먼저 돌아갔다. 결국 지서는 아버지와 대화를 나누고 있었던 경찰에게 다가가 물었다.

"죄송합니다. 급하게 와서 무슨 상황인지 간략하게나마 들을 수 있을까요?"

지서는 그렇게 부탁했다.

경찰은 이미 다 끝난 상황에 다시 묻는 지서에 어리둥절했다.

그리고 지서에 안긴 지안을 바라보며 물었다.

"아무래도 그 아이와 가족관계인 것… 아니. 어떤 관계 시죠?"

"이 아이의 오빠예요."

"그러면 죄송하지만, 아버님이 다 해결하셨으니 집으로 돌아가시면 됩니다."

"죄송합니다. 죄송하지만, 다시 한 번 수고해 주시면 안 될까요?" 지서는 어차피 아버지에게 들어봤자 자세한 이야기를 들을 수 없을 거라 생각했다. 섬세함과 아주 거리가 먼 사람이다.

경찰은 간략하지만 꽤나 상세하게 상황을 설명해 주었다.

"우선 CCTV를 통해서 상황은 다 파악했고요. 아이가 작은 상자를 들고 여기저기 뛰어다니고 있었어요. 그러다가 한곳에서 잠시 멈춰서 15분 정도 서 있다가 다시 왔던 길을 돌아가나 싶었는데, 좀 더 어두운 골목길을 들어섰고요. 다행히 그쪽에도 카메라가 있어서 추적했었는데, 그러다가 아이가 힘이 들었는지 고개를 들지 못하고 걷다가 한 남자와 부딪혔습니다. 거기다가 그 남성은 술에 만취였던 상태인지라."

지서는 경찰이 하는 말이 생각보다 머릿속에 잘 그려졌다. 그 상황에 놓인 동생 지안을 생각하니 끔찍함만 자리 잡고 있었다.

"다행히 그 사람이 아이에게 무슨 짓을 한 건 아니지만, 아마 그 사람은 그 사람대로 늦은 시간에 돌아다니는 아이한테 꾸지람을 했던 거 같습니다. 말이 좋아 그렇지 술에 취하다 보니 자신이 뭘 한 건지도 기억이 나지 않겠지만요."

"그 사람은 어디에 있죠?"

지서는 주변을 돌아봤지만, 경찰복을 입은 사람들밖에 보이지 않았다.

"훈방 조치로 돌아갔습니다."

"지금 막 조사가 끝났는데, 벌써 돌아갔다고요?"

"둘 사이에서 무슨 일이 벌어진 것도 아니고. 원만하게 해결되었습니다."

지서는 이게 뭐가 원만하다는 건지 화가 끓어오르고 있었다. 그리고 경찰은 조사를 거쳤던 CCTV의 장면을 보여 주었다.

그 안에는 경찰이 말해 주었던 대로 지안이 집으로 향하다가 성인 남자를 마주하는 것에서 그 장면을 목격해서 경찰에게 신고하는 아버지까지. 거기다가 아버지는 그냥 그 자리에서 신고 전화만 하고 있었을 뿐이었다.

"어두워서 잘 안 보이셨다고 하더군요. 그냥 경찰에게 신고만 하려던 건데 자세히 보니 자녀분이었던 거죠."

아버지는 남의 일에 참견하는 것을 좋아하지 않았다. 설령 그게 불의를 참게 되는 일이더라도 아버지는 직접 나서기보단 그렇게 경찰에 신고만 하는 사람이었다. 그래도 그건 어디까지나 남의 일에 한정이었다. 가로등이 들어오지 않은 어두운 길이었던 만큼 아버지의 눈에도 딸인지 몰랐던 거였다.

"훈방 조치… 참나." 지서는 화를 식힐 수밖에 없었다. 지금은 훌쩍이고 있는 지안을 다독이는 일이 먼저였다. 그런 모습이 안쓰러웠는지 경찰도 티슈 몇 장을 뽑아 지서에게 건넸다. 지서는 그대로 티슈를 받아 지안의 얼굴을 닦아 주었다. 그리고 품에 안아 그대로 감사하다며 고개를 숙이고 경찰서를 나왔다.

밖에는 아무도 없었다. 아버지도 이미 집으로 돌아간 것인지 정말 그림자 하나 보이지 않았다.

지서는 말했다.

"지안아 괜찮아. 이제 그만 울어도 돼."

그러면서 갓난아이를 달래듯 안은 채로 등을 토닥였다.

그리고 지안이 말했다.

"오빠."

"응?"

지안은 코를 훌쩍이며 다시 말했다.

"오빠 생일 케이크. 다 망가졌어."

지안은 아까부터 뭔가를 품고 있었다. 아까 경찰이 말했던 작은 상자였다. 하지만 딱 봐도 케이크 상자라는 것을 알 수 있었다. 그 안에는 딸기 케이크 한 조각이 상자 안에 크림을 여기저기 묻히고 다니며 형체가 많이 뭉개진 것을 볼 수 있었다.

지서는 말했다.

"이거 주려고 그렇게 나와 있었던 거야?"

"깜짝 놀라 주고 싶어서."

그 말에 순간 온몸에 힘이 빠졌다. 겁이 났다기 보단, 케이크 때문에 실망한 모양이었다. 지서는 지안을 더 끌어 올려 안았다.

"지안이, 지금 졸리지 않아?"

지안은 고개를 가로저었다. 지금 상황에 졸릴 리가 없었다. 분명 많이 놀랐을 테니.

지서는 어디 앉을 수 있는 곳을 찾았다. 그리고 이미 가게 문을 닫은 어딘가의 매장 앞에 쭈그려 앉아 지안도 옆에 앉혔다.

시간은 11시 반 정도였다.

아직 지서의 생일이 지나지 않은 채였다.

지서는 말했다.

"여기서 케이크 먹을까?"

"이렇게 망가졌는데 괜찮아?"

"그럼. 생크림이 없어서 더 좋은데?" 상자 안에는 여기저기 크림들이 케이크에서 떨어져 나가 있었다. 생크림을 좋아하지 않은 지서는 정말로 크림이 적어진 케이크의 상태가 더 좋았다.

지서는 안에 포함되어 있던 일회용 포크의 포장을 뜯어서 한입 크기로 잘라 내어 입에 넣었다.

생크림이 아예 없는 건 아니었다. 빵과 빵 사이에 있던 적은 크림들은 잘게 썰려 있던 것 같은 딸기의 조각들이 씹으면 씹을수록 나오는 과즙을 더 풍부하게 느낄 수 있게 해 주었다.

지서는 그 맛에 감탄하며 지안에게도 한입 크기로 잘라서 입에 넣어주었다.

"맛있어?"

"응."

"벌써부터 지안이한테서 이렇게 케이크 받아먹어 볼 줄 몰랐네. 감동이야."

"정말로?"

"그래. 근데 오빠가 깜짝 놀라는 것도 좋긴 한데. 다음부턴 그렇게 혼자 밤늦게 집을 나서면 안 돼. 알겠지?"

지안은 대답 대신 고개를 끄덕이는 것으로 답했다.

그래도 지서는 지안이 기특해 머리를 쓰다듬어 주었다.

두 남매는 그렇게 한 번씩 번갈아 가며 케이크를 나누어 먹었다. 그리고 그대로 빈 상자는 한손에 손잡이로 쥐고 등에는 지안을 업은 지서는 다시 집 앞에 나열되어 있는 가로등을 보았다. 여전히 제대로 빛이 들어오지 않았다. 이 상태라면 작은 아이는 물론 남성이든 여성이든 위험에 노출되어 있는 건 사실이었다.

가로등이 결국에 이 사건의 모든 것을 탓할 수 없지만, 지서가 참고 있었던 지금의 상황에 더 화를 끌어올리기엔 충분했다.

아림은 또다시 같은 일로 전화가 온 민원이 신경 쓰였다.

민원 전화 자체가 워낙 많기에 하나하나 나서서 대처한다는 건 어려운 일이었지만, 화를 내지 않고 같은 일로 반복하여 전화하는 건 그리 흔하지 않았다. 그렇기에 빨리 대처를 해 주고 싶은 마음이었지만, 아림이 해 줄 수 있는 건 움직이지 않는 구청에 계속된 요청을 하는 것뿐이었다. 회사원이든 공무원이든 말단은 말단이었다.

'그래도 전구 교체 같은 건 바로바로 할 수 있는 거 아닌가?'

아림은 그렇게 생각했다. 이미 보고도 했고 구청에도 보고가 전해졌던 걸로 아는데, 한 달 넘도록 시간이 지나도 진행이 되지 않는 건 역시 문제가 있는 거라고 생각했다.

그리고 누군가가 그런 말을 한 적이 있었다는 것을 아림은 떠올렸다.

진짜 무서운 사람은 평소에 화를 많이 내는 사람보다, 평소에 화를 많이 억누르고 있는 사람이라는 것을.

그는 아림에게 다가와서 조용하지만 무언가를 짓누르는 듯한 목소리로 물었다.

"실례하겠습니다."

"네. 어떻게 도와드릴까요?"

"예전부터 일부 근방에 가로등에 불이 제대로 들어오지 않는다고 전화를 드린 적이 있습니다." 무표정임에도 숨기지 못하는 화가 가득한 그의 얼굴은 아림을 굳게 만들고 있었다.

"아— 안녕하세요."

그리고 그는 자신의 신분증을 보여 주면서 다시 말했다.

"신신동 오도길 211-21에서 살고 있는 주민입니다."

아림은 처음으로 자신이 이 동네 산다고 주민등록증을 제시하는 것을 시작으로 하는 사람을 처음 보았다. 거기엔 지서라는 이름이 나타났다.

"어떤 일로 오셨죠?" 아림은 물었다.

"방금 전에 계속 민원을 넣은 적이 있었다고 말씀 드렸어요."

"아 그랬죠."

"몇 주 전부터 계속 집 주변에 길이 너무 어두워서 지나다니기 불편하고 위험이 있다고 전화를 드린 적이 있었는데 진척이 너무 없어서요. 그래서 이렇게 직접 왔습니다."

"네. 사실 그런 전화가 온 적이 있다는 걸 기억하고 있습니다."

"그런가요." 지서는 생각보다 가벼운 느낌으로 말했다. "그래서요? 언제 해 주시는 겁니까? 아니 해 주시기는 합니까?"

"죄송합니다. 구청에도 기술자분들을 요청했는데 아직도 진행되지 않은 것 같습니다. 다시 한 번 요청해 볼 테니 기다려 주실 수 있으실까요." 아림은 최대한 양해를 구할 수 있도록 말했다.

지서는 한숨을 쉬었다. 그리고 아무런 말도 하지 않았다. 그러다가 아림의 앞의 테이블에 주먹을 내리쳤다.

쿵하고 내려쳐 퍼진 충격음은 다른 주민들조차 놀라게 만들었고, 이게 무슨 일인 것인지 다른 공무원들도 아림과 지서 쪽으로 시선이 옮겨졌다.

"뭐야."

"무슨 소리야?"

"아우 깜짝이야."

지서는 아무런 상관없이 다시 입을 열었다.

"만약에 제가 여기서 난동을 부리고 이것저것 다 부시려 든다면, 공무원들은 경찰을 부르던가 아니면 직접 저를 치워버리던가 즉시 처리하시겠죠?"

"네?"

"자그마치 4주입니다. 4주. 4주 동안 그렇게 가로등 전구 좀 봐 달라고 그렇게 민원을 넣었다고요."

한번 쏟아진 시선은 계속 이어지고 있었고, 분위기가 좋지 않다는 것을 직감한 다른 공무원직원들은 지서와 아림 쪽으로 다가왔다. 그리고 아림보다 높은 직급의 공무원이 아림의 어깨에 손을 얹으면서 지서에게 말했다.

"저기. 무슨 일인지 말씀을 해주실 수…"

"대체 몇 번을 말하라는 거예요?"

지서는 이 사람들이 자신의 인내심을 테스트하는 건가 싶은 마음이었다.

"벌써 전화로도 몇 번을 얘기했고, 여기 와서 또 뭘 말해 달라는 거예요? 대체 뭐가 문제죠? 제가 제대로 뜻을 못 전하는 건가요? 대답해 보세요. 제 말이 안 들리는 건 아니죠?" 그 말을 듣는 사람들은 지서의 충혈된 눈동자엔 초점은 제대로 잡혀 있지 않은 것처럼 심상치 않은 상태라는 걸 느낄 수 있었다.

공무원들은 지서에게 무슨 말을 하더라도 말이 제대로 통할 것 같다는 생각이 들지 않았다. 이미 다른 쪽에서는 사고를 예방하기 위해서 경찰을 불러야 하는 거 아닌가 생각했지만, 조금 더 상황을 지켜보자고 말하고 있었다.

그 분위기를 눈치 챈 지서는 말했다.

"경찰? 불러 보세요. 어제 경찰서 다녀왔으니까요. 그 불빛 하나 교체해 주지 않아서 제 어린 동생이 무서운 일을 당할 뻔했다고. 그냥 같이 경찰서 가 보는 건 어때요? 그 상황, CCTV로 다 보여 줄 테니까."

지서가 모든 공무원들에게 쏘아 붙자 머리가 조금 벗겨진 높은 직급으로 보이는 공무원이 나서기 시작했다.

지서는 그 사람의 얼굴을 보자마자 또 화가 나기 시작했다. 직급이 높은 사람의 특징이 잘 보이는 얼굴이었다. 직급이 높다기보다는 이쪽에 일한 지 오래됐다는 듯한 얼굴이었다. 자신의 일에 지겨움을 느껴 축 처진 얼굴과 생기도 없으며 무엇보다 주민을 귀찮다고 느끼는 듯한 눈빛. 그 느낌은 틀림없다는 듯 늘어지는 목소리를 시작으로 아림과 지서 쪽으로 말했다.

"뭐가 문제서 겁니까." 귀찮아서 제대로 발음하지도 않는 게 웃길 노릇이었다.

여기서 또다시 설명하고 또 가로등을 바꿔 달라 했다고 말해야 하는 건지 정말 답답해서 가슴에 한숨 쉴 구멍을 따로 내고 싶은 마음이었다.

하지만 바로 아림은 상황을 설명했지만, 반응은 미적지근했다.

그깟 가로등이 뭐라고.

지서도 다른 공무원도 그렇게 생각하고 있었다.

하지만 가로등 하나 제대로 전구 교체해 주지 않는 공무원 따위, 세금을 받고 일할 자격이라도 있는 건지 지서는 그렇게 말하고 싶은 마음을 억눌렀다. 이래 봤자 같은 일의 되풀이라고 생각했다. 하지만 이내 머리가 벗겨진 공무원은 지서에게 말했다.

"죄송합니다. 다시 한 번. 아니 이번에는 확실히 더 구청에 적극적으로 요구를 할 테니 조금만 더 기다려 주세요. 죄송합니다."

싸움이 일어나고 화가 난 이상 한쪽에서 사과하고 물을 끼얹는다면 그 화는 식고 싸움은 생각보다 쉽게 끝나기 마련이다. 지서도 알고 있었다. 자신이 화를 낸다고 한들, 결국 고객 센터 전화 상담사에게 화를 내는 것에 불과할지도 모른다고 말이다.

"부탁드립니다. 어제 저의 초등학생 여동생이 어두운 밤길을 헤매다가 경찰 보호까지 받았습니다. 부디 빨리 해결해 주세요."

지서는 그렇게 말하고 공무원도 답했다.

"네. 죄송합니다."

그리고 지서는 동사무소를 나갔다. 이어 어수선한 다른 공무원들과는 달리 머리가 벗겨진 공무원은 아무렇지 않은 듯 자기 자리로 돌아가서 늘어지듯 의자에 앉았다. 어수선한 분위기를 틈타 아림은 머리가 벗겨진 공무원 쪽으로 다가가 물었다.

"어떻게 진행하면 될까요?"

"응? 뭘 말이죠?"

"아까 그분. 가로등 어떻게 진행할까요? 이미 구청에도 직접적으로 여러 번 요청했었거든요. 그래도 진행이 되는 게 없다면 다른 방법을 써야 하는 거 아닌가요?"

아림의 그 말을 하자 그는 콧방귀를 치며 말했다.

"뭘 어째요. 구청에 서류 넣었으면 그만이지. 어떻게 해요."

"그래도 기다리다가 아이까지 피해를 입었다고 하는데."

"뭘 조명이 없다고 피해 입은 게 우리 탓이라고, 그렇다고 우리가 직접 뭘 할 수 있는 게 아니잖아요? 우린 어디까지나 구청에 요청해서 기술자를 부르게 할 뿐이죠. 여태 그래 왔어요."

"그럼 아까 그분에게 하신 말씀은?"

"우선은 돌려보내야 할 거 아닙니까. 조금만 더 건드리면 폭발할 것 같은 사내를 상대해 봤자 좋을 거 없어요. 경찰 불러서 해결될 일보다는 경찰을 부를 일을 없게 만드는 게 제일 좋죠."

그리고 그는 아림에게 얼른 업무로 돌아가라며 손짓을 했다.

그날 업무를 마친 아림은 지서가 알려 주었던 지서의 주소 근처를 직접 찾아가 보았다.

시간은 6시 20분이었다.

퇴근하자마자 온 시각이었고, 해가 짧아진 만큼 5시가 지나면 불빛이 들어오게 조정이 되어 있던 시기였다. 해가 이미 지고 노을마저도 지나간 보랏빛 하늘 아래에 가로등의 불빛은 아주 희미하게 나타나고 있었다. 어쩌면 차라리 달빛을 조명으로 삼는 게 더 나을지도 모른다고 농담을 할 수 있는 수준이었다.

"생각보다 심하네."

그렇게 어둡다가도 아림에게는 불이 들어오지 않은 한 가로등이 눈에 들어왔다. 다른 가로등과 비슷한 높이로 올라가는 계단을 품은 주택이었다. 그 주택을 감싸는 담장의 틈새 부분에 출입할 수 있는 허락만 있다면 가로등의 비슷한 위치에서 자신이 충분히 전구를 교체할 수 있을 것 같았다.

'우선 이거라도 교체해야겠는데.'

아림은 그런 생각으로 움직이기 시작했다. 그리고 다용품점을 찾아 전등을 바로 구매하고 돌아와서 가로등에 제일 근접에 있는 주택의 문을 두드렸다.

"저기 실례하겠습니다. 동사무소에서 나왔어요." 아림은 주택에서 사람이 나오자마자 자기소개를 했다.

"동사무소에서 어쩐 일로?"

"네. 주변이 너무 어두워서 구청에 가로등 교체를 요구했는데 진행이 되지 않고 있어서요. 우선적으로 이 앞에 있는 가로등이라도 바로 바꾸어 드리려고요."

"주변이 좀 어둡긴 하죠. 근데 저희 집은 왜요?"

"가로등을 교체하려면 이 집을 지나가야 할 것 같아서요."

"네?"

주민은 어이가 없었다. 보통 가로등의 전등을 갈려면 그 가로등을 올라가지, 가로등을 교체하는데 왜 자기 집을 지나가야 하는 건지 이해가 가지 않았다.

"기술자 아니에요?"

"네. 그러다보니 제가 직접 바꾸려고요."

"위험하게 무슨 말이에요?"

아림은 충분히 자신이 할 수 있을 거라고 생각했다. 그만큼 주택과 가로등의 높이와 거리는 꽤나 가까웠다. 적어도 여기만큼이라도 갈아 줘야 마음이 편할 것 같았다.

"어휴. 진짜 위험한데." 길을 터 준 집주인은 안절부절못하는 마음으로 바라보았다.

아림은 다시 한 번 집주인의 양해에 감사함을 표현했다. 그리고 집 담장의 외부 쪽으로 나가, 등을 완전히 담장에 붙이고 옆으로 걷기 시작했다. 그 앞은 절벽이나 다름없었다. 그래도 할 수 있을 것 같았다. 충분히 닿을 것 같은 거리였고 교체를 할 수 있을 거라고 생각했다.

별거 없다. 자신 또한 수없이 스스로 전구를 갈아 보았으니. 하지만 간과한 게 하나가 있었다. 기술자가 왜 필요한지를.

전구를 갈기 위해서 뚜껑을 열 도구도 없었고, 억지로 힘으로 뜯어내기엔 디딜 곳이 생각보다 부족했다. 그리고 기껏 작업을 시작했더니 아무런 장갑도 없어 함부로 만지다간 감전에 걸릴 것 같다는 느낌이 바로 들어왔다. 그리고 너무나도 더러웠다.

아림은 이내 힘이 마저 버티지 못해 그대로 가로등 쪽으로 몸이 쏠려 떨어질 뻔했지만, 가로등에 상체만 기울어 안겼다. 그 모습에 깜짝 놀란 집주인은 소리를 질렀다.

"어이쿠야!"

"끄응…"

그저 힘쓰는 소리를 내는 것이 최선이었던 아림은 자신을 잡아당겨 달라고 부탁했지만, 그 사람에겐 아림을 잡아당기기 위한 용기가 나지 않았다. 그저 발만 동동 구를 뿐이었다.

하지만 아림은 그것마저 제대로 버티기 힘들어 차라리 온몸으로 가로등을 껴안아 드는 게 나을 것 같았다.

가로등의 높이는 약 4미터 정도가 될 것이다. 이대로 떨어지면 단순히 병원 신세로 끝날 것 같지 않았다. 그렇기에 자신이 코알라처럼 되는 게 확실히 나을 것 같단 생각에 까치발로 지면에 닿고 있던 발 끝자락을 밀어 박차 그대로 가로등에 완전히 안겼다.

"으그갹!"

하지만 그것조차도 쉬운 일은 아니었다. 매달리는 것에도 힘이 필요했고, 점점 아래로 떨어지는 것을 버티는 데에 이상한 마찰 소리만 내고 있었다. 아림은 그렇게 추락하고 있었다.

이미 전구를 갈아 끼우는 것은 실패였다. 지금 중요한 건 최대한 천천히 아래로 떨어지는 것이었다.

"어머어머어머" 하는 소리와 함께 집주인은 집 밖으로 내려왔고 가로등 아래까지 내려와 아림을 받쳐 주기 위해 뛰었다.

하지만 아림은 이미 가로등으로 내려와 주저앉아 있었다. 바닥에는 마침 누군가의 마른 구토도 있었는데, 그걸 손으로 짚어 지친 체력에 몸을 지탱했다.

"괜찮아요?" 주민은 그렇게 물었다.

"죄송합니다." 아림은 그저 그런 말을 할 수밖에 없었다.

그저 의욕만 앞세웠던 공무원이 때 아닌 민폐를 부린 것에 불과했다. 주변에는 어느새 아림을 지켜보고 있던 사람들이 몰려와 있었고 가로등의 전구 덮개는 같이 떨어져서 파손되어 있었다. 이리저리 좋은 결과를 낳을 것 같은 건 하나 없어 보였다.

아름은 그 이후 주민에게 이 사실을 모른척해 달라고 했지만, 평소에도 가로등에 불빛이 들어오지 않는 것에 불만이 있었고 아름의 일이 충격으로 다가왔던 주민은 다급한 마음에 전화가 연결되지 않는 동사무소가 아닌 경찰에 연락했다. 다음날 이 사실이 알려졌다. 그리고 작은 인터넷 기사까지도 올라오기까지 했다.

아름은 징계를 받을 준비를 하라며 업무 중단을 지시받았다.

'진행되지 않으려던 일을 앞서 진행하려고 했는데, 도리어 징계라니. 역시는 역시네.'

아름은 속은 그러려니 했다. 이번 기회에 역시 공무원을 그만둘까 생각도 들었다.

"어휴. 자기가 뭐라고 직접 가서 전등을 갈아 끼우려고 해?"

"다치지 않은 것도 용하네요. 가로등에서 떨어졌다면서요?"

그런 말들은 아름에게 직접 하는 게 아니라 서로 중얼거리는 소리들이었다. 사람들은 나름대로 목소리를 죽여서 속닥거린다고 한 거지만, 그런 분위기가 익숙했던 만큼 귀를 열지 않아도 아름에게는 꽤나 잘 들리는 편이었다. 아름은 그저 이런 상황에도 다친 곳은 없냐고 묻는 직장 동료가 없다는 게 애석할 뿐이었다.

"아름 씨. 따라오세요."

아름은 상사에 따라서 회의실로 향했다. 그 안에는 구청에서 나온 직원과 같은 동사무소의 상사들이 자리하고 있었다. 아름에게는 거부권은 없었다. 징계는 주는 대로 받아야 했다.

굳이 왜 받아야 하냐고 묻지 않아도 화가 난 구청의 사람들은 알아서 먼저 설명해 주었다.

"아름 씨. 지금 일을 얼마나 키운지 알아요?" 구청 사람은 그렇게 말했다.

"모릅니다." 아림은 대답했다.

"민원으로 인해서 가로등 교체 건에 대해서 구청에 보고한 적이 있었죠?"

"네."

"기술자들을 소집해서 해결될 일을 굳이 아무런 기술도 없는 동사무소 직원이 나서서 이런 일을 만들고. 기사들 읽어 봤어요?"

"아뇨. 작은 기사다 보니까 직접 읽어 보기보다는 그런 글이 올라왔다는 것만 알아요. 워낙에 호들갑스러워서." 애초에 아림은 누가 그런 구독률도 좋지 않은 기사를 읽어 보겠냐 싶었다.

구청 사람은 헛웃음을 쳤다. 그리고 책상을 치며 다시 말했다.

"지금 꼴이 어떤 줄 알아요? 마치 구청이 아무런 대응도 안 해 줘서 직접 동사무소 직원이 나서서 이런 일이 생겼다! 구청은 대체 무슨 일을 하는 거냐! 얼마나 일을 안 하면 이런 일이 생기는 거냐! 이런 말들이 나오게 만드는 기사가 나온다고요!"

"제가 그렇게 나선 게 그렇게 잘못된 일인가요? 아니면 그때 제대로 가로등을 교체하지 못한 게 잘못인가요?" 아림은 말대답을 해 보았다.

"나선 거 자체가 잘못됐다는 거 아닙니까? 그 일을 왜 합니까? 그깟 가로등! 보고를 했으면 보고대로 움직이길 기다려야지."

아림은 크게 한숨을 쉬고 싶었다. 최근에는 왜 이렇게 가슴에 구멍이라도 뚫고 싶다는 생각이 드는지 가슴 어딘가에 암을 키우는 것 같다는 생각이 들었다. 스트레스는 만병의 근원이라는 데 자신도 그런 근원을 계속 키우고 있는 것을 지금 다시 한 번 체감

하고 있었다.

아림은 용기를 내며 다시 말했다.

"그깟 가로등. 대체 4주 동안 그렇게 요청을 했는데, 왜 아무런 진행을 안 하는 건데요?"

그 모습에 상사들은 미간에 힘을 주고 눈을 부릅뜨며 그만하라는 눈치를 주었다. 그럼에도 아림은 다시 말했다.

"그 과정에 아무런 해결을, 아무런 진척도 보여 주지 않으니까 주민들이 피해를 보고 있잖아요. 근데 조금이라도 도움이 되기 위해서 나선 게 잘못된 거라고요?"

"그러면 제대로 교체라도 하지 그랬어? 그럼 이런 일도 없었잖아!" 구청 직원은 그렇게 소리쳤다. 그 말에 아림은 어이가 없어서 웃음이 나왔다.

"아까는 나선 것 자체가 문제라더니."

아림은 일반 회사를 다닌 적이 없지만 다른 직장들도 이럴지 생각했다. 그래도 각자가 어렵게 얻은 직장인데 현실이 이렇다면 정말 실망감만 가득할 것 같았다.

아무도 아림을 달래 주지 않았다. 다독여 주지도 않았고 그저 이 순간이 마무리되길 바라고 있었다.

그렇게 내려진 징계, 감봉 3개월.

그런 징계가 있건 없건 아림의 직장 생활이 크게 달라지는 건 없었다.

상사들에게도 완전히 미움을 받은 이상, 아림은 역시 일을 그만두는 게 확실히 나을 것 같다는 생각이었다. 더 이상 그 사람들을 피해서 혼자 숨어서 밥을 먹는 것도 지쳤다. 아림은 뭐 하러 자신이 그런 수고스러운 일들을 버텼는지 갑자기 공허함이 크게 생기기 시작했다.

"그래. 차라리 그만두자. 뭐 하러 여길 계속 다녀."

이대로 가다가는 몸보다는 마음이 썩어버릴 것 같았다. 공무원이란 게 평생직장이라고 불리는 만큼 살아 있는 한, 이런 고통이 계속될 걸 생각하면 정말 지옥이 따로 없을 것 같았다.

이런 순간에 위로해 주는 사람 하나 없다는 게 얼마나 서글픈지 곧 쏟아져 나올 것 같은 눈물을 흘리지 않도록, 아림은 애써 인내심을 발휘했다. 그런 나약한 모습을 보이고 싶지 않았다.

당장이라도 사직서를 준비하려는 아림에게는 아주 조심스러운 발걸음으로 다가오는 사람이 있었다. 그 사람은 얼마나 주의 깊게 다가왔는지 아림은 물론 그 옆의 직장 동료까지도 그의 입장을 알아차리지 못했다.

아림은 살짝 놀라며 말했다.

"어서 오세요." 아림은 하얀 봉투를 잠시 치우고 앞에 있는 사람을 올려다보았다. 그 사람은 어째 이전과는 달리 묘하게 쑥스러워하는 얼굴로 말했다.

"저기… 이전에 행패를 부려 죄송해서요."

아림은 또다시 놀라 자리에서 바로 일어났다. 그 모습에 그 또한 살짝 놀라 눈이 동그랬다.

강렬했던 인상을 남기는 만큼 이름 또한 쉽게 잊지 않는 모양이었다. 아림은 그의 얼굴을 보자마자 바로 알아보았다. 그는 감봉 3개월이라는 결과물을 잇게 만든 사람이기도 하니.

"저번엔 그렇게 화만 내고 가서 죄송합니다. 너무 감정만 앞세

왔다고 생각해요."

"아뇨. 뭘 이런걸. 저희 쪽이 잘못한 건데요."

"그리고 이거 저의 동생이 집 앞에 길을 밝혀 줘서 고맙다고 전해 달라고 해서요." 지서는 자신의 명함과 작은 상자를 하나를 아림에게 건네며 말했다.

"저희는 이런 걸 받으면 안 되거든요."

아림은 주변의 사람들의 시선을 신경 쓰였다. 아무래도 공무원이다 보니 선물이라고 해도 이런 걸 받기엔 어려웠다. 하지만 지서는 다시 말했다.

"직접 만들어서 원가 5000원도 안 하니까 걱정 말아요."

아림은 끝까지 사양하려 했지만, 지서는 자신의 마음이 아니라 동생의 마음이라며 딸기 조각케이크가 담긴 작은 상자를 아림에게 밀어 넣었다.

'딸기 케이크, 엄청 오랜만이네. 예전엔 엄청 좋아했었는데.' 아림은 가장 좋아했던 케이크를 떠올리며 나지막하게 말했다.

"그럼 감사히 받겠습니다."

그리고 그는 자신의 명함까지 이어 건넸다. 그 안에는 이름과 전화번호와 함께 요리사라고 적혀있었다. 그리고 지서는 아림의 얼굴을 꽤나 유심히 쳐다보았다. 그게 실례라는 것을 애써 잊은 채. 그리고 지서는 말했다.

"괜…찮으세요?"

괴로워하는 듯한 아림의 얼굴을 지서는 놓치지 않고 있었다.

"네? 아. 괜찮아요. 감사합니다." 아림은 어째서인지 애써 참고 있던 눈물이 왜 지금에서야 갑자기 흘러나오려고 하는 건지, 애써 감추기 위해 지서의 명함을 보는 척하며 딴 짓을 했다. 그 모습에 지서는 아림에게 다시 말을 건넸다.

"전 요리사거든요. 그러니 찾아와주시면 맛있는 요리로 보답해 드리겠습니다."

아림은 그 순간을 잊기가 참 어려울 것 같았다. 처음 보자마자 화를 내다가도 이렇게 위로를 해주다니. 뭐 이런 사람과 이런 타이밍이 있을까 싶었다.

*

아림은 순간적으로 지서와 처음 만났던 순간을 떠올렸다. 희조에게 지서가 어떤 이야기를 얼마나 했을지 아림은 잘 모르지만, 희조가 감이 굉장히 좋은 사람이라는 것을 느꼈다.

"지서 오빠는 동생들을 엄청 챙기는 사람이니까. 동생들 때문이라도 집 앞에 가로등 갈아 달라고 민원을 넣었었는데, 그게 큰일로 번졌다고 노발대발했던 적이 있었죠. 그때 지서 오빠가 하던 음식이 얼마나 맛이 없던지. 짜증을 내는 요리사의 요리가 얼마나 맛이 있겠어요?"

그때 지서의 요리 결과물은 처참했다. 그 부분은 지서도 반성할 수밖에 없었을 정도였는데, 리조또는 스프처럼 크림이 흥건했고, 파스타는 짜거나 면과 소스가 어울리지 않기도 했으며, 기분이 컨디션에 영향을 미치며 여러모로 불안한 모습이 많았다.

"그런 모습이 있고 얼마 안 가 일을 그만두게 되었던지라. 이제는 사장이 된다는 게 좀 걱정스럽긴 한데. 분위기를 보니 잘 할 수 있을 것 같기도 하고. 여러모로 놀랍네요."

"저야 공무원이다 보니까. 자영업하시는 분들은 잘 모르지만, 지서 씨가 해주는 음식을 먹어 보면 충분히 잘 할 수 있을 거라고 생각해요."

"어떤 거 먹어 봤었는데요?"

"여기서 많은 요리도 해 주시기도 했고, 밖에서 먹었을 때도 요리에 진심이라는 건 충분히 알 수 있었어요."

"아~ 밖에서~?" 희조는 능글맞게 웃었다.

아림에게선 희조 같은 유형을 대하는 게 어려웠다. 무엇보다 이런 유형의 사람을 만난 적이 없었던 게 컸다.

"저 양반, 다른 사람들하고 외식 잘 안 어울려 주는 편인데. 이유가 있었구나." 희조는 묘한 섭섭함을 표현했다. 그리고 희조는 편안하게 말하기로 했다.

"그래서? 두 사람 무슨 사이에요?"

"무슨 사이라뇨…"

"우선 미리 말씀드리지만, 저랑 지서 오빠는 정말 아무런 사이는 아니에요. 그냥 옛 직장 동료 정도. 그냥 남 일에 관심이 많아서 그래요. 제가 처음 봤을 때 두 사람은 그냥 단순히 지인 정도의 관계는 아닌 것처럼 보였거든요. 둘이서 도시락을 나누어 먹는 것도 묘하게 익숙해 보이는 게 어울려 보였으니까. 저 인간이 진짜 사적으로 얼마나 시간을 안 주는 인간인지는 알아요?"

그 말에 아림은 살짝 고개를 갸우뚱했다.

"도시락은 제가 점심 식사를 여기에 와서 먹기 때문에 미안해서 제가 이렇게 싸 오는 거예요."

희조는 더 이해가 되지 않았다.

"그러니까요. 별 사이도 아닌데 뭐 하러 여기까지 와서 그렇게 도시락을 나눠 먹느냐는 거죠. 매번?"

"매일 점심 식사 할 곳을 제공받는 게 미안했거든요. 영업하시는데 방해가 될 수도 있고, 일종의 자릿세라고 할까요? 그렇게 말하면 보수적인 느낌이긴 하지만."

이유는 간단했다. 하지만 아림은 뭔가 설명하기 어려웠다. 아무리 설명을 해도 희조는 아림의 말에 납득하지 않는 얼굴이었다. 하지만 아림은 왜 군이 희조를 납득시켜야 하는 건지 이해가 되지 않고 있었다.

"제가 직장 동료들과 잘 어울리지 못해요. 제가 그 사람들을 싫어하고 미워하는 편이거든요. 그래서 여길 빌리고 있어요. 지서 씨도 저를 도와주시는 거고."

희조는 선을 긋는 것 같은 아림의 말에 더 말하지 않았다. 목소리에서 무거운 느낌이 들고 꺼려진다는 게 느껴지는 만큼 불편해한다는 것을 느꼈다. 희조 자신 또한 직장 사람과 불편함이 있었기 때문에 이해할 수 있을 것 같았다. 그건 알베로에서도 마찬가지였고 지금 다니는 회사도 마찬가지였다. 그건 어디에나 있을 법한 사회인의 문제였다.

"죄송해요. 뭔가 추궁하는 것 같았네요."

"아뇨. 괜찮아요. 그럴 수도 있죠." 아림은 당황했지만 한 시름을 놓으며 숨을 골랐다. 하지만 아림은 희조가 말하는 것에 모든 것을 부정할 순 없었다.

"제가 직장 동료들을 피하는 것도 있지만, 여기서 밥을 먹는 게 좋기도 하거든요. 조금 시간이 촉박하긴 하지만요."

"그렇다니까요. 애초에 자신이 타인을 위해서 도시락 싸는 것
도 쉬운 일도 아니고. 옆모습이었지만, 오해할 수 있는 느낌이 났
었으니까요."

"그래요? 그리 만난 지 오래된 것도 아닌데."

"만남에 오랜 기간들이 중요한 건가요. 지금 이 순간이 중요한
거지." 희조는 살짝 흥미가 가셨다. 아림이 싸준 도시락도 괜찮았
지만, 아림에게 실수를 한 것 같아서 더 이상 그 도시락에 손을 내
밀지는 못할 것 같았다. 김밥도 김밥이지만, 불고기 양념은 직접
한 것인지 불고기가 김밥의 모든 맛을 다 살린 것 같아 눈은 쉽게
떼지 못했다.

'토마토파스타에 불고기가 꽤나 어울리지 않으려나?' 희조는
그렇게 생각하며 지서에게 권유해볼까 했다.

"분명히 공무원이라고 하셨죠?" 희조는 다시 입을 열었다.

"네. 맞아요."

"공무원이라니. 가장 안정적인 직업이잖아요."

"우선은. 그렇죠."

"그러면 그만큼 같이 일하는 사람들과도 오래 보게 될 텐데, 이
렇게 자리를 피할 정도면 앞으로도 힘들지 않겠어요? 안정적인
직업이라는 건 오래 일 할 수 있는 곳이라는 거고, 그 사람들을 그
만큼 계속 마주해야 한다는 건데."

"예리하시네요. 그래서 일을 그만둘까 하는 생각도 있었어요.
지서 씨 덕분에 이렇게 버티고 있죠."

"보통 공무원은 다들 하고 싶어서 하는 거 아닌가요? 그만큼

경쟁자가 많아서 합격하기도 힘든 걸로 아는데."

"물론 합격하는 게 어렵긴 했는데. 되고 싶어서 시작했던 게 아니었거든요."

"그럼요?"

어느새 여기까지 입을 열었다. 아림은 이렇게 처음 본 사람에게 많은 것을 이야기한 적이 없었던 것 같았다. 지서에게도 자신의 옛날이야기를 해 주는 것도 이렇게나 빠르지 않았다. 어쩌 여기까지 잘 말해 주고 있는지 신기할 정도였다.

어쩌면 상관없지 않을까 싶었다. 말 그대로 옛날이야기이니.

"오랫동안 사귄 사람이 있었거든요. 그 사람이 공무원이 되고 싶어 했어요. 꿈이라고 했었는데, 그래서 따라서 공부했었죠." 아림은 그렇게 말했다.

"그 사람도 공무원이에요?" 희조의 그 말에 아림은 고개를 저었다. 희조는 다시 말했다. "오랫동안 사귄 사람이 있었다는 건, 지금은 아니라는 거죠?"

"네 맞아요. 최근에 만나기도 했는데, 좀 도와주고 있어요."

"흐음—"

희조는 그렇게 말하고 의자에서 엉덩이를 앞으로 빼고 허리에 안 좋은 자세로 다리를 내밀며 앉았다.

"얼마나 오래 사귀었던 거예요?" 희조는 물었다.

"9년 정도요."

"정말 오래 사귀었네요." 희조는 살짝 놀랐다.

"맞아요. 사귀면서 고생을 좀 많이 했었어요. 시험에도 자주 떨어지다 보니 서로에게 의지도 많이 하기도 했었고."

"저도 그만큼은 아니지만 오래 사귄 사람이 있었거든요. 거의 4년 정도 되었던가?"

"지금은 아닌가 봐요."

"그렇죠. 그때는 결혼까지 하지 않을까 하는 생각이 들었던 사람이었는데. 지금은 뭐 하러 그런 짓들을 했나 싶죠."

아림은 그래도 그만큼 많이 좋아하지 않았을까 생각했다.

반면에 희조는 아림이 그런 생각을 하지 않았기를 바랐다.

"9년이면 거의 가족이라고 해도 될 만큼의 시간 아닌가요?" 희조는 물었다.

"그래서 서로 많이 도와주고 그랬어요. 저도 어릴 땐 형편이 많이 안 좋았던 터라. 그쪽 부모님에게도 도움을 많이 받기도 했거든요. 그리고 이 도시락도 그 사람의 어머니가 가르쳐 준 도시락이었어요. 꽤나 추억이 있죠."

희조는 뭔가 잘못 들었나 싶었다. 그러다 이내 자신 스스로가 너무 고지식한 건가 싶기도 했다. 그래도 뭔가 불쾌한 것들이 끼인 것 같아 꺼림칙했다.

아림은 희조를 힐끗 쳐다보았다. 뭔가 불편한 심기가 있는 듯 보이는 게 괜히 불편해지며, 점심시간을 확인했다.

"식사를 다 한 거예요? 내가 와서 방해했던 거 아니에요?"

"그렇지 않아요. 원래 그렇게 많이 먹는 것도 아니고. 요새 입맛도 그리 없어서." 사실 아림은 그다지 배를 채우지 못했다. 여전히 허기진 편이었지만, 희조가 말하는 그대로 처음 만난 사람과 대화를 하는 만큼 불편한 것이 있었다. 무엇보다 마냥 유쾌한 이야기를 나눈 것도 아니었다. 아림은 먼저 일어나려고 했다.

"벌써 가시려고요? 오빠 나오는 것까지 기다렸다가 가요."

"아. 오늘은 일정이 꽤나 있어서요. 오늘 병문안 갈 곳도 있다 보니. 옛날 남자 친구의 어머니가 많이 편찮으셔서요. 오늘 찾아 가 보려던 참이거든요."

"전 남친의 어머니의 건강까지 챙겨요?" 희조는 살짝 차갑게 물었다.

"네. 몸이 좋지 않으셔서." 아림은 뭔가 변명을 하듯이 말했다.

희조는 고민했다.

아림을 처음 보는 만큼 솔직히 그렇게 많은 대화를 하고 싶은 건 아니었다. 하지만 어디까지나 지서와 관련된 사람인만큼 흥미 롭게 관찰해 보고 싶은 마음은 분명 있었지만, 희조는 아림을 알 아 가면 알아 갈수록 문제가 있다고 생각했다.

첫인상은 사람에 대해 선입견을 가지기 좋은 아주 강력한 것 이다. 지서의 식당을 첫 방문하자마자 바라보게 된 광경은 서로 화기 애애 웃으면서 도시락을 먹는 두 사람이었다. 정말 연인 같 아 보였다. 하지만 한쪽은 아직까지 전 애인을 챙겨주고 신경 쓰 고 있다는 게 영 마음에 들지 않았다. 지서가 완전한 타인이었다 면 상관없었지만, 지서에 대해서 아는 만큼 그가 상처받을 수 있 는 건 더 보기 싫었다.

어정쩡한 행동과 감정은 타인들에게 상처만 줄 뿐이다.

"아림 씨." 희조는 지서에게 인사를 하려고 준비하려는 아림을 멈춰 세웠다.

"네?"

"오늘 처음 봤는데, 이런 말해서 미안한데요."

"네?"

"아림 씨 그거. 어장 관리 하는 거예요."

"…네?"

희조는 그게 아니라면 앞뒤가 맞지 않았다고 생각했다.

여전히 전 남자 친구와 왕래를 갖고 그 사람 부모님과의 추억을 지서와 공유하고, 옛 사람에 대해서 이야기하고 신경 쓰는 모습과 동시에 지서를 바라보면서 웃는 모습을 보면 대체 어느 쪽이 진심인지 희조의 입장에선 아림은 불쾌함 그 자체였다.

*

제대로 된 인사를 하지 못한 채 아림은 만테까레에서 도망치듯 나왔다. 그리고 한참을 걸어서야 자신이 왜 그런 마음을 갖고 나와야 하는지 납득 할 수 없었다.

"어장 관리…"

태어나서 처음 들어 보는 말에 곤혹스러웠다. 아림도 그 말의 뜻은 잘 알고 있었지만, 자신이 왜 그런 말을 들어야 하는 건지 이해할 수 없었다.

물론 인섭과 개인적으로 연락을 하며 안부를 전하거나 가끔씩 만나기는 했지만, 아림은 그게 그런 뜻으로 통용될 거라 생각하지 않았다. 자신과 인섭에 대해서 무엇을 안다고 오늘 처음 본 사람이 그런 말을 쉽게 할 수 있는 것인지, 아림은 귀담을 필요가 없다며 스스로 털어 내려 했지만, 계속 머리에서 생각이 나는 게 얼굴로 드러날 것 같아서 몇 번이고 거울을 보았다.

오늘은 인섭의 어머니를 만나러 가기로 한 날이다.

가뜩이나 투병으로 힘들어 하시는 분 앞에서 그런 얼굴을 보여줄 수 없었다. 한때는 정말 친어머니로 모시고 싶을 정도로 좋아했던 사람이었다. 다만 인섭으로 인해서 이어진 인연이었던 만큼 인섭으로 인해서 다시 만나 뵙기 어려운 인연이기도 했다.

아림은 다시 생각해 봐도 어이가 없어서 머리에 열이 오르기 시작했다. 대체 자신과 그 주변의 사람들에 대해 뭘 안다고 그딴 말을 하는지, 다시는 희조를 마주하고 싶지 않았다.

"으후—"

병동 건물의 안은 생각보다도 더 조용했다. 직원의 안내를 받아 503호를 찾으러 복도를 걸었고, 이내 인섭 어머니의 이름 진홍을 찾았다.

그 이름은 두 개의 이름표를 넣을 수 있는 곳에 하나의 이름만 꽂혀 있었고, 아림은 잠시 심호흡을 하고 가볍게 문을 노크했다. 그리고 안쪽에서 목소리로 대답을 하자 아림은 소리가 나지 않도록 문을 살며시 열었다.

그리고 얼굴만 배꼼 내밀고 서로의 눈이 마주쳤을 때. 아림은 먼저 인사를 했다.

"안녕하세요. 어머님."

아림은 아직까지도 인섭의 어머니 진홍을 어머님이라고 부르는 게 편했다.

"어이구야!"

진홍은 책을 보고 있던 것인지 가볍게 누워 있었는데, 쓰고 있던 돋보기안경도 콧대에서 떨어져 나갈 정도로 급작스럽게 몸을 일으켰다. 그리고 너무 급작스러웠던 것인지 복부 쪽의 근육통에 쓰라리게 움켜쥐었다.

아림은 그 모습에 다급하게 다가갔다.

"괜찮으세요!?"

"아아. 괜찮아. 놀라서 그래. 진짜로 놀라서."

그러면서 진홍은 웃음소리를 내었다. 그에 따라 아림도 입 꼬리를 올려 보면서 웃었다.

아림은 역시 진홍이 정말 소중한 사람이었다는 것을 다시 느끼고 있었다. 방금 전까지만 해도 좋지 않은 말을 들어서 기분 나빴었는데, 진홍과 대화를 하면서 추억들이 새록새록 나는 게 대화에 즐거움을 느끼고 있었다. 아림에게는 그런 사람들이 매우 적었다. 그런 의미에서 그 동안 만나러 오지 않았냐고 물으면, 역시 그 사이에 인섭이 존재했기 때문이었다.

"아림이. 조금 살이 찐 거 같은데." 진홍은 아림의 여기저기를 살폈다.

"네?"

아림은 바로 얼굴의 볼 쪽에 손바닥을 가져갔다.

"아니, 아니. 지금 딱 보기 좋아서 하는 말이야. 예전에는 삐쩍 말라 있었으니까. 여전히 얼굴 작은 건 똑같아."

아림은 희미하게 웃어 보였다.

그래도 어색함은 있었다. 역시 두 사람 사이에 늘 존재했던 인섭의 존재 때문일지도 몰랐다. 그로 인해 태어난 인연이었던 만큼 그와 헤어지면서 다시 만나기 어려운 인연이기도 했다.

하지만 진홍은 자신의 아들인 인섭이 연관되지 않더라도 아림을 계속 마주하고 싶었다. 그렇기에 언젠가 아림이 방문해 올 거라는 인섭의 말에 준비해 둔 도시락 통을 꺼내 보여 주었다.

"설마. 이건."

"그래. 오랜만이지?"

4단으로 구성된 거대 도시락 통. 오늘 아림이 지서에게 준비해 주었던 밥 없이 싸먹는 김밥 세트의 원조였다.

"여기서 먹자. 옆자리에 사람이 없어서 완전히 1인실이야."

"아직 식사 안 하셨었어요?" 아림은 말했다.

"네가 오늘 온다고 인섭이가 미리 말해 줘서 기다리고 있었지." 그리고 진홍이 하나씩 열어 보이는 도시락 통 안은 오늘 먹었던 것과 비슷하게 구성되어 있었다. 훈제된 햄과 노란 단무지 그리고 조린 우엉에 샛노란 지단. 거기에 멈추지 않고 썬 오이와 간장에 볶아 낸 어묵, 거기에 불고기와 소고기까지.

진홍이 가져온 도시락이 훨씬 규모가 크지만, 오늘 아림이 지서와 희조에게 보여 주었던 김 없이 싸 먹는 김밥 세트는 이렇게 진홍에게서 배웠던 도시락이었다.

그 안에는 역시 밥은 없었고, 아림은 오랜만에 보는 척을 했다.

그리고 진홍은 아림과 도시락을 번갈아 보며 말했다.

"어때? 옛날 생각이 좀 나지?"

"오랜만에 보네요. 이 도시락." 아림은 그 안에서 김을 하나 집으면서 말했다.

"우리 집의 특허는 아니겠지만, 애용하는 조리법이지." 진홍은 아림의 말에 기쁜 듯이 말했다. "나도 오랜만에 이렇게 해 먹어 보네. 이게 다 네 덕이야."

"정말이지, 이 도시락 엄청 좋아하시네요."

아림은 처음 이 도시락을 받았을 때가 생각이 났다. 집안 형편이 어려워서 인섭이 아림의 도시락까지 부탁했던 때였다. 그렇게 받은 아림은 생각보다 큰 도시락에 깜짝 놀랐기도 했지만, 내용물을 펼쳐 보았을 땐 자신을 미워하는 게 아닐까 생각했다.

'김밥… 직접 싸 먹으라는 건가.'

밥도 없고 싸 먹을 재료들만 있으니, 대체 뭘 어떻게 먹으라는 건지 알 수 없을 때 인섭이 도와주었다. 친구들은 무슨 이런 도시락을 싸 왔냐며 웃어 댔고, 아림은 마치 풀떼기를 먹는 토끼가 된 것처럼 아기작아기작 씹는 소리를 내며 도시락을 비웠다.

처음은 늘 낯선 법이다. 하지만 인섭이네 김밥은 늘 그런 방식이었고, 김밥에는 늘 밥이 들어가지 않았다. 아림 또한 그 식습관에 적응했었고 아버지와 같이 그렇게 먹어 보기도 했었다.

"내가 인섭이 것을 싸다가 네 것도 쌌다고만 생각했지, 어떻게 먹는지 모를 거라고 생각은 못 했었지. 가만 보면 우리 집안이 특이했던 건데 말이야. 이제는 이것도 나름 먹을 만하지?"

"어머니께 아니면 이렇게 못 먹죠. 김밥 집에서 이렇게 해 주는 것도 아니고, 요새는 밥 대신 계란 지단을 넣어서 김밥을 만들어 주는 곳도 있잖아요."

"그래? 그건 또 무슨 맛이려나."

아림은 다시 손 위에 김 하나를 얹고 그 위에 지단을 두 개 얹고 햄 대신 오이랑 단무지를 넣어서 아삭한 식감을 더하는 김밥을 만들었다. 그래서인지 씹는 내내 입안에서는 아기작아기작 조용한 법이 없었고, 함부로 입을 열 수도 없었다.

그래도 다행인 건 희조와 이야기를 나누면서 제대로 하지 못한 식사 덕분에 이렇게 다시 진홍과 식사를 할 수 있다는 건 다행인 점이었다.

두 사람은 그동안 쌓인 이야기를 하기 시작했다. 얼굴을 마주한 지 1년이 넘어간 상태였다.

그동안에 인섭의 아버지가 갱년기로 얼마나 힘들게 만드는지, 인섭의 고모와의 트러블과 일을 하면서 만나게 된 진상들에 대한 이야기 등. 진홍은 그동안 아림에게 이야기해 주고 같이 웃고 같이 성질을 낼 수 있는 그런 이야기를 계속 꺼내기 시작했다.

아림도 그에 마냥 질 수 없어서 이것저것 이야기를 꺼내곤 했다. 하지만 생각보다 마땅한 게 없었다. 그나마 할 수 있었던 이야기는 민원을 넣었는데 아무도 고치러 오지 않아서 아림 스스로가 전등을 고치러 갔다가 징계를 받은 이야기였다.

그 이야기에 진홍은 살짝 웃기면서도 아림의 편을 들어주면서 "썩을 놈들!"이라며 직장 상사들을 욕했고, "아니 좀 기다려주면 해결해 줄 텐데, 그 민원 넣는 사람도 참 참을성 하나 없네!"라며 지서를 욕하기도 했다. 아림은 그게 마냥 웃겼다.

그게 거의 한 시간이 넘도록 이어져 지쳐 갈 땐, 목소리도 지쳤는지 힘없이 진홍은 말했다.

"그래. 그렇게 예전에는 같이 이렇게 먹기도 했었는데."

그 말에 아림은 조심스러워졌다. 그 모습을 바로 알아차렸는지 진홍은 고개를 저으면서 말했다.

"아니, 아니. 그냥. 요새는 잘 먹고 다니나 싶어서 그래. 겉보기로는 잘 지내는 것 같아서 안심이 되긴 하지만, 워낙에 연락이 뜸했으니까."

"죄송해요."

"그래. 인섭이랑 헤어졌다 해서 나까지도 그렇게 끊을 필요는 없는데, 관계가 그렇다 보니 이해는 하지."

"안 그래도 요새 가끔은 만나고는 있어요."

"만나고 있다고?" 진홍은 물었다.

"네. 그렇게 자주는 아니지만, 새롭게 일을 시작한다고 하니까. 일은 잘하는가 싶기도 하고. 여러모로 걱정되기도 하니까요."

"네가 먼저 연락을 하니?"

"딱히 그런 걸 정하거나 생각하는 건 아니에요. 그냥 도움이 필요할 것 같을 때가 많다 보니까요. 그러다 보니 먼저 전화하기도 하고, 되려 인섭이 먼저 하기도 하구요."

진홍은 아림의 순수한 말이 꽤나 안쓰러웠다. 그리고 아림은 이어 말했다.

"오늘도 병원 나서면 문자 하나 남기려고요. 잘 계신 거 같아 다행이라고."

"그래…"

역시 함께해 온 시간이 길어서인지 쉽게 바꾸진 못하는 모양이라고, 진홍은 생각했다. 처음 보았을 때 인섭과 아림의 모습에는 정말 찬란하고 밝은 색이 나타나고 있다고 생각했었는데, 지금은 도저히 무슨 색을 발하고 있는지 모르겠다.

이 아이들은 대체 무엇을 하고 싶은 걸까?

진홍의 마음은 그랬다.

"만나는 사람은 있니?" 진홍은 조심스럽게 물었다.

"없죠. 제가 어떻게."

"왜? 왜 없어?"

아림은 대답으로 살짝 실없이 웃어 보였다.

두 사람은 아직 다 먹지 못한 도시락 통을 놔두었다. 진홍은 그대로 자신의 다리를 끌어당겨 편하게 다리를 감싸 안았다. 그리고 무슨 이야기를 해야 할지 잠시 고민하다가 자신이 읽고 있던 책을 보여 주면서 말했다.

"이 책 뭔지 알아?"

로망이라고 쓰인 책은 베스트셀러라도 되는 건지, 아림은 기억을 되짚어 보았지만 어떤 책인지 알 수 없었다.

"아뇨. 잘 몰라요. 책 잘 안 읽어요."

"나도 잘 안 읽긴 하는데, 나 이렇게 입원했다고 폰만 보지 말고 책도 읽어 주라고 선물로 주더라고."

"재미있으세요?"

"이 책이 재미있다기보다는, 이런 이야기 저런 글을 쓰는 사람도 있구나. 이런 생각을 하는 사람들도 있구나, 이런 생각이 들게 만들어. 그런 의미에서 일찍이 여러 책을 읽어 볼걸 그랬다 싶어. 지금은 눈도 침침해서 읽기는 좀 힘들지만."

진홍은 '로망'이라는 제목의 책의 표지를 보며 다시 말했다.

"이런 글을 쓰는 사람들도 각자 생각이 있고, 각자의 세상이 있는 것처럼. 이 로망이라는 제목답게 이 안에는 '우리는 늘 로망을 좇지만 늘 현실에 있다.'라는 말이 쓰여 있더라고." 그 말에 아림은 진홍이 무슨 말을 하려는 건지 이해해 보려고 했다. 그리고 진홍은 계속 말했다. "하지만 그렇게 늘 현실에 있지만 늘 로망을 좇는다.'라고 쓰인 문구를 보니 왠지 참 공감이 많이 가더라. 그게 로망이고 사람들은 그렇게 살아가지 않을까 하면서 말이야."

아림은 잘 이해하지도 못했으면서 그 말에 힘이라도 실어 주려는 듯 말했다.

"뭔가 책에 실려서 그런지 좋은 말 같네요."

진홍은 아림을 지그시 보며 말했다.

"너한테 해 주고 싶은 말이야. 우리 아들에게도 해 주고 싶은 말이기도 하고."

"네?"

"예전에 너희들이 같이 공부를 하고 시험을 볼 때, 그런 생각을 한 적이 있어. 쟤네들이 저렇게 공부를 한답시고 연애질이나 하니까 저렇게 시험에서 떨어지는 건 아닐까 하고 말이야. 그래도 정작 제일 힘든 건 너희들이었을 테니까. 너희들이 서로를 의지하는 걸 보면 떼어 놓을 수 없을 거 같더라고. 그리고 무엇보다 그렇게 공부한다고 더욱 찬란할 수 있는 시간을 썩히는 게 아닐지, 안타까운 것도 많았어. 로망을 좇는 너희들의 현실이 지쳐 보이는 게 안쓰러웠지."

아림은 진홍이 말하는 것에 대한 의미를 알 수 있었지만, 다른 사람들은 이해하기 어려울 수 있을 것 같았다. 희조가 이해해 주지 못했던 것처럼.

"참 웃기죠. 그놈의 공무원 시험 준비가 뭐라고. 그 공무원이 못 되었다고 자존심이랑 자존감 다 망가지고, 서로 정말 사랑하는 건지도 의심하고, 돈 때문에 망가지고 스스로 무너지고." 아림은 그렇게 말했다.

"그 속에서 로망을 좇아야 하는 거니까. 꿈을 좇듯." 진홍의 그 말에 아림은 고개를 저었다.

"저는 공무원의 인섭을 바란 게 아니었거든요. 제가 좇는 로망은 공무원이 된 삶이 아니었어요. 어떤 일을 하던 그저 제가 사랑하는 사람 달라지는 게 아니었으니까요."

"알고 있어. 나도 인섭이에게서 이야기도 들었으니까. 정확하게 두 사람에게서 어떤 일이 있었는지는 나야 모르지만, 너희들은 버티고 잘 버티다가도 할 만큼 했다고, 나는 그렇게 생각해."

"그래도…"

"너도 잘 알잖아. 공부를 한다고 모든 목표를 얻을 수 없다는 것처럼. 사랑도 노력을 한다고 뭐든 얻는 건 아니니까. 연애를 떠나서 사랑은 보수적이지만은 않기에 늘 어려워."

그 말에 아림은 표정이 일그러졌다. 그리고 왠지 모르게 올라오는 원망스러운 억양을 목에 품고 말했다.

"어머님은, 현실에 살고 계시네요."

"현실에 있으니까 로망을 좇는 너희들을 바라보는 게, 그래도 즐거웠거든. 얘기가 이상하지?"

그 말에 아림은 무슨 말을 더 해야 할지 목이 막혔다.

"어머님은 무슨 말을 해주고 싶은 거예요?"

"로망을 가지라는 거야. 그저."

"로망이니. 무슨 만화도 아니고요."

"로망이 별거 있어? 막 아름다운 것도 아니야. 그저 네가 편하게 좋아하는 것을 찾고 쫓아가고 행복한 사랑을 했으면 해."

"어머님. 저는."

"네가 무슨 말을 하려는지 잘 알아. 네가 인섭이에게 마냥 미련을 못 버리는 것도 알고. 그 이유에 대해서도 완전히 알 수 없더라도 어떤 감정인지는 알 것 같아. 아마 그건 누구에게 설명을 해 준다고 하더라도 이해해 주기 어려울 거라 생각해."

"미련을 못 버린 다뇨. 미련인가 그런 걸 떠나서. 아니." 아림은 순간 무엇을 어떻게 말해야 할지 말문이 막혔다. 그러게 짜 내다가 "제가 뭘 잘못을 하고 있는 거라고 생각하지 않아요."라고 밖에 말할 수밖에 없었다.

"그럼. 아니지. 지금이 좋다면 그래도 상관없는 거고. 그냥 내가 해 주고 싶은 건 그래. 로망에 쫓다가 현실에 지친다고 하더라도, 현실에 머무르더라도 다시 로망을 쫓기를 바라. 너희들은 충분히 그렇게 뛰어 노력해도 좋아 보여. 너무 제자리에서 힘들어하지 않도록 너희들에게 말해 주고 싶었어."

아림은 갑자기 왜 이런 이야기를 하게 되고 있는지 이해할 수 없었다. 그저 단순히 병문안을 오고 싶었을 뿐이었다. 그리고 그대로 인섭에게 전화나 문자 하나를 주어서 안부를 전하고 싶었을 뿐이었다. 하지만 주변 사람들이 자신에게 무언가를 잘못하고 있다고 말하는 것처럼 느끼는 하루 같았다.

"오늘 처음 보는 사람한테 어장 관리한다는 말 들었어요."

아림은 나지막하게 말했다. 너무나도 상처 되는 말이었다.

"저는 하루하루 혼자서 잘 해 보려고 노력하고 있어요. 늘 함께하던 식사 자리도 늘 함께하던 데이트도 늘 함께하던 공부도 그 어떤 곳도 어떤 시간에도 늘 누군가와 함께했었으니까요. 그래서 혼자 밥을 먹는 것도 혼자 놀아 보는 것도 혼자 공부하고 일하는 것도 생각보다 너무 힘들더라고요. 그럴 수밖에 없죠. 갑자기 변해 버린 현실이니까요. 그런데요. 정말 굳이 그 변해 버린 게…"

아림은 끝까지 말하지 못하고 입을 닫았다.

로망을 좇지만 현실에 있고, 현실에 있기에 로망을 좇는다.

세상에 다 맞는 말이란 없다. 사람은 누구나 다르고 누구나 처한 환경도 감정도 다르다. 그러니 그런 추상적인 말에는 누군가에겐 감동적일지는 몰라도, 누군가에겐 이해할 수 없을 거라고 생각했다.

아림은 그동안에 이어졌던 추억이, 감사했던 마음이, 특별했던 감정이 사라질 것 같은 게 솔직히 너무 싫었다. 적어도 아림은 인섭이 싫어져서 헤어졌던 것이 아닌 만큼 지난 추억들을 마냥 없었던 것처럼 그리고 몰랐던 사람처럼 외면하고 싶지 않았다. 아림에겐 여전히 좋았던 추억이고 그립기도 한 시절이었다. 그걸 외면하면 자신의 과거에 남는 게 너무나도 없을 것 같았다.

그런 의미에서 아림은 여전히 인섭을 기다리고 있는 게 아닐지. 사실 알고 있었다. 괜찮아지면 혹여나 돌아오려는 건 아닐지. 그런 생각을 한 적도 있었다. 근데 지금은 아무것도 모르겠다. 그래서 기다려 봐야겠다고 생각한 적도 있었다. 어쩌면 지금도.

"결국 치사하고 나쁜 건 저네요." 아림은 그렇게 말했다. 그리고 돌아온다고 해서 마냥 받아 줄 수 있을 거라는 확신도 없었다.

꼭 변해야 하는 걸까 마음이 있었지만, 결국엔 변해 왔다. 시간이 지나고 사람을 만나면서. 만테까레에 가는 게 좋았다. 마음이 편안하고 즐겁고 웃으면서 식사를 할 수 있는 곳. 언제나 나를 기다려 주는 장소. 힘들 때 찾아갈 수 있는 장소. 그런 게 다시 생겼다는 게 너무 좋았다.

하지만 그게 인섭에게 너무 미안했다. 자신만 행복해져 가는 것 같아서, 더 외면하기 어려웠고 큰 상처를 주게 될 것 같았다.

그런 마음이 있었기에, 희조의 말에 정곡을 찔린 게 아팠다.

'어장 관리. 사실 그 사람이 틀린 말을 한 게 아닌 것 같아.' 아림은 더 이상 눈물이 왈칵 쏟아지기 전에 흘러내릴 것 같은 콧물을 티슈로 닦고 자리에서 일어났다.

얼떨결에 한 인사였다.

"또 올게요."

아림은 고개를 숙이며 건강해지시길 바라겠다고 말했다.

아림은 병원을 정문을 나오자마자 그대로 제자리에 주저앉았다. 출입이 방해가 되든 말든 그냥 계속 주저앉았다.

최악이었다.

왠지 이 이후로는 그동안 감사하게 여기고 있었던 한 사람을 볼 수 없게 만든 것 같은 분위기로 마무리 지었던 것 같았다.

'사람의 인간관계란 정말 어떻게 이어지고 어떻게 끊어지는 건지. 어려운 것 투성이네.'

여전히 마음대로 되는 건 하나도 없었다.

아림은 자신의 폰을 꺼내어 그대로 화면에 얼굴을 가져다 대었다. 화면의 빛에 눈부심도 잃은 채 그 안에 남아 있는 전화 기록과 주고받은 메시지들을 확인했다. 몇 년의 분량이나 남아 있는 인섭과의 대화방. 최근에서야 인섭 어머니의 일로 인해 이야기를 나눈 게 잦았지만, 그 이전에는 최근에 대화한 날짜가 수개월도 더 지난 뒤였다.

하지만 그 안에는 그 어떤 누구보다도 많은 것을 공유한 방이 기도 했다.

아림은 서로 주고받았던 메시지를 끝도 없이 과거로 돌려 올려 보았다. 그러기 위한 엄지손가락은 아무리 메시지들을 올려도 끝이 없어 아플 지경이었다.

하지만 어째 지금이라면 쉽게 지울 수 있는 거 아닐까 싶은 마음에 데이터 제거를 시도했지만 다시 제자리로 돌아가고 말았다.

이미 늦은 밤이었다.

'아림 씨 그거. 어장 관리하는 거예요.' 아림은 그렇게 말했던 가 하며, 달을 보며 다시 한 번 머릿속에 떠올렸다. 결코 틀린 말이 아니었다. 나만이 아는 것을 타인에게 이해를 바라는 건 그저 욕심일지도 몰랐다. 아림은 다음에 희조를 만나면 다시 한 번 물어봐야겠다며 머리를 정리하던 도중,

눈앞에 화면에는 새로운 메시지가 도달했다. 그리고 뭔가 기다렸다는 느낌이 드는 것도 함께였다. 그러면서도,

"정말… 이 와중에." 아림은 그 메시지를 다시 읽어 보았다.

[오늘 기분이 그리 좋지 않아 보여서요. 희조가 어떤 심술이라도 부린 건 아닌지. 달달한 것 먹고 기운 내요.]라는 메시지와 함께 아래에는 딸기 조각 케이크 교환권이 첨부되어 있었다.

아림은 자신도 남도 모르게 얼굴엔 미소가 번졌다.

다른 건 몰라도 그것 하나만큼은 분명했다.

위로가 필요한 순간에 늘 다가와 주는 건, 단 한 사람뿐이었다.

네 번째 요리

오랜 정성을 들인 맛

시현은 자고 있던 사이에 걸려 왔던 전화에 한숨을 쉬었다.

"스물 한 통이라니. 작작 좀 하시지."

딱히 무슨 일이 있는 건 아니었어도, 엄마와의 고집 싸움에 매번 져줄 수 없었기에 전화를 안 받곤 했지만, 이 정도면 시현도 자신이 이기고 있는 거라고 느껴지지 않았다.

시현은 시간을 확인했다. 아직 자신만 깨어 있는 시간인 오전 6시 10분이었다.

일찍 자는 습관이 들기 때문인 건지 아니면 몸 자체가 잠을 필요로 하지 않는 것인지 수면이 부족한 느낌은 아니었지만 묘한 불쾌함은 남았다. 그리고 아침 일찍 일어났다 해도 밥상을 차려야 하다 보니 여유로운 것만은 아니었다.

Ring~ Ring~

시현은 아무리 무시를 해도 소용이 없을 거라는 생각에 또다시 울리기 시작하는 엄마의 전화를 받기로 했다.

"네."

[후— 꼭 이렇게 안 받아야 속이 편하니?]

"엄마가 이겼잖아요."

[이게 이긴 거야?]

"이런 대화 할 거면 그만 해요."

두 사람의 사이가 나쁜 건 아니었다. 다만 너무 아끼다 보니 서로 답답함에 이해를 하지 못 하고 있는 상황이었다.

[그래. 그래서 지금 뭐하니? 이 시간에.]

"아침 밥 준비하려고요."

[아침 메뉴가 뭔데?]

"요즘 유주가 밥을 잘 안 먹고 살도 좀 빠지고 있는 거 같아서. 좋아하던 고추장찌개를 할까 해요. 두부조림도 좋아해서 그것도 하려고."

[원래도 잘 안 먹는 애가. 빠질 살이 어디 있다고.]

"원래 잘 먹어요. 본인도 조금 스트레스가 있다 보니까 최근에 그런 거 같아."

그리고 엄마의 한숨이 희미하게 수화기에 전해져 왔다. 시현은 대답 없는 엄마를 기다렸다.

[그래. 맛있는 거 자주 해 먹고. 저녁도 그렇게 해 먹니?]

"매일은 못하고. 그리고 유주가 이번에 아르바이트를 시작할 거라고 해서. 더 없어질 거 같네." 시현은 괜스레 씁쓸했다.

[안타까워하는 소리 하지 마. 유주도 이제 18살이잖아. 이제 아르바이트해도 괜찮은 나이지.]

"그렇지. 사회 경험하는 것도 나쁘지 않지."

[유주도 그렇게 해서 성인이 되겠지. 그러니까─]

엄마는 무언가를 말을 하려다가 멈추었다. 그럼에도 시현은 무슨 말을 하려는지 직감할 수 있었다. 하지만 엄마는 한숨을 다시 쉬며 결심하듯 말했다.

[오늘 이후로 더 말은 안 할게. 시현아. 넌 아직 너무나도 젊어. 그 어떤 것도 다시 시작해도 잘할 수 있어. 그런 나이이고 그런 시기를 언제든 잡을 수 있어. 예전같이 재혼을 생각해 보는 건 어떻겠냐는 둥 누구를 소개시켜 주겠다는 둥. 그땐 엄마가 너무 성급했고 생각이 짧았어. 더 이상 말하지도 않을 거야. 그러니까…]

엄마는 마지막 말까지 다 하지 못했다. 그런 말을 하기엔 이미 듣고 싶어 하지 않는 말을 딸에게 쉼 없이 했다는 것을 스스로도 알고 있었다.

"알았어. 나 이제 아침 준비해야겠다."

[그래. 밥 맛있게 먹고.]

"응 엄마도요."

시현은 그렇게 전화를 끊었다. 엄마가 하는 말이 무슨 말인지 잘 안다. 어떤 생각으로 하는 말인지도, 어떤 마음으로 하는 말인지도 잘 안다. 엄마는 시현의 남편을 싫어하지 않았다. 오히려 아끼면 아꼈지. 시현은 자신과 남편이 같이 있는 모습이 정말 보기 좋다고 말했던 엄마가 새로운 사람을 만나 보라는 말도 마냥 쉽게 한 게 아니라고 생각했다.

하지만 시현에게는 지켜 내고 싶은 사람이 있었다. 시현은 잠시 유주가 있는 방으로 들어가 아직 잘 자고 있는지 보았다. 하지만 인기척 때문인지 유주는 일어나 눈을 비비고 있었다.

"미안. 내가 깨웠지?"

시현은 낮은 목소리로 말했다.

"지금 몇 시에요?"

"아직 6시 조금 넘었어. 더 자 나중에 깨워 줄게."

하지만 유주는 괜찮다며 침대에서 나왔다. 오늘은 준비할 게 많다며 바로 등교할 준비를 하기로 했다. 시현은 그런 유주를 따라가 말했다.

"어디에 알바 면접 본다고 했지?"

"이번에 새로 생긴 레스토랑 서빙이에요."

"서빙 그거 힘들지 않아?"

"해 본 적 있어요?"

"알바는 많이 하긴 했지만, 서빙은 해 본 적 없지."

"늘 말해 줬잖아요. 돈 버는 일에 쉬운 거 없다고. 그래도 마냥 어렵진 않을 거라고."

그런 말을 해 준 지 몇 년이나 지났는데, 시현은 유주가 아직도 그런 말을 기억해 줬다는 게 묘하게 기뻤다. 그런 사소한 기쁨이 들 때면 다시 괜히 우울하기도 했다.

이곳은 남편과 시현 그리고 유주와 함께했던 곳이었다. 그리고 남편이 세상을 떠난 만큼 그 빈공간은 너무나도 컸다. 그렇기에 아무것도 정리하고 싶지 않았다. 그러면 더 그 빈 공간은 크게 느껴질 것 같다는 마음에 시현은 늘 남편과 닮아있는 유주를 바라보았다.

"아침 준비해 줄 테니까. 오늘은 꼭 다 먹고 가." 시현은 그렇게 말했다.

"알겠어요. 고마워요."

그렇게 시현은 요리를 시작했다.

*

아직 새로운 메뉴를 낼 시점은 아니었지만, 인섭의 의견 하나
는 생각보다 많은 고민을 만들게 했다.

"그래도 이탈리안 식당인데, 메뉴에 스테이크가 있어야 하지
않나요?"

당연하다는 듯이 말하는 느낌에 지서는 왜 그렇게 생각 하냐
며 되물었다.

"그냥. 데이트할 땐 여자 친구랑 좋은 곳에 가서 비싼 스테이크
썰며 기분 내고 싶다는 생각을 자주 했었거든요. 그런 분위기를
즐기고 싶어서 양식을 찾기도 했으니까요."

레스토랑의 직원들은 결국 소비자인 손님들의 입장으로 생각
해서 메뉴를 정해야 했기 때문에, 인섭의 의견은 놀랍기도 하면
서도 자연스럽게 받아들여졌다.

지서는 스테이크를 메뉴에 넣고 싶다는 생각을 하기도 했지
만, 생각보다 능숙함이 필요한 요리이기에, 서툼이 많은 식당에
변화를 주기엔 너무 이른 시기가 아닐지 걱정스럽기도 했다. 하
지만 감사하게도 만테까레에는 찾아오는 손님이 많아지고 있었
다. 이젠 손님을 위해서 새로운 메뉴와 직원이 필요한 시기였다.

그런 의미에서 지서는 나름 들떠 있었다.

만테까레가 완전히 오픈한 지 두 달 정도 지나고 있었고, 새로운 직원과 함께 일할 것을 기대하기도 했지만, 자신이 면접자들을 마주하고 직접 새로운 직원을 뽑게 된다는 게 설레기도 하면서 떨리기도 했다. 그리고 그 기대와 걸맞게 모집 공고를 올리자마자 면접 희망자가 나타났다.

'올리자마자 지원자라니! 만테까레에서 일하고 싶어 하는 사람이 얼마나 더 있을까?'

하지만 놀랍게도 지원자는 그 이후로 나타나지 않았다.

지서는 애써 낙담하지 않으며 지원자와 면접 약속을 잡았고, 시간에 맞춰 찾아온 면접자는 교복을 입고 찾아온 여고생이었다.

지서는 면접 시간을 확인하며 그녀에게 질문을 건넸다.

"혹시 학교는 자퇴한 건 아니죠?"

"아뇨. 다니고 있어요." 그녀는 입고 있는 교복을 가리켰다.

오후 2시, 만테까레도 여유로워질 시간. 약속 시간을 제안한 건 지서이지만, 흔쾌히 응하였기에 학교에 있어야 할 시간인 여고생이 지원자라곤, 지서는 예측하지 못했다.

"지금 학교에 있어야 할 시간 아니에요?"

"맞아요."

지서는 그녀가 건넨 서류의 학력들을 살피며 학교의 이름을 확인했다.

"바로 근처에 있는 학교네요?"

"네. 맞아요."

"그럼 학교에 있다가 온 거에요? 수업 시간 아니에요?"

"맞아요. 학교에 허락 받고 온 거라 걱정하실 필요 없으세요."

지서는 요즘 고등학교에서는 학생의 아르바이트를 위해서 이렇게나 이해를 해 주는 건지, 상당한 융통성을 가진 학교 방침에 놀라웠다. 그래도 지서는 '그럴 수가 있나?'라는 생각을 지우지 않았다.

지서는 우선 그녀의 이력서를 확인했다. 아직 어떠한 아르바이트 경력은 없었다. 어린 나이이기에 이전에 다른 아르바이트의 경력이 있길 바란 것은 아니었지만, 만약에 채용을 한다면 첫 아르바이트가 될 것으로 보였다.

그러곤 지서는 그녀의 외견을 살펴보았다. 어깨에 닿기 전에 딱 떨어지는 단발과 조금은 날카로운 눈매는 손님에게 차가운 인상이 들 것 같기도 했지만, 학생다운 교복 차림과 꼿꼿한 자세에 이력서엔 아무것도 쓸 것이 없음에도 증명사진을 붙이고 하나하나 정성을 넣어서 글씨를 써넣은 것이 신경 쓰고 준비했다는 것이 느껴졌다. 그런 기본적인 것도 지키지 않는 면접자들이 많다는 것을 알기에, 지서는 그녀가 마음에 들었다.

지서는 말했다.

"괜찮다면 바로 출근하길 바라고 있어요. 시급은 이미 공고에 올렸던 대로. 출근 시간은 오후 5시부터 오후 9시까지인데 학교는 괜찮아요?"

그 말에 그녀는 살짝 놀라면서 되물었다.

"네? 면접이라고 할 만한 게 별로 없었던 것 같은데요?"

"이력서에 다 써 놓았잖아요. 왜 여기서 일하고 싶은지, 자신의 장점이 무엇인지, 단점이 무엇인지. 물어 보고 싶은 걸 다 써 놓으니까, 저도 질문할 게 마땅하지 않네요. 혹시 궁금한 거라도 있어요?" 지서의 말에 그녀는 고개를 저었다. 그리고 애써 면접 경쟁자가 없기에 채용할 거라는 말도 굳이 할 필요는 없었다. 지서는 이어 말했다.

"하지만, 이 가게에서는 술을 판매하고 있어서 보호자 동의는 필요해요."

"집에 돌아가서 작성하면 될까요?"

"보호자 분과 통화를 하면서 아르바이트를 하는 것에 동의한다는 것을 통화녹음을 하면 괜찮아요."

그 말에 그녀는 자신의 폰으로 전화 통화를 시도하기 시작했다. 지서는 그 사이에 다시 한 번 이력서를 확인했다.

애초에 좋은 사람을 뽑는 건 늘 어려운 일이다. 인간관계에서도 서로에 대해 알아 가는 것엔 시간과 대화가 필요하다. 그 누구도 처음 보는 사람이 어떤 사람인지 미리 알고 인간관계를 가질 순 없기에, 18살의 '하유주'라는 소녀와 같이 일한다는 게 걱정스러우면서도 동료가 는다는 것에 설렘을 느끼고 있었다.

"저기. 통화. 바꿔 드릴까요."

지서는 유주가 건네는 폰을 받아 조심스럽게 귀에 가져가 가볍게 인사말을 건넸다.

지서는 먼저 인사말을 건넸다. 그리고 그 상대방의 목소리는 생각보다 아주 젊은 여성의 목소리로 상담사가 아닐까 싶을 정도로 사냥한 느낌이 강했다.

"네. 지금 자녀분이 저희 식당 만테까레라는 곳에서 알바 지원으로 면접을 보고 있습니다."

[네. 안녕하세요.]

"다른 부분에서는 문제가 없지만, 저희는 주류도 판매하는 식당이라 자녀분에게 술을 마시게 할 일은 없겠지만, 그런 부분에서 보호자의 동의가 필요해서 이런 전화를 드렸어요."

[그러면 제가 서면으로 작성해 드리면 되는 건가요?]

"그러셔도 좋지만, 지금 통화 내용을 녹화해서 동의서 개념으로 보관할 예정이에요. 그걸로 괜찮으실까요?"

[네. 저는 괜찮습니다.]

"네. 그럼 자녀분이 여기 만테까레에서 아르바이트를 하시는 걸 허락하시는 거죠?"

[네. 부디 잘 부탁드리겠습니다. 그리고 정확하게 알려드릴 게 있습니다만.]

"말씀하세요."

[저는 유쥬의 보호자이긴 하지만, 정확하겐 부모는 아니에요.]

"네?"

지서는 되물었다. 그리고 그녀는 계속 말했다.

[저는 유주의 새언니에요. 이해하기 쉽게 말씀드리자면, 유주 오빠의 배우자입니다.]

지서는 유주를 한 번 보고 자신을 바라보고 있던 유주와 눈을 마주치고 다시 이력서를 보는 척 시선을 피했다. 지서는 생각했다. 그렇다면 새언니가 아니라 오빠를 아니 부모님과 연결해 주면 되는 게 아닐까 싶었다. 왜 군이 그런 말을 하는 건지 생각도 들었지만, 혹시 부모님에게 아르바이트하려는 사실을 숨기는 건가 싶었다.

그건 좀 곤란할 수 있었다. 지서는 확실한 보호자에게 동의를 구하고 싶었다. 그게 뒷일도 생기지 않을 테니.

"저기. 죄송합니다만, 이 통화는 유주 양의 부모님과 통화를 했으면 합니다."

하지만 그녀는 지서의 그런 대답을 예상했다는 듯이 답했다.

[죄송합니다. 유주의 유일한 보호자는 저밖에 없습니다. 보호자로서 같이 살고 있습니다.]

*

유주를 정식으로 고용하게 되고 유주와 인섭을 서로 소개시켜 주었지만 그다지 분위기는 활기차지 않았다. 직장 동료가 생기면 서로 말도 섞고 하면서 소통이라던가, 케미가 형성이 되고 활력도 돋우며 일하는 재미도 찾을 수 있는 느낌이 생기기 마련이라고 생각했는데, 인섭은 워낙에 일을 배우고 싶다는 생각만이 강하고, 유주는 첫날이라서 그런지 자신에게 주어진 일부터 잘 해보려고 하는 의지가 표출되고 있었다.

재미는 없어 보였지만 충분히 훌륭한 자세이기에, 사장인 지서가 불만을 가질 이유도 없었다.

만테까레는 저녁시간에 사람들이 몰리는 편이었다. 비교적 여유로운 점심시간엔 지서 혼자서 모든 일을 도맡아 했지만, 인력부족은 손님의 불편으로 갈 수 있기에 유주를 채용한 김에 점심시간의 알바생도 새롭게 뽑아야겠다는 생각이었다. 그리고 그런 지서의 생각을 간파한 유주는 먼저 지서에게 제안했다.

"사장님. 제가 점심시간 때에도 출근할 수 있을까요."

지서가 대답이 없자 유주는 재차 물었다.

"가능할까요?"

"가능하긴 한데, 매번 필요한 게 아니라서. 필요할 때만 부를 수 있어요. 그래도 괜찮아요? 그리고 일 할 시간도 짧아요."

"네. 좋아요."

유주는 지서가 생각한 그 이상으로 일을 하는 것에 진심이었다. 그러곤 정말 그 다음 날부터 교복을 입은 채로 일을 하러 왔다. 학교 측에서는 유주가 아르바이트 할 수 있도록 허락을 했다고 하는데, 12시 반부터 2시까지 짧은 시간이라고 하지만, 유주에게서는 학교 점심시간의 전부를 아르바이트하는 시간에 쓰고 있었다. 거기다가 학교에서 오고 가는 시간을 다 하면 2시간 하고도 30분. 어쩌면 학교의 수업 하나 정도는 빼먹어야지 가능한 스케줄이었다. 그런 스케줄의 소화가 가능한지, 유주는 지서의 물음에 아주 간단하게 대답했다.

"저희 학교는 점심시간이 지난 5교시에 조는 학생이 너무 많아서 점심시간 이후 바로 동아리 활동이 시작돼요. 방과 후 활동을 뒤에서 앞으로 끼워넣는 거죠."

"그런 게 가능해요?"

"저희는 그래요. 그리고 저는 동아리도 없고 특별 활동할 것이 없으니까. 이렇게 아르바이트하러 오는 거예요."

"선생님한테 허락을 받은 건 확실하죠?"

"네. 그럼요."

유주의 행동 하나하나에는 뭐 하나 틀림없어 보였다. 트집을 잡으려고 해도 트집을 잡을 만한 행동도 하지 않는다. 그만큼 일도 열심히 하고 근면했으며 무엇 하나 대충하는 것도 없었다. 완벽주의자 만큼의 느낌이 드는 건 아니었지만, 부족한 부분들을 꼼꼼함으로 열심히 메꾸고 있었다. 지서의 입장에선 아르바이트 경험이 없던 만큼 그건 분명 더없이 좋은 알바생이라 생각했다. 그런 사람이 18살의 여자아이라는 게 기특했다.

그렇게 일을 하고 다시 학교로 돌아가고, 학교를 마치면 5시가 될 무렵에 유주는 다시 만테까레에 출근을 한다. 결과적으론 저녁에만 출근하는 인섭보다도 근무시간이 더 길었기에 유주는 인섭보다도 받아가는 급료도 많을 것이다.

지서는 그런 유주를 보며 열심히 하는 것은 좋지만 왠지 마음에 걸렸다.

"신형 스마트폰을 사고 싶어서 저렇게 열심히 인가."

지서는 아직 유주의 마음을 알 수 없는 것이 사춘기 소녀를 마주하고 있는 것 같았다.

유주가 아르바이트가 끝나는 시간은 9시였다. 그리고 8시 50분이 되기 전부터 만테까레의 밖에서는 한 여성이 날마다 서 있었는데, 그 여성은 구두가 필요 없을 정도로 긴 다리와 170cm 정도 되어 보이는 키가 한눈에 봐도 신체적 비율이 좋다고 느껴지는 편이었다. 앞머리는 반 정도만 내려오고 나머지는 뒤로 묶어 단정하게 했고 편해 보이지만 결코 지저분하거나 형편없는 느낌은 나지 않는 심플한 옷차림은 그저 평범한 직장인이 아니라 모델의 일이라도 해 봤을 것 같다는 생각마저 들게 만든다.

"언니. 오지 말라고 했잖아요." 그리고 유주는 살짝 짜증 섞인 낮은 목소리가 그녀에게 쏘았다.

"늦은 시간이니까 매일 데리러 올 거라고 했잖아."

그런 모습을 지서는 매번 보는 건 아니지만, 유주의 마중을 해줄 때면 그녀가 매번 그렇게 기다린다는 것을 알 수 있었다. 그런 지서를 마주할 때마다 그녀 또한 지서에게 양손을 모아 허리를 굽혀 정갈하게 인사했다. 지서 또한 반사적으로 같은 자세로 인사를 했다. 아마 전화통화를 했던 사람이 저 사람인 것 같다고 지서는 생각했다.

"뭔가 품격이 느껴지는 분이네요." 인섭 또한 지서와의 생각과 다르지 않았다.

하얀 피부와 결코 자신을 과시하지 않는 행동과 자세. 마치 귀한 집안의 귀하게 자란 딸로 옛날 말로 하자면 귀한 양반집 규수라는 말이 딱 어울렸다. 목소리도 타인이 듣기에 편안하고 안정감을 느낄 정도였다. 매번 마중을 나오며 유주를 잘 부탁한다는 말과 함께 명함을 받았을 땐 대기업의 팀장이라는 것을 알 수 있었으며 지서가 유주에게 괜한 궁금증으로 그녀의 나이를 물었을 땐 지서는 자신과 나이가 같다는 것을 알 수 있었다.

그리고 유주는 날카로운 눈길을 보내며 말했다.

"새언니가 사장님을 좋아할 일은 없을 거예요."

지서는 살짝 어이가 없어서 웃었다.

"나 좋아하는 사람 따로 있어. 그냥 자주 찾아오시니까 물은 거야. 그냥 순수하게 궁금해서."

"아. 사장님 나이에도 좋아하는 사람이 따로 있고 그래요?"

지서는 그 말에 발을 헛디딜 뻔했다.

"너무한 거 아냐? 나라고 그러지 않겠니?"

"역시 그렇겠죠? 사람이 사람을 좋아하는데 나이고 뭐고 그런 건 없겠죠?" 그렇게 다시 생각했는지 유주는 잠시 생각에 잠기더니 곧바로 자신의 업무를 시작했다.

유주는 일은 열심히 하지만 가끔은 이해가 되지 않는 질문들이나 말을 꺼낼 때가 있었다. 무엇보다 혼자 마음대로 질문을 하고 혼자 답을 하며 대화를 하자고 주제를 던져 놓고선 대화가 끝나지 않았음에도 먼저 자신의 주머니에 답을 집어넣곤 했다.

지서로선 직원과 사장의 관계를 떠나서 한창 사춘기의 시기를 겪고 있을 여자애를 어떻게 대해야 할지 조심스러웠다. "사춘기는 한창 예민할 시기니까요." 인섭은 그렇게 말하지만 반면에 사장이 직원에게 그런 것까지 조심해야 하는 건지 꽤나 막막했다.

그리고 며칠 후 지서가 처음으로 만테까레의 정기 휴무를 만들고 인섭과 유주에게 하루를 휴무를 주는 날. 유주는 지서에게 한 가지 부탁을 해왔다.

"사장님. 죄송한데. 아무 짓도 안 할 테니까. 그 날, 여기 식당 안에 있어도 괜찮을까요?"

지서는 대체 얘가 왜 이럴까 싶었다.

어떤 의미에서 앞뒤를 잘라 내면 뭔가 오해를 하기 쉬울 듯한 말처럼 들릴 것 같은 게 부담스럽기만 했다.

"아니. 안 돼." 지서는 단호했다.

유주는 이미 그런 대답을 들을 걸 예상했는지 크게 실망한 모습은 아니었다.

"정말 뭔 딴 짓을 하려는 건 아닌데요." 하지만 조금은 기가 죽은 듯한 목소리였다.

"애초에 딴 짓을 할 만한 게 있는 곳이 아니니까 그런 걱정은 없는데. 뭘 하려고?"

"그냥 여기에 시간만 때울 생각이에요."

"그럴 거면 다른 곳도 많잖아. 왜 굳이 여기야?"

유주는 단순히 다른 곳에 시간을 때우면서 돈을 쓰고 싶지 않을 뿐이었다. 하지만 비교적 왜소한 체격 때문인 건지 실망감에 축 처진 유주의 모습을 보니 지서 또한 마음이 약해졌다.

유주를 의심하는 건 아니지만, 지서는 아무도 없는 곳에 유주를 마냥 허락하고 들여놓을 수는 없었다.

마침 지서는 연습하고 싶었던 요리가 있다는 것을 떠올렸다.

그건 전날부터 준비해야 하고 운영되는 시간에는 연습하기 어려웠던지라 언젠가는 휴무일에 연습해야겠다는 생각이었지만, 이참에 그 일정을 끌어당기기로 했다.

"그럼, 그날 나 잠깐 와서 요리 연습할 게 있는데. 그 사이라면 괜찮아. 그렇게라도 할래?"

지서는 한숨을 내쉬었다.

사춘기란 정말 조심하게 대해야 할 것이 많은 모양이었다. 지서는 나중에 중학생에 이어 고등학생이 될 자신의 동생들을 미리 보는 거라고 생각하며 받아들이기로 했다. 그렇게 생각해 보면 과연 유주에게는 무슨 일이 있는 건지 궁금해지기도 했다. 혹시 집안의 문제일지 아니면 개인적으로 누군가와 인간관계의 문제인지. 지서는 괜히 유주에게 나중에 성장할 동생 지안을 겹쳐 보며 마음이 약해졌다.

유주는 지서에게 말했다.

"저는 좋아요!" 유주는 반갑게 웃어 보였다. 그리고 지서는 대신 요리가 끝나면 바로 돌아가려고 했지만, 그런 말을 하지 못하게 하려는 건지 유주는 바로 대화를 이어나갔다.

"근데 사장님이 연습할 거란 요리는 뭔데요?"

"수비드 스테이크."

"수비드? 어디서 들어본 이름인데."

"많이들 쓰지. 조금 고생스럽지만."

"고생스러워요?"

"따뜻한 물속에서 밀봉된 고기를 몇 시간이나 담가 놓고 익히는 요리 기술."

"몇 시간이라고 한다면? 몇 시간을 말하는 거예요?"

"짧게는 2시간 길게는 16시간?"

유주는 이해할 수 없다는 얼굴이었다. 당연한 일이다. 누가 한 끼를 먹겠다고 최대 16시간이나 공을 들일지, 그 사이에 고기가 썩는 건 아닐지 걱정하는 게 일반적일지도 모른다.

하지만 손이 많이 가고 번거롭고 시간을 많이 투자할수록, 그만큼 정성을 쏟을수록 요리는 맛있어진다.

"뭐든지 그래. 요리도 마찬가지야. 맛있게 먹으려면 그만큼 시간을 들이고 노력을 해야지."

"뭐든 지요?"

"그래. 일식 돈카츠도 맛있게 만들기 위해서 일주일이라는 숙성 시간을 거치니까. 맛있어지는 데엔 시간이 필요한 법이야. 하나의 정성이자 마음이지."

*

    수비드는 원래 고기 안에 있는 세균이 죽을 수 있는 최소한의 온도에서 살균해서 식중독을 막는 것에서 시작되었다고 한다. 하지만 그 과정을 거친 것이 의외로 맛도 좋아 요리 기술로서 발전했는데, 많은 시간이 필요로 하는 것일 뿐 고기가 원하는 대로 익히기 쉽고 누가 하든 쉽게 같은 결과물을 얻을 수 있어서 레스토랑에서 많이 쓰이고 있는 요리법이다.

    지서가 혼자서 요리하는 주방에는 도움이 필요했다. 그렇기에 인섭은 요리의 기초도 부족하고 앞으로도 함께 할 직원들도 손님에게 내놓을 수 있는 만큼 조리를 할 수 있기를 바라고 있었다. 그렇기에 메뉴에 스테이크를 넣고 싶은 마음이 있던 지서로선 일반 스테이크가 아닌 초보자도 쉽게 만들 수 있는 수비드 스테이크가 메뉴로 낼 수 있기 적합하다고 생각했다.

    아무런 손님도 오지 않을 휴무일의 만테까레에 지서는 혼자 주방에서 소고기의 질긴 부분인 근막을 제거하는 작업을 시작했다. 소고기 살치 살은 비교적 손질하기 쉬웠고, 핏기가 생생하게 도는 듯한 고기의 색은 신선도 최고를 자랑하는 듯했다.

    두툼하게 썬 소고기에 다진 마늘과 향신료를 뿌리고 올리브오일을 묻혀 그대로 수비드용 포장지에 진공 포장 밀봉하여 58℃의 온도를 유지하는 수비드머신 물속에 잠수시킨다.

    그리고 지서는 약 1시간 하고도 30분. 수비드 스테이크와 유주를 기다리고 있었다. 하지만 그런 시간을 기다릴 필요도 없이 일찍이 유주는 집에서 유자차를 가져왔다고 싱긋 웃으며 만테까레 를 찾아왔다.

수다를 떠들다 보니 1시간 30분은커녕 두 시간이 지나서야 지 서는 점점 식고 있는 수비드머신의 물속에서 부피가 줄어든 밀봉 된 소고기를 건져 냈다. 겉으로 보기엔 괜찮아 보이진 않았다.

"사장님 이거 괜찮은 거 맞아요? 그냥 회색 고기 같은데."

"뭐. 그런 요리야. 맛있을 거야."

소고기를 실온에 꺼내어 살짝 식히기 시작했고, 포장지 안에 는 소고기가 조금씩 익어 가면서 배출된 육즙이 함께 넣었던 향 신료와 마늘, 오일과 섞여 스테이크소스로 만들기 충분했다.

유주는 식고 있는 소고기를 가리키며 말했다.

"저 이거 알아요. 레스팅이라고 하는 거죠?"

"오! 정답."

사람에겐 힘들면 휴식이 필요하듯 고기에게도 휴식이 필요한 순간이 있다. 수비드의 과정이 아니더라도 열에 가열된 소고기는 안쪽까지는 따뜻하지 않기에 겉 부분에서 받았던 열이 내부로 전 달되어 육즙이 순환되도록 휴식시간을 주어야 한다.

그리고 지서가 키친 타올로 소고기를 살짝 눌러서 물기를 제 거하고 뜨겁게 달궈 낸 팬 위에서 소고기가 오일에 닿자마자 지 글지글 튀겨지는 소리를 시작으로 구워진다. 모든 겉면은 바삭 하게 튀겨진 삽겹살처럼 짧은 시간동안 강한 불로 바삭한 겉면 이 생기도록 구웠다. 그리고 팬에서 덜어 내 다시 한 번 스테이크 에게 휴식을 주고, 스테이크를 굽다가 나온 육즙을 포장용지에 남아 있던 육즙과 섞어 토마토와 버섯을 볶아 풍미를 훔쳐 오고 레드와인과 버터로 뭉쳐 살짝 걸쭉한 소스를 만들었다.

접시의 가운데에는 메인인 스테이크. 그리고 그 주변엔 볶은 채소들. 그 위에는 소스를 붓고 접기의 가장자리에는 취향에 맞게 먹을 수 있게 소금을 뿌려 둔다.

유주는 말했다.

"벌써 끝이에요?"

"별거 없지?"

"물에 건진 소고기를 그냥 불에 살짝 구운 것뿐이잖아요. 1분밖에 안 구웠던 것 같아요."

스테이크를 만드는 방법은 다양하다. 하지만 어디까지나 이것은 초보자도 쉽게 만들 수 있는 수비드 스테이크다. 시간이 좀 걸리지만, 인섭도 유주도 만들 수 있을 스테이크.

"1분 정도는 아니지만 지난 두 시간 동안 속은 이미 다 익었으니까. 겉만 바짝 익혔다고 생각하면 돼."

유주는 잠깐 스테이크를 써는 것을 망설였다. 스테이크 같은 값이 좀 있는 요리는 처음인 걸까. 지서는 그런 생각으로 물었다. 하지만 유주는 그렇지 않다고 말했다.

"예전에 먹어본 적이 있어요. 딱 한 번이긴 하지만."

"한번? 그게 언제였는데?"

"아마 1년 정도 된 거 같아요. 가족끼리 같이 먹었었거든요."

"그래? 그럼 엄청 오랜만이네."

"네. 가끔은 오늘처럼 사장님이 요리하는 모습을 보면 이런 곳에서 정직원으로 일하면서 요리를 배우는 것도 좋을 것 같다고 생각해요."

"그치? 그래도 우선은 학교부터 졸업해야겠지?"

"학교를 졸업하지 않아도 요리는 배울 수 있다고 생각해요."

"그것도 맞는 말이긴 하지."

그리고 유주는 나이프를 들고 스테이크를 조심스럽게 썰기 시작했다. 그리고 부드럽게 들어가는 나이프 사이에는 묘한 현상이 일어나고 있었다.

"어라? 뭐야 이게?"

절단되는 스테이크 안에서 흘러나와야 할 육즙이 빠져나오지 않고 있었다. 그 모습은 입으로 바로 넣기보단 먼저 감상을 하게 만들었다. 참으로 예쁘다고 느껴질 정도로 찬란한 핑크색 단면은 탄력 있는 소고기 살치 살이 온갖 육즙들을 촉촉하도록 놓치지 않겠다는 의지로 보였다.

유주는 "우와."하고 감탄사를 가볍게 하고 나이프로 단면을 툭툭 치며 탱글탱글하게 튕기는 탄력을 보고선 다시 한 번 감탄을 하며 식사를 하기 시작했다. 그러곤 몇 번 씹기도 전에 번뜩이는 눈으로 지서에게 말했다.

"진짜 입에 넣자마자 녹았다. 진짜 이런 표현을 괜히 하는 게 아니구나!" 유주는 말로만 듣던 표현의 경험에 놀라울 뿐이었다. 그런 비유는 비현실적이라고 생각했는데, 유주는 당황스러움을 추가하며 계속 스테이크를 썰어 입에 넣었다.

"원래 수비드 스테이크란 건 이런 맛을 내는 거예요? 뭣보다 고기 속의 색깔도 너무 예뻐요."

유주는 뒤늦게 사진을 찍고 나서 혼자 먹기에도 그랬는지 스테이크를 나누어 지서에게 건넸다. 하지만 지서는 맛만 볼 수 있을 정도로 다시 나누어 다른 부분은 유주에게 돌려주었다. 지서는 요리하는 것도 좋지만 맛있게 먹어 주는 사람을 눈앞에 두는 게 더 즐거웠다. 요리사는 힘들어도 이렇기에 계속 주방에서 손님들을 기다릴 수 있다는 것을 유주를 보며 다시금 깨닫고 있었다.

유주는 쉬지 않았다. 배가 고팠던 것처럼 수비드 스테이크에 집중했다. 아직 보완할 부분이 있겠지만, 이 정도면 충분히 손님에게도 내놓을 수 있을 것 같았다.

"사장님은 혼자 사세요?" 유주는 식사를 하면서도 질문했다.

지서는 새삼 느끼는 거지만 역시 여고생은 남자에서 찾기 어려운 발랄함이 있었다. 인섭과 비교를 하려는 건 아니었지만, 첫인상만 봐도 이 정도로 밝아 보이는 면은 없을 것 같았는데, 집안 사정이 어쩐진 몰라도 평범한 여자아이와 다를 게 없었다.

"동생들이 있어. 뭐 아버지도 같이 살고 있긴 한데, 요즘은 여기 일이 바쁘다 보니 거의 혼자 사는 느낌이긴 하네, 독립한 거 같다는 기분이라고 할까?"

"독립… 저도 빨리 독립할 수 있으면 좋겠는데."

"독립? 독립을 하고 싶은 거야?" 보통은 독립한다고 하더라도 스무 살이 넘은 뒤에 할 텐데, 유주는 벌써 생각하는 모양이었는지, 지서는 조심스럽게 다시 말했다. "그… 새언니라는 분과 사이도 괜찮은 거 같던데, 불편해서 여기 있겠다고 한 거야?"

"요즘 이런저런 생각이 많아지다 보니, 괜히 불편해지는 게 있어서요. 알바도 독립을 하려면 사회생활을 미리 해 봐야 하는 것 같다고 생각이 들어서 시작한 거예요."

"흠. 난 네가 최신 스마트폰 사고 싶어서 알바하는 건 줄 알았는데." 지서는 그렇게 말했다.

유주는 씹지도 않은 스테이크를 목구멍으로 넘기고 말했다.

"아닌 건 아니지만. 말 그대로 독립하고 싶을 뿐이에요."

"집을 나오고 싶다는 말이야?" 지서는 이전에 보호자가 혈연 관계가 없는 새언니 말고 없다는 것을 떠올렸다. 그 부분에 조심스러웠지만 유주는 생각보다 숨김없이 말하기 시작했다.

"집에서 나오고 싶다기보다는 정확하게 새언니에게서 독립을 하고 싶은 거예요. 그러기 위해선 결국 새언니와 같이 사는 집에서 나오는 게 정답인 것 같고."

"새언니와는 사이 좋아 보이던데." 지서는 매일 밤 유주를 마중 나오던 모습을 떠올렸다.

"좋은 분이에요. 하지만 결국 저는 버림받게 될지 모르니까."

급작스럽게 날아오는 유주의 말을 지서는 어떻게 받아들여야 하나 고민했다. 평범한 일반 가정과는 조금 다르다는 건 알고 채용했기에, 그런 부분을 도와 줄 수 있다면 도와 줘야 하는 것도 같은 직장에서 일하는 사람의 역할이 될지 잠시 생각해 보았다.

하지만 지서는 자신의 레스토랑 이름의 의미를 떠올렸다.

"그러고 보니, 유주 너는 우리 가게의 이름의 의미를 아니?"

"아뇨? 뭔데요?"

"이탈리아 요리엔 마지막 과정으로 만테까레라는 말이 있어. 하나의 펜 위에 만난 각자 다른 재료들을 하나의 맛으로 어우르게 만드는 과정이지."

유주는 낯선 단어였지만 집중을 하며 지서의 말을 들었다.

"비슷하지 않아? 여기서 사람이 만나고 혹은 소중한 사람을 데리고 와서 좋은 인연이 되고 좋은 추억이 되고. 나는 여기가 그런 곳이 되길 바라는 마음으로 이름을 정했어. 동시에 나와 내가 좋아하는 사람들에게 이곳이 편하게 웃고 좋은 공간이 되어주길 바라는 마음에서 지은 이름이기도 해. 도망치고 싶을 땐 언제든 맞이해 줄 그런 곳."

그 말에 유주는 잠시 나이프와 포크를 놓으며 지서를 쳐다보았다. 그리고 멍하니 보더니 입을 열었다.

"어른이 되면 그런 곳들이 하나씩 있어요?" 마치 빨리 어른이 되고 싶다는 듯한 어투. 하지만 지서는 어른이 되면 그런 곳이 자연스럽게 생긴다면 얼마나 좋을지, 아쉬운 듯 말했다.

"나는 내가 아끼는 직원에게도 이 장소가 그런 곳이 되길 바라는 마음에 말하는 거야. 어른이든 아이든 상관없이."

유주는 자신이 만나고 싶었던 사람을 만났다는 직감이 들었다.

자신이 사랑했던 가족. 사랑하고 싶고 아끼고 싶었던 것들. 그 것들을 잃어 헤매고 있을 때, 길을 알려 주는 사람 한 명 없었다.

부모와 혈연이 없는 아이와 그 아이의 오빠의 아내.

두 사람을 잇던 사람이 사라지면 아무런 관계가 아니게 될지 모르는 그런 관계. 어쩌면 없는 게 당연하다고 여겼다.

*

가족이란 무엇일까? 어린 시절부터 부모님 없이 오빠인 유호의 곁에서 자란 유주는 자신에게 그런 질문을 해 보곤 했다. 부모님에 대한 그리움에 빠질 필요가 없을 정도로 많은 사랑을 주었던 유호와 시현의 존재가 있었기에 자신이 생각하는 가족이란, 남들과는 좀 다를 거라고 생각했다.

유주에게서 시현의 존재는 특별했다. 유일한 가족인 오빠의 사랑하는 사람이자, 두 사람의 사랑을 나누어 주는 존재. 오히려 친오빠인 유호보다 더 사랑해 주는 사람이었기에 더욱 특별했다. 그리고 두 사람이 결혼한다는 말을 듣게 되었을 땐, 유주는 두 사람만의 가정을 꾸릴 수 있도록 공간을 비워 줘야겠다는 생각으로 기숙사 생활을 할 수 있는 고등학교를 찾고 다녔다. 하지만 유주의 그런 행동은 처음으로 시현에게 꾸지람을 받게 만들었다.

"사랑하는 사람이 소중하게 여기는 것도, 나도 소중하게 여기고 싶어. 거기다가 우린 가족이잖아." 시현은 그게 자신의 사랑이라고 말했다.

유주에게서 그런 따뜻한 말을 해 주는 타인은 유호 말곤 시현이 유일했다. 시현은 그 어떤 사람들에게도 사랑받을 수 있을 것 같은 사람이었기에 그런 사람에게서 따뜻한 마음을 나누어 받는다는 건 특별한 사람이 된 것 같은 기분마저 들도록 만들었다.

셋은 함께 영화도 보고 외식도 하고 놀이공원에 가고 캠핑을 하고. 누가 봐도 그런 평범한 일상들은, 사랑하는 사람과 함께라면 그 어떤 것도 즐겁다는 것을 알게 해 준 유일한 시간이었다.

그런 세 사람과의 1년은 유주에겐 몇 년이 지나도 잊지 못할 행복한 추억으로 남았다.

하지만 어느 날 유호는 지방으로 출장을 갔다가 돌아왔는데, 새까맣게 타 버린 채였다. 화재 속에서 누군가를 구출하려다가 빠져나오지 못한 것을 소방관이 구출했을 땐, 이미 많은 시간이 늦은 뒤였다고 한다.

처음 느껴 보는 감정이었다.

유일한 가족, 유일한 혈연, 그리고 가장 사랑하고 아꼈던 사람. 그걸 잃는다는 것이 얼마나 아픈 것인지, 두 번 다시 느끼고 싶지 않을 고통이었다. 유주는 피부가 너무나 많이 타 버려서 얼마나 아팠을지 상상이 안 되는 유호의 시체를 보며 그대로 주저앉았다. 하지만 시현은 그런 유호의 상처를 감싸 주며 말했다.

"네가 정말 자랑스러워. 어떻게 그런 용기를 내고 행동할 수 있었을까." 그러곤 온몸의 화상을 손으로 감싸 주었고 시현은 나지막하게 말했다. "그래도 우리만 생각해 주지."

유호의 장례식 이후 많은 것이 바뀌기 시작했다.

시현은 물론 유주 또한 가족을 잃은 고통에서 벗어나기 위해서 많은 시간을 가졌다. 많은 사람들이 두 사람을 위로해 주었지만, 그 위로를 받고 쉽게 치유할 수 있는 건 아니었다. 그렇게 서로의 고통이 깊게 파고들고만 있으니, 두 사람은 같은 집에 있어도 더 이상 이전과 같은 가족이 아닌 것 같았다.

어쩌면 당연했다. 두 사람을 이었던 사람이 사라졌으니. 그런 사람 없이 살아가야 한다는 현실이 괴로울 수 있었다.

무엇보다 유주가 유호를 잃은 슬픔에서 벗어나기 제일 힘든 이유는, 그 고통에서 이겨 내려고 버텨도 시현도 유주처럼 똑같이 슬퍼하고 아파하는 그런 모습을 보게 되기 때문이었다. 반대로 시현 또한 그런 유주를 바라보면 서로의 고통이 반복될 뿐이었다. 그런 슬픔에 대한 공감은 아픔을 나누기보다 배로 만드는 것 같아 각자의 방법으로 버틸 뿐이었다.

그렇기에 유주는 결심할 수밖에 없었다.

유주는 유호가 오빠이니 잊을 수 없도록 마음 안에 두겠지만, 시현이 행복하기 위해선 시현이 유호를 잊어야 행복할 수 있을 거라고 판단했다.

"어차피 아무런 혈연도 없는 남남이야. 오빠가 없으면. 어쩌면 언니에겐 내가 곁에 있는 게 짐이 될지도 몰라." 유주는 그런 생각으로 정을 뗄 수 있기를 바랐다.

하지만 그것도 쉽지 않았다.

시현 또한 유주와 같은 생각으로 유호를 잃은 슬픔에 벗어나기 위해 처음으로 결혼반지를 뺀 것을 보았을 땐, 유주는 처음으로 시현에게 배신감을 느꼈다.

잊어주길 바란다면서, 직접 마주하니 배신감이라니. 유주는 자신의 마음이 정말 엉망진창이라는 걸 알 수 있었다.

시현의 주변에서는 젊은 나이인 만큼 언제까지 죽은 사람을 그리워할 노릇이 아니라며 누군가를 주선하려고 하던 사람들도 있었다. 더군다나 아이도 없고 남편 잃은 여자가 아무런 혈연도 없는 아이를 키운다는 게 말이 되냐며, 함부로 말하는 것까지도 유주는 귀에 담곤 했었다.

하지만 그게 냉정한 현실인 것 같았다. 그렇기에 유주는 자신이 정말 짐이 되는 것 같았다.

"언니. 반지 뺐네요?" 유주는 허전해 보이는 시현의 손가락을 가리켰다.

그 말에 시현은 묘하게 불편한 표정으로 말했다.

"한번 빼 봤어. 하지만 역시 없으면 불안하네."라고 말하면서 침실로 돌아가 반지를 다시 손가락에 끼웠다.

유주는 먼저 자신이 시현의 곁에서 떠나야 시현의 슬픔이 사라질 거라고 생각했다. 그리고 그런 준비를 하기로 했다. 그런 결심으로 사회 경험 삼아 아르바이트를 해야겠다고 마음먹었던 날, 유주는 시현에게 질문했다.

"언니."

"응?"

"언니는 오빠를 어떻게 만났다고 했죠?"

"뭐야. 이미 몇 번이고 말해 줬었잖아."

유주는 알고 있었지만, 그래도 두 사람의 추억을 듣고 싶었다.

시현은 잠깐 추억에 잠기듯 말하기 시작했다.

"그러네. 처음 본 건 초등학생 때였고, 정식으로 사귀기 시작했던 건 중학생 때였고. 그러다가 헤어져서 다시 우리 집에 찾아와서 사귀자고 했을 때가 고등학교 2학년이었고, 스무 살이 넘었을 땐, 군대에 간다고 하니 군대 갈 거면 나랑 헤어지고 가라고 했더니 정말 그러고 군대에 가 버렸지."

"진짜 완전히 퐁당퐁당."

"진심이 아니긴 했었는데, 진짜 그렇게 가 버리니까 우리가 헤어진 건가 생각했어. 근데 네 오빠는 진짜로 헤어진 거로 받아들였더라고."

"엑? 그건 듣지 못한 이야기인데요?"

"그래? 말해 주지 않았나?"

"안 해 줬어요."

유주는 몰랐던 이야기에 괜히 관심이 더 쏠렸다. 두 사람의 연애 이야기는 몇 번이고 반복하며 들어 왔다. 굳이 듣고 싶지 않아도 매번 유호가 계속 말해 주곤 했었다.

"하지만 금방 만나게 되었어. 내가 찾아가게 되었었지."

그리고 그 시기를 떠올렸다. 유주는 바로 납득할 수 있었다.

시현은 잠깐 유주의 눈치를 한번 보더니 그리 어렵지 않게 이야기를 꺼냈다.

"너의 부모님. 아버님과 어머님이 돌아가신 날. 나는 그때 다시 그 사람을 만나게 되었고 나와 눈이 마주치자마자 나는 그 사람에게 곧바로 다가갔어. 그리고 아직도 기억해. 점점 다가갈수록 점점 일그러지는 얼굴. 결코 눈물을 쏟아내고 싶지 않았던 그 얼굴. 그리고 안아 줬을 땐 내 품에서 다른 누군가에게도 보이지 않도록 한동안 크게 울었어."

유주에겐 너무 어릴 적의 일이라 기억하지 못했다. 그때나 지금이나 유호는 변한 게 없었다. 많은 것을 짊어지고 많은 사람들을 위해서 앞장서기도 했고, 타인을 위해 용기를 냈고, 사랑하는 사람을 위해 노력했다.

시현에게서 유호는 그런 모습이 있다는 것을 잘 알고 있었기에 늘 함께하고 싶었다.

"참 만났다 헤어졌다. 수도 없이 반복했지." 시현은 그렇게 웃으면서 말했다.

"그래도 정말 보기 좋았어요. 부러울 정도로."

"그래? 잘 어울렸지?"

"그럼요."

유호에게서 유주는 끝까지 보호해 줘야 할 대상이었다. 회사를 가야 하면서도 유주가 학교 가는 것에 신경을 써야 했고, 그 사이에 틈틈이 시현이 유주를 살펴 줬던 것을 유주도 기억한다.

그런 이야기를 해 주니 유주는 역시 시현의 곁에서 떠나고 싶지 않았다. 유호와의 추억을 공유할 수 있는 유일한 사람이었다. 그 추억에 공감하고 감정까지 느낄 수 있는 그런 사람. 하지만 그런 기쁨보단 아픔이 역시 컸다.

그럴 때면 다시 한 번 가족이라는 게 뭘까 궁금했다.

우린 가족일까? 계속 가족이어도 괜찮을까?

우리를 가족으로 이었던 사람도 이젠 없는데, 우린 무엇을 믿고 가족이 될 수 있을까?

가족이란 건 대체 뭘까 하며, 어떻게 가족이 되는 걸까?

유주는 계속 길을 헤맸지만, 아직도 길을 찾지 못했다.

유주는 설마 그런 이야기를 자신이 아르바이트하는 곳의 사장님에게 하게 될 줄은 꿈에도 몰랐다. 그래도 누군가에게 속 편하게 말한다는 게 마음을 후련하게 펼쳐 놓은 것 같아 생각보다 마음이 놓였다. 그리고 지서에게 다시 질문했다.

"사장님은 가족이 뭐라고 생각해요?"

어려운 질문이었다. 하지만 지서는 이미 유주에게 이야기를 할 준비가 되어 있었다.

"너의 이야기를 듣다가 순간 그런 생각을 했어. 나에게도 어린 동생이 둘이 있거든. 정말 아직도 많은 보살핌이 필요한 나이의 아이들이지. 근데 그 아이들이 나의 친동생들이 아니고 완전히 남남이었다면 내가 아직까지도 사랑하고 보살펴 줬을까 하는 생각이 들었어."

지서는 그런 상상 자체가 불쾌함이 들긴 했지만, 그 아이들의 사랑스러움을 결코 마음속에서 떼어 낼 수 없을 것 같았다. 지서는 이어 말했다.

"확실히 새언니와 시누이. 언제든 멀어질 수 있는 관계지. 오빠가 결혼하기 전부터 완전히 남남이었고 그런 관계가 되었기에 서로에 대해 알게 된 것도 있었겠지."

"그렇죠."

유주의 가벼운 대답에 지서는 살짝 목소리가 높아졌다.

"그렇다고? 내가 말한 건 어디까지나 일반적인 사람들의 이야기야. 너와 너의 가족은 그 이전부터 특별했잖아. 네가 새언니를 특별하고 사랑하는 가족이라고 여겼다면, 그 사람은 어땠을까? 너와 달랐을까?"

그 말에 유주는 본인도 모르게 입안을 씹어 피 맛이 났다. 마치 그동안 듣고 싶었던 말을 드디어 들은 것 같아 울고 싶었다. 그리고 살짝 떨리는 목소리로 말했다.

"사실 언니에게 제가 독립하려는 거에 대해서 말한 적이 있었어요. 제가 그런 말을 하니까 언니가 엄청 화를 냈거든요. 그래서인지 아르바이트를 하는 것도 어렵게 허락을 구한 거예요. 우선은 새언니가 제 보호자이긴 하니까요."

지서는 유주의 눈치를 보았다. 그리고 조금은 조심스럽지만 넌지시 물었다.

"확실하게 해. 너는 완전히 새언니와는 따로 살고 싶은 거야?"

"그게 좋을 거라고 생각해요."

"좋을 거라고 생각하는 거랑 하고 싶은 거랑은 다른 거잖아."

"다른가요?"

"다르지. 좋아서 해야겠다는 행동은 순전히 네가 하고 싶은 의지에서 나오는 거고, 그저 해야 하는 게 좋겠다는 생각으로 하는 행동은 타의를 의식하고 그에 따르는 행동이니까. 그건 너의 욕구가 아니야. 순수하게 하고 싶은 것이 네가 원하는 욕구니까. 그게 다르다는 건 몸 따로 마음 따로 아닐까? 너와 네 새언니가 피 한 방울 섞이지 않은 사이면 어때? 주변 사람들이 뭐라고 한들 그 사람들이 너와 새언니를 행복하게 해 주는 것도 아니잖아."

유주는 여전히 새언니와 함께하고 싶은 게 아닐지, 스스로에 확신 없었다. 하지만 지서가 보는 유주는 새언니가 싫어서 떠나기보다는 소중하니까 피해 줘야 한다는, 마치 사랑하니까 이별하자고 그런 말을 하는 사람처럼 보였다. 어디까지나 유주가 정말로 시현의 행복을 바라기에 생각하고 답을 낸 결정이겠지만, 그런 생각에 화를 낸다고 하는 시현을 생각하면 이미 답은 정해져 있는 게 아닐지, 지서는 이미 답을 내었다.

"예전에 내가, 어머니가 돌아가신 친구를 위로해 준 적이 있었어." 지서는 잠시 기억을 되새기며 입을 열었다.

"근데, 어머니를 잃은 상심이 커서 그런지 어떤 위로를 하더라도 위로가 되지 않았나 봐. 당연하겠지. 자신을 길러 주고 가장 많은 사랑을 준 사람이 돌아가셨는데. 그러니 어떤 위로를 하더라도 위로가 되지 않는 거야."

유주는 그런 지서의 말에 계속 귀를 기울였다.

"그 친구는 한동안 계속 울고 또 울기만 했어. 어떤 위로를 하더라도 도저히 나아지는 게 없었지. 어떤 방법을 쓰더라도 어머니는 돌아올 수 없으니까. 근데 며칠이 지나고 다시 일상생활을 하는 그 친구에게 조심스럽게 물어 본 적이 있어. 이제는 괜찮으냐고. 그랬더니 뭐라고 했는지 알아?"

"뭐라고 했는데요?"

"사람이 뭘 어떻게 해도 바꿀 수 없는 것이 있으니까. 엄마가 돌아가신 건 어쩔 수 없지만, 자신의 마음속에 있는 거라고 여기기로 했다고. 돌아가셨지만 자신의 마음속에 영원히 있는 거라고. 사랑하는 사람은 서로 이별하지 않는다고, 마음으로 이어진다고 하면서 말이야. 그렇게 내가 바라는 대로 마음을 가지니 정말로 마음속에 있는 것 같다고 말하면서 말이야."

유주는 그 어떠한 말이라도 위로가 되지 않는 순간이 있다는 것에 공감했다. 그리고 지서가 말하는 것처럼 자신 또한 유호는 자신의 마음속에 있다고 여긴 적도 있었다. 그렇게 함께한다고 생각하기도 했었다. 그러니 마음도 편했었다.

지서는 계속 말했다.

"너는 어떨지 모르겠지만, 새언니는 아마 그렇게 받아들이고 있지 않을까? 그런 노력을 말이야."

"정말 그럴까요?"

"각자 그렇게 방법을 찾는 거야. 그렇게 서로에 대해 알아 가는 거고. 그 방법들 중 가장 좋은 건 대화라고 생각해. 아무리 사랑하는 사이이고 아끼는 가족이라고 하더라도 서로 말해 주지 않으면 모르는 것들이 있어. 두 사람이 서로 소중히 여기는 만큼. 서로를 더더욱 아끼는 만큼."

함께 있고 싶다는 마음이 있기에 여전히 사랑을 하고, 사랑을 하기에 함께 있고 싶다는 마음을 낳는다. 사랑하기에 질투도 하고 불안하기도 하며 괴로워하다가도 다시 그 속에서 사랑하기에 행복을 찾는다. 지서는 아이러니함을 믿고 있었고, 유주가 그런 과정 안에 있는 게 아닐지 조심스럽게 유주를 바라보았다.

"너는 오빠가 없으면 새언니와는 결국 남남이나 다름없다고 하지만, 나는 그 연결 고리가 사라졌다고 연결되지 않을 건 없다고 생각해. 네가 말했다시피 너 또한 오빠가 사라진 게 아니라 마음속에 있다고 받아들이고 있다며. 그건 결국 연결 고리가 사라진 것도 아니잖아."

지서의 그 말에 유주는 잊고 있던 것을 깨달은 기분이 들었다.

"그래요. 그러네요. 결국 새언니랑 어떻게 나아갈지는 우리가 결정하기 나름인데. 뭘 그렇게 눈치만 보고 있었던 건지."

유주는 더 이상 아무런 말도 하지 못하고 육즙만 남은 접시에 포크만 휘저었다.

가족이라는 게 무엇일까.

새언니와 시누이.

연결 고리가 없었다면 이어지지 않았을 사이. 피가 이어지지 않았기에 가족이라고 할 수 있겠냐고 할 수 있는 그런 사이. 언제든 남남이 될 수 있는 두 단어.

하지만 지서는 말해 주고 싶었다.

"새언니와 시누이가 아닌, 유주와 시현으로. 그거면 돼."

가족이란 어떤 것일까. 그건 정말 생각하면 할수록 정말 다양한 답이 나올 것 같았다. 하지만 그렇게 복잡하게 생각할 필요도 없다. 중요한 건 두 사람의 마음이니.

"중요한 건 타인이 만들어 낸 기준이 아니야. 중요한 건 너의 행복을 만드는 사랑에 대한 믿음이야."

"믿음."

"너의 그 믿음에 따라 그 사람도 행복을 위해 함께 나아가겠지. 나는 그게 가족이라고 생각해."

유주는 처음으로 가족이란 게 무언인지 답을 찾을 수 있을 것 같았다. 지서의 말 또한 타인의 기준일지도 모른다. 하지만 유주는 자신의 기준을 낼 수 있을 것 같은 희망을 보는 듯한 말이었다.

여태까지 얼마나 참아 오고 견뎌 왔을지, 지서는 조심히 자리에서 일어났다.

유주는 변함없는 얼굴이었음에도 한쪽 눈에서 눈물이 빠르게 흘러내렸다.

힘들지 않을 리가 없다.

아무리 쿨한 척을 해도 아무렇지 않은 척을 해도, 아픈 건 아픈 거다. 슬픈 추억을 떠올리는 게 결코 마음 편할 리가 없었다.

*

유주는 한동안 혼자서 울었다. 세상에 사연 없는 사람이 어디 있겠나 싶었지만, 지서는 아직 어리기만 한 아이들이 그런 아픔을 겪는 것은 보고 싶지 않았다. 아이들은 아이들다우면 된다. 너무 어른스러운 것도 보기에 애처롭다.

지서가 자리를 비켜 준 사이 그동안 얼마나 마음 아팠을지, 또 앞으로 얼마나 아파할지 걱정스러웠지만, 다시 유주를 살피러 자리로 돌아왔을 땐 울음을 멈추고 이미 다 식어 버린 스테이크를 다시 먹기 시작했다. 그런 모습을 바라보는 지서에게 유주는 스테이크를 씹으며 말했다.

"이거 식게 가만히 두면 오히려 질겨지네요."

그 말에 지서는 허탈함에 자신이 앉던 자리에 주저앉았다.

"별의 별 걱정은 다 했다만."

"운다고 해결되는 게 없다고 하니까요. 그대로 있으면, 봐요. 이것도 맛이 없어지잖아요."라며 유주는 잘게 썬 스테이크 고기를 포크로 찍어 보였다.

"예전에 셋이서 같이 외식을 했을 땐, 이런 양식집에서 피자랑 파스타랑 스테이크 뭐 그런 흔한 양식을 먹었던 거 같아요. 어렵게 살던 시절에 절약 정신이 투철한 사람이었던 만큼 비싼 값하는 외식을 잘 하는 편이 아니었거든요. 그래서 오빠가 궁상떨었던 기억도 나요."

"그래?"

"그런 궁상이 좋았어요. 그 속에서 우리 가족만의 따뜻함을 찾기도 했었으니까요."

그런 모습을 보는 지서는 참 유주가 강한 아이라고 생각했다. 분명 원하는 만큼 잘 해낼 수 있기를 바랐다.

"스테이크를 굽는 방법은 정말 여러 가지가 있어. 어떤 경우에는 숙성한다고 한 시간이고 두 시간이고 기다리는 것부터 시작하는 경우도 있고, 몇 시간이고 수분을 날리도록 말리는 경우도 있고, 방금 네가 먹은 것처럼 밀봉시켜서 물속에서 네 시간이고 여덟 시간이고 천천히 맛있게 익도록 기다리기도 해. 그것 말고도 방법은 정말 많아."

지서는 그렇게 요리에 대해 이야기 시작했지만 단순히 요리에 대한 이야기는 아니었다.

"요리에선 말이지 맛있어지는 데엔 시간이 필요해. 그건 사람이 살아가는 것에도 크게 다르지도 않다고 생각해. 어려운 일이 있다면 천천히 시간을 들일 필요도 있는 거고, 빠르게 선택하고 나아가야 할 게 있다면 또 그런 것도 있지만, 네가 정말로 정성을 들이고 소중하게 여기고픈 게 있다면 천천히 시간을 들이는 건 결코 나쁜 선택이 아니야."

"천천히…"

뭐든지 필요한 시간이라는 게 있다.

그게 짧든 길든 요리는 천천히 시간을 들이는 정성이 있어야 그 맛이 더 극상으로 올라간다. 마음에 앞서 강한 불을 내면 무엇이든 태우기만 할 수도 있다.

사람도 마찬가지다. 급하고 바쁘게 살아간다고 문제가 해결될 일들뿐이었다면, 세상에 느린 사람은 하나도 없을 것이다.

그건 지서가 유주보다 몇 년 더 먼저 살아 보면서 알게 된 몇 가지들이었다.

"급할 필요는 없어. 너는 내가 생각하는 거 이상으로 잘 하고 있는 걸로 보여. 우리가 만난 지는 그리 오래되진 않았지만, 앞으로도 잘 해 낼 수 있을 거라는 생각이 들 정도로 말이야."

그런 지서의 모습을 유주는 꽤나 무표정한 얼굴로 바라보았다. 그리고 이내 말했다.

"사장님. 말씀은 감사한데 괴짜 같은 면이 있으시네요."

"뭐?"

"인생을 요리하는 방법으로 비유해 줄지는 몰랐거든요."

"괴짜…"

"그래도 제가 그 스테이크를 먹고 정말 감동도 했으니까 이해를 했죠. 누가 이런 이야기를 듣는다면 대체 무슨 소리를 하는 걸까 싶을걸요."

그 말에 지서는 꽤나 찔렸다.

"그래도 감사해요. 저는 그냥 독립이라기 보단, 역시 진짜 어른이 되고 싶었던 거 같아요. 아마 내가 어른이 되면 다 해결이 되지 않을까 싶은 마음으로요."

"몸만 큰다고 어른이 되는 건 아니니까."

"그래도 제가 어른이 되면 언니는 저만 챙기는 것을 그만두고, 저를 신경 쓰다가 하지 못했던 것들을 할 수 있을 거라고 생각했죠. 이번에 확실히 정리했어요. 저는 언니의 보살핌이 되고 싶지 않아요. 서로에게 의지할 수 있는 하나의 가족이고 싶어요. 결국엔 그런 대화를 하지 않았던 게 문제인 것 같지만."

"원래 어른들이 솔직하게 마음을 열고 이야기하는 걸 더 무서워하거든."

"지금은 용기가 나요."

지서는 조금이나마 유주의 마음에 긍정적인 부분을 채워 준 것 같아 뿌듯했다. 어쩌면 본인도 잊고 있었던 말들이기도 했다.

유주는 몸에 힘이라도 풀린 듯 턱을 괴며 어딘지 모를 곳으로 시선을 멍하게 두었다.

"다시 생각해봐도 여기 이름 잘 지은 거 같아요. 만테까레. 여기에 일하게 된 것도 정말 다행인 거 같아요. 여기도 좋지만 제가 행복하고 편하게 웃을 수 있는 특별한 곳은 여기보단 새언니와 함께 있는 가족의 곁이에요. 물론 우리 오빠도. 그럴 수 있는 시간을 가질 거예요."

"그러기 위한 준비 말이지."

지서는 그 순간 처음으로 유주가 맑게 웃는 얼굴을 보았다. 따뜻하고 귀한 모습이었다. 그런 미소만 보아도 유주가 그동안 두 사람에게 얼마나 많은 사랑을 받았는지 느낄 수 있었다. 그런 사랑이 유주의 마음에 남아있는 만큼 분명 그 둘만의 특별한 인연으로 이어갈 거라고 지서는 그렇게 믿었다.

"사장님 오늘은 그냥 들어갈게요."

"왜? 하루 종일 여기에 있고 싶다더니."

"뭐. 마음이야 변할 수 있잖아요. 사장님 말대로 하고 싶은 대로 해 볼게요."

"집으로 갈 거지?"

"네."

"천천히 하면 돼. 천천히."

그리고 유주는 자신의 짐을 싸고 만테까레를 나섰다. 지서는 시간을 확인했다. 아직 유주가 자신의 이야기를 한 지 50분 정도 지나지 않았다. 정말 한참 이야기를 한 것 같았다.

*

시현은 유주가 한 달이라는 시간을 만테까레에서 일하고 나서 탄 첫 월급으로 무엇을 할까 하는 생각을 하게 되었다. 딱히 유주에게서 선물을 받고 싶다는 생각을 한 것은 아니지만, 그 아이가 처음으로 돈을 벌어 본 만큼 어떤 식으로 쓸 것인지 어떻게 다룰 것인지 유주의 금전 감각에 호기심을 가졌다. 하지만 유주가 결코 돈을 생각 없이 쓸 거라고 생각하지 않았다.

시현은 뭔가 변해 가는 것 같은 유주의 행동이 섭섭하고 걱정스러웠다. 역시 유호의 죽음이 유주를 바꾸어 놓고 있는 건 아닐까 하는 생각이 들었다. 그리고 그런 사실이 있다고 하더라도 함부로 할 수 없다고 생각했기에 유주에게 확실한 말 한마디도 잘하지 못했다.

"그런 부분에선 대화가 역시 부족한 걸지도."

시현은 그런 생각과 걱정에 매번 유주를 데리러 아르바이트하는 곳까지 찾아갔다. 같이 일하는 사람들이 어떤 사람들인지 염탐을 하는 것도 있었고, 어떤 일이 있을지 몰라 경고 차원에서 자신의 명함을 건네기도 했다.

확실히 맛도 좋았기 때문에 좋은 식당으로서 유주가 일을 하는 것은 나쁘지 않다고 생각했다. 사장은 물론 같이 일하는 세 명끼리 웃는 모습을 보고 있었을 땐, 시현은 그런 유주의 얼굴을 보고 괜히 서운한 마음이 들었다.

그 이후로는 오히려 시현이 더 거리를 벌렸다. 왠지 불편했다. 그런 모습은 자신 앞에서 보여 주지는 않는 유주이기 때문에 더 대하기가 어려웠던 적도 있었다.

사람들은 그런 이야기를 하면 시현에게 그런 말을 했다.

"사춘기잖아요. 간섭이 싫은 거 아닐까요?"

"요새는 고등학생이 되자마자 알바를 한다고도 하잖아요."

"용돈은 자기가 벌려고 하는 것도 나쁘지 않지. 철들었네."

"남자 친구나 좋아하는 애가 생겼을지도 모르지. 그래서 돈이 필요한 걸지도 모르고."

"원래 집에서랑 밖에서랑 보여주는 얼굴은 다른 법이에요. 그 나이에는 더욱. 사춘기잖아요?"

"애잖아요."

"우리 애도 그랬는데."

"시현 씨로선 많이 힘들겠다."

시현으로서는 이미 부모가 된 느낌이었다. 형제도 없었고 아이도 가졌던 적도 없었지만, 누군가를 책임져야 한다는 것 자체가 그런 기분이 들었다. 유주는 시현에게선 유호가 마지막으로 남겨 준 인연이었다. 그렇기에 그 어떤 것보다 소중했다.

하지만 시현은 그런 답을 내기 시작하고 있었다.

'어쩌면 유주는 나의 그런 마음이 부담스러운 게 아닐까?'

아무리 올곧아도 전달이 되지 않는 경우가 있다. 모든 인간관계가 그래 왔고, 지금의 유주도 그렇다고 생각하고 있었다.

솔직해질 필요가 있었다. 그렇기에 대화가 필요하다고 생각했다. 천천히라도 좋겠다고 생각했다. 우리는 아무런 혈연이 없지

만, 소중한 인연으로 만나서 새로운 인연으로 이어지는 과정이
될 거라고 시현은 믿고 싶었다. 혈연관계 따윈 상관없었다.

시현은 시간을 확인했다. 시간은 6시가 되어 가고 있었다. 최
근에는 집의 주방에 뭔가 이상한 기계가 들어와 있었는데 시현은
대체 그게 어디에 쓰이는 건지 알 수가 없었다. 겉모양으로 봐서
는 음식물을 갈아 버리는 핸드블랜더 같다고 생각했지만 조금 달
라 보였고 진공 포장기도 유주가 새로 산 모양이었다.

"필요하다면 말해 줬으면 좋겠는데." 시현은 중얼거렸다.

그리고 냉장고를 살펴서 오늘은 무엇을 먹을지 확인했다. 그
안에는 시현이 모르는 것도 있었는데, 고기가 진공 포장되어 있
었다. 그 안에는 마늘과 향신료 같은 것들도 함께 있었는데 그 안
에는 오일로 범벅이 되어 있었다.

"버터도 있네. 뭘 하려는 거지?"

그리고 유주가 집으로 돌아왔다. 아직 아르바이트하고 있어야
할 시간이었다. 시현은 살짝 놀라서 현관문 쪽을 바라보았다.

"무슨 일이야? 알바할 시간 아니야?"

"맞아요! 근데 오늘은 사장님이 개인 사정이 있다고 일찍 문을
닫을 거라고 해서요!"

"무슨 일이 있기에."

"글쎄요." 그리고 유주는 곧바로 냉장고가 있는 쪽으로 다가가
아까 찾아보았던 밀봉 포장이 된 고기를 보여 주며 말했다.

"언니 오늘은 제가 저녁 만들어 줄게요."

"아냐. 괜찮아 내가 할게."

"안돼요. 오늘 이거 하려고 알바비 많이 썼단 말이에요. 이게

다 얼마인 줄 알아요?"

그러곤 유주는 자신이 쓴 돈을 읊었다.

수비드 머신과 진공 포장기와 소고기와 그 안에 넣을 재료들과 또 다른 연습을 해 보고 싶은 요리의 재료들까지.

"자잘한 재료들은 사장님한테서 빌려왔지만요."

유주는 자신이 처음 받은 알바비를 시현에게 자신이 배운 것으로 쓰고 싶었다.

"사장님한테 배웠어요. 조금 시간은 걸릴 거예요. 소고기라서 두 시간 정도 걸릴지 모르겠네요. 그래도 맛있을 거예요."

시현은 집에서 이렇게 스테이크를 썰어 먹을 거라고 생각해 보지 못했다. 그게 참 이상했다. 그러다가 언젠가 남편과 셋이서 함께 사치를 부려 보자며 스테이크니 파스타니 피자니 많은 음식을 시켜서 먹었던 적이 떠올랐다. 근데 왜 지금은 그러지 못했을까, 살짝 어깨에서 힘이 빠지고 있었다.

시현은 말했다.

"꽤나 오래 걸리네. 도와줄까?"

"괜찮아요. 사장님한테 충분히 배웠으니까요. 다만 시간이 좀 걸릴 뿐이에요." 유주는 그렇게 말했지만, 다시 생각하고 말했다. "다른 게 준비할 게 있는데, 그거 도와주실래요?"

그 말이 시현은 왠지 기뻤다.

"그래? 어떤 걸 해줄까?"

그리고 유주는 뭔가 준비를 많이 한 모양인지 메모지에 조리법을 적어 둔 것을 시현에게 보여 주었다. 시현이 그 안을 살펴보니 혼자서 해 내기엔 좀 버거웠을 거라는 생각이 들었다.

"할 게 많았잖아." 시현은 그렇게 말하고 한마디 더 하려다가 그게 중요한 게 아니라는 것을 유주의 얼굴을 보고 알 수 있었다.

시현은 생각했다. 유주 또한 오빠인 유호를 닮아 가끔 두 사람의 얼굴이 겹쳐 보일 때가 있었다. 유주의 그 얼굴은 마치 유호가 맛있는 걸 만들어 주겠다고 요리를 하며 시현이 어떤 반응을 보여줄지, 맛있다고 해 줄지, 기대하며 잘 해야겠다는 얼굴이었다.

남매는 남매였고, 혈연이 아니더라도 무언가 잇는 게 있었다. 그것을 시현은 아직도, 아직까지도 계속 잡고 싶었다.

애초에 그게 시현의 사랑이었다. 자신이 사랑하는 사람이 소중하게 여기는 사람을 소중하게 여기고 싶다는 것.

시현은 그런 말은 언젠가 유주에게 해 주었던 게 기억이 났다. 그 말을 유주는 기억할지 모르겠다 싶었다.

"그럼 천천히 맛있게 해 볼까?" 시현은 그렇게 말했다.

"네. 천천히 해요. 그만큼 정말 맛있어질 거예요."

시현은 궁금했다.

이 순간에 두 사람이 아니라 세 사람이 있는 것 같다는 기분이, 유주에게도 느껴지는지. 그런 질문도 그 어떤 대화도 천천히 해 봐야겠다는 생각으로 유주를 도와 스테이크를 만들었다.

*

지서는 유주에게 시현과의 관계를 묻곤 했다. 길잡이까지는 아니더라도 도와줄 수 있는 게 있다면 최대한 도와주고 싶었다. 그도 그렇게 엄연히 함께 일하는 직장 동료였다. 그 전에 사장과 직원이긴 하지만 인섭은 그런 이야기가 편하지 않았다.

"제가 유주에게 조언을 해 주거나 도와줄 입장은 못 되죠."

"어째서?"

"타인과의 관계를 망쳐 본 입장이 되면 그래요. 괜히 미안하고 그렇죠. 그렇다고 어떻게 하거나 간섭하기도 어렵고 복잡해요."

"넌 어떤 일이 있었기에?"

"보여 줄 생각은 원래 없었는데, 괜히 유주를 보니 미안하고 괜히 생각나다 보니 이런 마음도 생기네요."

그리고 인섭은 사진 한 장을 지서에게 보여 주었다.

그건 인섭과 두 여성이 같이 찍은 사진이었다. 세 사람의 얼굴은 삼각형을 그리듯 모여 있었는데, 지서의 눈에는 제일 먼저 앞의 두 사람과는 다르게 나이가 있어 보이는 한 여성이 눈에 들어왔다. 그리고 그 사람을 인섭이 가리켰다.

"그분은 저의 어머니에요. 지금은 좀 아프시지만 병마랑 싸우고 계시고 있죠. 그리고 이쪽에 있는 애는."

"아…"

하지만 지서의 눈에는 그 누구보다도 먼저 들어온 사람이 있었다. 그 사람은 인섭이 가리키기도 전에 한눈에 알아보았다. 지금과도 크게 다르지 않는 한 여성의 얼굴. 지금 이 순간 이전에도 하루 동안 몇 번이고 떠올렸던 얼굴이었다.

"제가 많이 좋아했고 오랫동안 사귀었던 여자 친구에요. 지금은 헤어졌지만. 얘랑 저의 어머니는 정말 딸과 엄마처럼 잘 지냈거든요. 하지만, 저 때문에 마냥 그렇게 지내기 어려운 사이가 되어 버렸지만요."

지서는 한참을 그 사진을 바라보다가 그렇게 말했다.

"그래서 이해를 한다고 한 거였구나."

"꽤나 다른 형태이긴 하지만, 연결 고리가 되고 있던 인간관계에서 그 고리가 없어진다는 건 꽤나 혼란스러운 법이죠. 그래서 함부로 참견하고 싶지 않았어요."

지서는 사진 속의 여성들을 가리키며 말했다.

"이 두 분이 유주와 그 새언니분이랑 비슷하다는 거야?"

"상황이 그렇겠죠. 남편분이 이은 인연인 만큼, 이 두 사람은 저로 인해 이어진 인연이니까요. 하지만 제가 헤어진 이상 서로 얼굴 보는 것도 껄끄러웠을 거예요."

"전 남자 친구의 어머니. 아들의 전 여자 친구. 그것도 그거 나름이구나."

지서는 그런 사진을 보여 주는 인섭을 바라보았다. 지금의 인섭은 어떤 생각을 하고 있을지 궁금했다.

"너는 어떻게 하고 싶어?" 지서는 말했다.

"네?"

"유주는 관계를 나아가기 위해서 천천히 다가가고 대화하는 것을 선택했어. 그런데 너는? 그냥 이대로가 끝인 거야?"

그 말이 인섭에겐 곤란할 뿐이었다. 자신의 입장을 모르는 것도 아니었다. 그럴 자격이 있는 것도 아니라고 스스로 생각하고 있었다. 하지만 그녀가 없는 이상, 아니 없는 자리이기에 말할 수 있을 거라고 생각했다. 그리고 답을 내는 인섭을 지서는 묘한 떨림을 숨긴 채 바라보았다.

"저는 역시 두 사람의 관계를 회복시키고 싶어요. 그리고 그 사이에 저도 마찬가지로. 여전히."

　"그래. 아직 좋아하고 있는 거구나." 지서는 애써 말했다.

　그리고 인섭은 지긋이 사진을 보다가 화면을 껐다.

　"네."

다섯 번째 요리

쉽게 삼킬 수 없는 맛

지서는 잠에 깨자마자 받은 전화에 투덜거리고 있었다.

"아아. 출근하기 싫어."

그리고 상대방은 지긋지긋하다는 듯 말했다.

[요새 부쩍 그러더라? 오픈한 지 얼마나 됐다고 그래? 장사 말아먹으려고 그래?]

그 말에 지서는 더욱 목소리가 높아지며 말했다.

"아 엄마가 뭘 알아! 진상은 진상대로 진상부리지, 일손은 일손대로 딸리지, 아니 무슨 어떤 인간은 주문해 놓고 음식 늦게 나온다고 나오기 전에 계산도 안 하고 도망가고! 미칠 것 같은 게 한둘인 줄 알아?"

[하지 마! 어차피 권리금도 보증금도 없었으니까 때려치워!]

"뭘 또 때려치워! 시작한 지 얼마나 됐다고! 엄마가 무슨 말을 그렇게 해?"

[그러니까 뭐 그런 소리만 계속 하냐고!]

"그러니까 엄마가 뭘 안다고 그러냐고!"

전화를 끊은 지서는 어렵게 몸을 일으켜 출근 준비를 했다.

최근 잠자리가 좋지 않았다. 인섭에게서 묘한 불편함으로 시작한 껄끄러움은 매일 떠올리기 싫은 꿈을 꾸게 만들고 있었다.

"마치 저주를 받은 기분이네. 좀 너무 지독하지 않나."

그런 마음은 아침이 아닌 새벽에 눈을 뜨게 만들었고, 오랜만에 런닝화를 찾아 길거리를 뛰어다니곤 했다. 그러다 보면 생각이 정리될 듯하다 많은 생각들이 다시 오가기도 했다.

지서는 늘 타인을 위해서 양보만을 해 왔다. 자신의 행복보다는 타인이 상처를 입는 걸 가만히 볼 수 없었다. 도움이 필요한 사람을 가만히 둘 수 없었다. 그렇기에 늘 자신이 좋아하는 것을 제대로 누리지 못한 것은 아닐지, 지서는 요즘 아침마다 계속 생각하곤 한다.

어린 시절의 지서는 달리는 것에 아주 특별한 재능이 있었다. 시작은 학교 운동회 행사였다. 누구도 이길 수 없을 거라는 반 바퀴의 차이를 벌리고 있는 계주 경기. 단순히 따라잡고자 하는 마음으로 달린 것은 역전승을 만들어 냈고, 어른들의 눈에는 재능을 보았다고 했다.

지서는 육상 선수가 되고 싶은 생각은 없었지만, 태어나서 수많은 사람들이 자신을 향해 환호하고 박수하는 모습을 마주하는 순간의 전율을 결코 잊을 수 없었다. 그저 그런 기분을 또 느끼고 싶다는 생각으로 육상 선수가 되었다.

반대하는 지서의 어머니를 코치들이 나서서 설득할 정도로 지서의 재능은 독보적이었다. 제대로 된 운동을 시작하지 않은 아이가 이미 활약하고 있던 육상 선수를 가볍게 넘어서는 모습에 그 재능을 부정할 수 없었다.

하지만 크나큰 문제가 하나 있었다.

그런 압도적인 재능 탓에 지서는 패배를 몰랐을 뿐더러 무엇보다 달리는 것을 좋아하지 않았다. 훈련은 힘들었고 어떻게 훈련 시간을 빼먹을지 생각했다. 그저 자신을 향한 환호와 갈채를 즐기고 싶을 뿐이었다.

전국 대회는 그저 몇 달에 한 번 길게는 한 해에 몇 번.

최고를 향해 노력할 생각이 없는 자가 수많은 노력을 하는 또래들을 이겨 환호를 즐긴다는 것은 다른 선수들에겐 오만 혹은 기만으로 느껴지기에 아주 충분했다.

하지만 재능과 결과는 정말 확실했고, 지서를 압도하는 선수는 주변엔 없었다.

"어째서 저런 애한테 이기질 못하는데!"

그저 순수하게 즐기고자 하는 아이를 이기지 못하기에, 피땀을 흘리며 노력하는 아이들은 폭언을 껴안아야 했다.

"네가 훈련을 안 했니? 재능이 없니? 지원이 없었니? 뭘 안 해 줬니? 어떻게 아직 반년도 안 달려본 애를 못 따라가?

지서는 자신의 동급생이 부모님에게 그런 말을 듣는 모습을 보고 처음으로 갈채를 받는 승리자 뒤엔 패배자가 눈물 흘리고 있다는 것을 알게 되었다. 당연한 것임에도 승리하는 것에 취해 뒤를 돌아보지 못한 자신이, 정말 이기적이고 나쁜 거였다고 생각했던 어린 시절이었다.

그리고 선두 주자가 앞이 아닌 뒤를 돌아보는 순간 모든 코스는 엉망이 되는 법이었다.

"제발 좀! 골라인 의식하지 말고 더 끝까지 뛰라니까!"

"쟤 대체 왜 이래?"

"일부러 그러는 거 아니야?"

박수와 응원 그리고 격려만 하던 코치들은 어느새 지서에게 쓴소리와 고함을 난무하기 시작했다.

"끝까지 뛰라니까! 끝까지! 골라인 의식하지 말라고!"

지서는 아무리 뛰어도, 전력으로 끝까지 뛰어도, 하얀색의 골라인에 도착할 무렵이면 급격하게 달리는 속도가 떨어졌다.

"왜 자꾸 막판에 멈추는 건데!"

왜 그런 일이 생기는 것인지 알아내기 위해서 코치들은 지서에게 골라인을 속여 더 멀리 설치해 두기도 했었다. 하얀색 골라인이 멀어지든 가까워지든 지서의 마지막 스퍼트는 급격하게 줄어들고 있었다. 결국 코치들은 지서에게 트라우마가 생긴 것이라 판단할 수밖에 없었다. 골에 도달하지 않으려고 하는 육상 선수로서 가장 최악의 트라우마.

지서는 여전히 달리는 것을 좋아하지 않았다. 그저 자신에게 환호하는 관중들을 보고 싶었던 마음은 진심을 향해 노력하고 달리는 친구들을 외면할 만큼 커다랗지 않았다. 자신이 달리는 거에 좋아하지 않고 노력하지 않는 만큼 그런 환호를 즐기면 안 된다는 생각이 만들어낸 트라우마였다.

"그런다고 누가 좋아할 줄 알아? 네가 착한 줄이나 알지?"

하지만 그런 모습을 경쟁자들이 좋아할 리가 없었다. 그 모습조차도 그들의 입장에선 그저 기만이었다. 그리고 더 이상 그 누구도 지서에게 환호하고 박수치지 않았다. 그 누구도 기대하지 않았다. 재능 없는 평범한 아이로 돌아간 지서는 그 안에서 따돌림 받기 쉬웠고 대응할 수도 없었다. 친구들에게 미안한 짓을 했다고 생각한 만큼 자신 또한 많은 것을 포기하고 양보하며 뒤로 물러서는 게 맞는다고 생각했다.

"참나."

지서는 생각해 보니 그런 어린 시절 때문에 지금까지 수많은 것을 포기하고 양보하고, 제대로 자신의 욕망을 갈구한 적이 없었던 자신이 우스웠다.

좋아하는 사람에게 좋아한다고 말도 해 본 적이 없어, 어렵게 손에 넣은 것을 다른 사람에게 선물이랍시고 양보를 하기도 해. 친구와 좋아하는 사람이 겹쳐서 포기도 해. 무엇 하나 이겨 낼 용기가 없으니 무엇 하나 손에 넣을 수 있을 리가 없었다.

하지만 그런 부분을 다시 깨닫는다고 해서, 여전히 아림에게 마음을 남기고 있는 인섭을 무시하고 자신이 하고 싶은 대로 한다는 것이, 지서에게는 도저히 쉽게 결정할 수 없었다.

"형아 출근 안 해?"

지후는 지서에게 다가와 있었다. 지서는 이렇게나 어린아이에게도 자신이 출근하기 싫은 게 보인 것 같다고 생각했다.

"해야지. 지후는 오늘 어린이집 안 가?"

"형아 오늘 일요일이야."

"아 일요일은 어린이집 안 가지. 어제랑 헷갈렸나보다."

"형아 어제는 토요일이야. 토요일이랑 일요일은 원래 어린이집 안 가."

"아. 그랬지."

"형아."

"응?"

"누나가 형아 보고 바보가 된 거 같대. 이상하대."

"지안이 누나가?"

"응. 지안이 누나 거짓말 안 하잖아."

"그래. 누나는 거짓말 안 하지."

"그럼 형아 바보 된 거 맞아?"

지서는 동생의 그런 순수한 질문에 지후의 볼따구를 살짝 꼬집으며 말했다.

"아마 그런 거 같아."

지후는 자신이 해야 하는 학습지 숙제를 가져와서 말했다.

"괜찮아 형아. 어른들이 이런 거 공부하면 바보는 안 된다고 했어. 이거 형아 줄게."

지서는 한숨을 쉬며 그 학습지를 받아 살펴보았다. 그리고 생각하지 못한 영어 문제에 살짝 당황했다. 요즘 어린이집에서도 영어를 가르쳐 주나 당황스러웠다가 지후가 잘못 해석한 부분을 고쳐주려 지우개를 찾았다.

"지후야. 그래도 형아가 요리사인데, 이걸 틀리면 어떡해?"

"응? 어디가?"

"여기 이 부분."

지서는 요리사가 영어로 뭐냐는 문제에 chef와 cook으로 쓴

영어에 정확하게 마무리를 지어 주었다.

"무엇을 하는 사람에는 뒤에 '-er'을 붙여 줘야 한다고. cook이
아니라 cooker지. 쿡커"

지서는 자신만만하게 말했다. 그리고 한동안 지후는 멍하니
지서를 바라보았다.

*

아무도 없는 만테까레에 일찍 출근한 지서는 아직 해결하지
못한 아침 식사를 위해 냉장고를 열었다. 냉장고 안에는 손님들
에게 내기 위한 요리의 재료들만이 가득했다. 지금 당장 식사용
으로 쓸 수 있는 것은 계란과 식빵에 가스오부시 뿐이었다.

지서는 대충 계란프라이에 빵을 구워 커피 한 잔으로 때워야
겠다는 생각으로 팬에 불을 가하기 시작했다. 하지만 요식업에선
유명한 미신이 있다.

손님이 없다가도 직원들이 식사할 때면 찾아오는 게 손님.

아직 영업 시작하기도 전인데 한 남자가 만테까레에 입장했
다. 지서는 햇빛에 반사되는 탓에 그 손님의 모습을 제대로 보지
못하고 말했다.

"죄송합니다. 아직 영업전이라서…"

하지만 점점 익숙해지는 지서의 눈은 그가 누군지 한 번에 알
아볼 수 있었다.

"한번 들려봤어." 그리고 그는 지서가 밥을 먹으려고 한다는
것을 한눈에 알아봤는지 바로 말했다. "나도 한 끼 줄 수 있을까?"

알베로 권 사장이었다.

알베로는 지서에게는 뜻깊은 일터였다. 요리사로서 한층 더
발전할 수 있었던 곳이자, 힘들어도 일하는 게 즐겁기도 했으며,
아마 자신이 직원으로 있었던 곳들 중 제일 오랫동안 기억에 남
을 것 같은 곳이었다. 그렇기에 권 사장에게도 개업했다고 알려
야 할지 고민하기도 했지만, 그럴 필요도 없었던 모양이었다.

"알베로도 곧 오픈 시간 아닌가요?"

아마 오늘 첫 식사는 상당히 뒤로 미루어질 것 같았다. 손님은
손님이었다. 아무리 감정이 있더라도 만테까레에 입장한 이상 손
님이라는 건 다름없었다. 그는 자리에 앉았고 여기저기를 살펴보
았다. 반대로 지서는 아직 둘러매지 않은 앞치마를 찾으며 주방
으로 들어갔다. 그리고 그와 무슨 말을 해야 할지 어색했다.

하지만 그는 달랐다.

"메뉴판에 없는 요리 주문해도 될까?"

"메뉴판에 없는 거요?"

"계란말이. 내가 조리법을 알려 달라고 해도 알려 주지 않았던
네 특별 계란말이 말이야. 그거 먹고 싶었거든."

지서는 난감했다. 특별 계란말이를 하기엔 제일 중요한 재료
가 없는 상태였지만, 말 그대로 그가 말하는 특별 계란말이는 아
무에게 알려 주지도 않고 아무에게나 해 주는 요리도 아니었다.

지서는 아무렇지도 않게 말하는 권 사장이 마음에 들지 않았
다. 생각해 보면 늘 그랬다. 제일 짜증나는 건 말도 안 되는 신 메
뉴를 연습 삼아 만들어서 먹게 만드는 거였다. 본인은 진심인지

는 모르겠지만 열중에 일곱 번은 고역이었다.

지서는 말했다.

"메뉴에 없는 만큼 재료가 없는 바람에. 오마카세. 어떠신지?"

"오마카세?"

"제가 알아서 계란 요리 드리겠다는 말입니다."

"오. 좋겠는데. 그럼 오믈렛은 빼고."

이번엔 지서의 차례였다. 이번엔 그때 그 푸르딩딩한 피자의 복수를 할 참이었다.

권 사장이 말하는 지서의 특별 계란말이 조리법은 말 그대로 특별했다. 계란말이가 뭐가 특별하겠냐 싶겠지만, 우유나 크림을 넣지 않아도 부드럽고 수분이 가득하며, 소금을 넣지 않았는데도 감칠맛이 입안을 감싸는 적절한 짠맛까지 계란말이의 색깔만큼 황금 비율의 완성도를 가지고 있었다. 하지만 그런 요리는 특별한 만큼 특별한 사람에게만 건네주었기에 이번엔 실험적인 요리를 해 볼 생각이었다.

다시마를 찬물에 담가 하루 동안 냉장고에서 우려 낸 육수에 가스오부시를 넣어 녹일 수 있는 만큼 녹인다. 다시마에서 우려 낸 맛과 가스오부시에서 나오는 성분은 서로 궁합이 잘 맞아 감칠맛이 수배 이상으로 오르기에 일식 계란말이 계란 물에 자주 섞어 쓰곤 한다.

불은 아주 약한 불로 맞춘다. 이보다도 더 낮을 순 없을 정도로 약한 불로. 그리고 기름을 두른 펜이 가열되기도 전에 계란 물을 부어 제일 아래층이 살짝 익을 정도만 아주 잠시 기다린다. 포인

트는 지금 계란을 말아 올려도 속이 안 익을 것 같다는 기분이 들 정도로 일찍 계란을 계속 접어 올리기 시작하는 것이다. 안 익을 것 같다고 해서 걱정할 필요는 없다. 이미 뜨거움을 안고 접고 접혀 쌓이는 만큼 그 온기에 갇혀 스스로 부드럽게 익을 테니. 오히려 살짝 부풀어 푸딩처럼 부드러운 식감으로 형성한다.

황금빛을 내는 계란말이를 만드는 건 불 조절이 가장 중요하다. 천천히 기다려야 할 줄도 알아야 하고 타이밍을 잡을 줄도 알아야 하며, 곱게 모양을 잡아 주어야, 숟가락으로 때리면 찰랑거리는 노란 계란말이엔 윤기마저 흘러 보인다.

아직 끝이 아니다.

계란말이를 정사각형으로 잘라 낸 뒤 그 크기와 모양에 맞게 식빵을 잘라 낸다. 지서는 힘겹게 노란빛을 낸 계란말이에 밀가루를 묻히고 다시 계란 물을 입혀 잘라 놓았던 식빵을 샌드위치처럼 위아래로 감싸 뜨거운 튀김기 안에 튀겨 내기 시작했다.

멘보샤다. 다진 새우가 들어가는 멘보샤와는 다른 계란말이가 들어간 멘보샤. 이미 부드러움으로 가득한 계란말이와 식빵에 기름진 바삭함을 더해, 바삭함과 부드러움을 공존시키는 별미.

마무리로 지서는 그 위에 설탕을 골고루 뿌렸고, 뜨거운 온기에 자연스럽게 녹아 가는 설탕은 빛에 반사가 되어서 반짝반짝 빛나는 무언가를 뿌린 듯해 보였다. 거기에 지서는 마치 스테이크처럼 접시에 담고 가장자리에 감자튀김과 식빵을 자르고 남았던 것을 튀겨 함께 올렸다.

소스는 뭐가 좋을까. 아무래도 멘보샤에 설탕을 뿌렸다 보니 살짝 시큼한 맛이 나도록 사워크림이 좋겠다는 생각으로 플레이팅을 해주었다.

그러다 문득 지서는 깨달았다.

'복수를 하려고 했는데… 어느새 진심을 다해 버렸네.'

아무리 미운 사람이라고 하더라도 일부러 맛없는 요리를 내놓을 순 없었다. 지서는 자신이 요리사라는 걸 잊지 않았다.

완성된 요리. 계란말이 멘보샤를 권 사장에 건네고 난 뒤, 지서는 주방 안에서 요리하고 남은 것들을 하나씩 입에 넣으며 권 사장을 지켜보았다. 그는 요리를 받자마자 어색하게 리액션을 하더니 뜨거운 것을 알고 포크와 나이프를 사용하여 스테이크를 썰듯이 멘보샤를 썰어 입에 넣곤, 다시 한 번 썰어 사워크림을 곁들어 입에 넣었다.

"계란이 얼마나 부드러운지 식빵에 눌리면서 알아서 터지기 시작하네."

권 사장은 내용물을 씹으면 씹을수록 양이 줄어가는 것이 아쉬웠다. 바삭하게 튀긴 것이 비교적 딱딱하다고 느낄 수도 있겠지만, 식빵보다 두껍게 자리하고 있는 계란말이가 부드럽게 찾아와 바삭함과 상당히 균형감 있는 식감을 즐기게 해 주고 있었다. 무엇보다 충충이 말았던 계란말이는 조금씩 덜 익은 상태에서 말았기에 계란말이가 아니라 계란찜 같은 모습으로 젤리 같은 탄성이 더해 부드러움과 함께 부서진다. 그런 식감을 오랫동안 즐기고 싶어 천천히 씹으려고 하더라도, 아니 가만히 있어도 안에서 녹고 있는 게 아쉬움이 남아 계속 입안으로 계란말이 멘보샤를 넣을 수밖에 없어 아낄 수가 없었다.

지서는 그런 반응에 기세등등했다. 하지만 그것 또한 완벽하지 않은 조리법이었다.

그 안에는 사과도 얇게 썰어 넣기도 하고, 딸기잼도 넣는 게 완성이었다. 그건 지서가 어릴 때 어머니가 자주 해 주었던 요리였다. 다만 기름에 튀기지만 않을 뿐, 지서는 엄마의 요리를 자신의 방식으로 잇고 있었다.

요리는 그렇게 이어가기도 한다. 인간관계와는 다르게.

지서는 말했다.

"그래서. 무슨 일로 온 거예요."

권 사장의 그릇에 남은 건 감자튀김과 겉식빵튀김 뿐이었다. 그는 그것을 안주 삼아 말했다.

"소식을 좀 전해 주고 싶어서. 물론 개업 축하하기엔 좀 늦은 감이 있지만, 아무래도 늦더라도 축하한다는 말은 해줘야 할 것 같다고 싶어서."

"축하는 무슨. 무슨 일이 있는데요?"

"나 수지랑 결혼해. 날짜 잡았거든."

그 말에 지서는 살짝 어리둥절했다. 소식 자체는 축하할만한 소식이긴 하지만, 지서는 권 사장이 그 사실을 궁금해 하고 기대해 왔을 거라고 생각했던 것인지, 아니면 순수하게 축하해 줄 거라고 생각해서 청첩장이라도 챙겨 온 건지, 여전히 머릿속이 궁금한 사람이었다.

"그리고 알베로도 문을 닫았거든."

"네?" 그건 충격스러운 말이었다. 그는 계속 말했다.

"찾아보니까 이런 이야기를 해 줄 사람도 몇 없더라고. 알베로를 5년 운영했는데 처음부터 끝까지 같이 일한 사람도 드물고."

"그 정도로 나쁜 형편은 아니었을 텐데."

"안 좋아지고 있었고, 나도 수지도 지쳐 가다 보니까 다시 생각해 보게 됐지. 많은 추억이 있던 곳이었어, 꿈이 되었던 곳이고 내가 좋아하는 사람을 만난 곳이기도 했으니까."

"결혼 한다면서, 알베로가 문을 닫으면 어떻게 하시려고."

지서는 이해가 되지 않는 것이 하나가 있었다. 권 사장은 수지와의 결혼을 계속 미뤄 오고 있었는데, 그건 알베로 때문이었다. 그리고 함께 알베로를 성장시키기 위해 다니던 직장도 그만두고 홀 매니저로 일하던 사람 또한 수지였다.

"결혼을 하려면 돈이 필요하니까. 우리 같은 식당을 운영하는 요리사들은 식당이라는 직장을 유지할 경제력도 있어야 하지. 그러니까 알베로가 잘 되어야 돈도 많이 벌고 좋은 환경에서 결혼할 수 있을 거라고 생각해 왔고, 그만큼 수지를 기다리게도 했지. 근데 폐업하기로 했어."

"무슨 일이 있었나요? 그러면서 왜."

"어느새 알베로에 매달리고 끌려가고 있는 것 같다는 생각이 들었어. 알베로가 잘되어야 모든 게 잘될 거라는 식으로. 마치 결혼 조건이 장사가 잘되는 알베로로 성립이 필요하다는 압박감이 생겼던 거지. 거기에 수지에게 청혼까지 거절당하다 보니, 제정신이 아니었어."

"어느 정도는 이해한다만."

"수지와 알베로는 같지 않아. 근데 어느새 압박감에 하나로 묶였던 것 같아. 둘 다 소중하지만 나에겐 알베로는 정말 소중했거든. 내가 알베로 오픈한 지 얼마 되지 않았을 때, 네가 모르는 많은 일들이 있었는데."

뭔가 이야기를 시작하려는 것 같았다. 지서는 시간을 확인했다. 조금은 잠자코 들어도 괜찮을 것 같다고 생각하고 있었다.

"원래 요식업을 할 생각은 없었어. 내가 사진가였던 건 알지?"

그의 이야기는 그렇게 시작되었다.

"대학은 다들 가니깐 간 거였고, 거기서 만난 게 수지였거든. 나중에는 수지랑 같은 곳에서 일하고 싶다는 생각으로 계속 사진 일을 했던 거지." 하지만 결국 학자금 대출만 남기고 사진을 찍는 일이 너무 싫어지고 있을 땐, 다른 사람과 사랑을 하는 수지를 보고선 완전히 마음을 접어 요리의 길을 찾았다. 4년의 배움과 어머니의 도움으로 차린 알베로.

"나에겐 좀 버거울 수 있을 진 몰라도, 그래도 그땐 요리하는 일이 즐거워서 잘 할 수 있을 거란 생각만 앞섰지." 그리고 처음 뽑게 된 직원들.

주방엔 24살의 남자 민혁과, 22살의 여자 유나.

권 사장에겐 여전히 기억에 오래 남을 두 사람이었다.

민혁은 친화력이 굉장히 좋았다. 그 누구와도 쉽게 대화를 잘했고 조금은 낯을 가리는 유나는 물론 권 사장과도 친해지는 데엔 그리 오랜 시간이 걸리지 않았다.

"사장님, 저번에 월급 주신 것 중에 계산을 잘못해 주신 건지 9만 원이 더 들어왔습니다."

처음으로 사장을 하는 만큼 실수가 많았던 그는, 많지 않았던 아르바이트생들에게 월급을 잘못 주곤 했다. 두 달의 한 번은 꼭 있을 정도였고, 민혁은 고맙게도 솔직하게 말해 주었다.

"그래? 흐음. 그래. 그래도 한번 상여금도 안 줬는데 상여금 준 셈 치자." 나름의 큰마음을 먹고 한 말이었다.

"네? 정말요?"

"그래. 잘해 줬으니까. 앞으로도 좀 잘 부탁하자."

"헐. 감사합니다."

권 사장은 민혁에게 좀 의지하고 싶은 마음이 컸다. 민혁이 조금 더 잘해 줘서 권 사장 대신 가게를 잘 맡아 준다면 편해지는 부분이 컸기 때문에, 그런 만큼 대우를 해 주고 격려와 이런 동기부여는 더 필요하다고 생각했다.

"그 돈으로 뭐할 거냐? 옷 살 거냐?"

"글쎄요. 저는 옷엔 그다지 관심 없어서."

상여금을 주는 건 바로 효과가 드러났다. 어느 때보다 기분 좋아하는 민혁의 모습을 볼 수 있었고, 유나 또한 무슨 일이냐며 좋은 분위기가 이어 나갔다.

어느 날 권 사장은 알바생들을 먼저 퇴근시키고 가게를 정리한 뒤 한 시간 늦게 퇴근을 했다. 길거리에는 술집이 많았는데 시간이 12시로 다가가고 있던 시기였는지 집으로 돌아가려는 사람들과 이제 막 시작하려는 사람들이 섞여 주변에는 취기가 도는 사람들 투성이었다.

권 사장은 그런 사람들을 피하기 위해 건물 벽면 쪽으로 붙어서 걸어 다니다가 한 가게를 보게 되었는데, 바로 보인 일본식 라멘집 안에서 서로 마주하고 앉아있는 두 녀석들이 있었다. 그 순간 바로 서로 눈이 마주침에 반사적으로 손 인사를 건넸다.

당황스러운 건 서로 마찬가지였다. 하지만 민혁은 권 사장을 보자마자 반갑게 인사를 했고, 유나는 살짝 쑥스러운 듯 어색하게 웃는 얼굴을 보이고 있었다.

권 사장은 '이 녀석들이 사이만 좋은 게 아니라 사귀는 거였나.' 그런 생각이 들었다.

유나는 다음날 출근하자마자 사장을 찾아 말을 걸었다.

"사장님!"

"어?"

"민혁 오빠한테 상여금 줬다면서요."

"응 그런데?"

"저는 안 줘요?"

"너는 구멍을 그렇게나 많이 내 놓고선."

유나는 떼를 쓰듯 했지만, 정말로 상여금을 바라는 듯 말하진 않았었다.

"안 그래도. 상여금 받았었다고 어제 라멘도 사주고 선물도 사주더라고요."

"어제 봤잖아. 근데 무슨 선물?"

"신발 하나 사 줬어요." 그러면서 신고 있던 분홍색 스니커즈 운동화를 보여 주었다.

"너희들 사귀냐?"

그때 민혁은 없었고 사장은 직접적으로 물었다. 하지만 유나는 미묘한 얼굴로 말했다.

"사귀는 것까진 모르겠고. 좀 썸 같은 관계?"

"그냥 사이만 좋은 거 아니었어?"

"사이도 좋긴 한데, 아. 왠지 사장님이 그렇게 말하니까, 괜히 저 혼자 착각했던 거 같잖아요."

"아니. 내가 봐도 니들 뭔가 있어 보이던데?"

"정말요?"

"그런 게 있었으면 하는 걸 보니까. 너도 마음이 있구나?"

그 말에 유나는 호들갑을 떨며 설레발을 앞세웠다. 그러면서 민혁이 다시 앞에 서면 얌전한 척을 할 거면서, 권 사장은 자신이 해 보지 못했던 대학교 로맨스 같은 게 이런 느낌인가 싶었다. 그렇게 민혁과 유나의 사이에 자신과 그리웠던 수지를 그려 넣어 보기도 했고, 그저 마음에 따라 서로 이끌고 이끌려가고, 작은 일에도 난리치듯 좋아하는 풋풋함 보기 좋았다.

그리고 우연찮게 두 사람의 대화를 엿듣게 되도 하는데,

"아. 오늘 손님 진짜 많았다. 홀도 엄청 힘들었지?" 민혁의 목소리였다.

"나 진짜 죽는 줄 알았어. 사장님이 한 명 더 뽑아 주셨으면 좋겠는데."라는 유나의 목소리.

"에이. 할 만하잖아. 오늘 마치고 따뜻한 거 먹으러 가자."

"따뜻한 거? 나 빙수 같은 거 시원한 거 먹고 싶었는데."

"빙수? 그래 그럼 그거 먹자. 퇴근할 때까지 힘내."

"오빠도 고생해~"

일하는 도중에 무슨 연애질 같은 걸 하나 싶지만, 그래도 자신이 만든 공간에서 좋은 인연들이 하나둘씩 이어 가는 것 같다는 생각에 알베로를 열었던 것에 역시 후회는 없을 것 같았다.

그리고 한 달 하고 2주가 지난 어느 날. 권 사장은 아직도 그 날을 잊지 못했다. 이제는 알바생이 아니라 정직원이 된 민혁은 매주 화요일에 알베로를 도맡아 주기 시작했다. 아무리 돈을 벌기 위해서 일한다고 하더라도 사장도 쉬는 날이 필요했다.

그런 휴일에 권 사장은 집안 행사에 참여하기 위해서 민혁과 유나에게 가게를 부탁하고 차를 운전하고 있었다. 하지만 급한 서류를 가게에 두고 왔다는 것을 떠올리고 가게로 운전대를 돌렸다. 시간은 아직 오전 10시가 되기 전이였고, 아직 오픈하기 전이었다. 그런데 가게 안에 들어가는 순간 귀신을 본 듯 깜짝 놀랐다.

"뭐야. 너 왜 벌써 와 있어?"

그 안에는 민혁이 있었다.

권 사장은 뭔가 불길한 예감이 들었다. 그건 민혁의 당혹스러운 얼굴을 보면서 바로 느낄 수 있었다. 민혁이 뭔가 나쁜 짓을 했을 거라 의심하는 건 아니었다. 그저 그 녀석 얼굴엔 불안감만 나타나 있었던 것이 덩달아 불안할 뿐이었다.

"사장님. 아니, 그게."

권 사장은 민혁이 가게 안에 뭔가 필요한 게 있어서 몰래 가져가려고 했나 싶었다. 그게 돈이 아닐까 싶기도 했지만 그건 바로 들통 나는 부분이었다. 하지만 금방 알 수 있는 건 따로 있었다.

"안에 누구냐?"

권 사장은 바로 주방 안에서 또 다른 인기척이 있다는 것을 바로 느꼈다. 그건 굳이 기척이 아니더라도 주방에 들어가지 못하게 하려는 듯한 민혁의 얼굴만 보아도 직감으로 알 수 있었다. 그리고 그 안에서는 한 여성이 천천히 나왔다.

유나일 줄 알았다.

'이 녀석들 혹시 모텔 같은데 갈 곳이 없어서 여기서 뭘 한 건 아니겠지?'

하다하다 이젠 자신이 없을 때, 그것도 영업도 하기 전에 알베로에서 연애질이라니, 살짝 화가 나려고 하던 권 사장은, 생각과는 전혀 다른 여자가 나타나 되려 당황했다.

민혁은 권 사장에게 변명을 하며 사죄를 하기 시작했고, 그 여자 또한 눈치를 보다가 알베로를 뛰쳐나갔다. 민혁과 길어지고 있는 유나의 썸은 둘째 치고, 새로 만나고 있는 여자 또한 민혁의 여자 친구는 아니라고 하는 게, 이 무슨 개판인가 싶었다. 민혁은 그저 권 사장이 없는 날에 그 여자에게 잘 보이고 싶어서 이른 시간에 사장인 척 노릇을 해보려고 했다고 했다.

"너 유나 좋아하는 거 아니었냐?"

"좋아하긴 하죠. 네. 좋아하긴 해요."

"그럼 아까 그 여자는?"

"관심이 있었거든요. 이상형에 가까워서."

"유나 좋아한다며."

"좋아하긴 하는데… 사귀는 건 아니잖아요."

"아니, 그래도. 그래도 괜찮나?"

"썸에 책임감 같은 게 있는 게 아니잖아요. 그러니까 썸이죠."

권 사장은 자신이 민혁에게서 느낀 풋풋함이 퇴색되고 있었다. 어쩌면 자신이 너무 딱딱한 게 아닐까 싶었지만, 그만큼 받아들이기 어려운 상황이었다.

민혁은 이어 말했다.

"유나에게는 미안한 감정도 느끼긴 하지만, 저는 저를 위해서라도 꽤나 이기적일 필요가 있다고 생각하는 편이거든요."

"뭔 소리야 그게."

"행복을 위해서요. 사장님의 눈에서는 뭐, 제가 좀 못마땅하게 보일 수는 있다고 생각합니다. 하지만 좋아하는 것을 얻기 위해선 그럴 필요가 있다고 생각해요. 자기 자신만 생각하는 거 말이에요."

권 사장은 민혁이 무슨 말을 하는지 이해는 할 수 있었다. 자신의 행복을 위해 자신만을 생각해 본다는 입장도 이해는 했지만,

"그걸 지금 이 순간에 비유를 하다니…" 권 사장은 실망만 더할 뿐이었다.

무엇보다 그때 이후로 직원에게 모든 것을 믿고 맡기는 게 어려워지기도 했다. 사장이 없는 사이에 직원들끼리 얼마든지 자기들이 하고 싶은 대로 할 수 있을 거라고는 생각했지만, 알베로가 이렇게나 사적으로 이용되는 건 너무 불쾌했다.

그 이후 민혁은 알베로에서 오래 일하지 않고 일을 그만두게 되었다. 그 이후 다른 아르바이트생들도 그만두기 시작했고, 새로 뽑아도 오래 가는 경우도 드물었다.

*

"그 이후로 알베로를 누구에게도 쉽게 맡기지 않았어. 알베로에 집착이 생겼고 동창회에서 수지를 다시 만났지. 수지도 사진가를 그만두고 평범한 회사원이 되어 있더라고. 그래서 그 기회

로 알베로에 초대를 하기도 하고 마음을 표현하곤 했는데, 그때의 수지는 나를 부담스러워했지. 근데 어째서인지 그때 민혁의 말이 잊히지 않는 거야." 사장은 중얼거리듯 말했다.

"자신의 행복을 위해서 이기적일 필요가 있다나. 말 자체는 좋은데."

자신의 행복은 남이 챙겨 주는 것이 아니기에, 자신을 위해서라도 이기적일 필요가 있다는 건 지서도 맞는 말이라고 생각했다. 하지만 그로 인해서 상처를 입을 수 있는 사람들이 있다고 생각하면, 지서는 약해질 수밖에 없었다. 하지만 그 순간을 어떻게 결정하느냐에 따라 인연이 달라질 가능성이 크다. 중요한 건 타이밍이 아니다. 그 순간이든 아니든 자신의 마음을 올곧이 행동으로 옮길 수 있느냐 없느냐다.

"수지가 부담스러워한다는 걸 알면서도 난, 나의 마음을 표현하고 다가갔어. 그래도 그런 나를 이해하고 받아 줬기에 난 수지 없이는 못 살겠다는 생각마저 들더라고."

"알베로는 정말 그렇게 끝나도 괜찮아요?"

"수지한테 청혼할 기회는 언제든 있었어. 하지만 알베로가 잘되어야 결혼하고, 결혼하고서도 좋은 환경으로 잇도록 하는 건 결국 알베로라고 생각했어. 그런 집착이 많은 걸 잃게 했지. 그렇게 알베로에 목이 메어 있으니 모든 걸 알베로의 탓이라 여기고, 알베로를 나쁘게 만드는 것 같다고 생각하는 모든 게 미워하고 배제했지. 완전히 미쳐가는 거야. 그러니 알베로에서 인연을 얻어도 알베로에서 많은 인연을 잃곤 했어, 너도 보내고 말이야. 그러니 수지마저도 잃을 수 있겠다는 생각이 들더라. 집착이 여러 가지 놓치게 만들더라고, 나와 수지의 행복을 만드는 건 알베로의 수입이 결정하는 게 아니라 수지와 나의 서로의 노력인데 말이야. 그걸 잊게 만드는 알베로를 놓아야 할 수밖에 없었어. 나쁜 건 어디까지나 나지만."

"그래도 알베로가 없어지면 더 어렵잖아요. 어디 다른 곳에 취직이라도 한 거예요?"

"알베로는 내 힘으로 얻은 식당이 아니야. 어머니가 도와줘서 얻게 된 식당이지. 아. 그리고 하나 더 알려 줄 게 있는데."

"네?"

"네가 나간 이후로 어떻게 된 일인 건지, 고연하고 이영이 둘이 사귀더라."

지서는 머리 위에 느낌표를 세웠다.

고연은 분명 여자 친구와 동거를 하고 있었다. 그것도 여자 친구의 어머니 집에서. 그리고 잘 사귀고 있는 것인 줄 알았는데 같이 일하던 이영과 사귄다니, 소식이 뜸해서 무슨 일이 있던 건지 깜짝 놀랐다.

"너도 알잖아. 식당에서 힘든 일을 하다보면 눈이 맞는 남녀들이 얼마나 많은지. 너도 있었잖아. 왜 그. 키 크고 모델 같던 애."

권 사장은 애써 이름을 밝히지 않았다.

"그만하시죠."

"걔가 남자 친구가 있었는데도 좋아하지 않았어?"

지서는 말문이 막혔다. 그건 권 사장에게 잡혔던 최대의 약점이었다.

"걔도 남자 친구 있었으면서 네 행동을 싫어하지도 않았고. 참

묘해. 식당이라는 게. 좋아하는 사람이랑 맛있는 거 먹으려고 오기도 하고, 그렇게 만든 추억에 행복을 느끼기도 하고."

"빨리 다 드시고 나가 주세요. 곧 영업해야 해요."

"나쁜 놈은 나쁜 놈으로 끝나면 돼. 동정할 필요도 동정해달라고 할 것도 없지. 그러지 않으면 앞으로 나아가고 싶을 때 나아갈 수가 없어. 방해되는 거나 방해하려는 것들은 결국 밀어 내야 얻고 싶은 걸 얻을 수 있을 테니까."

지서는 마치 자신에게 필요한 조언이라도 해주는 것 같은 권 사장의 말을 귀담아야 할지 말아야 할지 고민했다. 그리고 권 사장은 이어 말했다.

"나 알베로 폐업하고 여기보다도 더 작은 가게를 하나 차려." 그리고 남아 있던 그릇의 안을 다 먹어 치우기 시작했다. 그는 여전히 지서에게 특별 계란말이 조리법을 받아 내고 싶었다. 단순히 이 그릇에 담겼던 계란말이가 아닌 지서가 좋아하는 사람들에게만 해 준다는 진짜 조리법을. 하지만 자신이 해고를 하면서 상처를 주었던 게 있었던 것만큼 그런 걸 바랄 순 없었다.

"이번엔 수지랑 돈을 모아서 함께 차린 식당이야. 뭐. 어찌 보면 신혼집 같은 거지."

"거긴 메인이 뭐에요?"

"화덕피자와 와인."

지서는 살짝 안심했다. 토핑 선택은 좀 아쉽지만, 그가 만드는 피자 반죽만큼은 어느 유명한 피자집보다도 쫄깃하고 토핑들의 맛을 잘 끌어올리는 피자로서 맛있었다.

"나로선 용기를 낸 거야. 좋아하는 것을 지키고 싶어서, 얻어

내고 싶어서, 무언가를 외면하고 버리면서 꽤나 이기적이라도 내 행복을 위해서라도 말이야. 너에게는 미안하지만, 그때의 나는 정말 네가 알베로를 망치는 것 같다고만 생각이 들었거든."

그는 그렇게 지서를 바라보았다. 그리고 한마디를 더 했다.

"너는 그때도 너의 행복을 위해서라도, 그때 그 애를 남자 친구 한테 뺏어냈어야 했어. 너는 너무 착해서 그러지 못해."

"그건 알고 있다고 하더라도 하기 힘든 일이에요."

"맞지. 말로면 뭐든 다 할 수 있지만, 현실은 그러질 못하니까. 그게 로망 그 자체이기도 하고 그래도 넌 너무 착해. 그래서 내가 너한테 심한 짓을 할 수 있었던 거야."

결국 그는 지서가 꺼려하는 이야기를 꺼내고 있었다.

"정말 미안하게 생각하고 있어. 그때는 다 뒷전으로 두고 수지 랑 여행가서 프러포즈했는데, 그게 잘 안되었거든. 경찰 조사를 받으면서 스트레스를 받기도 했고, 손님한테 안 좋은 입소문이 나는 것도 불안했고, 장사도 계속 불안했었는데 답은 못 찾고 그 런 스트레스가 수지에게 영향을 줬나 봐. 내가 불안해 보여서 못 봐주겠다더라. 그런 고통을 어디든 떠넘기고 싶었어. 그러다가 그런 마음에 너한테 그런 말을 했던 거 같아."

"차라리 그 도둑들을 놓아주지 그랬냐. 그 말말이죠."

"그 순간엔 마치 모든 게 네 탓처럼 느껴졌거든. 시간 지나고 보니까 내가 얼마나 못난 짓을 했는지, 알베로에도 출근을 못 하 겠더라고. 지질하고 정말 못났지만, 나로선 그때 그렇게 너에게 화풀이를 해야만 나를 위한 거라고 생각했어. 누군가를 탓하지 않으면 정말 힘들 것 같았거든."

지서는 더 말하지 않았다. 그런 식으로 자신을 위해서 타인이 상처가 되던 안 되던 상관없다는 게 정말 맞는 건지, 말 자체는 이해가 가지만, 여전히 그의 행동은 많은 부분에서 모순이 있다고 생각했다. 하지만 자신의 행복을 위해서 자신만 생각해야 한다는 말은 안타깝게도 가슴에 와 닿았다.

"날 이해해줄 필욘 없어. 그러니까 나쁜 놈은 나쁜 놈으로 있으면 된다는 거야. 그래도 너한테는 그때의 내 마음을 알려 줘야겠다고 생각했거든. 그래도, 정말. 알베로를 위해서 그동안 정말로 고마웠어. 믿을지는 모르겠지만, 너랑 같이 일할 수 있어서 좋았으니까." 그리고 그는 자리에서 일어났다. 그도 이제 개업을 준비하기 위해서 많은 것을 준비해야 했다.

그는 마지막으로 말했다.

"내가 이런 말을 한다고 너에게 어떻게 들릴지는 모르겠지만, 그래도 이런 나라도 얻고 싶은 게 있다면 자기 혼자만을 생각해서라도 얻고 말아. 내가 원하는 행복은 다른 사람이 챙겨 주는 게 아니거든. 그런 현실이야. 그렇게라도 원하는 것을 쫓고 하는 거잖아. 너도 그렇게라도 얻고 싶은 거 없냐?"

"없을 리가 없죠."

"그럼 잡도록 해. 부메랑이 반드시 돌아온다는 법도 없으니까."

지서는 비유도 참 올드하다고 생각했다. 하지만 결코 그와 같은 실수를 할 생각이 없었다. 육상에도 승자가 있으면 패자가 있기 마련이다. 모든 주자는 승리를 쟁취하고자 그저 달릴 뿐이다. 자신이 얻고 싶은 것을 향해 맹렬히. 목표에 대해 진심이라면 슬퍼하는 패자가 있더라도 승자는 환하게 웃을 권리가 있다.

　권 사장은 그렇게 만테까레를 나갔다. 어쩌면 이 이후로 다시는 그를 만날 일은 없을 것 같다는 직감이 들었다. 지서는 그에게 어디에서 어떤 이름으로 새로운 가게를 열었는지 묻지도 않았다.

　며칠 후 찾아간 옛 일터엔 알베로 간판이 정말로 내려가고 있었다. 그 안에는 안전모를 쓰고 있는 사람들이 먼지투성이인 채로 들락날락하고 있었고, 기어이 다른 간판이 올라가고 있었다.

　지서는 그런 모습을 그저 바라보았다.

여섯 번째 요리

빠져나오기 힘든 달콤한 맛

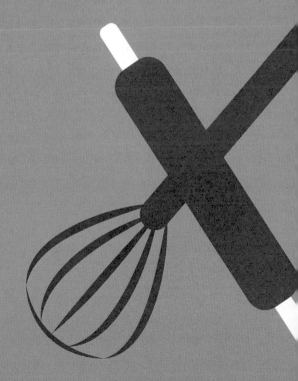

금요일은 대부분 사무소의 모든 사람들이 들떠 있는 편이었다. 거기다가 주말을 지나는 월요일에는 공휴일까지 끼여 있었던 탓인지 각자 주말 계획에 대한 이야기가 들려오고 있었다.

아림은 괜스레 귀를 기울였다. 왼쪽 멀리서는 가족들과 함께 캠핑을 가기로 계획이 있다고 하고, 다른 쪽에는 딸아이에게 자전거 타는 방법을 알려 주기 위해서 공원에 갈 거라고 하며, 그에 반대로 집에서 시간을 보내는 사람들이나 그동안 하지 못했던 취미 생활 등 다양한 이야기가 공유되고 있었다.

그렇게 귀를 크게 열고 있던 아림에게, 최근 결혼을 준비하고 있는 선배 윤재가 게슴츠레한 눈을 하며 말했다.

"아림 씨 살쪘네요?"

"네?"

그 말에 아림은 진짜 살을 빼야겠다는 생각이 반사되었다.

다른 사람들은 어떻게 그런 말을 쉽게 할 수 있냐고, 윤재에게 장난스럽게 다그치고 있었다. 그러면서도 아림은 자신의 빰을 손바닥으로 만져 보았다. 이젠 더 이상 붓기라고 본인에게 최면을 걸 순 없을 것 같았다.

윤재는 다시 말했다.

"미안해요. 나쁜 의미는 아니에요. 그냥 잘 먹고 다닌다는 느낌이 들어서 그런 거예요."

아림은 애써 고개를 끄덕였지만, 윤재는 계속 말했다.

"아림 씨 얼마나 말랐었는데요, 지금 딱 보기 좋은데요?"

그게 뒷수습이 될 거라고 생각하는 건지, 아림도 자신의 몸무게가 불어나고 있다는 것을 모를 리가 없었다. 그걸 잘 알기에 일부러 아침을 안 먹으려고 하는 일도 잦았다. 하지만 그만큼 점심은 폭식으로 다가왔고, 지서가 해주는 밥맛에 입맛도 높아져 저녁까지 풍족해야 만족하기도 했다.

"잘 먹고 잘 지내는 것 같아서 하는 말이에요. 신경 쓰이게 했다면 미안해요." 윤재는 그렇게 웃음기 있게 말했다. 윤재는 아림보다 1년 먼저 들어온 선배이기에 겉도는 아림을 지켜볼 때마다 안쓰럽기만 했다. 결국 아무런 도움을 주지 못했지만, 최근 활기가 생기는 얼굴이 보이고 나서야 다가갈 수 있을 것 같았다.

"아뇨. 괜찮아요. 저도 이번에 헬스장 이용권이라도 끊어야겠네요." 아림은 그렇게 말했다.

"좋네요. 그런 농담도 하고."

농담이 아니었다. 아림은 정말 운동을 해야 한다고 생각했다.

그리고 윤재는 아림에게 계속 도전했다. 20번을 권유해야 1번 정도 직원들과 같이 식사할 수 있게 만들지만, 이번에는 절대로 자신의 제안을 피할 수 없을 거라 생각했다.

"이번에 제 결혼식에 와 주실 거죠?"

아림을 고민하고 있던 스케줄이었다. 윤재가 직장 동료로서 결혼할 예정이라는 건 알고 있었지만 참여하기에 고민스러웠다.

"저한테 청첩장 안 주셨는데." 아림은 그런 사실을 말했다. 아무리 직장 동료라 할지라도 직접적인 초대를 하지 않는 이상 본인이 선택할 문제가 아니라고 생각했다. 하지만 윤재는 살짝 웃으며 섭섭함을 표현했다. 아림은 모바일로 보냈었던 것인지 확인을 했지만, 역시 받은 적이 없었다.

"직장 동료한테 어떻게 모바일로 주겠어요?" 그리고 윤재는 아림의 파일꽂이 쪽을 가리키며 말했다. "저거 저기에 아직도 꽂혀 있네."

아림은 그때서야 이전부터 무언가가 봉투째로 하나 있었다는 것을 깨달았다.

"점심시간만 되면 바로 튀어나가니까. 저기에 꽂아 뒀었는데. 아직도 못 봤을 줄이야. 오늘 말 걸기 잘했네."

"죄송해요. 이런 줄도 모르고."

"설마 소외당했다고 생각했던 건 아니죠?"

아림은 그 말을 생각보다 쉽게 부정하지 못했다. 그저 죄송하다고 말할 뿐이었다. 윤재가 자리로 돌아가는 것을 확인한 아림은 청첩장을 확인했다. 그 안에는 신랑 신부 모두 하얀 턱시도와 드레스를 입고 청첩장 자체를 하얗게 빛내고 있었다. 결혼을 앞둔 사람들인 만큼 행복해 보이는 얼굴이 보기 좋아 보였다.

그 두 사람의 결혼식은 다음 주면 시작한다. 윤재의 얼굴을 다시 보니 결혼식을 위해서 얼마나 관리를 한 것인지 턱선이 너무 날카로웠다. 덩달아 아림은 자신의 턱선도 확인해 보았다.

결혼식장에 처음 오는 아림은 불편했을 것 같았던 많은 인파에 비해 왠지 묘한 설렘을 느꼈다. 아림도 결혼에는 낭만이 있었다. 서로 다른 두 사람이 만나 하나의 인연으로 나아간다는 건, 사람들은 이제야 시작이라고 하지만 그 과정까지 다다른 것도 쉽지 않았을 것이다.

아림이 방문한 많은 손님들에게 인사하는 윤재에게 다가가자 그는 반갑게 맞이했다.

"어! 아림 씨 왔어요?"

"축하드려요."

"이야. 이렇게 와주니까 기분 좋네요. 사무소 사람들도 와 있어요. 그거 알아요? 여기 식장은 식사 먼저 시작해요. 특이하죠?"

"원래는 아닌가요?"

"그럼요. 원래는 식을 다 끝낸 뒤나, 인사를 하면서 식사를 하던가 하죠. 식사하면서 식을 진행하는 경우도 있지만요. 식권은 받았어요?"

아림은 축의금을 내면서 받았던 식권을 보여주었다. 그리고 윤재는 곧바로 다른 사람들을 마중하기 위해서 장소를 옮겼다. 축하받아야 할 사람인만큼 얼굴을 비춰야 할 곳이 많아 보였다.

아림은 결혼식도 흥미롭긴 했지만, 뷔페 또한 매우 기대되었다. 비록 식사를 시작하면 실망하는 게 뷔페이기도 하지만, 매우 다양한 종류의 음식이 한자리에 모여져 있다는 건 역시 뷔페가 아니고서 찾아볼 수가 없었다.

입구에 들어서자마자 일직선으로 나열된 음식들의 행진은 아래에 펼쳐진 레드카펫과 너무나도 잘 어울렸다. 하지만 역시 큰 기대는 큰 실망감을 만든다고, 그릇을 들고 제일 처음으로 보게 된 건조한 파스타면에 미지근한 토마토소스는 첫인상부터 망치기 딱 좋았다. 주문하자마자 바로 음식을 만들어 주는 레스토랑이 아니기에, 뷔페는 뷔페 스타일대로 즐기는 게 베스트였다.

뷔페는 역시 다양한 스타일의 음식들이 한곳에 모여 있다는 것에 장점이 있다. 디저트면 디저트 중식과 일식 그리고 한식과 양식, 전문점과 질적으로 차이가 있어도 다양한 스타일의 음식을 한 곳에서 맛보는 건 역시 뷔페뿐이다. 뷔페라면 빼놓을 수 없는 닭고기와 돼지고기, 튀김류, 거기에 주문 동시에 바로 제조해 주는 초밥, 특이하게 게살 찜의 코스도 따로 있었고 아림이 가장 좋아하는 육류인 오리고기까지 챙기고선 초콜릿 분수가 내리고 있는 디저트 쪽으로 다가갔다.

"마들렌!"

거기엔 아림이 제일 좋아하는 디저트가 있었다. 아림은 단것을 잘 먹지 못 하지만 초콜릿은 정말 좋아했다. 단순히 설탕 덩어리나 크림 듬뿍 담긴 디저트는 불편한 느낌을 주곤 했지만, 카카오는 비교적 입도 몸에도 맞아 불편함도 없고 기분만 좋았다.

아림이 집어 낸 마들렌은 푹신하게 구워 낸 빵에 초콜릿을 묻히고 굳혀 부드러운 빵과 오독오독 씹히는 초콜릿을 한 번에 느낄 수 있는 디저트다. 아림이 재빨리 그릇에 담아 자리로 돌아왔을 땐, 디저트가 아닌 애피타이저로 해결하고 싶다는 생각마저 들었다. 아림은 그러고 보니 저번부터 가고 싶었던 마들렌 가게가 있었다는 것을 떠올렸다. 하지만 우선은 눈앞의 것들부터.

튀김류엔 깐풍기와 탕수육이, 약간의 쌀밥과 그 위에 살이 발려 있는 게살과 소스. 그 옆에는 훈제되어 특유의 향이 오르는 오리고기. 애피타이저이자 디저트인 마들렌까지. 조합 자체는 엉망진창처럼 보이지만, 이런 그릇 또한 뷔페가 아니면 즐길 수 없는 것. 다이어트는 내일부터다.

아림은 주변을 둘러보았다. 자신과는 달리 전부 누군가와 함께하고 있었지만, 그런 혼자만의 자리가 그렇게 불편하진 않았다. 오히려 다른 사람들은 무엇을 많이 찾는지 그릇을 훔쳐보기도 했고, 시간이 지나니 새로운 메뉴가 나오는 것을 확인하고 다시 뷔페를 한 바퀴 돌았다. 아림은 이런 자신을 보면 참 스스로도 많이 바뀌었다는 것을 느낄 수 있었다. 예전에는 인섭과 이별을 하면서 혼자서 밥을 먹는 것도 정말 어려웠는데, 이젠 이렇게 붐비는 곳에서 혼자가 오히려 더 편하기도 했다. 물론 마주 편에 누가 있다면 더 좋기도 하겠지만 이런 순간도 괜찮았다.

괜찮았는데, 이 결혼식의 주인공인 윤재가 사무소의 사람들을 줄줄이 데리고 왔다.

"여기서 혼자 뭐해요. 같이 들어요."

사무소의 사람들은 원치 않았던 상황인 건지 시선을 피했다.

하나 둘 셋 넷.

전부 그때 그 장소에서 인섭을 비웃고 있었던 사람들이었다.

아림은 자신이 속이 좁을지도 모른다고 생각했지만, 이것만큼은 쉽게 잊을 수 없었다.

이 사람들은 타인의 노력을 비웃음으로 여긴 사람들이었다. 그렇기에 억지로 이렇게 매번 자리를 만들려고 하는 윤재가 아림은 마음에 들지 않은 적이 많았다.

"아림 씨는 축의금 얼마 냈어요?" 대화는 그렇게 시작했다. 아림은 그것조차 불편했다. 아무리 그래도 결혼식의 주인공이 옆에 있는데 그런 질문이라니, 역시 여전하다고 생각하고 있었다. 아림이 대답을 하지 않자 옆에 있던 다른 사람이 옆구리를 쳤다.

그런 좋지 않은 시작에 윤재는 이렇게는 안 될 것 같다는 생각에 잠시 자리에 앉기로 했다.

"자자. 오늘은 좋은 날이잖아요. 물론 나한테 좋은 날이긴 하지만, 전 저와 함께하는 사람 모두에게도 좋은 날이 되었으면 좋겠으니까."

윤재의 그런 말에 사무소 사람들은 축하한다고 말해 주었다. 그러곤 신부가 어떻다느니 결혼생활이 부럽다느니, 여러 이야기를 꺼내기 시작하고 있었다.

어느새 아림은 식사하는 것을 멈추고 있었다. 그건 그 사람들과 마냥 편하지 않기 때문도 있지만, 묘하게 어색한 느낌이 드는 위화감이 식욕만 떨어뜨리고 있었다. 그건 아림 말고도 다른 사람들도 마찬가지였다. 자신들이 먼저 찾아와 자리에 앉았으면서 본인들이 불편해한다는 게 무슨 작정을 한 것인지 이상하다는 생각뿐이었다.

아림은 윤재에게 물었다.

"지금 여기에 이렇게 있어도 괜찮아요?"

아직 식이 진행되지 않았다고는 하지만, 신랑이 한 곳에만 머무를 수는 없을 노릇이었다. 여기저기 찾는 사람은 물론 준비해야 할 일도 많을 텐데 왜 여기서 있는지 아림은 물었다.

그러자 윤재와 다른 사람들은 서로 눈을 마주치더니 무언가를 준비해 온 것처럼 이상한 분위기로 한 사람이 말했다.

"미안해요. 아림 씨."

"네?"

사무소 사람들은 서로 곁눈질을 하다가 아림에게 말했다.

"미안하다고 예전부터 말하고 싶었어요. 거짓말처럼 보일 순 있겠지만요."

아림은 이 사람들이 무슨 말을 하려는 건지 뭔가 갑작스럽다는 느낌이었다. 그들은 말 그대로 사과를 하고 있었다. 한 사람 한 사람 모두 아림에게 미안하다는 말을 전하고 있었다.

"예전에 아림 씨 남자친구. 나쁘게 말해서 미안했어요. 너무 경솔했죠. 직장 동료 이야기를 그렇게 뒤에서 하고. 미안하다는 말. 꼭 하고 싶었어요."

윤재는 그런 사무소 직원들을 바라보고 있었다. 전부 자신의 동기나 선배들이었다. 그때 그런 험담에 끼어있었던 건 아니었지만, 여태껏 사과할 기회와 틈을 주지 않았던 아림이 늘 눈에 밟혔던 만큼 그 일에 대해 사무소에서 모르는 사람들이 없었다.

"변명이라면 변명이겠지만, 타이밍을 한번 놓치니 계속 미루게 되고, 헤어졌다고 하니 또 미뤄지고 그렇게 계속 미안하다는 말을 못 했어요."

지금 다시 생각해 보면 어떻게 1년 넘도록 그런 일을 끼고 서로 답답하게 일을 할 수 있었는지, 윤재는 물론 사무소 사람들과 아림까지 그런 불편함에서 계속 버티고 있었던 게 지독할 노릇이었다.

윤재는 그런 사무소 사람들의 관계를 화해시키기 위해 자신의 결혼식장에서 이런 준비를 하고 있었다. 그리고 좋은 결과를 선물로써 동료들에게 받고 싶었다.

"미안해요. 그때의 일은. 충분히 화날 만하다고 생각해요. 좀 더 빨리 말했어야 했는데. 미안해요."

아림은 무슨 말로 돌려줘야 할지 갈피를 잡지 못하고 있었다. 조금 갑작스러운 탓도 있었다. 그런 말은 진작 듣고 싶었다. 그런 말을 들어야 한다고 생각했고, 그만큼 벌을 받게 될 거라고 저주까지 퍼부었던 적이 있었다. 근데 어째서인지 그런 사죄를 듣고 있음에도 아림은, 별다른 감정이 느껴지지 않았다. 오히려 뭔가 허무했다. 분명 진심이 느껴지는데도.

이 사람들은 수년간 노력을 한 인섭을 웃음거리로 커피를 마시던 사람이었다. 그동안의 노력을 그동안의 고생을 잘 알고 있던 아림에게선 정말 치욕적인 뒷담화였다. 그때의 기분을 잘 기억하고 있기에, 그 사람들에게서 정말 들어야겠다고 생각했던 말들이, 정작 이렇게 들었을 땐, 이미 그런 것엔 미련이 없었다는 느낌이 드는 것 같았다.

사과를 받아야 할 생각을 포기했던 탓일지, 아니면 여전히 용서할 생각이 없는 것인지.

"잘 모르겠네요. 시간이 좀 지나서 그런지 아니면 저도 모르게 더 화가 났던 건지. 솔직히 말해서 그런 말을 들어도 생각보다 별 느낌이 들지 않아요. 뭐라 말씀을 되돌려 드려야 할지 모르겠네요." 아림은 그렇게 말했다.

다만 조금만 더, 조금만 더 일찍 그런 말을 듣고 그런 말을 들을 수 있도록 열어두고 있었다면 다른 느낌이었을지, 아림은 어떤 것도 확신할 수 없었다.

이런 이야기를 다른 사람의 결혼식 뷔페식당에서 하게 될 줄이야. 아림은 이전부터 느낀 위화감이 이런 상황을 준비하려던 것 때문이라는 것에 고생하는 윤재에 괜히 쓴웃음이 났다.

아림은 사무소의 사람들이 자신에게 진심으로 다가오는 거라 믿고 말했다.

"그 사람은 고등학생 때 만나, 대학교도 같이 갔고 꿈도 같이 가졌어요. 어쩌면 미래도 같이 그리기도 했죠. 그렇기에 서로 노력하고 괴로워도 도와주며 버텨 나갔어요. 그러면 된다고 생각했거든요. 그래서 제가 소중히 여기는 사람의 험담을 하는 게 너무 괴로웠어요. 같이 일할 사람들에게 실망감도 컸고요."

아림은 지금 다시 보면 마냥 좋아하는 누군가가 곁에 있다는 게 얼마나 풋풋한지, 그런 순수한 사랑을 지금은 또다시 할 수 있을지 순간이나마 머릿속에 그려 보았다.

서로 마음을 전했지만 어색함이 가득했다. 하지만 시작은 그것만으로 충분했다. 상대방에게 진실된 마음을 전하는 것은 시작이 가장 어렵다. 그리고 지금 그 어려운 과정을 이제야 넘기기 시작하고 있었다.

윤재는 시간을 확인했다. 결혼식의 신랑인 만큼 한 자리에 오래 있을 수 없었다. 하지만 이런 자리를 지금 떠날 순 없었다.

"저는 방관자에 불과했지만, 진작 이런 자리라도 만들어서, 하루라도 더 빨리 서로 마음을 표현했어야 했는데, 사과가 너무 늦어서 벌레가 썩은 게 아닐지 걱정하고 있었어요. 그래서 더 망설이기도 했고. 우리는 지금도 앞으로도 같이 일해야 하는 사이잖아요. 점심 먹으러 갈 때도 회식하러 갈 때도 늘 자연스럽게 아림 씨를 빼는 것도 마음이 절대로 편하지 않았어요."

그리고 윤재는 자신들이 있는 테이블이 다른 곳과 상당히 이질적인 분위기로 침묵하고 있다는 걸 느꼈다. 윤재는 그런 분위기를 깨야겠다고 생각했지만, 그 안에 버티고만 있는 것도 얼마나 힘겹게 느껴지는지, 그건 마치 그동안 아림이 사무소에서 혼자 가지고 있던 분위기와 겹쳐 느껴지는 게 이제야 이렇게 다가온 것에 후회했다.

하지만 그 분위기를 깨는 주인공은 역시 따로 있었다.

"저 또한 동료애 같은 걸 느껴 보고 싶었어요. 누군가가 저에게 말해 준 게 있었거든요. 일이 힘들고 짜증나고 괴로울 때가 있어도 같이 일하는 사람들 덕분에 즐거운 순간도 있다고. 이제 저 또한 그럴 수가 있을까요."

나지막하게 나온 아림의 목소리에 그들은 이제야 무거운 짐의 겉 부분을 뜯어 낸 것 같았다. 윤재와 직장 동료들은 이건 시작에 불과하다는 것을 잊지 않았다. 사과는 어디까지나 시작일 뿐, 뭉쳐있던 응어리를 풀어내는 건 여전한 숙제였다. 그래도 그것만으로 우선 충분했다. 좋은 결혼식 선물을 받은 기분이었다.

"오래 못 있겠네요. 좋은 결혼식 선물을 받은 것 같아서 기쁩니다. 축의금은 모두 돌려주고 싶을 정도로 말이죠." 윤재는 자리에서 일어섰다.

"그러면 다음에 그 축의금으로 맛있는 거 사 주세요." 아림은 가볍게 말했다. 하지만 그 모습에 윤재는 웃어 보이며 답했다. 별 거 아닌 말임에도 척을 지내 왔던 만큼 아림에게 영향을 주고 있는 무언가가 있다고 본능적으로 느꼈다.

"역시 아림 씨 뭔가 있네요. 방금 말했던 '누군가'의 영향인가? 아니면 어디 혼자 가는 식당 때문인 건가? 좋아요. 다음에 거기에 가서 제가 쏠게요."

"네?"

"다들 알아요. 아림 씨가 우리들 몰래. 아니 모르게까지는 그렇고. 아무튼 그렇게 혼자서 매번 찾아가는 식당이 있다는 걸. 얼마나 좋은 곳이기에."

"맞아요."

"그래요. 어딜 가기에 점심시간만 되면 그렇게―"

윤재의 말에 다 같이 자연스럽게 입을 열었다.

이전에는 아림이 같이 식사를 하는 것을 기피한다는 느낌이 들었다고 하면, 지금은 같이 가고 싶어도 갈 수 없을 만큼 아림은 매일매일 선약이 있는 사람처럼 보였다.

"대체 누가 아림 씨를 그렇게 살찌우고 있는지 궁금하네요. 다음에 소개시켜 주세요." 윤재는 그렇게 연결고리를 만들고 사무소 사람들 또한 아림에게 이야기를 걸기 시작했다.

그러자 아림은 자신도 모르게 희미하게 웃었다.

그런 아림의 모습에 더 사무소 사람들은 새롭게 연애를 하는 사람이 있는 것인지, 아니면 그냥 썸을 타는 사람이 있는 건지, 뭘 즐겨서 먹는 것인지, 궁금했던 것을 하나하나 터트렸다.

아림은 그때 깨달았다.

사과를 받고도 시원하지 않은 마음이 드는 이유.

마냥 허무했던 이유.

그건 이미 너무나 늦은 사과이기에 받아들일 생각이 없었기 때문이라고 생각했었다.

윤재의 말대로 이미 속이 썩어 벌레로 문드러져 버려 무용지물일지도 몰랐다.

하지만 윤재가 가볍게 던진 그 '누군가'라는 말 하나 때문에 확실히 알 수 있었다.

이미 아림은 그때의 그곳에만 머물러있지 않았다.

인섭을 위하다가 지치고 상처받았던 시절, 인섭에게 미안함만 남던 시절, 그런 미련으로 마냥 신경 쓰였던 시절에만 있지 않았다. 그럼에도 늘 그 시절의 인섭에게 미안한 마음만 남기며 시선을 보내고 있었다. 그렇기에 자신 스스로가 어장 관리하는 여자라는 말을 듣는 못된 여자라는 것을 인정할 수밖에 없었다.

정리하지 못하는 방은 결국 지저분해서 아무도 그 방을 쓰지 않게 될 뿐이다.

*

윤재의 결혼식이 끝난 날의 밤. 아림은 잠들기 전에 지서에게 문자 한 통을 받았다.

[아림 씨가 괜찮다면, 가게에서 말고 밖에서 볼래요?]

모처럼의 주말 약속이었다. 사무소 사람들과 화해를 하며 약속을 잡는 시도가 오고 갔지만, 아림은 다음으로 미루었다.

다음날 출발하기 전에 아림은 거울을 보며 화장하기 시작했다. 아림이 최근에서야 느끼고 있는 것이지만, 자신의 화장법이 꽤나 바뀐 것 같다는 것을 느끼고 있었다. 머리카락도 조금만 더 길렀으면 좋겠다는 생각도 들고 있고 어쩌면 최근에는 외모에 소홀했다는 것까지 느끼고 있었다.

아림은 웨이브 없이 아래로 길게 뻗은 머리스타일로, 날씨는 조금씩 따뜻해지고 있는 만큼 청바지보다는 원피스를 입고 다리를 드러내는 건 어떨지 상상하며 옷장 안에 있는 옷들을 오랜만에 다 들어내었다. 그러다보니 생각보다 입을 옷이 없다는 생각에 그동안 역시 자신을 위해 새로운 옷들을 산지도 오래되었다는 것들을 깨닫고 있었다. 무엇보다 역시 예전에 입었던 옷이 꽤나 어렵게 들어간다는 것에 정말 살이 쪘다는 것을 인정할 수밖에 없었다.

"5kg… 씩이나…" 체중계는 결코 진실을 숨기지 않았다.

아림은 살아오면서 이렇게 체중이 급격하게 올랐던 적은 없었다. 사람은 역시 신경 쓰이는 사람이 있어야 자신에게도 신경을 쓰는 것인지, 새삼 본인의 소홀함에 후회한다.

생각해 보면 아림이 그동안 입고 다녔던 옷들은 보면 죄다 몸의 라인이 가려져 있는 오버사이즈의 옷이나 원피스 같은 옷을 주로 입었고, 지금 옷걸이에도 제일 많은 것은 조금 널널한 스타일의 블라우스였다. 반면에 제일 싫어하는 줄무늬가 있는 셔츠들은 공간만 차지해 이젠 버려야겠다고 생각했다. 하지만 남아 있는 옷들도 입는 옷들만 계속 입어서인지 어떤 옷들은 먼지가 쌓여 있기도 했고 햇빛에 바란 옷들도 있었다. 그동안 그렇게 보이는 옷들을 입고 출퇴근하고 돌아다녔다는 생각을 하니 되레 현기증이 날 것 같았다. 그러다가 결국 입은 옷은 하얀색 티에 약간은 어깨넓이를 넘는 검은색 재킷과 검은색 짧은 반바지였다. 그런 모습은 분명 나쁘지 않은 코디였다.

"나이를 먹어서 그런가. 옛날에 입었던 스타일은 도저히 안 어울려 보이네." 하지만 아름은 아주 심플한 코디의 조합임에도 그렇게 옛날에 입었던 옷들은 도저히 자신과 어울리지 않는다고 생각했다. 그러곤 순간 지서가 하얀색 와이셔츠를 요리복으로 자주 입던 것을 떠올렸다.

결국 아름은 조금 푸른색이 강한 청바지에 폭이 넓은 하얀 셔츠를 선택했다. 특히 하얀 셔츠는 자신이 좋아하던 연예인이 입고 나온 아주 큰 사이즈의 셔츠였는데, 그 당시엔 얼마나 안 어울렸는지, 옷장에 넣어 놓은 것을 드디어 꺼내 입었다.

"밀봉 포장을 해 놔서인지 3년이 지나도 새 옷 같네."

그래도 아름은 그 기간이 걱정되어 약한 향을 내는 향수를 살짝 뿌린 다음 선풍기 바람에 약간 날려 보냈다. 그리고 살짝 높이가 있는 구두를 신고 집을 나섰다.

분명 아름은 지서가 일하고 나올 것이라 생각했다. 하지만 이번엔 웬일로 손목에는 차지도 않던 팔찌를 찬 모습과 좀처럼 볼 수 없었던 검은색 티에 청바지 조합은 나이에 걸맞지 않은 대학생 같아 보이기도 했다.

"팔찌 꼈네요?" 아림은 지서를 마주하자마자 그렇게 말했다.

"아. 이게 좀 필요할 수도 있겠다 싶어서요."

팔찌가 필요하다니, 아림은 무슨 말인지 의아했다.

약속 시간은 3시였다. 아림은 약속 장소가 만테까레의 근처라고 할지라도 3시에 브레이크 타임이 시작하는 만큼 딱 맞춰서 올 거라곤 생각하지 않았지만, 미리 준비를 다 한 모양이었다.

"주말인데 가게 바쁜 거 아니었어요?" 아림은 물었다.

"오늘따라 손님은 없었어요. 같이 일하는 사람도 늘다 보니 좀 수월하죠."

"아. 그때 그 고등학생 말인가요?"

"네. 돈 벌겠다고 매일 출근하고 싶다고 하거든요."

그리고 두 사람은 주변을 걷기 시작하며 식당을 찾아 나섰다. 하지만 지서가 브레이크 타임에 거리에 나온 만큼 다른 식당들도 브레이크 타임에 돌입하고 있었다.

당연하게도 첫 번째도 입장 거부. 두 번째도 입장 거부. 세 번째 입장 거부를 당했을 때, 두 사람은 허탈하게 서로를 바라보았다. 같은 업종에서 일하는 만큼 이런 입장이 되는 게, 지서는 이해할 수 있었지만 계속된 입장 거부에 아림의 눈치를 보며 어떻게 해야 할지 고민하기 시작했다. 근처에 패스트푸드 프랜차이즈가 있긴 했지만, 이런 시간은 좀 더 분위기 있게 즐기고 싶었다.

"식사라고 하기엔 그렇지만 브런치 같은 건 어때요?" 아림은 그렇게 제안했다.

"그런 것도 괜찮죠." 지서는 반갑게 받아들였다.

"정확하겐 브런치라기보다는 마들렌이 맛있다고 유명한 카페이긴 하지만요." 아림 또한 배가 고픈 건 마찬가지였다. 뒤늦게 시작한 다이어트인 만큼 지금 식당에서 음식 주문을 하면 허겁지겁 먹을 것 같아 브런치는 좋은 선택인 것 같았다. 아림 또한 이런 시간은 좀 더 분위기 있게 즐기고 싶었다.

그러곤 아림은 입장 거부를 당했던 식당에서 흘러나오고 있는 음악을 가리켰다.

아림은 지서에게 이 노래가 어떤 노래인지 아냐고 물어보았다. 지서 또한 그 노래를 알고 있다고 말했다. 발표된 지 몇 년이 된 노래지만, 어쩌다 생각나면 듣고 또 듣게 되는 좋은 노래라 생각하고 있었다.

"목소리에 특색이 있는 가수들을 좋아하는 편이거든요."

"그래요? 전 독특하게 튀는 듯한 소리들을 좋아해요. 이 노래처럼요."

지서는 뭔가 음악 취향도 비슷하다는 생각에 가벼운 마음으로 말했다.

"다음에 기회가 된다면 이 가수의 공연 보러 갈래요?" 그러곤 지서는 콘서트에 대해 이야기를 꺼내기 시작했다.

아림은 당황했다. 아림은 가수의 콘서트에 가본 적이 없어서 낯설었지만 가고 싶은 마음은 있어 콘서트를 찾아보곤 했었다.

"저도 언젠가 이 가수가 하는 공연을 보고 싶다고 생각한 적이 있거든요." 하지만 지서의 살짝 들떠 보이는 목소리는 조금 말을 꺼내기 어렵게 만들고 있었다.

"이 가수는 공연을 잘 안 해요. 그래서 음악 프로그램에도 나오지 않는 걸로도 유명한걸요."

"그렇군요." 지서는 괜히 아는 척을 했나 하는 마음에 후회했다. 사실은 자신이 좋아하는 가수를 제외하곤 콘서트든 뭐든 알아 본 적 없었다.

반대로 아림은 되물었다.

"지서 씨는 좋아하는 가수 있어요?"

그 질문에 지서는 자연스럽게 떠올려 보았다. 세 명 정도 떠올렸지만, 지금은 한 남자 가수가 제일 먼저였다. 지서는 그 가수의 이름을 말했고, 아림 또한 박수를 한 번 치며 목소리와 가창력이 얼마나 뛰어난지 잘 아는 모양으로 공감을 표현했다. 아림도 마찬가지였다. 좋아하는 분야가 어느 정도 겹치다 보니 자신이 좋아하는 가수의 이름을 꺼내기 시작했다.

"그 가수는 어떤 노래를 불러도 자기 것으로 만드는 목소리잖아요. 신기해요. 그런 게."

"그 사람만이 가진 목소리를 말하는 거군요."

"그렇죠. 노래뿐만이 아니라 모든 부분에서 그런 개성을 가진 사람들이 부럽더라고요."

평소에 모르던 것을 새롭게 알아 간다는 건, 뭔가 묘한 설렘을 가져다준다. 상대방에 대해 더 알아간다는 느낌이 좀 더 가까이 다가갈 수 있다는 느낌이 드는 게, 아림은 지서에게 뭔가를 말하려다가 괜한 쑥스러움에 그만두었다.

그런 감정 속에 아림은 지서를 이끌며 걸었다.

미묘한 두 사람의 걸음걸이, 미묘한 두 사람의 걷는 속도. 긴장이 되어서인지 딱딱하고 뒤에서 보는 사람이 불편해 보일 것 같은 느낌을 서로가 느끼고 있었다. 그래도 다행인 건 그런 시간은 길지 않아 가까운 곳에 도착했다는 것.

"여기에요. 이 시간에는 조금 붐빌 줄 알았는데, 생각보다 손님이 적네요."

"아. 여기에요?" 지서는 잠시 망설였다.

"네. 와 본 적 있어요?"

"와 봤다기보단. 자주 지나다니던 곳이라서."

"그래요? 그럼 들어와 봐요. 여기 맛있어요."

그리고 아림은 뻣뻣하게 서 있는 지서의 팔을 붙잡고 입구 쪽으로 끌어당겼다.

*

지서는 '인 마들렌'이라는 이름을 가진 카페에 들어서자마자 주변을 둘러보았다. 그리고 조금 안심이 되는지 주문을 하는 곳에서 조금은 먼 곳에 자리를 잡아 아림을 에스코트했다.

아림은 그래도 일하고 오며 배고플 지서를 생각해 배를 채울 수 있는 메뉴를 살폈다. 샐러드가 많아 보이는 브런치 세트와 커피 한 잔에 라떼 한 잔. 그리고 이 카페의 시그니처인 마들렌의 주문까지. 아림은 그렇게 메뉴 선정과 주문이 끝나고 나서도 왠지 산만한 아이처럼 이리저리 살피고 있는 지서의 행동이 이상하다고 느끼고 있었다.

"잠시 화장실 좀 다녀올게요."

아림은 그가 정말로 화장실이 급했던 모양이라고 생각이 들었다. 마침 카페 안에서는 이곳으로 오게 만든 가수의 다른 노래가 흘러나오고 있었다. 그것 또한 아림은 좋아했다. 음악도 좋고 먹을 것도 맛있고, 분위기도 좋고, 오늘은 역시 좋은 날이라고 느끼고 있었다.

그리고 직원 한 분이 아림의 테이블 앞에 나섰다.

"실례하겠습니다."

머리가 새하얗고 짧은 머리를 넘기고 있는 중년이었다. 꽤나 드문 스타일이었다. 불편해 보이지만 깔끔한 정장에 깔끔한 듯한 사소한 손짓 하나가 고풍스럽다기보단 세련되어 보이기도 했다. 일반 직원이 그런 차림과 행동을 할 것 같지는 않아 보였다.

"주문하신 메뉴들이 나오기 전에 차 한 잔 드리겠습니다. 얼 그레이 괜찮으신가요?"

"네. 감사합니다. 조금만 주세요."

그는 기본적으로 따뜻한 차이지만 차가운 것을 원한다면 얼음을 준비해 주겠다고 하지만, 아림은 그대로 받겠다고 말했다.

매장의 분위기는 묘하게 익숙한 느낌이었다. 아림은 처음 오는 곳이지만 어째 이전에도 와 본 듯한 느낌이었다.

'뭔가 만테까레랑 비슷한 느낌이네.'

내부 디자인이 그렇게 비슷한 건 아니지만, 묘하게 닮은 느낌이 있었다.

그리고 묘하게 지서의 복귀가 점점 늦어지고 있었다. 어째 주문했던 것들도 마찬가지로.

지서는 아림이 보이지 않는 시야에서 조심스럽게 주방 안으로 들어갔다. 그곳은 주방이라고 하기엔 알뜰살뜰하게 나열되어 있었다. 두 개로 구성된 인덕션에 조리대로 이용하고 있는 낮은 냉장고들은 직원들의 이동 동선이 직선으로 이루어져 있었다. 그곳의 모든 직원들은 지서의 얼굴을 알고 있었다. 그럴 수밖에 없었다. 지서는 인 마들렌의 사장의 얼굴을 똑 닮아 있었으니.

지서는 '인 마들렌'의 사장인 아버지 쪽에게 다가갔다. 이미 그는 아림을 위한 차를 준비하고 있었다.

"웬일로 온다 싶었다만, 설마 여자를 데리고 올 줄은 몰랐다."

"아림 씨가 여길 와 보고 싶어 했던 곳이라고 했거든요."

아버지는 지서의 모양새를 살폈다. 그러곤 '아림 씨'라고 부르는 모습에 꽤나 웃음이 나왔다. 어이가 없는 부분들이 많았다. 지서는 장신구를 싫어하는 편이었다. 직업으로 인해서 손목이나 부분적으로 장신구를 착용할 수 없어서 생긴 이유이긴 하지만, 그의 손목에 채워져 있는 팔찌의 의미가 얼마나 지서가 안쓰럽게 보이는지 간만에 입을 놀리고 싶은 기분으로 번지고 있었다.

"머리도 만지고 화장도 바르고 그렇게나 아끼던 잘 다린 바지도 이제야 입고 애쓰는구나."

"내버려 두세요."

"내버려 두고 있는데 네가 온 거잖아."

"혹시나 해서 그런 거예요."

"혹시나 해서 그런다니. 내가 뭘 한다고 그래?"

아들은 아들이었다. 지서는 그동안 가지고 싶은 거 하나 용기를 내지 못한 녀석이었기에, 이렇게 용기를 내는 모습을 보는 아버지는 안쓰러운 마음만 커졌다.

"네가 하는 일이라면 응원을 하겠지만, 맞지 않는 행동을 하고 있다면 뭐든 괴로워지기 전에 그만해. 그렇게 애쓰는 모습을 보고 싶진 않다." 거짓말이었다. 재미있을 것 같았다.

"그러면 응원을 해 달라고요."

"여기에 이렇게나 자리를 비워도 되나? 너 때문에 나갈 음식도 못 내고 있잖아."

걱정만 앞서 주방으로 찾아왔던 지서는 방해물이 되기 딱 좋았다. 매장 안에는 지서와 아림 뿐만이 아니라 다른 손님들도 계속 입장하며 포장 주문을 하고 있는 상태였다. 만테까레와는 반대로 브레이크 타임이 없는 '인 마들렌'이었다.

반면에 아림의 시점에서 인 마들렌과 그 사장의 콘셉트는 기대했던 만큼 충분히 충족하여 살짝 기분이 들뜬 상태였다.

"여기 사장님이신가 봐요. 엄청 분위기 있으시네요."

확실히 아버지의 근무복은 특별하긴 했다. 마치 고풍스러운 저택의 집사 같은 스타일의 옷을 입고 있으니.

"아마 가게 특색이겠죠." 지서는 차마 그게 엄마의 취향이라고 말할 수 없었다.

"그렇겠죠? 어디서 뵌 분 같기도 한데, 제 주변에는 저렇게 중후하신 분은 없으시거든요."

"아마 어디에서든 지나쳐 봤을 수도 있겠죠."

"그럴까요?"

"그럼요. 어쩌면 동사무소에서 봤을지도 모르잖아요."

지서의 말에 아림은 농담도 그럴싸하다며 살짝 웃어 보였다. 하지만 지서로서는 마냥 농담은 아니었다.

"점심 식사로 이런 브런치 괜찮겠어요?" 지서는 물었다.

"저는 정말 괜찮아요. 오히려 일하고 왔을 텐데, 지서 씨야말로 이런 브런치만 먹어도 괜찮아요?"

사실 지서의 입장에선 괜찮지 않았다. 원래는 지금쯤이라면 주말이라 바빴던 몸에 체력을 보충할만한 칼로리가 있는 밥을 먹어야 했다. 하지만 중요한 건 뭘 먹느냐가 아니었다. 누구와 함께인지가 중요했다.

"배고픈 건 사실인데, 뭐 오랜만에 영양가 있게 먹는 게 좋죠. 최근에 살이 좀 빠져서요."

그 말에 아림은 괜히 뜨끔했다.

사실 지금 눈앞에 놓여 있는 브런치 또한 마냥 체중 관리에 좋은 메뉴는 아니었다. 한쪽에는 옥수수와 토마토 계란과 어린잎 그리고 파인애플과 견과류들이 한 줄씩 나열되어 있는 콥샐러드 위에는 드레싱과 치즈가 뿌려져 나와 있었고. 다른 한쪽에는 햄버거처럼 바삭하게 구워 낸 빵으로 채소와 닭고기를 쌓은 파니니와 바나나랑 딸기 키위 샤인머스켓과 시럽을 발라 구운 바게트까지, 칼로리를 생각하면 괜찮을지 몰라도 당분으로는 이미 하루 권장 섭취량을 한껏 뛰어넘고 있었다.

"원래라면 여기서 커피랑 마들렌 먹고 싶었는데, 식사하러 오게 되었네요." 아림은 말했다.

"원래 오고 싶었던 곳이었어요?"

"제가 빵을 좋아해요. 달콤하고 푹신한 디저트 같은 거요. 얼마 전에 결혼식장에서 그런 디저트를 봤었는데, 여기 오고 싶었다는 게 생각났었거든요."

"주변에는 결혼하시는 분들이 나오고 있는 모양이네요."

아름은 그런 말이 의아했다.

"그럼요. 지서 씨는 안 그래요?"

"저는… 생각보다 그렇지 않아요. 제 친구들 중에는 한 명? 아 두 명 결혼했네요. 애초에 친구도 그리 많지 않아요."

아름은 그래도 지서가 자신보다 두 살이 많긴 하지만, 그만큼 결혼을 한 사람들이 주변에 많을 거라고 생각했는데 그렇지도 않은 모양이었다. 사실 지서는 그런 이유는 어느 정도 잘 알고 있었다. 원래 친구는 끼리끼리 모이는 법이었다. 연애를 잘 하지 못하는 만큼 주변의 녀석들도 그런 녀석들로 모여 있다. 하지만 그런 이야기를 아름에게 해 줄 수 없어 포크만 물고 있었다.

두 사람은 우선 콥샐러드를 뒤죽박죽으로 섞기 시작했고 파니니는 반으로 갈랐으며 각자가 먹기 좋게 서로서로 앞접시에 나누어 주기 시작했다. 거기에 아름은 지서를 위할 겸 자신의 체중을 관리할 겸 지서의 그릇 쪽에 좀 더 풍부하게 직접 나누어 주었다.

"지서 씨만 괜찮으면 파니니는 지서 씨가 다 먹어도 좋아요." 라고 말하며 소량만 자신에게 덜어냈다.

"별로 좋아하지 않아요?"

"그런 건 아닌데, 그래도 먹고 싶은 게 있었으니까. 여기에 있는 마들렌도 먹으려고요. 저번에 결혼식장에서도 제대로 먹지 못했었거든요."

지서는 따로 고집을 내세우지 않고 그대로 받아들였다.

파니니는 샌드위치 같았지만 햄버거에 가까워 보였다. 빵은 한번 양옆으로 구워 냈기 때문에 따뜻함과 바삭함이 함께했고, 그 사이에 깔린 닭고기에 채소들은 샌드위치 같아 보이지만 사이에서 열기에 흘러나오는 치즈를 보면 또 생각이 바뀐다.

콥샐러드도 마찬가지였다. 사실상 조합이 조합인지라 톡톡 씹히는 옥수수 알이나 아삭하게 씹히는 채소나 과즙이 터지는 토마토나 거기에 견과류와 간을 맞추는 치즈와 소스는 입안에서 느끼기 쉽도록 잘 어우르게 하고 있었다. 채소를 정말로 싫어하고 견과류에 알레르기가 없는 이상 싫어할 수 없는 좋은 샐러드다. 그 와중에 지서는 콥샐러드에 들어가 있는 파인애플 큐브들이 불에 좀 구워져서 나오면 어떨지 직업 정신을 내세워 보기도 했다.

무엇보다.

이렇게 완전한 식사가 아니더라도 오랜만에 타인과 밖에서 이런 식사를 하는 건 지서에겐 오랜만의 일이었다. 최근에는 완전히 만테까레에서 살고 있는 것과 다름없었다. 영업하는 날에도 쉬는 날에도 만테까레를 위해서 그쪽에만 정신과 몸을 맡기고 있는 편이었다. 어쩌면 우울증에 시달릴 수도 있지 않을까 하는 생각이 들 정도로 피곤하기도 했다. 그래도 버틸 수 있는 건 매일 같은 시간이면 찾아오는 사람이 있었기 때문이었다.

"다음엔 진짜 식당으로 가요. 브레이크 타임 없는 곳으로 알아볼게요." 지서는 눈을 비비며 말했다.

"어디면 어때요. 여기도 괜찮은데." 아림은 웃으며 말했다.

"그래요?"

"그럼요."

지서는 이런 행복을 잘 알고 있었다. 어떤 감정이든 간에, 누군가와 함께하는 자리가 얼마나 즐거운지. 이미 수도 없이 오랜 기간을 혼자 해 왔고 적응을 했기 때문에 그런 소중함을 누구보다 잘 알고 있다고 생각하고 있었다. 그런 마음은 아림은 알지.

지서와 아림이 그릇을 비우고 이야기를 나누는 시간이 계속되어 어느새 시간이 4시 20분으로 넘어가고 있었다. 5시 전에는 지서도 복귀해야 하는 시간이었다. 하지만 그 전에 울린 전화벨 때문에 잠시 '인 마들렌'의 밖으로 나서게 되었고, 아림은 마지막으로 제일 먹고 싶었던 마들렌을 포장 추가 주문을 하기 위해 자리에서 일어났다.

꽤나 한가할 시간이라서 그런지 바로 눈앞에 보이는 직원들이 보이지 않았고, 아림은 직접 디저트들이 진열되어 있는 곳으로 다가가 주문을 하려고 했다.

하지만 그때 모르는 목소리가 바로 아림의 귀에 꽂혀 왔다.

"그래. 아까 한 시간 정도 전에 같이 와서 주문해서 먹고 있어. 신기해 참."

아림은 일부러 들으려고 하는 건 아니지만 그대로 기다려서 주문하려고 계속 서 있었다. 하지만 그 목소리만 계속 들려오고 있었다.

"안쓰럽지. 여자 앞에서 어떻게든 해 보려고 애쓰는 모습이."

전화 통화를 하는 것처럼 보이는 것이, 아림은 제일 처음 직접 주문을 하러 온 그 중년의 목소리였던 것 같았다.

"어, 그래. 아직 한 번도 안 가봤지. 가게 이름? '만테까레'라고 하더라고. 뭔가 뜻을 담아서 지은 모양인데, 가게 이름 검색하면 소개 글로 설명까지 해 놓았더라고."

그 말에 아림은 귀를 쫑긋 세웠다.

비슷한 업종끼리 근처에서 일하게 되면 그 소식을 듣게 되는 경우가 있다고 한다. 어찌 보면 음식을 다루는 면에 있어선 이곳도 하나의 경쟁 업체다. 무엇보다 아림은 벌써부터 만테까레가 이런 매장에서도 말이 나올 정도라는 게 신기했다. 마치 칭찬을 하는 것 같은 게 괜히 아림이 묘하게 자랑스러운 기분이었다.

"글쎄. 표정은 잘 모르겠던데, 어색해 보이기도 하고. 애초에 사장 노릇을 할 인물이 아닐지도 모르지. 가게도 놔두고 온 거 같은데. 보통 그런 것도 모르고 어떻게든 잘 해 보려고 애쓰는 사람들이 있기 마련이잖아. 오늘 그놈 모습만 봐도 그래. 왠지 안쓰럽기만 하더라."

하지만 아림의 그런 기분은 몇 초도 가지 않았다.

사실 그런 통화를 계속 엿듣는 것 같은 기분이 들어서 아림은 자리를 피하려고 했지만, 여러 감정이 왔다 갔다 하는 바람에 그런 타이밍을 놓치고 있던 순간이었다.

그리고 그는 한숨을 쉬는 목소리를 내었다.

"마냥 노력만 한다고 다 되는 게 아니라는 건, 실패하고 나서야 깨닫는 법이지."

마침 주문대에서 서 있는 아림을 보게 된 다른 직원이 아림에게 죄송하다는 말과 함께 주문 할 것이 있냐고 물었다. 그때였다. 그런 목소리에 반응한 전화 통화의 주인은 아림과 눈을 마주쳤다. 아림은 꽤나 찌릿한 눈매였고, 그는 그게 무슨 상관인 듯 무심하게 한번 쳐다보곤 등을 돌렸다.

그 사이에 있던 직원은 다시 물었다.

"손님. 주문 말고 혹시 다른 게 필요하신 게 있으신가요?"

아림은 말했다.

"저기요. 혹시 저분이 여기 사장님이세요?"

"네? 네. 맞습니다."

"저 머리 하얀 분 맞죠?"

"네. 사장님이세요."

아림은 아무리 경쟁 상대가 껄끄럽다 해도 사람이 없는 뒤에서 그런 식으로 쉽게 넘겨듣지 못할 말을 한다니. 얼마나 무례함이 따로 없는지, 뭘 알고 그런 노력을 함부로 말하는지 이해할 수가 없었다. 아니. 도저히 어떻게든 생각을 해 봐도 어떻게 손님에게 그런 말을 뒤에서 할 수 있는지 들키지만 않으면 상관없는 것인지, 그의 태도를 아림은 더 이상 용납하고 싶지 않았다.

하루에도 십 수 번의 항의 같은 민원을 받는 직업에 있다. 아림도 드디어 누군가에게 화풀이하듯 항의를 해 보는 날이 온 것 같다고 여겨 소매를 끌어 올릴 수 있는 만큼 끌어 올렸다.

"저기요! 사장님!" 아림은 몸을 숨긴 그를 향해 말했다. 그 또한 외면하려고 했지만, 아림은 그를 놓치지 않으려고 했다.

얼굴을 드러낸 그 중년에게 아림은 말했다.

"그쪽은 뭘 안다고 뒤에서 그렇게 험담을 하세요?"

"험담이요? 제가?"

"그럼요. 엿들은 건 미안하지만, 아니 욕하는 거 다 들린다고요. 손님한테 이래도 괜찮아요?"

마침 매장에는 사장에게든 아림에게든 운이 좋다고 해야 할지 뭐라 할지 손님이 여전히 없었다.

"험담한 적 없습니다만." 하지만 그는 계속 부정했다.

아림은 기가 찰 노릇이었다. 자신의 청력은 이비인후과 의사도 칭찬할 정도로 좋다고 검증받았던 상태였다. 그런 험담에 대한 통화 내용에 자신이 잘못 들었을 거란 의심은 결코 먼지만큼도 없었다. 하지만 마냥 들었다고만 해서 그게 증거가 되는 건 아니었다. 아림은 아주 잠깐의 순간 자신이 분명 들었다고 따져야 하는지 계산해 보았다. 하지만 그가 먼저 앞섰다.

"제가 어떤 이야기를 했다는 건지 말씀해 주시겠어요?" 그는 그렇게 말하고 다른 직원들을 다른 쪽으로 보냈다.

그 모습에 아림도 살짝 진정하고 말했다.

"안쓰럽다느니, 여자를 어떻게 해 보려고 하는 것 같다느니, 허튼 노력을 한다느니, 잘 알지도 못하면서 저희 쪽을 함부로 말하고 있었잖아요."

그는 잠시 다시 생각해 보았다.

"흠. 뭔가 들으신 말에 와전이 생긴 거 같은데. 잘 알지도 못한다라. 그럼 그쪽은 뭘 얼마나 잘 알길래. 그렇게나 화를 내는 거죠? 본인 이야기도 아니잖아요."

"거봐요. 그렇게 말하는 시점에서부터 그런 사실이 있다는 거 인정하는 거잖아요." 거기에 아림은 그가 지서와 아는 사이로 보이는 게 더 기분 나빠지고 있었다.

그는 아림이 생긴 것과 다르게 드센 면도 있다는 것에 살짝 놀랐다. 그리고 아림은 계속 따지기 시작했다.

"이보세요. 지서 씨랑 무슨 관계인지 모르겠지만, 아무리 아는 사이라고 해도 사람이 없는 곳에서 처음 보는 사람에게 그런 이야기를 해도 된다고 생각하세요?"

아림의 말에 그는 아무런 말을 하지 않았다. 단순히 그녀가 어디까지 화를 내고 싸우려고 들지 지켜보았다. 그리고 아림이 말했던 말 속에서 '무슨 관계'라는 말을 끄집어 내 아림에게 한 가지 제안을 했다.

"그쪽은 그 녀석을 저보다 더 잘 알고 있다고 말할 수 있나요?"

아림은 순간 멈추었다. 그 부분에는 확실히 말할 순 없었다. 아직 그에 대해서 알기 시작한 지는 많은 시간이 있던 건 아니었다. 지난 시간을 되짚어 보아도 역시 긴 시간은 아니라고 할 수 있었다. 하지만 자신 스스로 보고 듣고 알게 된 것만으로도 이 사람의 말을 부정하고 싶었다.

"그 사람이 하루하루 자신이 해 내고 싶은 것을 위해서 얼마나 노력하는지 아세요? 매일 일을 하고 손님들에게 맛있는 것을 대접하기 위해서 노력하고 또 노력해요. 그걸 거의 지켜봤어요."

"그건 요리사이자 사장으로서 당연히 그래야 하는 거 아닌가." 그는 되받아쳤다.

"그런 당연한 것을 매일 해 내니까 함부로 말할 수 없는 노력을 하고 있다는 거예요. 어려운 사람이 있으면 도와주려고 하시고. 손님을 떠나서 사람으로서 타인에게 얼마나 상냥한데요."

그는 표정으로 드러내지 않았지만 꽤나 감탄을 받았다.

"그런 안타까운 일을 외면하면 쓰나."라고 말하며 그녀가 자세히 바라봐 주고 있구나 하는 말은 생략했다.

"그럼에도 지금 많은 손님들을 받고 있는 이탈리안 식당을 운영하잖아요."

"애초에 전에 있던 곳 사장한테 잘려서 어쩔 수 없이 시작한 걸 텐데."

그 말에 아림은 한층 더 화를 끌어 올리며 말했다.

"외모를 많이 보는 건 아니지만, 키나 외모나 좋으신 편이고."

"그런가? 그래도 그렇다면 그건 자기 몫이 아니라 그렇게 낳아 준 부모의 덕이지."

아림은 입술을 깨물었다. 다른 건 몰라도 하나는 확신했다. 이 남자는 이미 지서와 알고 있는 사이라는 것까지는 눈치 챌 수 있었다. 하지만 대체 무슨 원한이라도 있기에 지서에 대해서 이렇게나 비관적으로 평가하고 말하는 건지 아림은 되레 화만 씩씩 나고 있었다.

그리고 거기에 그는 불을 더 피웠다.

"애초에 능력도 없으면서 더 적극적으로 나서서 보완하기는커녕 감추려고 애쓰지. 뭘 하려고 하면 매번 해 내겠다는 마음보다 실패할 때 대비하는 마음으로 망설이기만 하지, 하나 성공해 낸 게 있다면 그 순간을 즐기기는커녕 다음의 일은 어떻게 해내야 할지 고민만 하고. 용기가 필요할 때면 매번 그 용기를 내지 못해서 얻지 못하고 끝내고선, 늘 타인에게 양보한답시고 말도 안 되는 변명만 늘어뜨려 놓고. 거기에 본인 상처 입는 건 무서워하고. 누가 겁 많은 남자를 좋아할지 걱정을 한 것뿐이다만."

아림은 살아오면서 피가 거꾸로 솟는 게 어떤 기분인지 느낄 수 있는 날이 올까 싶었지만, 오늘이 그런 날인 것 같았다. 더 이상 울며불며 떼를 쓰듯 저항하지 않을 것이다. 화를 낼 땐 화를 내서 어떻게든 그 자리에서 사과를 받아 내야 한다는 것은 이젠 잘 알고 있었다.

"누가 그런 남자를 좋아하겠냐니…"

아림은 결심했다. 진상 손님이 뭔지를, 그렇게나 오고 싶었던 곳이지만 여길 난장판으로 만들겠다고. 하지만 그런 각오가 무심하게 줄곧 무표정하던 그의 얼굴과 눈동자는 어디론가 한번 지나치더니 정중하게 다시 입을 열었다.

"손님 말대로 그 녀석이랑은 어떤 관계로 알고 있는 사이지만, 내가 아는 한에는 결코 좋은 결과를 얻지 못해 왔다는 걸 알기 때문에 한 말이었습니다. 그래서 험담으로 들렸을지도 모르는 말을 했을지도 모르겠네요." 그는 이번엔 솔직하게 말하며 정중하게 사과를 했다.

아림은 최근에 참 사과를 자주 받는다고 생각했다. 하지만 역시 이 사과만큼은 쉽게 받아들일 수 없을 것 같았다.

"사장님이 지서 씨와 어떤 관계인지는 모르겠지만. 저한테는 그래요. 제가 어렵고 곤란할 때 많이 도와주기도 했고, 외로움을 달래 주기도 했고, 저의 안식처가 되어 주기도 했어요. 사실 그런 사람에게 마냥 아무런 감정을 남기지 않는다는 건 거짓말이 되겠죠. 그래서 그런 말을 듣는 게 불쾌해요."

그는 아림의 진심을 진지하게 받아들였다.

아림은 괜히 지서와의 첫 만남을 떠올렸다.

십 수 번의 민원을 넣고 해결되지 않자 찾아온 남자. 그리고 그 답답함에 가로등을 직접 갈겠다고 뛰어들다 징계를 받은 여자. 그리고 오랜 연애의 이별에 뭐든 혼자 하는 게 어려웠던 여자. 그런 여자의 앞에 나타나 다시 함께하는 게 얼마나 즐거운지 알게 해 준 남자.

아림은 새삼 자신이 로망을 꿈꾸는 대학생도 아니고 괜한 풋
풋함을 느꼈다.

우리는 로망을 좇지만 현실에 살고 있고, 현실에 살고 있으니
로망을 좇는다.

아림은 괜히 그런 말을 떠올렸다. 그리고 그 분위기를 깨며 그
는 다시 말했다.

"그래도 솔직히 말씀드리자면, 대체 제가 무슨 험담을 했다는
지 이해가 안 되네요."

"그렇게 좋게 끝내려고 하셨으면서 이제 와서? 정말 몰라요?"

그는 이제 장난은 끝내기로 했다.

"뭐. 저로선 지서랑 당신이 정확하게 어떤 사이인지 궁금하다
보니 아내랑 통화했던 것뿐인데. 저 녀석은 예전부터 그랬거든
요. 좋아해도 좋아한다고 말하지도 못하고. 매번 포기하고 양보
하고 그러곤 아무렇지 않은 척하며 꼴사납게 강한 척을 하고. 그
런 행동을 몇 년이나 지켜봤을 것 같습니까?"

그 말에 아림은 얼기 시작했다. 그리고 그는 계속 말했다.

"그리고 그 녀석 손목에 있는 거 봤어요? 가뜩이나 손이나 어
디에 뭘 차는 걸 싫어하는 녀석이 오늘은 용기를 내 보겠다고 자
기 엄마한테서 받았던 용기를 낼 때 필요한 팔찌라고 스님이 만
들어 준 부적까지 차고 왔는데, 그게 얼마나 안쓰럽겠습니까? 노
력은 가상하지만."

그 말에 아림은 완전히 꽁꽁 얼어붙었다.

그렇게 들어보니 뭔가 앞뒤가 맞아떨어지는 것 같았다.

'안쓰럽다.' '어떻게든' '잘해보려고' '애쓴다.' '노력'

어째 아림은 그가 통화로 했던 말들이 묘하게 다른 쪽으로 흘러가고 있었다는 것을 뒤늦게 감지하기 시작했다. 무엇보다 계속하여 다시 보니 역시 이 사람은 어디선가 본 것 같은 익숙한 느낌이 여전히 남아 있었다. 대체 어디서 본 걸까 싶었다. 아주 최근 정말 아주 최근에 본 것 같은 기분이 물씬 들어왔다.

그리고 아림의 뒤에서 누군가가 뛰어오는 발소리를 아림은 느꼈다. 그리고 그는 말했다.

"켁. 아버지. 나오지 말라니깐."

지서는 뒤늦게야 자신이 자리를 비우면 안 되었다는 것을 깨달았다.

"아버지?" 아림은 그렇게 중얼거렸다.

지서는 아무런 말도 하지 못했다. 뭔가 알 수 없는 분위기에 무슨 사고가 터진 거 같은데 함부로 그 현장을 건드릴 수 없었다. 반대로 아림은 모든 상황을 이해하고 그대로 얼어붙었고 그대로 계속 얼어붙어 있고 싶었다. 하지만 그녀의 얼굴은 충분히 녹일 수 있을 정도로 뜨겁게 오르고 있었다.

결국엔 입을 여는 건 그 사람밖에 없었다.

"인사가 늦었습니다. 안녕하세요. 지서 아버지 되는 사람입니다."

그러곤 아림은 그의 입가에 정체를 알 수 없는 웃음기의 미소가 번지는 게 눈에 들어왔다.

아림은 정답을 찾았지만 그게 정답이 아니길 바랐다.

"혹시 제가 눈치를 못 챘다는 걸 알고 일부러 그러신 건가요?" 아림은 조심스럽게 물었다.

"일부러 이렇게 시작한 건 아니지만, 중간부터는. 뭐… 달려드니까 어디까지 어떻게 나오나 보고 싶어서." 그리고 아버지는 그 뒤에 이런 기회는 또 없었을 것 같다고 덧붙였다.

아림은 지서 쪽을 바라보며 묘하게 부자연스럽게 미소를 지으며 안쓰러운 눈으로 말했다.

"아버님이 지서 씨랑 안 닮으셨네요.…" 아림은 스스로가 무슨 말을 하는지 헤아릴 수 없었다.

지서는 당장 아버지에게 무슨 짓을 벌인 거냐고 따지고 싶었지만, 인 마들렌의 직원들이 웃음을 흘리고 있는 게, 지금은 자연스럽게 물러나는 것이 우선인 것 같았다.

*

지서와의 만남은 고작해야 두 시간이었다. 하지만 아림은 어째 20시간은 일한 것 같은 피로감이 몰려왔다.

그래도 자신의 침대에 누워서 그 두 시간을 되돌아보았다.

좋아하는 사람과 좋은 시간을 보내고 창피하긴 해도 제3의 시점으로 보면 그런 유쾌한 것도 없을 것 같은 두 시간이었다.

"설마 내가 가고 싶어 했던 곳이 지서 씨 아버지가 운영하는 곳일 줄이야."

애초에 그 전화 통화는 지서의 어머니와 하는 통화였다고 한다. 오랜만에, 아니 어쩌면 처음 연애하는 것 같은 모습을 보는 아버지의 마음으로선 그게 신기해서 한 통화 내용의 일부분만 나쁘게 들은 아림에게는 뒷담화를 하는 것처럼 오해를 불러일으켰다.

'타이밍 최악이었어.' 아림은 얼굴을 베개에 파묻었다.

도저히 잠을 자려고 해도 이불을 몇 번이고 걷어찼는지 도저히 잠을 잘 수 없을 것 같았다.

그렇게 아림은 잠을 자기 전까지 남은 하루 종일 그 두 시간에 대해 생각했다. 그리고 괜스레 자신의 모습도 웃겨 그 이야기를 반대로 지서에게 해 주기도 했다.

자기 전까지였다.

그런 기분은 오랜만이었다.

자기 전까지 이어지는 그런 기분.

경험해 본 사람만 알 수 있는 그런 설렘으로 잠까지 청하는 기분. 마치 마들렌과 같은 푹신함에 빠진 것 같았다.

아림은 지서의 아버지에게 선물로 받은 마들렌을 냉장고에 보관하고 있었다. 왠지 혼자 먹기 아쉬운 느낌이 드는 것이 직장에 들고 가서 점심에 나누어 먹어 볼까 하는 생각이었다.

그리고 아직 준비해야 할 것이 있었다는 것을 잊지 않았다.

일곱 번째 요리

모든 것이 하나로 된 맛

지서는 예전부터 자신에게 제일 부족한 게 뭐냐고 묻는다면, 그것만큼은 스스로 확실하게 말할 수 있다고 생각했다.

"용기."

용기는 수많은 행동을 결정한다. 용기가 있느냐 없느냐에 따라 망설이기도하고 보다 빠르게 움직이기도 하고 그 짧은 순간 때문에 수많은 결정과 미래가 갈린다고 한다.

지서가 그런 용기가 필요한 가로에 섰을 때 늘 자신이 선택하는 것은 '포기'였다. 하지만 그런 순간에도 분명 지서는 자신이 얻고 싶은 것을 얻기 위해서, 용기를 준다는 미신이라도 믿으며 스스로에게 최면을 걸어서라도 얻으려고 했다. 용기를 그렇게라도 얻을 수 있다면 괜찮다고 생각했다.

그래서 지서는 선택했다. 고백을 하기로.

자신의 마음을 타인이 받아들이길 바라는, 그런 고백.

고백이라는 건 연애에만 사용되는 게 아니다. 고백은 타인에게 진실한 마음을 전하는 방법이다. 지서는 그저 자신의 마음을 숨김없이 전하고 싶을 뿐이었다.

그 사람을 좋아하는 것 같다고.

그렇게 9년을 연애했고 아직도 잊지 못하고 있는 인섭에게, 지서는 아림을 좋아한다고 고백했다.

인섭은 아르바이트였지만, 오픈 멤버로 6개월을 달려왔다.

어떤 사람을 만나느냐에 따라 자신도 환경도 그 인간관계도 변할 수 있다는 것을 깨닫게 된 곳도 '만테까레'였다. 공부밖에 하지 않아서 낯선 사람과 관계를 이어간다는 게 얼마나 어려운지 잘 알고 있었다. 그래도 그 6개월 동안 만테까레에서 만난 동료와 사장 그리고 단골손님들까지. 일하는 게 즐겁고, 사람과 관계를 잇는 게 얼마나 즐거운지 알게 해 준 곳이었다.

인섭의 지난 6개월은 몇 년이 지나도 후에 추억으로 떠올릴 수 있을 것 같은 좋은 기억들이었다. 그 안에 늘 자리하고 있던 지서도 마찬가지였다. 어느 순간에도 의지할 수 있을 것 같은 사장 지서. 어리지만 어른스러워지도록 노력하는 게 재미있는 유주. 멤버는 적지만 점점 늘어나는 것을 기대하게 만드는 곳이었다.

하지만 그런 장소를 만들어 준 사람의 고백은 모든 것으로부터 배신감을 갖기 좋았다.

*

아주 예전엔 인섭은 아림에게 요리를 해 주곤 했었다. 처음으로 해 준 건 분명 미트볼토마토파스타였다. 미트볼을 만드는 것은 물론 토마토소스도 만들 줄 몰랐기에, 마트에서 산 조리된 미트볼과 시판 토마토소스를 구매해 그저 삶은 파스타면에 비벼서 건네주었을 뿐이었다.

"와. 이것 봐. 비주얼도 미쳤고 맛도 미쳤어."

그런 말투가 웃기긴 했지만, 그런 말 한마디에 얼마나 행복을 느낄 수 있는지 인섭은 알아 가고 있었다. 그건 사랑하는 사람일수록 더 크게 느껴지는 것 같았다.

비록 공무원 시험에서 계속 떨어지면서 자신감도 잃어 가 그런 일도 적어지고 있었던 시기에, 인섭은 다시 한 번 정신 차리고 잘 해 보자는 마음으로 아림이 싫어하던 도서관 식당의 돈가스를 떠올리며 좀 더 맛있는 미니돈가스로 도시락을 만들어 아림의 직장으로 향했다.

마침 찾아간 시간엔 아림은 없었고, 인섭은 직원의 안내에 따라 기다리고 있었다. 생각보다 복귀하는 게 늦어지는 아림을 기다리기 위해 자판기 커피라도 뽑아 마시려 주위를 살펴보고 있던 도중 흡연실 쪽에서 목소리가 들려왔다.

"아까부터 기다리시는 분. 뭐야?"

"아, 아림 씨 찾아왔다던데?"

인섭은 아림의 직장 동료의 목소리에 밀크커피 버튼을 누르며 커피가 내려오는 것을 기다렸다. 하지만 대화는 계속 이어졌다.

"아림 씨 복귀하려면 좀 걸리지 않나?"

"나는 다른 데 나갔는지 몰랐지. 건물 안에 있는 줄 알았어."

"그래도 곧 돌아올 때도 됐으니까."

"그건 그렇고 딱 봐도 보이지 않냐?"

"뭐가?"

"우리도 공무원 시험을 준비했다보니까. 딱 봐도 공시생인 거 보이지 않아?"

"그러지 마. 너도 2년 전엔 공시생이었으면서 무슨."

그들의 목소리에는 웃음기가 섞여 있었다.

"근데 그렇잖아. 아림 씨 남자 친구가 몇 년 넘게 공시생 준비 한다고 그랬었는데. 아까 그 사람 아림 씨 남자 친구 아냐? 그 정 도 했으면 그만둬야 하는 거 아닌가?"

"아림 씨 불쌍하네. 최근에는 더 피곤해 보이는 얼굴이던데."

"남자 친구한테 기 빨리는 거겠지 뭐."

"아림 씨도 사람이 정말 안쓰러울 정도로 좋아가지고."

인섭은 그런 이야기를 들으면 화가 날 법도 할 거라 생각하겠 지만, 되려 그런 말을 하는 사람들을 이해하는 편이었다. 아림의 직장에서 화를 낼 순 없는 것은 물론이지만 인섭은 자신이 화를 낼 자격도 없다고 생각했다.

아림은 그 후 5분이 지나서 복귀했다. 생각보다 일찍 오는 바 람에 인섭은 그 사람들의 말에 크게 기죽을 여력도 없었다. 그리 고 그 사람들의 말을 듣고 나서야, 아림의 얼굴에 확실히 생기가 많이 사라져 있다는 것을 알았다.

"밥 먹었어?" 인섭은 한겨울인데도 땀을 흘리고 있는 아림을 보았다.

"웬일이야? 이 점심시간에."

"그냥 좀. 보고 싶어서. 도시락 싸 왔어."

인섭은 도시락이 왠지 식었을 것 같은 기분이 들었다. 그래도 맛있게 먹어 줬으면 했다.

"네 거는?"

"나? 나는 괜찮아. 그냥 이거 주려고 왔어."

인섭은 그렇게 건네주면서 살짝 아림의 손을 잡았다. 장갑이라도 끼고 다녔으면 좋겠는데, 그러지도 않는 것인지 손이 다 상하고 있다는 것을 느꼈다.

"나 갈게."

인섭은 그렇게 손을 한 번 흔들고 바로 돌아섰다.

그 이후로는 생각하면 생각할수록, 인섭은 아림에게 미안한 감정뿐이었다. 만약에 자신이 아닌 다른 사람이 아림의 옆에 있어 준다면 그렇게 얼굴도 손도 상하지 않을 것이고, 더 좋은 환경에서 더 좋은 사람들을 만나다보면 좀 더 행복할 수 있지 않을까 하는 생각들은 자신 스스로를 기죽이기에 좋았다. 그럼에도 욕심은 있었다. 그래도 계속 함께하고 싶었다. 주변의 시선이든 뭐든 다 상관없이, 그저 그녀와 행복한 날을 꿈꾸고 싶었다.

하지만 그럴 꿈을 넘어설 자신감이 남아 있지 않았다.

보여줄 수 있는 것이 없으면 없을수록 자신감은 물론, 누군가를 위한 마음도 약해졌다. 인섭은 그런 자신에 버틸 수 없었고, 그럼에도 아림을 곁에 두고 있을 자신도 없었다.

그건 최근에 점점 밝아져 보이는 아림의 얼굴을 보면 다시 확신이 들기도 했었다. 그리고 그런 얼굴을 하게 만든 사람이 사장지서라는 걸 생각하면 몸속에 안 아픈 곳이 없었다.

인섭은 화요일과 수요일은 출근하지 않는 주 5일 근무를 하고 있었다. 공무원 시험이 끝나고 더 이상 공부를 하지 않게 되었을 땐, 남는 게 시간이었다. 게임을 하는 것에 취미가 있던 것도 아니었고 타인과 공유할 만한 취미가 없었기 때문에, 병마와 싸우는 엄마를 생각해 헬스장에 다니며 운동을 시작하기도 했다.

그렇기에 만테까레에 일하는 날은 하루 시간이 빨리 가는 편이었다. 아침에는 엄마의 병원을 가서 돌봐 주고 그 후에는 조금 미련이 남아 계속하고 있던 공부와 운동. 그리고 만테까레에서 일을 하고 집을 돌아오면 지쳐서 바로 잠에 빠졌다.

그런 의미에서 만테까레에 출근하지 않는 화요일과 수요일은 시간이 잘 가지 않는 날이었다. 되레 여유로운 시간 동안 할 게 없다보니 빨리 출근하고 싶다는 생각을 하기도 했었다.

그 정도로 최근에는 일하는 것에 나름 재미를 느끼고 있었다.

오늘이 그런 화요일이었다. 이제는 재미있어야 하는 건지 기대해야 하는 건지 잘 모르겠는 인섭은 아무도 출근하지 않는 만테까레에 미리 지서에게 받았던 열쇠로 들어왔다.

그 안에는 역시 아무도 없었다. 혹여나 요리 연습을 하는 지서가 있을지도 모른다고 생각했지만, 아무도 없었다.

매장을 한 바퀴 돌아 본 인섭은 테이블 앞에 엎어졌다.

참 묘하고 묘한 기분이었다. 지서에게 그런 이야기를 듣고 갈 곳 없어서 온 곳이 여기라니.

인섭은 지서가 아림에게 마음을 표현해서 고백은 했을는지, 그리고 그 마음을 아림은 어떻게 받아들일 건지, 아직은 고백하지 않은 건지, 그렇다면…

한번 시작된 복잡한 생각은, 오늘 아침부터 시작되고 있던 두통을 더 참지 못해 약을 찾게 만들었다.

비상약들은 계산대의 아래쪽에 위치하고 있었다. 그 안에는 반창고나 화상약이나 다양한 연고와 소독제 그리고 두통약이나 소화제 등 다양한 약들이 구비되어 있었다. 인섭은 거기에 두통약을 확인하고 바로 삼켰다. 그리고 조금이라도 편할 수 있을까 하는 마음에 계산대를 켜서 음악을 뭘 틀지 살펴보았다.

인섭은 이런 타이밍에 슬픈 발라드 같은 건 꼴불견처럼 보일 것 같았고, 최근 인기 차트의 노래를 틀면 무슨 노래인지 몰라서 흥미롭지도 않을 것 같았다. 결국엔 자신이 제일 애정하는 가수의 노래를 틀려다가 검색을 다시 시작했다.

"세상에 들을 노래가 얼마나 많은데."

인섭은 그렇게 중얼거렸다.

6년인가 7년 전에 굉장히 좋아했던 노래를 찾게 되었다. 그리고 그 노래를 재생시키려는 순간이었다.

〈배달~ 주문!〉

얼마 전부터 시작하게 된 배달 서비스의 알림 소리였다.

계산대는 전원을 넣고 화면이 켜지는 순간 자동적으로 만테까레의 운영에 위한 모든 프로그램이 자동으로 실행되었다. 다만 한 가지 매장 안에 울리는 음악 소리는 제외였다. 매번 포스 기기의 전원을 켜는 것은 지서의 몫이었기에 인섭은 이게 당연한 일인 줄은 모르고 있었다.

기기에는 이미 배달 업체는 물론 계산 프로그램과 주문 프로그램들이 실행되어 있었다.

〈배달~ 주문!〉

배달 주문이 들어왔다는 알림은 계속 울리고 있었다. 그 소리는 동시에 켜 버린 노래와 겹쳐서 몹시 듣기 싫은 소리로 매장을 울리고 있었다. 인섭은 스피커의 전원을 끄며 배달 주문을 수락하지 않아 자동 취소가 되길 기다리고 있었다. 하지만 그 주문은 그대로 멈추지 않았다. 취소되면 다시 주문이 들어왔다.

〈배달~ 주문!〉

그것을 무시하더라도 곧바로 다시,

〈배달~ 주문!〉

라고 계속 다시 주문이 들어왔다.

인섭은 어쩔 수 없었다. 우선은 그 주문을 받아 내고 화면에 띄워진 손님의 전화번호를 확인해서 연결했다. 상대방이 전화를 받자마자 인섭은 말했다.

"안녕하세요. 만테까레입니다. 우선 죄송하다는 말씀부터 전하겠습니다. 오늘은 원래 휴무일인데 실수로 배달 서비스 프로그램을 실행시켜서 주문을 받아버렸어요. 죄송합니다만 이 주문은 저희가 받을 수가 없어서요." 인섭은 말끝을 흐렸다. 그리고 예상하지 못한 말이 돌아왔다.

"배달이 안 된다면, 매장에 가서 식사할 순 없을까요?"

"네?"

인섭은 순간 자신이 말을 잘 전하지 못하는 바람에 그런 질문이 돌아온 게 아닐까 싶었다. 다시 한 번 배달은 물론 매장에서 식사할 수 없는 이유를 전했다. 휴무일이라 식사를 만들어 줄 요리사분이 안 계신다고 확실하게 전했다. 하지만 상대방은 생각보다

막무가내로 다시 부탁했다.

"어떤 말씀이신지 알겠습니다. 무리한 부탁인 건 알고 있습니다. 진상 짓인 건 압니다만, 어떻게 안 될까요?"

뭔가 울먹이는 소리까지 들리는 것 같았다.

인섭은 그런 손님에게는 아주 취약했다. 서비스업 자체에 경험이 거의 없다 보니 다양한 손님이 있는 건 알고 있지만, 뭔가 감정에 호소하는 손님은 마주하는 건 매우 드물었다. 인섭은 당연히 이 손님의 부탁은 거절해야 하고 당장이라고 포스기기나 다른 전원들을 전부 끄고 만테까레에서 나가야겠다는 생각이 가득했지만, 그녀의 간곡한 부탁은 그러지 못하게 만들고 있었다.

"마지막으로 부탁드리겠습니다. 정말 어떻게 안 될까요?"

인섭은 결국 상대방에게 다시 연락을 드리겠다며 우선 전화 통화를 종료했다. 심호흡을 한 번 했다. 그리고 미묘하게 떨리는 손가락으로 한 연락처를 찾았다.

*

전화를 받은 지서가 15분 정도 지나지 않아서 만테까레에 도착하자 인섭은 말했다.

"죄송합니다."

"어쩔 수 없지. 그래서 손님은?"

두 사람에게 어색한 기류가 흐르는 건 분명했다. 하지만 그보다 목적이 있다 보니 생각보다 그 기류를 무시하기 편했다.

"바로 오실 거라고 하시니까. 2시 20분 전에는 도착하실 거라고 하셨어요. 그리고 미리 주문까지 하시긴 하셨는데."

"어디 보자."

그래도 인섭은 어느 정도 주문을 가려야 할 건 가려서 받았다. 모든 요리가 지금 당장 가능한 것은 아니었다. 선 작업이 필요한 요리가 있는 만큼 휴일이었던 만테까레에는 어제까지 준비되어 있던 요리 재료로 만들 수 있는 요리들만 가능했다. 우선적으로 미리 냉장고를 열어 보고 안에 있는 재고들을 보며 가능하다고 말한 주문들로만 추린 것들이었다.

- 봉골레파스타
- 소라파스타

가능한 건 이 두 가지의 메뉴뿐이었다. 인섭이 그렇게 말할 땐, 아쉬워하는 느낌이 있었지만, 어쩔 수 없는 상황이었다.

지서는 인섭에게 물었다.

"원래 어떤 메뉴로 주문이 들어왔었는데?"

"아란치니 두 개랑 크림스튜 두 개였죠."

"시그니처만 주문하셨네. 그것도 매일 아침에 작업해야 하는 요리들로만."

물론 냉장고에는 선 작업을 해 놓은 아란치니가 있긴 했다. 하지만 그건 하루가 지난 만큼 손님용으로 내놓기보다는 직원용 식사로 쓰는 경우가 많았다. 아무래도 하루가 지나다 보면 의도했던 만큼의 컨디션을 낼 수 없다는 생각에 지서는 하루가 지난 재고는 다음 날에 쓰지 못하고 있었다.

그렇다고 주문하고자 했던 것과는 다른 메뉴들을 역제안했음에도 만테까레에 방문하고자 하는 의도가 궁금하면서도 가볍게 여길 수도 없을 것 같았다.

무엇보다 봉골레와 소라파스타의 조합으로는 많이 아쉬울 것 같다는 생각이 많이 들었다.

지서는 인섭에게 말했다.

"그 손님한테 전화해서 이 메뉴로 해드릴 테니 괜찮겠냐고 다시 물어봐 줄래?"

인섭은 그 쪽지를 받아들었다.

그 안에는 〈오징어먹물리조또〉 〈봉골레파스타〉 그리고 〈크림 스프뇨끼〉 라고 적혀 있었다.

인섭은 되물었다.

"이게 가능해요?" 특히 뇨끼는 아직 만테까레에서 만들어 본 적이 없었던 메뉴였다. 지서는 작은 종이 가방을 보이며 말했다.

"집에서 만들고 있었거든. 뇨끼."

인섭은 이 사람이 역시 요리에 진심이구나 하는 생각이었다. 직장에서 뿐만이 아니라 집에서도 연습하고 있다니, 참 부지런한 사람이라는 생각도 덧붙였다.

인섭이 다시 전화 연결을 해서 그렇게 주문을 넣어드리겠다고 말하니, 상대방에게는 되레 감사하다는 말만 돌아왔다.

시간은 약 20분 정도 남은 것 같았다. 인섭은 조금 거리를 두고 지서의 뒷모습을 바라봤다.

한참을 바라보다가 아림을 떠올렸다. 아림의 입장에서 보면 다행인 거 같다고 생각했다.

확실한 직업을 떠나서 점점 좋은 평을 받고 있는 이탈리안 식당의 주인과 연애, 어쩌면 인섭이 자신이 여자였으면 혹은 연애하고픈 상대방이 그렇게 능력이 있다면 충분히 반하고 좋아할 수 있는 조건을 가진 게 아닐지.

시선을 느낀 건지 지서는 뒤를 돌아보며 인섭에게 말했다.

"테이블 세팅 끝냈어?"

그리고 자신 또한 불편했을 텐데 아무렇지도 않게 일에 집중을 한다는 건, 솔직히 인섭에게는 이해가 가지 않았다.

10분 정도가 지나자 세 사람이 만테까레를 방문했다.

성인 여성 한 명과 큰 키를 가진 여학생 그리고 초등학생 여자아이 손님들이었다.

"죄송합니다. 이런 억지를 들어주셔서."

전화 통화를 했던 여성이 인섭을 보자마자 고개를 숙였다. 그리고 그 옆에 있던 두 사람도 고개를 숙이며 사과를 했다.

인섭은 그대로 세팅이 되어 있던 테이블로 안내를 했다. 그리고 혹여나 하는 마음에 만테까레의 밖으로 나와서 입구 앞에 휴무일로 운영하지 않는다는 안내문을 설치해 놓고 다시 들어왔다. 그리고 그대로 주방으로 돌아와 인섭은 말했다.

"도와드릴 거 있나요?"

그리고 지서는 기다렸다는 듯이 바로 답했다.

"괜찮으면 아란치니에 입혀 놨던 튀김옷들을 제거해 줄래? 안에 있는 고명도 제거해 주고."

인섭은 재고로 남아 있던 아란치니를 꺼내 지서의 주문대로 조금은 밥알들이 떨어져 나가도 밀가루와 빵가루를 덜어 내고 그 안에 들어가 있던 치즈 뭉치도 덜어 냈다.

"몇 개 해체할까요?"

"세 개 정도? 두 개면 1인분이긴 한데, 혹시 모르니까."

그렇게 해체한 밥알은 리조또로 쓰인다.

뜨거운 불에 달궈진 팬 위에 버터와 다진 양파 그리고 마늘을 넣어서 볶은 뒤 냉동실에 있던 오징어 다리를 다져서 다시 볶아 낸다. 지서는 그 팬을 인섭에게 넘겼다. 그리고 인섭은 지서의 지시대로 차근차근 요리를 시작했다.

"오징어도 다 익었다 싶으면 화이트와인을 넣어줘. 알코올 냄새만 없어질 정도로만 볶아 주고 그 위에 육수랑 크림 7과 토마토 소스 3의 비율로 한 국자 넣어줘."

"네."

그리고 그 뒤에 해체했던 아란치니를 리조또와 오징어 먹물을 넣어줌으로써 완전한 검은색으로 맞추었다.

오븐에 수분을 다 날린 감자를 으깨 적당하게 뭉칠 수 있는 반죽이 되도록 밀가루를 섞어 손가락 한 마디의 크기가 될 만큼 작게 잘라 끓는 물에 삶아 낸 뇨끼는 아직 냉장고에 남아 있는 크림스프 위에 올릴 수 있도록 올리브오일에 고소한 향이 올라올 때까지 약불에 볶아 냈다. 그리고 오븐에 넣어 뇨끼에 남은 오일이 바삭함을 만들도록 구워 낸다.

오징어먹물리조또. 크림스프뇨끼. 그리고 봉골레파스타.

인섭은 그렇게 세 요리를 손님들에게 서빙했다.

"식사 드릴게요."

세 사람은 각자 다른 반응이었다.

가장 작은 아이는 음식이 오든 말든 엄마를 부르며 포크와 숟가락을 쥐고 장난을 치고 있었고, 두 번째 아이는 폰으로 사진을 찍을 준비를 하고 있었는데, 요리를 찍고 나서도 카메라 기능을 끄지 않는 게 뭔가 쑥스러워하는 것처럼 보였다.

입장했을 때부터 느끼고 있었지만, 인섭은 손님인 모녀간의 묘한 어색함이 신경 쓰였다.

"필요하신 거 있으면 말씀해주세요." 인섭은 그렇게 말했다.

"네 감사합니다." 그리고 묘하게 안정된 듯한 목소리는 전화 통화의 목소리와는 사뭇 다르게 느껴지고 있었다.

계산대 쪽으로 돌아온 인섭이 이제 할 일은 다 끝났다는 생각에 살짝 안심하려던 순간, 포스기기를 보니 오늘 이 사태를 만든 것에 역시 안심할 수 없었다.

쉬는 날에 사람을 출근시키는 것만큼 최악은 없다고 했다.

그것도 직원이 사장을.

보통 직원이 사장을 출근시키는 것은 결국 직원이 사고를 쳤기 때문인 이유가 다반사다. 물론 인섭도 마찬가지였다. 인섭은 묘한 시선이 뒤에서 느끼고 있다는 생각에 바로 직감이 들었다. 지서는 손짓하며 주방 안으로 들어오라고 하고 있었고 인섭은 어떻게 변명이라도 해야 할지 짧은 시간 동안 빠른 생각을 하며 천천히 주방 안으로 들어갔다.

허락 없이 휴무일에 만테까레에 마음대로 들어온 것. 휴무일에 손님을 받은 것. 그리고 쉬는 날에 사장을 출근시킨 것. 확실히 욕을 먹어도 싸다고 생각했다.

하지만 지서는 말했다.

"요리를 하나 더 하려는데, 네가 한번 해 볼래?"

"네?"

"반년이나 여기서 일했잖아. 이런 기회에 한번 요리 해 보는 것도 나쁘지 않을 것 같은데."

"어. 아니 그게 아니라."

"괜찮아. 이렇게 여유 있을 때 해 보는 게 좋아."

"아니. 그게 아니라. 저는 화를 내실 줄 알고."

"응? 아. 화야 나긴 하는데. 뭐 내가 그럴 입장인가."

인섭은 역시 지서 또한 마음이 편안한 건 아니었던 걸 느꼈다.

지서는 어물쩍거리는 인섭을 보고 다시 말했다.

"저분들한테도 어쩔 수 없는 사정이 있겠지. 이런 경우는 나도 처음이긴 한데 오히려 영광으로 생각하자고."

"제가 뭘 만들면 되는 거죠?"

"알리오 올리오. 오일 파스타의 기본. 만테까레를 배울 거야."

*

알리오 올리오, 정식 명칭 '알리오 에 올리오'는 마늘을 올리브 오일에만 은은하게 볶아 내어 마늘 향이 베인 오일을 소스로 삼아 만드는 파스타다. 오일 파스타의 기본이 되는 파스타인 만큼 수많은 오일파스타들이 여기에서 응용이 된다. 오일 파스타의 기본이기에 가장 연습을 많이 해야 하는 요리이기도 했다. 그렇기에 지서는 누군가에게 요리를 가르쳐 줄 땐 제일 먼저 알리오 올리오를 만드는 방법을 알려 주어 왔다.

"원래는 편 마늘만 들어가지만 페페론치노도 넣자."

"그럼 너무 맵지 않아요?"

"매워지긴 하는데, 매운맛은 마늘 향이랑 짠맛이랑 잘 어울리니까. 풍미 자체를 한층 더 높이기 좋아. 부수지는 말고."

그 말에 인섭은 약한 불에 볶아지고 있는 마늘 위에 페페론치노를 넣었다.

"부숴서 넣으면 너무 매워지니까."

그리고 약 5분 정도 볶았다. 지서는 절대로 강한 불에 볶으면 안 된다고 일침했다.

"빠르게 마늘이 볶는 게 중요한 게 아니라, 천천히 오일로 마늘을 볶으면서 오일에 마늘 향을 담는 게 중요해." 그리고 지서는 다시 지시를 내렸다. "마늘이 노릇노릇해지기 직전에 다진 마늘을 넣어서 추가로 볶아 주자."

"마늘 향을 더 강하게 하려고요?"

"그렇지. 그리고 마늘은 조금만 볶아 낸 뒤 옆에 따로 빼놓자."

"어째서요?"

"나중에 완성된 알리오 올리오 위에 올려서 플레이팅으로 쓰려고, 지금 식혀 두면 바삭하게 먹기 좋거든."

"오일 파스타의 기본이라면서 세심한 부분들이 많네요."

"그러니 기본이라는 거지. 세심한 것이 몸에 익어야 하니까."

인섭은 마늘을 옆에다가 빼 놓고 다진 마늘이 노릇하게 익어가도록 기다렸다. 입자가 작은 만큼 1분도 지나지 않아서 금방 노릇하게 변하고 있었고, 펜에는 마늘에서 나온 것 때문인지 끈적거리는 것이 펜에 눌러 붙는 것 같았다.

"그대로 면수를 넣어줘. 우리가 사용하는 육수도 괜찮지만."

인섭은 지서의 지시를 따랐다. 그리고 파스타 면을 넣고 졸이기 시작했다.

"알싸한 맛을 남기도록 추가로 다진 마늘을 넣어서 데친다는 느낌으로 끝을 내도 좋지만, 어린 손님도 있으니까 그건 피하자."

"그럼 소금만 넣을까요? 치즈는요?"

"치즈는 괜찮아. 소금은 간만 맞출 정도로 넣어 주고 이제 물기만 조금만 남도록 졸아 주자."

그리고 지서의 말대로 펜의 안을 확인하면서 천천히 졸아 주었다. 그리고 소스가 물그스름하게 남았을 때 지서는 만테까레를 시작하자고 말했다.

"우리 가게 이름이네요."

"그렇겠지. 내가 좋아하는 말이기도 해. 자, 내가 말하는 대로 따라 해 봐."

인섭은 지서가 말하는 대로 바로 할 수 있도록 펜과 그 안에 파스타를 집중했다.

"우선 불을 꺼. 그리고 볶음밥을 만드는 것처럼 펜을 휘두르면서 뜨거운 펜과 그 위에 있는 차가운 공기랑 만나게 하는 거야. 그리고 강하게 면을 휘젓는 거지. 그 온도 차이로 인한 반응이 소스의 크리미한 질감을 형성하는 거야."

인섭은 지서의 말에 따라 손목의 힘을 써서 펜의 앞쪽에 파스타가 공중에 떠워 휘감길 수 있도록 손질했다.

지서는 계속 설명했다.

"이런 작업으로 유화를 하는 게 만테까레라고 부르기보단, 유화도 하고 휘핑도 하고 처음부터 마지막까지 재료에서 낸 맛을 하나의 맛으로 어우러지게 하는 과정 자체를 만테까레라고 불러. 이미 알려 준 적이 있었지?"

인섭은 알고 있었지만, 그 과정을 직접 하게 되니 상당히 몸에 힘이 들어가는 것을 느꼈다. 펜이 그렇게 무겁지도 않았는데도 모든 집중을 그 안에 두고 있어서인지 몸 여기저기에서 땀이 나는 것 같았다.

"내가 누군가에게 처음 요리를 가르쳐 줄 때마다 이것부터 가르쳐 주는 편이야. 나에게 배운 사람이 그리 많은 건 아니지만."

"역시 만테까레라는 게 특별한 건가 보네요."

지서는 그 과정이 요리의 맛을 표현할 수 있게 만드는 가장 중요한 것이라고 배워 왔다. 그렇기에,

"특별하다기보다는-" 지서는 무언가를 말하려다가 멈추었다. 인섭이 만테까레에 집중하는 사이 지서는 다시 말하기 시작했다. "불에 달궈진 뜨거운 펜과 수십 도가 차이 나는 공기. 방금 네가 한 것처럼 펜을 휘두르며 뜨거운 펜과 차가운 공기가 얽히고 얽혀가고, 거기에 계속 펜을 휘두르는 건 꽤나 힘이 많이 들어갔지?"

"그렇죠. 아무래도."

"그렇게 계속 휘젓고 애초에 서로 어울리지도 않는 것들이 한데 묶여 마찰되는 게, 서로 맞지 않는 사람들이 만나 하나의 인간관계로 이어지는 것 같다고 생각했던 적이 있었거든. 그 과정의 결과가 하나의 맛있는 파스타가 되는 것처럼. 그게 사람들이 만나 하나의 인연이 되는 것처럼 비유되는 게, 그래서 이 용어를 좋

아해. 만테까레."

그 말에 인섭은 자신이 만드는 파스타를 보았다. 말 그대로 서로 완전히 다른 차가운 것과 뜨거운 것이 계속 만나 그 사이에 공기가 유입된 건지 작은 거품들이 생기고 휘저으면 휘저을수록 점성이 강해졌다. 그 소스들은 느끼할 것 같은 오일이 아닌 뽀얗고 미세한 크림이 형성되어 파스타의 모든 면에 잘 달라붙어 윤기를 빛내고 있었다.

인섭은 인상 깊었다.

뜨거운 것과 차가운 것이 반복되어 계속 만난다는 것은 고통스럽다고 말할 수 있다. 극과 극이 만나고 거기에 또 다른 것이 투입되어 섞여야 한다는 것은, 이미 수 번 십 수 번 수십 번을 반복해서 휘젓는 손목을 통해서 힘들다는 걸 느끼고 있었다.

그런 과정들. 기다림과 세심함 그리고 거칠기도 하고 반복되는 수고스러움. 어려운 과정들이 거쳐야 맛있는 요리가 탄생한다. 그리고 그 기본인 알리오 올리오.

정성이 가득하다고, 인섭은 생각했다.

"잘 된 걸까요?" 가까스로 파스타를 그릇에 옮긴 인섭은 그런 요리를 만든 게 반신반의했다.

"훌륭히." 하지만 지서는 엄지를 세웠다.

인섭은 다시 만테까레라는 기술의 이름을 되새기며 말했다.

"그 만테까레라는 말이, 사장님은 어째 아림이를 빗대어서 하시는 말씀 같아 보이네요."

지서는 부정하지 않았다. 그런 의미로 알리오 올리오와 만테까레를 알려준 건 아니지만, 그 과정은 충분히 자신과 아림을 빗대고 있었다.

지서에겐 아림도 인섭도 특별한 만남이었다. 모두 기대하고 마냥 원해서 만나게 된 인연이 아니었다. 하지만 알아가는 과정이 즐거웠고 즐거운 인연이 계속되길 바랐었다.

서로 다른 환경에서 만나 새로운 것을 만들어 내는 것. 하나의 만남은 어떤 인연으로 이어질지 모른다. 만남은 우연으로 다가올지 몰라도 그 인연을 우연으로 끝까지 잇지 못한다. 그 사이엔 서로가 소중하게 여기는 마음, 각자의 사랑의 형태가 중요하다.

인섭은 제일 처음에 튀겨 내었던 바삭해진 편 마늘을 알리오 올리오 위에 올려놓고 파슬리를 조금 뿌려 손님에게 가져갔다.

"이거. 사장님 서비스에요."

"네? 그러시지 않으셔도 괜찮은데. 감사합니다."

그리고 인섭은 원래 자신이 하던 일처럼 계산대 쪽으로 돌아가서 대기하고 있었다. 손님이 자신을 찾을지도 모르는 그런 웨이터의 역할이었다. 주방에는 달그락거리는 소리가 들려왔지만, 인섭은 쳐다보지 않고 그대로 홀 쪽으로 시선을 두고 있었다.

40대 초반으로 보이는 여성. 그리고 중학생 혹은 고등학생으로 보이는 여학생. 그리고 어리다고라는 말 밖에 표현하기 어려운 여자아이. 묘한 분위기였다. 어린아이는 의자까지 엄마의 옆에 달라붙어서 애교를 부리고 있었고, 그런 애정을 마냥 다 받아 내기는 어색해 보이는 느낌이 나오고 있었다. 반면에 여학생은 계속 뭔가 눈치를 보고 있었고, 동생의 행동이 그다지 마음에 들어 하고 있어 보이진 않았다. 어째 눈가가 살짝 빨간 것 같기도 하고 여기까지 오기 전에 어떤 일들이 있던 건지. 마냥 친근한 가족이라고 하기에도 살짝 위화감이 있었다.

"나랑 있는 게 불편할 줄 알았는데." 지서는 아직까지 퇴근을 하지 않는 인섭에게 말했다.

"불편하긴 합니다."

그리고 두 사람에겐 결코 숫자로 정할 수 없을 정도의 어색함의 수치가 급속도로 오르고 있었다. 인섭에게는 여전히 배신감이 느끼는 건 마찬가지였고, 그럼에도 지서는 결심해 왔던 만큼 먼저 입을 열었다.

"좀 이기적이게 행동해 보라는 말을 듣고 있었던지라."

"이기적으로요?"

"자신의 행복을 위해서라면 자신만, 아니 자신부터 자신을 위해서 만을 생각해 보라고 말이지."

"누가 그랬어요?"

"나를 해고했던 옛날 사장?"

"…그런 사람한테 조언을 듣고 싶어요?"

"그렇긴 한데, 나한테 필요했던 말이기도 했거든."

"잘 모르겠네요. 그 말이. 타인에게 피해를 줘서까지 자신의 행복을 쟁취해야 한다는 뜻 아닌가요."

"뭐든 단편적으로만 볼 수 없으니까. 충분히 그렇게 말이 되지." 하지만 지서는 손님들에게 눈치 채지 않을 정도로 작은 몸짓으로 그 손님들의 테이블을 가리켰다. "세상사는 게 그런 것 같아. 모든 사람이 행복할 수 없는 것처럼, 누군가가 행복하면 누군가가 불행할 수도 있는 것처럼. 반대로 불행하다고 생각하는 사람도 언제든 행복을 누릴 수 있다고 생각해. 그래서 저분들도 자신의 행복을 위해서 욕심을 낸 거라고 생각해."

"허울 좋은 말이네요. 결국 모순투성이 같은 말."

"그럴지도 모르지. 어쩌면 정말 그런 말이기도 하고. 그러니까 나만 생각하려던 거야. 내가 좋아하는 대로. 내가 하고 싶은 대로, 내가 얻고 싶은 것을 보고 내가 챙겨야지. 누군가가 나의 행복을 챙겨 줄 것도 아니니까." 그리고 잠깐 뜸을 들인 지서는 다시 목을 쥐어짜 말했다. "그러니까 아림 씨에게 고백할 거야." 지서는 그렇게 마음을 얻기로 마음먹었다.

인섭은 두 손이 불끈 쥐어졌다. 자신이 여전히 아림을 마음에 두고 있다는 걸 알면서도 그런 말을 이렇게 꺼낸다니. 아무리 자신감이든 자존감이든 무너질 대로 무너져봤다고 하더라도 그 정도로 무너지진 않았다. 그 정도로 가만히 뺏기도록 가만히 있을 생각이 없었다.

하지만 인섭이 그런 충동을 스스로 억제할 필요도 없이 아이 손님이 두 사람에게 다가와서 말했다.

"아저씨들. 화이트데이에 선물 많이 받았어요?"

화이트데이는 아직 오지 않은 날짜였다. 하지만 지서는 그 아이에 맞추어 주었다.

"아니. 아직 못 받았어요."

그리고 그 사이에 학생 손님이 두 사람에게 다가와서 말했다.

"죄송합니다." 그리고 자신의 동생에게 말했다. "바보야. 뭘 하고 있는 거야." 그리곤 또다시 두 사람을 바라보며 말했다. "죄송해요. 쉬는 날에 이런 무리한 부탁을 드려서요." 그리고 작은 아이 손님의 양손에 주어진 것을 인섭과 지서 각각 하나씩 건넸다.

"못 받았으니까. 이거 선물이에요." 작은 아이 손님은 그렇게 말했다.

사탕이었다. 지서는 누군가에게서 이런 사탕을 받아 본 지 꽤 나 오래되었다는 것을 바로 느꼈다. 이미 누군가에게 선물을 받은 것인지 아니면 구매를 한 것인지 선물용 포장이 되어 있는 사이즈가 작은 롤리폴리 사탕이었다. 그 막대를 양손에 하나씩 잡아 지서와 인섭에게 뻗으며 건넸다.

"고마워요."

"감사합니다."

"언니가 엄마랑 나랑 여기를 꼭 오고 싶어 했거든요! 막 울며 불면서요." 작은 아이는 해맑게 그렇게 말하자 학생 손님은 발끈하며 동생의 머리를 때렸다.

"내가 언제!"

그러자 바로 울 것 같은 작은 손님은 이런 상황에 익숙한 건지 아니면 울음이 작은 건지 입을 쭉 내밀며 근성 있게 참아냈다.

그런 모습을 지켜보던 두 아이의 어머니 또한 다가왔다. 인섭은 멀찍이서 그 사람들의 테이블을 바라보았다. 이미 그릇은 휴지로 다 닦아 낸 것처럼 깨끗하게 비워 내 있었다. 자신이 만든 알리오 올리오까지.

"죄송합니다. 애들이 보답하겠다고 그랬던 건데. 너희들!"

지서는 짧은 시간동안 죄송하다는 말을 너무 많이 들어 귀에 딱지가 앉을 것만 같았다.

"괜찮습니다. 다만 원래 휴일이다 보니 준비된 게 마땅한 게 없어서. 바라시던 걸 못 드려서 저희가 죄송해요."

"아뇨. 괜찮아요. 여기에 온 건 처음이지만, 그리울 것 같을 정도로 맛있었어요. 그치?"

그녀는 아이에겐 머리를 쓰다듬고 학생 손님에게 등을 두드렸다.

"엄마. 말하지 마."

"뭐 어때. 좋은 식당에서 시간을 보냈으면 쑥스러울 것도 없지."

지서는 계속되는 칭찬에 뿌듯해지기보다는 조금은 부담스러워질 것 같았다.

"딸애가 여기 오고 싶어 했는데, 저랑 보는 날에 오려고 기다리고 있었거든요. 다만 그게 오늘이어서 진상이나 다름없지만, 억지를 부리게 되었어요."

"아. 모녀지간에 보는 일이 좀 어려운 사정이 있으신가 보네요."

"네. 애들은 아이들 아빠가 맡아 키우고 있어서. 이렇게 같이 볼 수 있는 날이 정말 흔하지 않거든요. 그래서 딸애가 원하던 걸 해 주고 싶었거든요. 그래서 정말 죄송하고 감사합니다."

지서는 다시 한 번 괜찮다고 말했다. 두 사람은 애써 세 모녀의 사정을 묻지 않았다. 묻지 않아도 괜찮았다. 세상에 부모가 따로 지내는 일 같은 건 수많은 이유가 있을 것이다. 그저 부모가 아이와 함께하는 것을 소중히 여기고 있다는 게 중요했다. 무엇보다 아이들이 엄마와 함께 있고 그 시간을 행복하게 즐기려고 하는 것 자체가 고귀하다.

딸아이는 엄마와 동생을 위해. 엄마는 두 딸을 위해, 인섭이 곤란하더라도 자신들을 위해서 그런 억지를 부려야 했다. 그런 입장이 어째 인섭은 방금 전에 말한 지서의 말과 겹쳐지는 게 받아들이고 싶지 않았다.

"저기." 그중에 학생 손님이 말을 꺼냈다.

"원래 아란치니 먹고 싶었는데. 친구들이 맛있다고 그래서. 그래도 검은색 리조또도 봉골레도 뇨끼도 전부 맛있었어요. 특히 마지막에 알리오 올리오도요." 작은 손님도 끼어들었다.

"알리오 올리오 진짜 맛있었어! 조금 매웠지만!"

"조용히 좀 해."

그리고 그런 모습을 어른들은 나름 흐뭇하게 바라봤다.

세 모녀는 그 후 계산을 하고 바로 퇴장했다. 그리고 나가면서까지 죄송하다는 말을 남겼다.

인섭은 세 모녀가 남기고 간 식기들을 정리하고 설거지를 시작했다. 거기에 자신이 만들었던 알리오 올리오의 그릇까지. 인섭에게선 누군가에게 자신이 만든 음식이 맛있다고 들은 게 얼마나 오랜만인지 자신도 모르게 주먹이 쥐어졌다.

테이블은 지서가 처리하고 이제는 만테까레도 쓸 수 있도록 정리를 하기 시작했다. 하지만 인섭에게는 설거지들 사이에 있는 꼬마 손님이 주고 간 화이트데이의 선물 사탕이 눈에 들어왔다.

화이트데이라는 게 남자가 여자에게 사탕을 주며 사랑을 표현하는 날이라고 했다. 그리고 그런 사탕이 두 사람에게 주어졌다.

인섭 자신과 지서.

인섭은 그 순간 설거지를 하는 것을 그만두었다. 이전부터 마음 같아선 여기 이곳을 전부 엉망으로 만들어 버리고 싶었다. 하지만 역시 그런 행복한 얼굴을 보여 주고 가는 손님들을 떠올리면, 결코 그럴 수가 없었다.

"왜 그래?" 지서는 굳어 있는 인섭을 보며 말했다.

대답 대신 인섭은 자신이 해 준 알리오 올리오가 정말 맛있었다는 말을 다시 떠올렸다. 그 말이 인섭 자신 또한 아직 무언가를 해 낼 수 있다는 희망처럼 보였다. 그리고 자신에게 준 사탕이 갑자기 왜 이리 용기를 불러일으키는지, 다음에 볼 수 있게 된다면 고맙다고 꼭 말하고 싶었다.

"맛있다고 하는 말. 역시 듣기 좋네요."

"응? 그래."

인섭은 고무장갑을 벗고 그대로 아이에게서 받았던 롤리폴리 사탕 하나를 다시 집었다. 그리고 그 맛있다는 말을 역시 아림에게도 다시 듣고 싶다는 생각을 지울 수 없었다.

인섭은 왜 아림에게 이별을 고했는지 생각해 보았다.

분명 그때도 좋아하고 사랑했었다.

괜히 스스로 공무원이 되지 않으면 안 된다는 생각에, 그러면 아림의 옆에 있을 수 없을 거라는 생각에 스스로 포기했고, 포기했음에도 여전히 공무원 시험을 준비했다. 여전히 미련이 남아 있었다. 사랑에 미련이 없다면 그건 사랑이 아니다.

늦었을지 몰라도 인섭은 지서의 말에 공감하기로 했다.

"분명 사장님은 그렇게 말했죠?"

"응?"

"행복을 위해서 자신만 생각하고 이기적일 필요가 있다고."

그 말에 지서는 대답하지 않았다.

지서는 인섭이 지금 무엇을 하려는지 직감할 수 있었다. 그리고 인섭은 손에 쥔 사탕을 보이며 말했다.

"아림이에게 고백할 겁니다. 여전히 사랑하고 계속 사랑했다고. 잊을 수 없었다고요."

지서는 그런 인섭을 말릴 수 없었다. 그리고 더 이상 두 사람은 순수하게 웃으면서 얼굴을 마주할 수 없을 것 같았다. 그건 두 사람이 똑같이 느끼는 아쉬움이었다. 아림이 엮여 있지 않았다면 수많은 추억을 남길 수 있는 좋은 인연이라고 생각했으니.

하지만 무언가를 얻으려면 또다른 무언가를 포기해야 하는 순간도 존재한다.

"나도 마찬가지야. 포기할 생각 없어." 포기보다 얻는 것을 생각하기로 했다. 하지만 그보다 먼저 앞서 인섭은 달리기로 했다. 그것을 끝으로 만테까레를 사직하면서.

"그럼 그동안 감사했습니다. 사장님. 만테까레에서 일한 거, 정말 즐거웠어요."

*

만테까레가 쉬는 날엔 아림은 사무소의 사람들과 식사를 하기 시작했다.

그 사람들은 아림이 어디로 가서 무엇을 먹고 다녔는지 잘 몰랐기에 그들이 제안하는 점심식사는 어떤 의미론 아림에게 곤란함을 만들었다.

"점심으로 파스타 어때요? 오늘 꽤나 느끼한 거 땅기는데."

그런 말로 시작해서 의견이 부딪히더니 결국 파스타 집으로 향하는 모양이었다.

아림은 딱히 내색하지 않았다. 하지만 정작 포크로 파스타를 말고 입에 넣었을 땐, 생각보다 큰 문제가 생겼다는 것을 느꼈다.

'뭔가. 여러모로 많이 아쉽네. 정확하게는 모르겠지만.'

결코 자리가 불편한 건 아니었다.

우선 화해를 했고 사과도 받았고 더 이상 원망스러운 것도 없었다. 식사 자리가 불편하지 않은 만큼 아림의 기준에서는 식사의 맛을 객관적으로 평가할 수 있다고 생각했다.

"맛은 있는데 여러 가지 좀 아쉽네요."

식사 중에 처음으로 입을 연 아림의 한 마디였다.

문제는 자신의 입맛이 높아졌다는 것이다. 결코 지금 포크로 말고 있는 파스타 또한 맛이 없는 건 아니었다. 하지만 전문가가 아닌 만큼 뭐가 부족한지 뭐가 아쉬운지 확실히 말할 수는 없었다. 그저 지서가 해주는 파스타가 더 맛있다는 생각이 전부였다.

그 말에 다른 직원들이 아림에게 말을 걸기 시작했다.

"흐음— 이 정도면 괜찮은 거 같긴 한데."

"그러게요. 아림 씨 혹시 더 좋은데 알고 있어요?"

그런 말에 아림은.

"네? 아. 제가 아는 분이 레스토랑을 운영하고 계셔서."

"아하. 점심때만 가는 곳이었구나."

이미 들켰었다. 아림이 혼자서 점심을 해결하는 곳이 있다는 곳에 같이 가고 싶다는 말은 최근에 줄곧 나오고 있었다. 아림도 매번 피할 수 없었기에 언젠가는 직원들과 함께 방문을 해야겠다고 생각은 하고 있었지만, 좀처럼 쉽게 제안하기도 어려웠다.

하지만 아름은 얕은 숨을 내쉬고 말했다.

"다음 저녁에 같이들 가요. 거기 맛있어요. 정말로."

그 말에 사무소 사람들은 이번 달의 회식 장소를 그 레스토랑으로 가자고 하기도 하며, 와인도 준비하자느니 들뜬 목소리들로 떠들썩거리기 시작했다.

아름의 환경은 그렇게 점점 변하고 있었다. 이제는 지금처럼 직장 동료들과 함께하는 자리가 마냥 불편하지는 않을 것 같았다.

점심 식사를 마치고 동사무소로 복귀하는 길. 매번 혼자였던 것과는 달리 다들 커피 하나씩 들고 다 같이 복귀하는 것 또한, 어찌 보면 평범하고 당연했던 게 왜 그러지 못했던 건지. 어깨에서 힘이 빠지는 아름이었다.

아름은 다시 자기 자리로 돌아와 사무소의 일을 시작했다.

주민들은 계속 방문하고 직원들과 아름을 찾았다. 그리고 아름은 내일 어떤 점심을 준비해서 만테까레를 방문할지 일하는 도중에 딴생각을 하기도 했다.

"어떻게 오셨어요?"

동사무소의 입구 쪽을 바로 바라볼 수 있는 직원이 누군가가 들어오자마자 그렇게 물었다.

시간은 3시 25분을 지나고 있었다.

동사무소는 제일 바빠지는 시간에 돌입하고 있던 도중이었다.

*

인섭은 아름이 퇴근하기를 3시간을 기다렸다. 급한 마음에 찾은 아림의 직장이지만, 근무 중인 아림에게 서두르는 모습을 보여 불편함을 주고 싶지 않았다.

그렇게 기다리고 기다린 6시하고 15분 정도 지났을 무렵.

인섭은 조금은 어색하지만 친근하게 다른 직장 동료들과 인사를 하며 헤어지는 모습의 아림을 바라보았다.

그리고 아림은 자신의 스마트폰을 보며 퇴근길을 나서기 시작했고, 인섭은 얼마 따라 걷지 않아 아림을 불러 세웠다. 그리고 그 목소리에 따라 아림도 뒤를 돌아보았다.

아주 한순간에 인섭은 느꼈다.

'뭔가 변했네.'

아니 생각보다 아주 많이 변한 것 같았다. 그 모습은 인섭에겐 알아차리기 너무 쉬웠다. 직장을 출근하면서도 여기저기에 힘을 준 것 같은 복장. 평소에는 잘 신지 않았던 굽이 있는 신발. 최근에 머리를 잘랐는지 깔끔하게 어깨를 넘어 내려오고 있었고, 아림이 인섭을 마주하자마자 보게 된 얼굴에는 자신과 마주했을 때는 본 적이 없는 바뀐 화장이 자리 잡고 있었다.

"여기서 뭐 하고 있어?"

아림은 말도 없이 찾아온 인섭에게 당황스럽게 물었다.

그 말이 인섭에겐 어째서 공격적으로 느껴지는 것인지, 인섭은 뭔가 잘못하다가 걸린 것처럼 쉽게 입을 열지 못하고 있었다.

"아니. 그냥. 너 한번 보고 싶어서 나도 모르게 왔어." 인섭은 자신의 가방 쪽에 살짝 손을 옮겼다.

"혹시 연락했었어?"

"응? 아니."

"난 또. 혹여나 연락했는데 못 본 줄 알았네. 혹시 무슨 일이 있는 건 아니지?"

"아냐. 그런 거. 그냥 일하다가 집으로 가기 전에 와 봤어."

"일. 잘 배우고 있는 거 같다고 어머님한테 들었어."

"엄마한테?"

"응. 일주일에 한 번 찾아가서 뵙고 있거든. 말씀 안 하셔?"

"딱히 들은 건 없었는데."

"들었어. 최근 일하고 있는 곳이 재미있는지 일하러 가는 걸 좋아하는 거 같다고. 그런 말 들으니 안심이 되더라. 요리를 배우기 시작했다고 들었는데. 맞아?"

인섭은 주먹을 쥐었다. 순간 만테까레의 사람들이 머릿속에 지나갔다. 방금 전에 대접했던 손님들마저.

"인섭이 너. 요리 잘하니까. 맛있는 요리 만들 수 있을 거라고 생각해." 거기다가 뭔가 환하게 웃는 듯한 아림의 모습이 인섭은 마음에 들지 않았다.

"아직 6개월밖에 안 되어서. 그런 날이 언제 될지 모르겠네."

"언제 될지 모르겠다니. 예전에도 네가 해 준 도시락 같은 거늘 맛있었는데."

그 말에 인섭은 오늘 만들었던 알리오 올리오를 떠올렸다. 그것을 먹고 정말 맛있었다는 환한 얼굴로 말해 주는 손님. 그리고 그런 손님의 얼굴을 보고 떠올렸던 옛날의 아림이 해 주었던 말.

인섭은 자신이 왜 여기에 왔는지 다시 떠올렸다. 또다시 그렇게 스스로에 대한 자신이 없던 시절로 돌아갈 수 없었다. 적어도 지금 이 순간만큼은.

"사실 오늘 하고 싶은 말이 있어서 급하게 왔어." 인섭은 말했다.

"응? 아… 혹시 괜찮으면 카페라도 갈래?" 아림은 그렇게 말하곤 살며시 침을 삼키고 다시 말했다. "나도 할 말이 있었거든."

"할 말이 있다고?" 인섭은 아무리 급하게 왔더라도 아림을 기다리면서 준비한 것들이 있었다. 그게 오늘이 될 줄은 몰랐지만, 늘 자기 전에 어떻게 진심을 전해야 할지, 아림은 준비해 왔다.

"원래라면 다음에 약속을 잡고 하려고 했었는데, 지금 이 순간이 좋을 것 같아."

갑작스럽지만 아림은 지금 만난 이 순간이 가장 적기라고 생각했다. 아림은 이제 인섭과의 관계를 확실히 해 두는 게 좋을 거라고 생각했다. 이미 이별을 했음에도 서로의 미련이 이어 가고 있다는 것을 인섭은 물론 아림도 알고 있었다. 아림은 그것을 해결하려 했다.

하지만 인섭은 그 반대였다.

아림이 어떤 이야기를 하려는지 모르지만 아림의 유도대로 따라가면 안 될 것 같다는 예감이 들었다.

"그냥 여기서 이야기하자." 인섭은 그렇게 고집을 부렸다. 그리고 아림이 대화의 주도권을 가져가지 못하도록 조금은 급하게 입을 열었다. "일단 사과할 게 있어서 왔어."

"사과할 거? 나한테?"

"응."

아림은 그게 뭔지 괜히 긴장되었다. 자신이 사과 받을 일이 있었는지 기억을 되돌려 보기도 했다.

"사실 엄마 병문안 와 달라고 했던 거. 너 얼굴 보고 싶어서 괜히 그런 부탁을 했던 거야. 그냥 그렇게라도 계속 보고 싶기도 했었거든." 사실이기도 했지만, 오늘 꺼낼 말은 아니었다. 그래도 인섭은 꽤나 잘 맞는 퍼즐 조각이라고 생각했다.

하지만 아림은 그 조각에 맞춰 주지 않았다.

"무슨 일 있었구나?"

아림의 그 말에 인섭은 몸속 여기저기에 가시가 피어나는 것 같았다. 그래서 용기를 내기 더 어려웠다. 그래도 아림을 빼앗기고 싶지 않아서 다시 아림의 마음을 얻기 위해 뒤늦었더라도 지난 자신의 마음과 지금의 마음을 고백하고 싶었다. 사실은 이별 통보를 했던 건 진심이 아니었다고. 그저 자신 스스로가 너무 못나 옆에 있지 못했었던 것뿐이라고.

그렇게 말한다면 아림은 돌아와 줄 거라고 생각했다. 하지만 불안함만 엄습했다.

여자는 사랑을 할 때 가장 예뻐진다. 그런 여자의 아름다움이 있다는 걸 안다.

그게 지금의 아림에게 있었다.

그리고 결코 자신에 향함이 아니라는 것도 알 수 있었다.

오히려 그렇게 인정하고 나서야 인섭은 더 미련 없이 용기 낼 수 있었다. 유치할지 모르겠지만 어린아이들이 좋아할 것 같은 롤리폴리 막대 사탕. 인섭의 마지막 손님이자 처음으로 요리를 낸 손님에게서 받은 선물이자 고백을 할 기회.

인섭은 그것을 천천히 아림에게 건넸다.

그리고 아림 또한 그게 그저 단순한 사탕 선물이 아니라는 것을 느낄 수 있었다. 그렇기에 마냥 건넨 인섭을 받을 수 없었다.

"곧 있음 화이트데이잖아. 오랜만에 이거 주려고." 인섭은 받지 않으려는 아림에 억지로 손에 쥐어 주었다.

"인섭아. 난."

"알아. 말 안 해도 눈치 챘어. 참. 너도 그 짧은 시간에 변하긴 확 변했구나."

아림은 그 사탕을 받으며 조심스럽게 자신의 가슴 속을 확인했다. 두근거림이 있긴 했지만, 그건 설렘에서 나오는 것이 아니었다. 그저 불안함과 당황함에서 나오는 두근거림이었다. 여태 인섭에게 느꼈던 두근거림과는 확연히 다른 느낌에 확신할 수 있었다. 그렇기에 아림은 인섭에게 확실히 말하고자 하려던 말을 용기 내어 말할 수 있었다. 이제는 그래야 한다고 생각했다.

"누구는 우리의 20대가 안쓰럽다고 하지만. 난, 네가 있어서 나의 10대와 20대가 행복했었어. 아마 네가 없었더라면 정말 어땠을지 상상이 안 갈 정도로."

인섭은 자신이 생각했던 말과 조금은 다른 이야기에 아림에게 집중했다.

"내가 행복할 땐 너도 함께 곁에서 행복했고, 슬플 땐 함께 슬펐고, 좋은 게 있다면 함께 하고 싶어 생각났던 게 너였고, 우리가 그때 아무리 지쳤어도 나에게 넌 그런 사람이었고 모든 게 너로 시작해서 너에게만 향했었으니까."

인섭은 그저 아림이 말하는 것을 기다렸다. 그리고 아림 또한 어디로 장소를 옮기지 않았던 게 다행이라고 생각했다. 자신이 사랑했던 인섭에게 이 말을 하고 그 카페의 자리에 덩그러니 내버려 둘 수 없으니.

"널 사랑했던 날이 있어 기뻤어. 그 순간들을 결코 후회하지 않아. 그래서 그 순간들을 함께한 널 외면하고 싶지 않았어. 이젠 그 날만을 바라보진 않겠지만, 그런 추억들을 나에게 주어서 감사하게 기억하고 있어."

아림은 인섭을 비운의 주인공처럼 괴롭게 만들고 싶지 않았다. 아림의 그 마지막 말은 매일 밤잠을 자기 전에 몇 번이고 준비하고 준비한 말이었다. 소중하게 준비하고 소중하게 여기고 꺼낸 그런 말이었다.

"그래도 이 말은 역시, 마저 하게 도와주라." 인섭은 말했다.

"응?"

"그래도 난 너를 여전히 좋아하고 있었다고."

참 길고 길었고, 어렵게 건져 낸 말이었다. 이미 그 대답을 듣고 난 뒤였지만, 인섭은 그 말마저 하지 못하게 된다면 정말 모든 것을 잃어버리게 될 것만 같았다.

인섭은 눈물이 곧 터질 것 같았다.

그리고 그렇게 아림 또한 지난 추억들이 지나가며 눈물이 터질 것 같았다. 하지만 아림은 아무렇지 않은 척하며, 아니 아무렇지 않게 마음을 정리하고 인섭에게 조금 다가가서 말했다.

"고마워. 하지만. 미안해."

인섭은 예상했던 탓인지 그런 말을 들어도 생각보다 아무렇지 않았다. 이미 그런 마음이 준비되고 있었단 것을 느낄 수 있었다.

풋내 나게 시작했던 인연은 나름 풋내 나게 끝나가는 것 같았다. 옛 시절과 겹쳐지는 모습으로 자신을 바라보는 아림의 모습에 인섭은 말했다.

"일하는 건 좀 괜찮아?"

"어? 그냥. 그저 그래. 괜찮아."

"정말로?"

아림은 그저 괜찮다고밖에 말할 게 없었다.

"응. 정말 괜찮아. 괜찮아지고 있는 거 같아." 아림은 점점 관계가 좋아지고 있는 직장 동료들을 떠올렸다.

"좋아하는 취미 같은 건 따로 안 생겼고?" 인섭은 다시 물었다.

"취미? 글쎄. 오히려 그나마 즐겼던 취미도 이제 더 이상 안 즐기게 된 거 같은데."

"예전에 그림 그려서 모형으로 만들고 그랬잖아."

"그것도 완전히 날 잡아서 해야 하는 거지 찔끔찔끔 하니까 못하겠더라고."

"예전에 네가 만들어 준 베트맨 피규어 아직도 가지고 있어."

"용케도 안 부셨네? 그거 부서지기 쉬운데."

"나름 부적으로 가지고 있던 거야. 어떻게 부셔먹어."

"그래? 예상외네."

인섭은 이런 식으로 대화를 다른 쪽으로 빼돌리는 게 우스웠다.

이제는 정말 예전처럼 밥을 먹을 수도 없을 것 같았다. 힘들어도 의지하며 찾아갔던 도서관 식당은 물론 독서실에서 어렵게 차려 먹었던 도시락. 한 푼 한 푼 아껴 가며 아림이 좋아하던 분식집까지. 이젠 정말 등을 돌려야 할 때였다.

인섭은 말했다.

"나 요리 일 안 할 거야. 엄마 아빠한테는 미안하지만, 공무원 시험을 계속 준비해야겠어."

"뭐? 갑자기 왜?"

"여기 이 동네에서도 나갈 거야. 공무원도 지방 공무원이 아니라 서울직 공무원으로 노릴 거고. 그러니까 앞으로 볼 일은 많이 적어지겠지."

그건 나름대로 인섭의 이별 통보였다.

"그동안 미안했어. 정말로." 인섭은 더 이상 아림과 마주하지 않는 게 좋겠다고 생각하며 마지막 인사를 건넸다. 그리고 아림은 그 자리에서 인섭의 모습이 사라질 때까지 그 자리에 서 있었다.

인섭은 아림이 그렇게 자신을 쳐다보고 있다는 걸 모른 채, 옛날 일 하나가 떠올려 혼자 중얼거렸다.

"그러고 보니, 왜 공무원이 되고 싶었는지. 왜 꿈이라고 했는지 결국 못 말해 줬네."

언젠가 알려 주겠다는 약속도 아림은 잊은 게 아닐지, 이젠 알려줄 일도 없을 것 같았다.

"그야. 안정적인 직업을 가지면, 큰 걱정 없이 너랑 평범하게 행복하게 결혼도 하고 행복할 줄 알았지."

그게 그렇게나 이루기 어려운 꿈이었던 것인지. 아림의 시야에서 점점 멀어져 갔다. 그리고 욕 한번 시원하게 할 수도 없었다.

사람은 사랑 때문에 괴로워하다가도 사랑으로 다시 행복을 되찾는다고 하지만, 그 사랑이 언제나 이전과 같은 법은 없다. 왜 자신이 변하지 않으면 아림도 변함없이 기다려 주고 언젠가 자신에게 돌아올 거라고 생각해왔던 건지,

"하... 씨발."

인섭은 그걸 너무 늦게 깨달았다며 울음을 삼켰다.

마지막 요리

처음이지만 기대되는 맛

아림은 출근 준비를 했다.

아침에는 7시 10분쯤에 울리는 알람에 눈이 잘 떠지지 않더라도 몸의 감각으로 화장실을 찾아 세수부터 시작한다. 최근에는 미용실에서 머리카락의 기장을 잘랐는데 가슴까지 오던 길이에서 어깨의 날개 뼈까지 정도만 오는 머리로 관리하는 것도 스타일을 연출하기 편해서 마음에 들었다.

"아림 씨는 얼굴도 작고 예쁘셔서 단발도 잘 어울릴 것 같아요."

하지만 머리 자른 모습을 보여 주기 위해서 만테까레에 갔었을 때 들은 말은 오히려 독이 된 거 같았다. 머리 스타일이 마음에 안 든 건 아니지만, 그 말을 들으니 어째 단발머리까지 하고 싶다는 생각까지 들었다. 그냥 지금 이 상태만 보고 솔직하게 말해 주는 것도 괜찮을 거라고 생각했는데, 기대했던 것과는 전혀 다른 쪽의 대답이 돌아와서 여러 의미로 충격이었다.

그래도 본인 스스로도 마음에 들고 있는 머리인데 있는 그대로를 칭찬해 주면 얼마나 더 좋았을지, 그래도 칭찬을 들었지만 아쉬움이 남는 편이었다.

세안을 끝낸 다음에는 필링을 하고 간단하게 수분만 충전해 줄 작은 팩을 눈 아래쪽에 붙였다. 그리고 그대로 감았던 머리를 말리기 시작하는데, 최근에는 화장품들을 많이 산 것을 자각하게 되는 영수증들이 헤어드라이어 주변에 널브러져 있었다.

아림은 그 영수증들을 한참 바라보다가 다시 머리를 말리기 시작했다.

오늘은 금요일이었다. 이번 주의 마지막 출근인 만큼 점심은 만테까레가 아니라 다른 곳에서 해결을 하고 저녁에 찾아가는 게 어떨지 생각하고 있었다.

이틀 전 지서는 오픈 멤버가 일을 그만두어 새로운 직원을 모집하고 있다고 했지만 쉽게 구해지지 않는 탓에 꽤나 바빠 보이는 목소리가 통화 중에 오가고 있었다.

아림은 마음 같아선 주말이라도 짬을 내서 일을 도와줄까 하는 생각까지 해봤지만, 공무원법상 겸업은 불가능했다. 몰래 하면 되지 않을까 싶지만, 직장 동료들을 생각하면 이젠 더 이상 소란스럽게 하고 싶지 않았다.

물론 그건 어디까지나 아림 본인만의 생각이었다. 자신이 도와준다고 해서 주방에 도움이 될 거라는 보장도 없었다.

"그래도 말은 한번 꺼내 볼까."

아림은 그렇게 중얼거리며 머리를 말리고 고데기로 머리카락에 볼륨만 간단하게 넣어 주었다. 그리고 화장을 끝내 필요한 화장품들을 파우치에 좀 더 챙긴 뒤 출근 준비에 나섰다.

그렇게 하루를 시작하고 동사무소의 일을 받았다.

아림이 있는 동사무소는 그렇게나 일이 많은 편은 아니었다. 지역 동네 자체가 꽤나 넓은 편이었기 때문인지 여러 동사무소로 나뉘어져 있었고 젊은 세대보다는 중장년층이 더 많았지만, 학교가 많은 지역이기도 했기에 정체성을 따진다면 그다지 뚜렷하지 않은 편이라고 할 수 있었다.

그래서인지 주민들의 민원이나 문화 혜택에 대한 응대를 하는 것보다는 서류 정리를 하는 게 오히려 더 많았다. 그래서 출근하자마자 주민들이 없더라도 해야 할 것들은 전날에 퇴근하면서 다 머리에 정리가 될 정도이기 때문에 일에 혼란선도 없었고 그렇게 난이도가 있는 편도 아니었다.

"아림 씨, 오늘 우리 김치찌개 먹으러 갈 건데. 어때요?"

김치찌개라는 말에 아림은 식욕이 한껏 올랐다.

최근에는 양식 위주로 식사를 많이 하기도 해서 그런지 집에서도 한식을 많이 찾았다. 얼마 전에는 비빔밥이라는 말에 오히려 혹해서 정신 팔리듯 식사를 한 적이 있었던 만큼 된장찌개나 김치찌개만큼 아림의 입맛을 돋우는 건 따로 없을 것 같았다.

하지만 아림은 그 제안을 받아들이기엔 좀 어려웠다.

"거기 혹시 옆쪽에 있는 그 고등어구이집 아닌가요?"

"네 맞아요. 고등어랑 같이 먹어야죠."

"죄송해요. 오늘은 옷에 냄새를 배이면 안 될 것 같아서."

아림의 그 말 한마디에 같이 가자고 권유하던 직장 동료들은 장난기가 번지는 얼굴로 아림에게 물었다.

"아~ 또 그 식당 가시는구나."

"그엑" 아림은 묘한 소리를 내었다.

"그러고 보니 오늘 꽤나 힘주고 왔네요. 하긴 저번에 가보니까 꽤 좋은 식당에 좋아 보이는 사람이더만요."

"나 주방 안에서 하얀 셔츠 입고 일하는 사람 처음 봤어."

"우리 사무소에도 하얀 셔츠 입고 일하는 사람 많거든"

"요리하는 거랑 서류 작업하는 거랑 다르잖아요."

아림은 전날에 사무소의 사람들을 모아 저녁식사로 만테까레에 방문했다. 그 결과가 이런 모양이다. 그냥 그렇게 놀리고 싶은 모양이었다.

"정말 좋을 때다. 매일매일 보고 싶을 그런 때. 그럼 점심 식사 맛있게 해요."

아림은 점심 식사를 제안했던 직장 동료들에게 어색하게 웃어 보이며 말했다.

"다음에 커피 살게요. 점심 같이 먹자고 해 주셔서 감사해요."

그 말에 직장 동료들은 손을 흔들며 김치찌개 집으로 향했다.

아림은 근무가 끝나자마자 만테까레로 향했다. 아림은 지서에게 점심이 아니라 저녁에 찾아가겠다고 메시지를 보냈지만, 오늘은 이상하게도 답장은 오지 않고 있었다. 문제는 메시지는 확인했다는 표시가 있었음에도 답장을 해 주지 않았다는 것이었다. 좋게 좋게 생각해서 일이 바빠서 그럴지도 모른다는 생각으로 걸음을 옮기고 있었다.

만테까레에 다다르는 길에는 아직 6시 반밖에 되지 않았음에
도 금요일의 밤이라 그런지 그 시간을 즐기려는 사람들이 많았
다. 그만큼 금요일에는 만테까레도 바쁜 편이다. 최근 들어 손님
도 계속 늘고 있었고 빠진 오픈 멤버의 자리뿐만이 아니라 직원
을 한 명 더 써야 할지도 모른다는 지서의 말이 생각났다.

아림은 다시 생각해 보니 그런 황금 시간에 찾아오는 건 역시
좀 곤란한 일이 아닌가 싶었다. 그렇기에 메시지에 답장을 못 할
정도가 아닐까 하는 생각이었다. 하지만 그럼에도 결국에 만테까
레로 찾아간 걸음은 입구 앞에 곧장 멈추었고, 그 안을 살펴보게
만들었다.

〈집안 사정으로 인해서 금일부터 토요일과 일요일은 잠시 쉬어
  갑니다.〉

입구에는 그런 문구가 쓰여 있었다.

그리고 그 안내문을 찍어서 방문해 주시는 분들에게는 죄송한
마음을 담아 추가 서비스를 드리겠다고 글까지 포함되어 있었지
만, 아림에게는 그런 글이 눈에 들어오지 않았다.

'무슨 일이 있기에 문까지? 일이 그렇게 힘들었나? 쓰러졌나?'

아림은 적혀있는 집안 사정이라는 글씨를 무시하고, 그만큼이
나 일이 바빠 고됐던 건지 걱정스러웠다. 메시지를 보았음에도
답장을 하지 않았던 것도 이상했고, 제일 손님이 많을 시간에 만
테까레가 운영하지 않는 것도 그렇고, 아림의 머리에서는 지서가

지쳐서 쓰러졌다는 것 말고는 다른 생각이 들지 않았다.

아림은 그 안내문을 지나쳐 문이 열리는지 확인했다. 다행스럽게도 역시 완전히 닫힌 건 아니었다. 그리고 살며시 여는 동시에 문이 열리는 소리는 안에 있던 사람의 시선을 끌기에 좋았고, 아림은 문을 완전히 열자마자 지서와 눈이 마주쳤다.

아림은 지서와 눈이 마주치자 할 말이 많았다. 가게 앞에 있는 이 문구는 또 무엇이며, 걱정과 달리 생각보다 멀쩡한 것은 어떻게 설명을 할 것인지, 무슨 일이 있기에 문을 닫은 건지, 왜 연락은 하지 않았던 것인지. 한순간임에도 묻고 싶은 것이 한꺼번에 몰아치는 바람에 무엇부터 말을 해야 하는지 전부 다 입에 나오려다가 되레 말문이 막히고 있었다.

그리고 지서 또한 아림을 보고 살짝 놀라며 말했다.

"어서 와요! 연락도 없이."

아림은 연락도 없이 찾아왔다는 지서의 말이 이상했지만, 그보다 더 이상한 게 있었다. 복장자체가 요리사의 옷이 아니었다. 그렇다고 일상복도 아니었다. 하얀 셔츠에 검은 넥타이와 검은색 슬랙스 바지. 그리고 애매하게 정돈이 된 머리. 기본적이면서도 특별하게 보이는 그런 기본 양복 스타일.

아림은 지서가 마치 중요한 자리라도 가는 것처럼 신경을 쓴 것 같은 분위기가 괜히 배신감이 들었다.

"오늘 문자 보냈었는데. 왜 답이 없었어요?" 그 말이 모든 것을 해결해 줄 거라고 생각했다. 그 말에 지서는 어떤 답을 해 줄지 아림은 기대를 해 봤다. 하지만 그런 기대도 오래가진 않았다.

"메시지— 보낸 게 있었어요?"라며 지서는 자신의 폰 화면을 바라보았고, 아림은 유치한 핑계를 대는 듯한 지서의 행동에 화가 날 것 같았다.

여자에게는 남자들보다 예민한 직감이라는 게 있다고 한다. 아림은 자신에게는 그런 게 있을 거라고 생각한 적은 없었지만, 지금 이 순간에야 그런 게 있다는 것을 깨닫고 있었다.

순간 어장 관리라도 당한 것처럼 그의 차림엔 분명 자신 말고 다른 사람도 있는 것 같다는 확신이 들었다.

지서는 말했다.

"메시지… 보냈네요. 왜 난 확인을 못 했지? 아니 왜 확인이 되어있지? 그보다 아림 씨, 죄송한데 다른 데 가서 이야기하는 게…"

지서는 아림에게 다가와 팔을 잡으려고 했지만, 아림은 뿌리쳤다.

"왜요? 여기에 있으면 안 되는 거예요? 어떤 일이 있기에 그래요? 그렇게 쫙 빼입고?"

"쫙 빼입다니. 이건 그게—"

뭔가 찔리는 게 있어서 말 못 하는 듯한 남자의 행동. 아림은 지서가 뭔가를 숨기려고 하는 것이 있다고 확신했다. 하지만 지서는 숨기다기 보단 무언가를 말하고 싶어도 아림의 날카로운 눈빛 때문에 말하는 게 어려워지고 있었다.

그리고 그런 모습을 계속 지켜보는 사람이 있었다. 그리고 그런 모습이 마치 재미있다는 듯이 조용히 웃으며 이까지 보였다.

"그거 실수로 내가 본 거야. 너랑 내 폰이 같다 보니까 내 폰인 줄 알고 봤지. 그러니까 잠금장치를 걸어 두라니까." 거짓말이었다. 그녀는 처음부터 아들의 폰을 훔쳐볼 생각이었다.

지서는 준비 없이 스케줄이 진행되는 걸 싫어했다. 갑작스러운 이벤트에는 꽤나 머리 아파하는 편이었다.

하지만 아림은 이내 바로 알 수 있었다. 두 번 실수는 없었다.

키는 자신보다도 작고 머리에는 눈에 띄는 머리핀까지 그리고 길거리에서는 볼 수 없는 의상에다가 얼굴은 닮지 않더라도 웃는 모습엔 지서의 모습을 충분히 찾을 수 있었다.

"아들이 나를 닮아서 폰이랑 하는 짓이나 다 비슷하거든요." 그녀의 말에 아림은 '역시'라고 속으로 외쳤다.

"안녕하세요. 지서 엄마에요. 메시지는 실수로 봐버렸지만, 이전에 들은 게 있어서 보고 싶었는데, 이렇게 보게 되네요."

지서는 거짓말투성이라며 엄마를 곁눈질했다.

아림엔 갑작스러운 상황에 당황스럽긴 했지만, 상냥하게 다가오는 만큼 그대로 인사를 답하며 자신을 소개했다. 그리고 아림의 눈에 들어오는 그녀의 옷차림은 결코 본인이 지서에게 화를 내야 할 상황이 아니라는 것을 깨달았다.

지서의 옷차림은 양복이 아니라 상복이었다. 비교적 사이즈가 잘 맞아서 그렇게 보이지 않았지만, 여자 상복은 확연히 드러나기에 더 이상 착각할 순 없었다.

지서는 입을 열었다.

"저희 엄마에요. 할머니가 돌아가셔서 오늘부터 장례를 치르고 있어요."

아림은 아직 한 번도 장례식을 치르지 않았다. 그렇기에 장례식을 치른다는 기분과 분위기는 잘 모르지만 왠지 기뻐 보이는

듯한 얼굴. 아니 재미있어 보이는 지서의 엄마 얼굴은 묘한 불안
감만 들게 만들 뿐이었다.

*

처음 방문해 보는 장례식장은 아림에겐 난리 법석인 중학교
교실이 따로 없었다.

"머야. 삼촌도 드디어 여자 친구 만들었어?"

"여자 친구야? 너무 예쁜데."

"어떤 일 하고 있어요? 지서가 도통 여자 친구를 안 만들어서
게이인 줄 알았는데."

"처음 보는 사람 앞에서 그런 말을 하네. 정신 나간 놈인가."

"삼촌 나 용돈 좀."

"말도 없이 장례식장에 여자 친구 데려 오냐? 그래서? 뭐하는
사람인데?"

"저 분이신가?"

"삼촌 양복 생각보다 잘 어울리네."

"형. 장례식 끝나면 형 가게에서 밥 먹어?"

그 말소리에 지서와 아림의 목소리는 하나도 없었다. 아림은
29년을 살아오면서 이렇게나 뜨겁게 관심을 받아 본 적도 없었
다. 중간 중간에는 본인과 상관없는 듯한 말들도 포함되어 있는
것 같았지만, 장례식장이라는 게 원래 이런 분위기인 건지 의심
하게 만들었다.

본래 장례식장이란 돌아가신 분들을 편안하게 떠나보내기 위

한 식이 아니었던가?

아림이 보고 있는 장례식장은 꽤나 떠들썩했었고 절을 드려야 하는 지서의 할머니 영정사진이 무색할 정도로 상복을 입은 모든 사람들과 그에 관련된 사람들은 아림에게 집중되어 있었다.

거기에 지서의 어머니는 한술 더 했다.

"공무원이래. 공무원. 요즘 공무원이 되기 얼마나 어려운데."

이런 식으로 지서의 부모님을 마주하게 될 줄은 생각도 못 했다. 솔직히 말하면 지서와 아림의 관계는 아직 확실히 정리를 한 사이는 아니었다. 그렇기에 아림의 입장에서는 여자 친구라고 소개되는 게 어색했다. 거기에 아직은 보이지 않지만, 아림은 이미 한 번 사고를 쳤다고 할 수 있는 지서의 아버지를 마주할 생각에 꽤나 긴장한 상태였다. 그리고 그런 것을 모르고 넘어갈 지서도 아니었다. 역시 지서는 우선적으로 아림을 손목을 잡고 잠시 자리를 비웠다.

그리고 안쪽에서는 그렇게 외쳤다.

"할머니도 인사 안 드린 건 뭐라고 안 할 거야~ 다녀와~"

그러고 보니 장례식에 들어서자마자 고인에게 인사를 드리는 게 먼저였는데, 그것조차도 하지 못했다. 그나마 다행인 건 오늘 그다지 화려하게 입고 꾸미지 않아서 다행이라는 생각뿐이었다.

지서는 장례식장을 나와서 먼저 사과밖에 할 수 없었다.

"미안해요. 괜히 여기까지 따라오게 만들어서."

"괜찮아요. 차라리 처음부터 알고 있었더라면 좀 더 준비를 했을 텐데요. 그것도 그렇지만, 설마 어머니가 저희 문자를 그렇게 보게 될 줄은 더 몰랐지만요."

"그건 제가 정말 할 말이 없네요. 미안해요."

"뭐 괜찮아요. 이런 이벤트도 이젠 신선해요."

"신선해요?"

"네. 매일 매일 사무소 안에서 같은 서류만 정리하고 있으면 하루하루가 얼마나 따분한데요. 주방은 안 그래요?"

"뭐. 주방도 결국엔 지치면 그런 생각이 들기도 하죠."

두 사람은 장례식장 주차장을 나와 잠시 걸었다. 주변에는 카페도 없었고 가로등만 있고 고속도로를 잇는 커다란 다리가 위에 뻗어 있어 달빛도 잘 받지 못하는 게 어두컴컴하기만 했다.

지서는 물었다.

"오늘 왜 점심이 아니라 저녁에 오려고 했던 거예요? 안 그래도 좀 늦게 점심때 안 왔다는 걸 깨닫긴 했었는데."

"그 정도로 정신이 없었어요?"

"할머니가 좋지 않다는 건 알고 있었는데, 오늘 그렇게 갑자기 돌아가시게 될 줄은 몰랐어요. 아마 가족들이 일부러 말 안 해준 것 같기도 하지만요."

"다들… 그렇게 슬퍼하지는 않았던 것 같아요." 아림은 방금 전의 장례식장 안의 분위기를 떠올렸다. 어느 한쪽에는 술에 취해서 정신을 놓고 있는 것 같은 테이블도 있었고 상복을 입고 있는 사람들은 슬퍼하기는커녕 사람들이랑 말을 섞고 웃는 얼굴을 하고 있었다.

"아림 씨는 장례식장 오는 거 처음이에요?"

"오는 건 처음이에요."

"원래 장례식이 그렇대요. 슬퍼야 하는 장소이긴 한데 떠나보내기 전에 즐거운 모습을 보여드린다고 할까. 아마 그냥 그러는 척하는 거에 가깝다고 생각하지만요."

"그러는 척이요?"

지서는 정말로 아림이 장례식을 안 가봤다는 것을 느낄 수 있었다. 그만큼 아림의 다른 가족들은 건강하게 잘 지내는 거라고 생각했다.

"저러면서 참는 거예요. 저렇게 버티다가 나중에 너나 할 거 없이 전부 울고 있을 거예요."

"잘 알고 있네요."

"저는 눈물이 꽤나 많거든요."

지서는 한쪽의 오르막길을 가리켰다. 그래도 나름 도심인데 그곳엔 정자가 설치되어 있는 게 뜬금없어 보였다. 그리고 주변에 있는 자판기에서 아림은 커피 하나를, 지서는 이온 음료를 하나 골라서 각자 손에 쥐었다.

꽤나 풍경은 좋았다.

주변은 자동차들이 왔다 갔다 하고 있었지만 헤드라이트가 비추는 게 드론 쇼를 하듯 눈에 들어왔고 그 하늘 위에는 초승달이 비추고 있는 게 자신들을 위해 분위기를 내어 주는 것 같았다.

지서는 물었다.

"아림 씨는 어쩌다가 공무원이 되어야겠다고 생각했어요?"

그 질문에 아림은 찔끔했다. 그에게 좋아하는 사람을 쫓다 보니까 온 곳이 지금의 동사무소였다라고 솔직하게 말하기는 어려웠다.

"대학교를 가보니까 공무원 시험을 볼 수밖에 없어져서요."

"아. 행정학과이시구나."

"그러면 지서 씨는 어쩌다가 요리사를 하려고 했던 거예요?"

"흠. 그런 이야기를 하기엔 오늘은 좋은 날이네요."

지서는 이온 음료를 가볍게 목으로 넘겼다. 벌써 5년이나 지난 일이었다.

주방이란 정말 고된 장소다. 제대로 된 환기가 이루어지지 않는다면 호흡을 하기 힘들 수도 있고, 뜨거운 것들은 물론 날카로운 칼날까지, 무엇보다 연기를 빼 내기 위해서 돌리는 화로 위의 후드가 돌아가는 소리는 고막을 얼마나 부담스럽게 만드는지 이명에 환청이 들리기도 했다.

오전 10시부터 오후 10시까지 쉬는 시간 없이 서서 일하는 곳에 있었을 땐, 지서는 정말로 도망가고 싶다는 생각밖에 들지 않았다. 요리하는 게 좋아서 요리 일을 했지만 고된 일이 되는 만큼 좋아하는 일이 괴로운 일로 변하는 건 그리 어렵지 않았다.

펜을 휘두르다가 손목 손가락 관절이 아파서 병원은 가는 것은 물론, 칼에 베여서 상처가 나는 건 더 기본, 400도가 넘은 온도에는 피부가 데이거나 타는 게 아니라 완전히 녹아버리는 것 같은 고통을 느끼기도 했었다.

그렇게 지치다 보면 도대체 왜 주방에 있는 건지 알 수 없게 되는 순간이 있었다.

그리고 결국 답을 찾지 못했을 땐, 지서는 결국 도망을 가고 있었다. 더 이상 요리를 하고 싶지 않다는 생각으로.

그렇게 지서가 도망간 곳은 어머니가 있는 곳이었다. 어머니는 아버지와 별거를 하면서 시골에 있는 이름 모르는 산에 집을 짓고 작은 농사를 하는 그런 삶을 시작했다.

지서도 어머니를 따라 더덕을 심어 보기도 하고 고추를 심어 보기도 하며 옥수수에 양파까지. 고추는 말려서 김치로 만들기도 했고, 옥수수는 수확해서 트럭에 실어 판매를 해 보기도 했다. 양파는 다른 주민의 도움을 받아 액으로 추출하기도 했으며, 더덕인 줄 알고 먹었던 것은 지서는 아직도 삼인지도 모르고 있었다.

그런 작물을 심고 수확하는 건 괜찮은 기분이었다. 하나하나 벌레 먹지 않고, 가끔은 두더지가 밭을 엉망으로 만드는 고역이 있어서인지, 요리를 만드는 재료들을 키워 낸다는 것에 묘한 애착이 생기고 있었다.

하지만 그런 생활은 그다지 길지 않았다. 그건 친할머니가 돌아가셨다는 소식 때문이었다.

"할머니는 저에겐 특별한 존재였어요. 어머니가 있지만, 어머니만큼 소중함을 많이 나누었고 저의 어린 시절에 많은 부분을 함께했었거든요."

안 그래도 하는 일 때문에 힘들어서 모든 것을 내팽개치고 있었던 지서에겐 그런 할머니도 이젠 곁에 없다는 게, 짊어질 것이 너무 많아 몸이 무겁게만 느껴졌었다. 사실 그렇게 어머니가 있는 곳으로 도망갈 수 있었던 것도 할머니가 동생들을 보살펴 주었기 때문에 가능했던 일이었다.

"그 이후로 어머니도 집으로 돌아오고 마냥 그렇게 귀농 생활을 할 수 없으셨던지 조금씩 그 밭을 정리하기 시작했어요."

"그게 또 다른 계기가 된 거죠?"

지서는 아림의 말에 살짝 웃으며 고개를 끄덕였다. 아마 이런 이야기를 누군가에게 해 준 것은 처음인 것 같았다.

"더 이상 도망칠 수 있는 곳이 없었어요. 그러다 마음이 지쳐 할머니 영정 사진을 바라보다가 문득 그런 생각이 나더라고요. 내가 왜 요리를 하려고 했었는지 말이에요."

할머니의 장례식의 분위기는 정말 최악이었다. 지서의 부모님이 서로 관계가 좋지 않아 별거를 하고 있었던 만큼 불편한 분위기가 이어지고 있었고 그 속에서 지서는 할머니의 영정 사진을 보며 지난 추억을 떠올리는 게 가장 마음이 편했다.

"아마 12살 정도 되었을 땐가? 잠시 부모님과 따로 살면서 할머니한테 맡겨진 적이 있었거든요. 할머니도 장사를 하시던 분이시라서 저를 보살피는 것도 힘들었을 텐데, 그래서 제가 학교를 마치고 할머니한테 맛있는 걸 해 주고 싶다는 생각에 참치김치찌개를 끓인 적이 있었거든요."

"12살이 가스레인지를 쓰기엔 너무 위험했을 텐데."

지서는 살짝 크게 웃으면서 말했다.

"정말요! 그때 왜 그랬는지. 주방 여기저기에 참치 캔 뜯는다고 기름 다 흘리고 엉망진창이 되었었는데, 그땐 무슨 생각을 했는지 할머니가 그저 기뻐할 거라 생각했어요."

"제 아이가 그랬으면 날카로운 캔 뚜껑 때문에 깜짝 놀랐을 거 같은데요."

"그래서 아직도 기억해요. 정말로 깜짝 놀라서 어떻게 해야 할지 모르겠다는 할머니 얼굴."

정말 다시 생생하게 기억날 것 같았다. 지서는 외할머니에겐 미안하지만 지금 이 순간에서 돌아가신 친할머니가 보고 싶다는 생각이 들었다.

"그래서 생각난 거예요." 지서는 계속 말했다. "내가 요리를 시작했던 이유. 왜 직업으로 하고 싶었던 건지. 왜 계속하고 싶었던 건지." 그리고 지서는 자신의 이야기에 귀 기울여 주는 아림을 편하게 바라보았다.

"저는 그저 제가 하는 요리를 먹고 좋아하고 행복해할 모습을 바라고 시작했어요. 그리고 여전히, 지금도 여전하고요. 지치다 보니까― 그렇게 지치다 보니까. 그걸 잊고 살았더라고요. 지침은 그렇게 소중한 것을 잊어버리게 만들었어요."

"그러게요. 참 무색하게 소중한 것을 잊어버리게 만들죠." 아림은 그 말이 가슴에 와 닿았다. 그런 심정, 어떤 심정인지 잘 알 수 있었다.

"그걸 잊지 않기 위해서라도 자신이 무엇을 좋아하고 소중히 여기는지, 자기 자신과 대화할 필요가 있다고 생각해요. 그게 소중함을 잊지 않는 하나의 방법이라고 생각해요. 저는 그렇게 할머니의 영정 사진을 보면서 제 스스로와 대화를 한 거예요."

지서는 그 이후로도 할머니에게 이런저런 요리를 만들어 주곤 했다. 그리고 할머니를 만나러 온 다른 할머니 친구들에게도 그런 요리를 건네곤 했다. 참치김치찌개부터 시작해서 감자조림 계란말이 자장면 볶음밥. 전부 지금 생각해 보면 그게 정말로 맛이 있었을지, 요리사로선 창피해서 과거로 돌아가 다시 해 주고 싶은 기분이었다.

"그래서 잊지 않고 있어요. 힘들더라도 내가 왜 그렇게 요리를 하고 싶었는지, 왜 시작하게 되었는지 잊지 않으려고 할머니 사진을 보곤 그래요. 소중한 건 그렇게 지켜야 하니까요."

"좋네요. 그 말. 소중한 건 그렇게 지킨다니."

"그런가요?" 지서는 쑥스럽게 웃었다. 그런 모습을 바라보는 아림도 그런 표정이 보기 좋았다.

"그렇게 하나씩 잘 지켜 가봐야겠네요. 가족들도 꿈도 가게도 저도. 계속 행복할 수 있도록."

지서의 그 말에 아림은 하고 싶은 말이 생겨 입이 간질거렸다.

두 사람은 한동안 그렇게 풍경을 바라보았다.

밤이지만 역시 날씨가 좋아서 밤바람 맞는 것도 기분 좋았다. 조금은 매연 냄새가 섞여 있는 것 같았지만, 조금은 둘만의 시간을 그저 무언가를 바라보며 시간을 보냈다.

"갈까요?"

그렇게 지서는 물었다.

그리고 아림은 아무런 말없이 자리에서 일어났다.

그러다가 지서는 아림을 집으로 데려다 줘야 하는 건지 아니면 그대로 다시 장례식장으로 데려가야 하는 건지 조금 헷갈렸다. 지서의 마음은 분명하지만 아직 확실하지 못한 상태였다. 하지만 그런 것을 표현해 본 적이 없었던 만큼, 아무리 나이를 먹어도 처음이라는 건 꽤나 여러모로 곤란하게 만들었다. 하지만 아림은 돌아가기 전에 만나면서 인사를 했던 만큼 돌아가기 전에 인사를 하기로 했다.

지서는 이래도 괜찮을까 싶었다.

소중하게 여기고 싶었던 인섭과의 관계를 끝내면서 얻은 지금이었다. 모든 관계를 매듭짓는 것은 온전히 지서의 몫이었다.

타이밍은 언제나 존재했다. 함께 한 시간은 생각보다 많았고 늘 즐거웠고 두근거렸다. 그리고 그만큼 확실하게 용기를 내야 할 순간을 만들어야 했다.

결국 장례식장 입구까지 함께 돌아온 두 사람이었다.

고백을 하기엔 더할 나위 없이 이상한 곳이었다. 그 누가, 그 어떤 사람이 좋아하는 사람에게 장례식장 앞에서 고백을 하겠는 가. 하지만 지서는 그런 것마저 자신에게는 특별해질 것 같았다. 그리고 그 마음이 아림 또한 마찬가지이길 바랄 뿐이었다.

"왜 그래요? 무슨 일 있어요?" 아림은 서 있기만 하는 지서를 보며 말했다.

지서는 오히려 그렇게 건네 준 말이 좀 더 긴장을 풀어 줄 것 같았다.

"하고 싶은 말이 있었던 걸 미루고 있었거든요."

그리고 뭔가 준비를 하는 듯한 눈빛의 지서를 바라보며 아림 또한 직감을 하며 점점 빨라지는 것 같은 심장 박동을 진정시키려 가슴에 가볍게 주먹을 쥔 손을 얹었다.

그 두 사람의 뜸은 생각보다 아주 길면서도 생각보다도 아주 급박하게 지나가고 있었다.

아림은 지서를 기다려 주고 있었다. 아림도 듣고 싶었다. 그리고 지서는,

"아림 씨를 좋아하고 있습니다. 나중엔 사랑한다고 말하고 싶을 정도로."

마치 목 안에 묵혀 있는 것을 겨우 빼낸 듯 말했다.

그 말을 확실히 듣고 나니, 아림은 기다리고 기다렸던 말이 장례식장 앞이라는 게 생각보다 큰 웃음이 나올 것 같았지만, 애써 참아 내고 있었다. 그런 묘한 얼굴을 본 지서는 뭔가 잘못되었다는 생각에 급하게 입을 열었다.

"우선 말씀드리지만, 이렇게 좋아한다고 표현하는 건 처음이라서요. 이게 맞는지 모르겠네요." 뭔가를 변명하듯이 말이다.

하지만 그런 지서의 모습에 아림은 쉽게 답을 내 주지 않았다. 거기에 지서는 순간 자신이 느낀 감이 틀렸던 건 아닌지, 뭔가 잘못 말한 건 아닌 건지, 역시 이런 고백은 틀린 건지, 지서는 타이밍을 잘 잡지 못한 것 같은 게 후회될 것 같았다. 하지만 고백한 것 자체에 결코 후회하지 않았다. 그저 좀 더 자연스럽고 멋지게 했으면 좋았을 걸 하는 마음뿐이었다.

아림은 지서의 애타는 마음의 끝에 말했다.

"지서 씨는 이상한 부분에서 감성적인 말을 할 줄 아는군요."

지서는 자신이 한 말이 어디가 감성적인 건지 이해가 잘되지 않았다. 몇 날 며칠이고 생각한 대사였고, 마음을 전하는 데엔 이보다 완벽한 말은 없을 거라고 생각했다. 그리고 딱 봐도 이해가 되지 않는다는 지서의 표정에 아림은 말했다.

"나중엔 사랑한다고 말해 주고 싶을 정도라니, 그런 말은 나중에 말고 지금 그냥 사랑한다고 말해 줘도 괜찮다는 말이에요."

지서는 되레 자신이 고백을 받은 것 같은 기분에 얼굴에 열이 확 오를 것 같았다. 자신뿐만이 아니라 아림 또한 용기를 내어 주고 있는 것 같다는 마음에, 지서는 한결 편하게 마음을 더 표현할 수 있을 것 같았다.

"좋아한다고 말해줘서 고마워요. 말 못 하면 제가 말하려고 했거든요. 타이밍이든 뭐든 상관없이." 아림의 그 목소리는 지서의 귀를 통해 평생 마음에 남을 것 같았다.

누군가는 그랬다. 사랑은 타이밍이라고. 하지만 사랑에는 타이밍도 중요하지만 보다 중요한건 역시 그걸 잡아야 하느냐 마느냐의 선택을 해야 하는 결심에 갈라진다고.

"외할머니가 돌아가신 날이 첫 날이라니. 큰일이네요." 지서는 그렇게 말했다.

"아. 그러고 보니— 그것도 그러네요."

아림은 벌써부터 생각 못한 일에 웃음을 내야 할지 울음을 내야 할지 그저 이 상황이 처음이었던 것처럼 느꼈다.

그런 기분을 똑같이 느끼고 있을지, 아림은 지서를 올려다보았다.

"아 그리고 말 못 한 게 하나 있네요."

"네?"

"어울려요. 상복이긴 하지만. 그런 모습 보는 것도 좋네요."

그 말에 지서는 부끄러운지 고개를 돌렸다. 아림은 장례식장 안으로 들어가기 전까지 계속 부끄러워하는 지서를 놀렸다. 그건 오늘까지 확실하게 마음을 표현하지 못한 벌이라며.

"장례식장에 식사로 국이 뭐로 나오는 줄 알아요?" 지서는 말했다.

"뭔데요? 보통 육개장이나 시레기국 아니에요? 아 육개장은 아닌가?

"대부분 시레기국이죠, 근데 외할머니가 제일 좋아했던 걸로

해 주고 싶다면서 좀 특별하게 했다고 하더라고요."

"뭐기에 그래요?"

"참치김치찌개에요."

"네? 그게 가능해요?"

"김치찌개밖에 안 된다고 해서 어른들이 참치 캔을 까서 넣었어요. 엄마도 참치 캔 깔려고 왔던 거거든요. 웃기죠?"

그리고 아림은 오늘 점심에 김치찌개를 먹으러 가자고 권유한 직장 동료들이 떠올라 말했다.

"다음 점심은 우리도 김치찌개 해 먹어요."

"오늘 먹을 건데요?"

"오늘도 내일도 그 다음 주도 언제든지 좋을 것 같은데요?"

지서의 웃음은 끊이지 않았다. 그저 행복했다.

좋아하는 사람의 목소리, 얼굴과 웃는 모습. 그런 사소한 것들에서 보고 듣고 느껴지는 것들. 이런 게 사랑인가보다 싶었다. 남은 건 그런 사소함을 소중함으로 이어 가는 것뿐이다.

지서는 미소를 지으며 말했다.

"그래요. 언제든 해 줄게요."